弱势角色友崎君 Lv.1

The Low Tier Character "TOMOZAKI-kun" Level.1

[日]屋久悠树 著
[日]Fly 绘
方宁 译

華中科技大學出版社
http://www.hustp.com

「友崎同学，你玩AttaFami的技术很厉害吗？」
日南葵

「莫非这就是小女子我，
七海深奈实的大危机吗!?」
七海深奈实

「不需要这种反应啦！快回答我的问题！」
夏林花火

「友崎同学
你最近好像跟葵很要好吧？」
泉优铃

「我啊，非常喜欢安迪的作品呢……」
菊池风香

弱势角色友崎君Lv.1

目录

每本书都是一座传送门

弱势角色友崎君

The Low Tier Character "TOMOZAKI-kun": Level.1

Lv.1

(日)屋久悠树 著
(日)Fly 绘
方宁 译

人物介绍

友崎文也

高中二年级。弱势角色。

日南葵

高中二年级。学园的完美女主角。

七海深奈实

高中二年级。气氛营造者。

夏林花火

高中二年级。小不点。

泉优铃

高中二年级。很时髦的女生。

菊池风香

高中二年级。喜欢看书。

游戏通关后
重看一次开场动画
莫名地令人感到悲伤

“人生是一款神作游戏”，居然有这样的知名文章，要我说那根本就是胡扯。

什么“平衡设计得非常精妙，只要用心努力，就还是能勉强通关的”——说这种话的人肯定从未真正面对过无计可施的局面。还有什么“所有的登场角色都有很深刻的人性和历史”——说这种话的人根本不知道这世上究竟存在着多少无足轻重的龙套角色。人生是神作游戏什么的，这只是那些人的理想罢了。我知道我也是龙套角色，关于这点就不要吐槽了。

就算是像素无限大的高解析度画面在每秒无限帧地动着，也不一定就是好事。低解析度也有其独特的韵味。而且更重要的是，就是因为这个世界的解析度太高了，导致我这样的丑男毫无藏身之地。如果是点阵图的话，那么大家看起来应该是基本一样的。我并没有哭哦。

既然能够做到复杂又美丽，那么越是复杂美丽就越好。其实这样的想法本身就是错误的。无论何时，优秀的游戏都应是又简洁又优美的才对啊！

将棋是这样，超级马里奥也是这样，最新的FPS游戏在规则和概念上也是很简洁的。在简洁的规则和概念当中，蕴含着深度与韵味。

无论哪个年代，名留青史的游戏都是如此的。

那么在这一点上，人生又是如何呢？

从古至今，许许多多聪明的科学家依靠实验与检验去探究名为“各种现象的规律”的“人生规则”，但是直到现在都没能找出答案。

从古至今，许许多多敏锐的哲学家用理论来整理思绪，绞尽脑汁去思考“活着的意义是什么”这个“人生概念”，但是到目前为止，我从未听到过足以反驳“答案因人而异”这个说法的意见。

不但一点都不简洁，而且如果硬要给现状一个答案的话，那些人就只能说出“总之先活下去，其他的一概不知”这种有跟没有一个样的规则和概念，这样的游戏究竟哪里能算是神作呢？

不仅如此，即使和别人做同样的事情，也会因为长相、体格，还有年龄而遭到歧视或误解。无论多么努力，万一在正式上场的时候身体状况不好，可能一切会泡汤。随随便便就能找出各种有说服力的事实来作为人生其实是垃圾游戏的理由。像我这样毫无罪过的弱小角色，只不过因为天生弱小，就要一直受苦受难。

不讲理也不平等，对弱者非常不利。

也就是说——“人生是垃圾游戏”。

这个常见的句子才是这个世界的真相。

也许会有人提出这样的反驳意见，“你的人生没有在好好努力，所以才会这么想吧？”但是，这正是天生强大的角色才会有的偏颇想法。

因为本来就处于有利的位置，所以不会意识到“人生”的不讲理。强大的角色在简单模式下轻轻松松地放大招，玩得非常开心，还深信这就是世界的一切。

换句话说，认为“人生是神作游戏”，这只是轻度玩家的意见。

从来没有深度钻研过游戏的人就不要乱说话。

碰巧生下来就是强大角色而活得很轻松的轻度玩家，根本就没有谈论人生的资格。

努力通关各种各样的游戏并且一直站在顶点的我都这么说了，那肯定是不会错的。

人生是垃圾游戏。

——日本第一的玩家 nanashi 敬上。

1章

不管怎么说，著名的游戏基本上都很有意思

实力的差距是一目了然的。

我操纵的忍者角色“Found”和中村操纵的狐狸角色“Foxy”，无论谁，都能看出两者之间的水平差距。只能说他作为现充[①]还算是有点本事。听说他用电子游戏AttaFami进行的赌局是百战百胜，由此可见他周围都是什么水平的人了。总之比赛一开始，我就确信了自己会胜利。

只要是与AttaFami有关，我就不会放水。即使中村只剩一条命，我也还是会故意装作傻傻地冲过去，然后在途中使用“瞬”来扰乱他。我估计就他这样的水平，恐怕连“瞬”是什么都不知道吧。那是在几乎紧贴地面的时候，借由向斜下方进行“空中回避移动”而快速滑过地面的回避技巧。

中村就这么中了我的诱敌技巧，释放出了打击招数。我用往后移动的“瞬”躲开，然后抓住他的破绽，靠近了他。这个游戏的连续技基础是“投掷”，关键是靠以投掷开始的连续技能够连击多少下。我现在使用的角色Found在这方面是特别强的。

Found抓住了中村的角色。接下来就是我的个人表演了。我接连完成了看似简单，但是需要细致操作技巧的连续技。虽然并非没有脱困的方法，但是中村不知道，也做不到，所以我就理所当然地将连续技使用到了最后。

于是，中村角色的命归零了——

①原文“リア充”，网络流行词，主要是指在现实世界中生活得充实的人们，全称是“现实生活很充实的人生赢家”。与“阿宅”“宅男”是文化概念上的反义词。

“很好。”

嗯，赢了。我玩AttaFami是不可能输给外行人的，不过感觉有点过于干脆利落了。怎么说呢，让我有点害怕接下来的发展。

双方一开始都是四条命，舞台是没有特殊机关的平台，而且我们都是第一次看对方玩。

在这个平等的条件下，中村全灭，而我还剩四条命。

这个嘛，就是大获全胜啦。我看了眼中村，发现他欲言又止地看着我的脸和手上的手柄。在他看向我的视线中，似乎夹杂着些许自卑感。这让我稍微有点吃惊，没想到在我的高中生活中，居然会出现让中村对我露出这种软弱眼神的情况。这是我从来没有想象过的。

褐色头发的帅哥，一看就知道是现充，无论是学习、运动还是受欢迎的程度，甚至连玩游戏的技术也都是顶尖的。凭借自己的精明能干就足以将周围的人远远甩开，脸上一直充满了自信——这样的现充高中生中村，现在却在用软弱的眼神看着我，看着我这个不折不扣的恶心宅男。

“……的……系。”

中村好像在嘟囔着什么。

“哎？”

“是因为角色的关系。”

“……什么？”

“是我选的角色不好。正常来想肯定是因为这个吧。”

“不不，这个角色和那个角色在性能上基本是没区别的……”

“我说的是角色相克。不管怎么想，都是因为角色相克的关系吧。”

中村理所当然似的说道。我不禁目瞪口呆，这种说法就是彻头彻尾的借口。

然后，我意识到了。他之所以会这么垂死挣扎，是因为他在内心里是非常看不起我的。输给我对他来说是奇耻大辱，不这么做就无法维持住自己的尊严，甚至觉得对我这种人搬出烂借口来也无所谓。大前提就是他根本看不起我。没错，这就是弱势角色的不平等命运。

但是，唯独现在不同。

唯独这个瞬间，这个面对 AttaFami 的瞬间。

“虽、虽然 Foxy 的下坠速度确实比较快，所以连续技比较好连。”

“是吧。这个游戏就是角色相克的。”

我吸了一口气，笔直地注视着中村的眼睛，虽然内心很害怕。

“……这些只是你的借口吧。”

我早就习惯被人看不起了，并不会觉得有多懊恼。因为这是理所当然的事情。

“本来就是这样呀。玩这种游戏赢了你会开心吗？根本就是垃圾游戏嘛。太没劲了。”

但是唯独这种事情我实在是没办法习惯。

输掉的人不想着去努力，而是费尽心机来正当化自己的失败——我最讨厌这种行为了。

“很开心呀。会觉得没劲，那是因为中村你赢不了吧？没有品尝过胜利的滋味所以才无法理解吧。如果是赢家在获得胜利之后说这个游戏很没劲，那我可能会觉得他说得有道理。但是，输家在输掉之后说出这种话，只会让人觉得是丧家犬在嚎叫罢了。”

我仿佛身处一个名为 AttaFami 的战场上，狠狠地抨击了中村。

“哈？本来就是角色相克嘛。这就是垃圾游戏啊，垃圾游戏。有个屁的输赢。”

“这差距可不是角色相克的关系。中村你会输，是因为你太弱了。就算互换角色，你也赢不了。”

“……那么要试试看吗？互换角色的话，我是绝对不会输给你这种人的。”

中村露出斗志燃烧的眼神说道。在这种情况下能说出绝对不会输这种狠话来，该说他是胆量惊人呢，还是迟钝呢，抑或是拥有毫无根据的自信呢？总之就是人生中真正强大的角色才能干出来的事情。我这种人生中的弱势角色是做不到的。明明错的是自己，却还能表现得仿佛自己是正确的一般。这一切都是基于“因为是自己”这个根深蒂固的自信。我可没有这种强大内心。

不仅如此，即使现在我获得了压倒性的胜利，也依旧有些许不安。

但是，现在这个瞬间我才不是弱势角色。

“……不了，感觉很麻烦啊。”

“搞什么啊，你刚才那么嚣张，有本事就再比一次啊！”

“我不是这个意思，要是你之后又找什么无聊的借口来推脱，那也挺麻烦的啊。”

“哈？”

玩 AttaFami 时的我是最强的。

“角色当然要互换，另外手柄也互换吧。不然万一被抱怨说按键不灵，那就太烦人了。还有，坐的位置也换一下吧。毕竟感觉你会抱怨屏幕的反射什么的。然后，命就调成八条吧。长期对战能够更加明显地体现出实力吧？唔，还需要做些什么呢？要不就规定好不准使用对方不知道如何挣脱的连续技吧。毕竟那是知识面的问题，并不代表技术的好坏。这样一来，就单纯是操作技术、反射神经以及判断力之间的战斗了吧。唔，还有什么……要不要连衣服也换一下呢？”

哈哈哈！说出来了，说出来了，这之后肯定会后悔的——只不过要后悔的人是我。

"……不需要。我说真的，你不要太得意忘形了。"

被中村恶狠狠地瞪了一眼。一旦被这么凶狠地瞪了，就会让我本能地觉得自己是比这家伙还要低等的动物，不由自主地涌现出了自卑感。"对不起"这几个字几乎就要脱口而出。明明不管怎么想，这个局面中我才是最为正确的。这就是命中注定的规则啊。

我和中村互换了位置，互换了手柄，互换了角色，将命设定成八条，不过倒也没到互换衣服的地步，接下来只要按下开始键，战斗就会开始了。

"如果我赢了，你要好好认清现实哦，中村。"

"我知道啦。"

"你没弄明白我在说什么吧。"

"……不，我知道。我会认可你的实力的。"

"这当然是不用说的。但是，你还需要搞清楚一件事情。"

"什么啊？"

这家伙根本就什么都没懂。

"你刚才说了 AttaFami 是垃圾游戏吧？"

"哈？"

其实，相比他不承认自己的失败，这件事更让我火大。

"……你要明白，AttaFami 可是神作啊。"

当然，这场比赛的结果是我八条命全部存活，大获全胜。

*　*　*

nanashi：你辛苦了。

光辉：你辛苦了。

第二天，我和平时一样，熟练地打着 Attack Families（简称为 AttaFami）的联网对战。因为对战双方可以聊天，所以结束后问候一下对方是基本礼仪。当然，我这一局也胜利了，评分在稳步上升。自从四个月前评分重置之后，我花了几个星期冲上了日本第一的评分位置，现在也四平八稳地维持住了这个地位。我的网名是 nanashi[①]。因为觉得取网名很羞耻，而且无名氏听起来也比较帅，所以就用了这个名字。和友崎文也这个本名没有任何关系。

在评分被重置之前，虽然曾跌落过几次，但基本上还是长期维持在第一名。若说是打遍国内无敌手，也是可以的吧。

AttaFami 因为其无与伦比的完成度，所以在目前的网络对战游戏界拥有最多的游戏用户。也就是说，既然在这个游戏里是第一名，那么就能夸下海口说自己是全日本最擅长玩游戏的人了吧。

这样的我，也就是 nanashi，唯一在意的 AttaFami 玩家 ID 是

① nanashi 在日文里是无名氏的意思。

“NO NAME”，当然这个名字也是让我在意的因素之一。虽然并没有被他夺走过第一名的宝座，但是他这几个月来都维持着第二名的位置。而且据我所知，NO NAME 自从成为第二名，就再也没有被别人夺走过这个位置。也就是说，“nanashi”和“NO NAME”垄断了这个游戏的第一名和第二名。

由于名字很相似，所以在网络游戏社群里流传着“那两个账号其实是同一个人在用吧”这样煞有介事的谣言。

所以，身为 nanashi 的我要在此澄清：nanashi 和 NO NAME 绝对不是同一个人。

不过，NO NAME 是近几个月才出现在 AttaFami 界的，却以难以置信的速度冲到了第二名，并且最关键的是，nanashi 和 NO NAME 的直接对决到目前为止仍然没能实现，这几点都为他们是同一人物的说法增添了真实感。毕竟使用的角色都是 Found，打法也很相似。我估计他是通过对战影像的档案库参考了我的打法吧。

nanashi：你辛苦了。

YuKichi：你辛苦了，你很强呢！

nanashi：谢谢夸奖。再见——

就这样，我又获得了胜利，然后退出了对战房。当然，我也有输的时候，不过最近这游戏已经变成了一场自己与自己的战斗了。我基本上不会输给对手的高超技巧，会输几乎都是因为自己的失误。但是正因为如此，在成为第一名的现在努力依旧有价值，还存在着精进的空间。

那么在接下来的战斗中就专心考虑怎么减少失误吧。就在我这么想的时候，对战对手那一栏的名字让我忍不住倒吸了一口气。

NO NAME 评分：2561

我能感受到体内的血液在向大脑集中。好久没有这种期待对战对手的感觉了，握着手柄的力道明显加强了。

比赛开始了。然后我马上就吃了一惊，我本来以为NO NAME是模仿了我的打法，但是，比赛刚开始我们的行动就完全不一样。

我的打法是向敌人冲过去，目的是完成连续技。而NO NAME则是原地待命，开始给飞行道具蓄力。

这是对战双方同样用Found来战斗时，唯一会让我感到处于不利位置的行为。

他的这种做法并非偶然，我毫无根据地这么认为。

他不但对我的打法进行了研究，不是很粗暴地有样学样，还针对我的打法制定了相应的对策——不知为何，我就是有这样的确信。

更让我惊讶的是 NO NAME 那正确无比的操作，以及挣脱连续技的高超技术。只要我的操作稍微不够精准，那么连续技马上就会断开。

虽然在整体操控和施展连续技的创意上面还是我要更胜一筹，但是如果只看挣脱连续技的技术，那么坦白说——对方已经超过我了。

更确切点说，我恐怕并不擅长挣脱连续技。因为我太强了，本身就很少会被连续技打中。从另一方面说，这也是我屈指可数的弱点之一。

我的基本思路就是“只要不被起点的攻击打中，就用不着考虑挣脱连续技了”。正因为有这样的前提，如果某天当 NO NAME 掌握了足以匹敌我的整体操控和连续技的创意，那么我就会因为挣脱连续技的技术不如他而输掉。

——而且，恐怕 NO NAME 已经将此事提上日程了吧。

为什么我会知道？这很简单。

因为和 NO NAME 的实力相比，他挣脱连续技的技巧实在是过于厉害了。

以他的实力，应该很少会被敌人的连续技命中，也就是说练习挣脱连续技的机会应该也很少才对。不光是 NO NAME，包括我在内的高段位玩家中的大部分都是擅长进攻，但不擅长防守。

但是，这位 NO NAME 明明拥有全国排名第二的实力，防守的经验却如此丰富。或许可以这么说——他是有意识地让自己去专精那一方面。

这是因为 NO NAME 经常有机会被连续技命中——不，倒不如说是“为了练习而故意让连续技命中”。

也就是说，NO NAME 舍弃了眼前的胜率和在游戏中的爽快感。

他只专注于最终的实力和长期的排名，一直战斗到了现在。即使眼前的某场战斗会因此而陷入不利，即使胜率会因此而下降，即使排名和评价会因此而变差，他还是选择了几个月后才会突显的实力。

有些人可能会说这是瞧不起对手的玩法，但是并非如此，这可以说是实实在在的锻炼啊。

至少我不知道还有哪个玩家像他一样，能够如此彻底地舍弃一时的快感，并且获得了显著的“结果”。

NO NAME，我是打算一直霸占日本第一的宝座的，但是现在恐怕没有那么从容了。我可以肯定，以现状来说，如果国内会出现超越我的 AttaFami 玩家——

那么就只有 NO NAME 有这个可能性吧。

我一边这样想着，一边继续对战，最终结果还是呈现出了目前的实力差距，我剩两条命且获得了胜利。

nanashi：你辛苦了。

然后是最后的礼仪，结束时的问候。等对方回礼之后，就会退出对战房。

NO NAME：你是住在关东吗？

嗯？在问我的住址，他是打算干什么呢？

nanashi：是的，我是住在关东……

NO NAME：如果不介意的话，可以见个面吗？

nanashi：哎，是要线下一对一的意思吗？

NO NAME：是的，就是这个意思。如果可以的话，我想和你聊聊，另外也希望能一雪前耻。

线下见面的邀请，而且可能是一对一。应该是这样，没错吧？

该怎么做呢？近年来跟网上认识的人见面的门槛的确是降低了，而且事实上，正常来想也不是什么危险的事情。更何况我们还是AttaFami第一名和第二名的关系，见了面说不定会很有意思的。既然如此……

nanashi：我知道了，可以哦。

NO NAME：非常感谢！离你最近的车站是哪里啊？因为是

我提议的，所以还是我过去会比较好。

nanashi：这个嘛……

我指定了车站，跟他约好了见面的时间。我没有选离我最近的车站，而是选了跟我家差一站路的终点站。这样对他来说在交通上也会比较方便吧。

NO NAME：我知道了！那么在下周六的 14 点就请多多关照了！

于是，刚结束了期待已久的对决，就非常干脆地决定好了和 NO NAME 的线下一对一见面。

* * *

度过了与中村对战的周六以及与 NO NAME 对战的周日，我时隔两天来到了学校，二年级三班的教室却是出乎意料地平静。毕竟中村很可能在暗地里鼓捣一些小动作，让我在班里的地位有所下降，所以我来之前是做好了心理准备的。这样平静的结果让我有些诧异，不过同时也松了一口气。

中村在以前的初中和现在的高中里都被誉为是最强的，这样的他终于和据说“似乎非常强”的我进行了对决。这件事情虽然没有变成特大新闻，但还是以两三个礼拜才会发生一次的事件在班里默默地传开了。尽管如此，在对决结束后却没有任何人提起，恐怕大家都心知肚明，不想引火上身吧。也好，这算是最和平的解决方式了。

就这样，我一如既往地过着孤单的日子，度过了虽然不够刺激，但是也没有什么不满的时光。可以算是在讴歌平平淡淡的日常吧。我享受着这样的日常生活。

——在这样的日子中，星期三的午休时间发生了一起小小的事件。

我想着今天也一个人随便吃点就好，却意外地在走廊上遇到了中村。如果是平时，我们彼此无视对方就好了，但是这次则是出现了非常规的状态。中村的身边有女孩子，而且还是日南葵。

日南葵，才貌双全的大和抚子，性格天真烂漫，无论男女都非常喜欢她，是无可挑剔的完美女主角。学习成绩自然是全校第一，此外短跑和手球之类的体育测试也都是出类拔萃的女子第一名。不，何止是女子范围内，她甚至可以跟男子体育测试的前几名激烈交锋，有着堪称作弊般的能力。不仅如此，她还有着不做作的自然妆容以及人见人爱的笑容。同时，她还拥有不招人厌的，不知道该算是天然呆还是直率的傻气属性，这样的弱点反而将她彻底塑造成了完美的女生，甚至还散发出了性感的魅力。我都已经搞不清楚这到底是怎样的构造了。就连不擅长应对现充的我都对她抱有好感，或者说是有着敬畏之心也不为过。

她会来这所关友高中上学这件事本身就让人觉得非常不可思议。虽然在埼玉县内算是名列前茅的私立学校，但终究只是在埼玉县里，相比东京的升学高中只能说是不上不下罢了。并且离开埼玉车站的话，附近还有一大片稻田等看起来像乡下的地方。

我回想起坐在我身后，不知道能不能算帅气但至少要比我帅的两个同学曾有过这样的对话——

“话说，你觉得小葵怎么样？”

“小葵是指日南葵吗？”

“是呀，是呀！”

“还能怎么样……超喜欢呀！大家都是这样吧。她已经能算是偶像了。”

“就是说啊。”

“照理来说，那其实很奇怪吧。无论是学习、运动还是外貌，所有的一切都很完美，用天才都不足以形容她了。”

“就是啊。无论我们多么努力，都不觉得能在任何一个领域赢过她啊！”

“明明是这样，她却和大家的关系都很好。这很奇怪吧。如果有人问我和我关系最要好的女生是谁，我会回答说是日南葵哦。”

“……我也是，女生里是跟她最要好呢。”

“对吧。这很奇怪呀！跟我们这种人搞好关系又没有多少好处，然而她却对大家一视同仁。她是那种没有任何心机的人吧。”

“究竟是怎么回事呢，该说她是人生的天才吗……”

“啊，真就是这样的感觉呢。不是棒球的天才或发明的天才，而是人生的天才。她是神啊。”

“真想感谢小葵的父母同意她来我们学校上学呢。”

“真的是这样。埼玉唯一能够胜过东京的地方，就是有日南葵在。”

——跟这样的日南葵都不怎么要好，甚至连一句话都没说过，我到底是怎么回事啊？！让我觉得自己说不定反而是某方面的天才吧。另外，不要总是把东京挂在嘴上，我认为当务之急应该是先比过神奈川或千叶。那才是不能输的战斗。

不管怎样，总之就是这样的日南葵现在和中村在一起。当然，她不可能不知道我和中村进行了对战这件事的。于是就引发了一起小冲突。

“啊！友崎同学，听说你和修二用AttaFami进行了对决？结果如何啊？”

“那个……日南同学……那个啊……嘎啊。”

我结巴了。不过并不是因为我是恶心阿宅的关系，毕竟是面对日南葵，我估计即使是只有那么一点点宅的人，也照样会结巴的。

“哈哈哈，嘎啊是什么意思啦。”

明明是被笑话了，但是不可思议地没有被嘲弄的感觉。是因为笑容中流露出来的天真无邪吗，还是因为清澈悦耳的笑声，抑或是因为她优雅地捂住嘴巴的举止呢？看到日南葵同学这么开心的样子，我的内心只涌现出了名为喜悦的感情。怎么回事呢？这个笑容是带着魔法啊。

“啊哈哈哈，真开心。唔……是什么来着呢？啊……对了对了……你们谁赢了啊？”

开心？她居然说开心。我竟然可以让日南葵同学觉得开心，还有比这更美妙的事情吗？她那圣女般的存在感甚至会让我产生这样的想法。这到底是怎么回事啊。

“唔……”

“嗯嗯。”

但是中村就在旁边。他一看到我，脸色就明显不太好了。毕竟我在对战时冲着他说了那么多狠话，最后还在游戏里将他一顿痛扁，他会这样也是难免的。

问题是在这种一触即发的状态下，而且是在学园的女主角面前，如果我直言不讳地说“我赢了”，那会造成怎样的后果呢？中村应该是想在日南葵面前维持比较好的形象的，而且如

果她对我的评价因此而上升，那他肯定会非常不爽的。嗯，感觉处理不好就麻烦了。

唔，即使是我，也还是会想在学园的女主角面前稍微展现一下自己帅气的一面的。虽然我的内心很别扭，但终究也是人类。可是，就算稍微展现一下自己帅气的一面，也不会给今后带来任何好处，甚至还可能让对方产生“这个阿宅打游戏太厉害了，真是又恶心又好笑”这样的想法。因为人生就是不平等的垃圾游戏啊。那么，在这里说我输了会不会比较好呢？这样一来是不是一切都能圆满收场了呢？不……这样有可能反而伤害了中村的自尊……想到这里，我突然意识到一件事情。

不对，等一等啊。这位完美超人的日南葵为什么要来问我？不管怎么想，她直接去问跟自己关系很好的中村才更自然吧。是考虑到没怎么跟我说过话，所以拿来当话题吗？不对，说到底以日南葵察言观色的能力，应该能从学校最近的氛围中察觉到输的人是中村吧。在这种情况下还对我抛出这个话题，未免太奇怪了。如果是这样的话，那么眼前这个状况是怎么回事呢？

……搞不懂。我还在左思右想，中村突然开口了。

“葵你好烦啊，是我输了。别管这种家伙了，快走吧。”

他显得非常不高兴，咬牙切齿般地说道。气氛僵住了。喂喂，这没问题吗？

“哎，是这样啊！你很厉害呢，友崎同学！修二，别在意！”

她的“别在意”带着些许调笑，但同时也含有爱意。气氛因此得到了缓和。

“……烦死了，笨蛋！”

中村有些受不了地笑了笑，对日南葵吐槽道。

“哎，不过居然能打赢无所不能的修二，看来友崎同学是相当强啊！真厉害……”

“不，也不至于……”

“下次和我也打一场吧！”

“我、我觉得还是不要比较好……”

“也对！不好意思，我太蹬鼻子上脸了！”

日南葵嘿嘿嘿地笑了。这人怎么回事，也太会聊了吧。这就是所谓社交能力吗？而且尽管明确说出了自己的败北，旁边的中村却露出了仿佛在守护小孩子一般的淡淡微笑。这也是日南葵打圆场的成果吗？如果是这样的话，那真是太厉害了。

“啊……那我……就先……去食堂了。”

“好的！再见。有机会的话，下次教我一点诀窍吧。”

“啊，好的。”

“……次……赢。”

中村好像小声地说了些什么。

“哎？”

“没什么，再见。”

怎、怎么回事？

“呃，再、再见。”

“再见！”

然后我背对着日南葵的第二次道别，往食堂迈出了脚步。

……算、算是挺过去了，我松了一口气。

不过，原来如此啊。正因为能够做到像这样打圆场，所以才有把握即使提起那个话题，也能做到只是稍微调侃一下炒热了气氛就打住吧。这是只有现充才做得到的选择。我的大脑是根本没可能推测出来的。

话说回来，中村自己明确表示“输了”还是让我挺意外的。希望他不要因此而对我积攒了怨气……我一边想着这些事情，一边走到了食堂。

就这样，小冲突被日南葵那压倒性的社交能力温柔地包裹住，然后烟消云散了。我非常不擅长应对现充那莫名其妙的自信和异常高昂的情绪，认为那都是毫无内在的东西，但是这样的我也不得不承认，日南葵是真的很厉害。这让我的价值观稍微产生了一点变化，在这个层面上，这算是一起小小的事件。

然后，在接下来的星期六发生了一起大事件。

“我到了！”

“我还有两分钟左右就到。”

“好的！”

和 NO NAME 见面的日子。“有事情联络的话，就请发到这里来！”他之前发了一个邮箱地址给我，我们就是通过邮件来交流的。NO NAME 似乎已经到了。我随着电车的摇晃坐了一站路，然后也到了。

“我到了。”

“好的！我在东口的便利店前面。”

“明白，麻烦告诉我你的穿着打扮。”

我从东口出来后，看到正面的便利店前面设有烟灰缸，有几个男人在那里抽烟。是其中的某个人吗？

手机振动了一下，我打开了邮件。哎？

“上衣是白色和蓝色的衬衫，下面是黑色的裙子！”

——女性。呃，也是啦，这也是有可能的事情。虽然我不自觉地就把对方当成了男生，但就算是女性，也没有什么不正常的。我这样想着，来到了便利店前面，环视四周，看到一名注视着自动售货机的女子。白色和蓝色的衬衫，还有黑色的裙子。就是这个人了。

她现在是背对着我，有着一头披肩的柔顺黑发，皮肤则是白皙到让人觉得几近透明的程度，虽然看不见脸，但应该挺年轻的。光是背影就已经能够感受到可爱的气场了。啊，怎么办呢？跟她搭话感觉会紧张啊，希望声音不要变调就好。

“你、你好，不好意思，请问你是 NO NAME 小姐吗？”

顺利说出口了，黑发清纯少女听到后就转过身来了。究竟是长什么样子——哎？

“你好！我是 NO NAME……哈？”

"……哎？日……"

"哈？！"

在我发出惊讶的声音之前，日南葵就已经大喊出来了。日南葵？！这是怎么回事？

"哎……日南……同学？"

"稍等一下，让我们先冷静下来……你是友崎同学对吧？和我同班的？"

"嗯，是这样没错……"

果然不是长得很像，就是真正的日南葵本人。而且她的样子与其说是很吃惊，倒不如说本身就挺不对劲的，口气也和平时完全不同。怎么说呢，没有了以往的活泼，给人一种冰冷的印象，然而看起来又不像刻意演出来的。

"你就是 nanashi 吗？"

这是语气中带有一丝威胁的疑问句。我含糊不清地回答道：

"是、是的……"

"……唔！"

她用力地皱起了眉头。这是怎么回事？我认识的日南葵可不是会露出这种可怕表情的女生，应该是更加天真烂漫、楚楚可怜……

"糟透了……"

"嗯？"

"我真不愿相信，nanashi 的真实身份居然是这种上不了台面的家伙。”

“日、日南同学？”

她刚刚说了什么？“这种上不了台面的家伙”？她应该是不会对别人说这种话的性格吧？这是怎么回事？双重人格？不对，是因为我太恶心了吗？

“你、你怎么了啊？日南同学，你有点不太对劲……比如语气之类的。”

“啊！”

她整个人向后仰，露出了非常尴尬的表情。因为脸部表情在剧烈变化，所以很容易就能看出她的感情。不过平时会显得更加可爱就是了。

“哎……一涉及AttaFami就容易忘我，这个毛病必须改掉才行啊……”

“什么？”

“不过既然都看到这么多了，也就无所谓了。”

“无所谓？”

“语气和态度？无所谓了，保持这样也没问题。”

“呃，没问题是……”

有问题才对吧。非常大的问题啊，都到了会让人觉得“你谁啊”的地步了，说真的。

“……”

“……”

然后迎来了一瞬间的沉默，真尴尬。但是日南葵却是一脸满不在乎的表情，完全没有想说些话来缓解这个尴尬局面的迹象。

“话、话说回来，呃，NO NAME 居然就是日南同学，怎么说呢……真是吓了我一跳。”

我就连场面话都能说得这么含糊不清，在某种意义上反而算是发挥稳定吧。

“是啊，我真是大失所望呢。像你这样没有一丝一毫的上进心，放任人生一直输下去的垃圾废物，居然是我曾经唯一尊敬的那个 nanashi。”

“……哈？”

刚在心中自我否定，没想到还被外面世界的人进行了追击。说得也太过分了，说我是垃圾废物。虽然有提到尊敬之类的词，但用的却是过去式。因为现在的她和在学校见到时的她反差实在是过于巨大，所以我刚才有点反应不过来，不过都被说成这样了，那我可不能继续忍气吞声了。

“等、等一下。那个……为什么我……非要被你说到这份儿上不可啊？”

“我只是陈述了事实而已。”

“就算是事实……有些话也是不能说的啊。”

“什么意思？”

“对一个还不怎么熟的人，说什么没、没有上进心，放任人生一直输下去……我没道理被你这么说教，你很没礼貌，这就是我想说的……”

“在说别人没礼貌之前，你应该先做到不要嘴里含着东西跟别人说话吧？”

“我才没有含着东西！”

我张大嘴巴，终于清清楚楚地把话说出来了。日南葵冷漠地看了过来。

“……不过，也对，确实是没有礼貌。关于这点我向你道歉，对不起。一牵扯到那个游戏的事情，我就会比较激动……但是即使如此，明知失礼我还是要说，毕竟我曾经唯一尊敬的人，居然是我最讨厌的那种人。”

“所以说这种话……”

“你也没资格对别人要求有礼仪吧？你这身打扮是什么鬼啊？”

哈啊？这有什么关联性啊？又不是规定了要盛装出席。

“什、什么意思啊。服装是每个人的自由。”

“……哎。我就是在说你的这种想法让人讨厌啊。”

“哈？”

怎么还在说，明明刚刚才道完歉。

“和别人见面的时候，而且还是第一次见面，应该有最起码的穿着打扮才对吧？虽然这次阴差阳错不算第一次见面，但是你来之前是当作第一次见面的吧？这身皱皱巴巴的衬衫是怎么

回事？有用熨斗好好烫过吗？牛仔裤的裤脚也破破烂烂的，你穿多久了啊？就没打算买新的吗？我真是好久没看到还在穿高性能运动鞋的高中生了。上面还沾满了泥土，鞋带也是破破烂烂的。一看就知道你走的时候鞋带都不绑好。头发也是，睡乱了就没管吧。有好好打理发型吗？莫非从来没有照过镜子吗？这样就跑出来跟别人第一次见面，这难道不算是‘没礼貌’吗？友崎同学？”

被指出来之后，我也意识到了。虽然之前没有在意过，不过确实没法说我这样子是仪表整洁吧。嗯，这点我明白了。但是，这家伙是怎么回事啊？我为什么要被这个关系不算要好的家伙捅成马蜂窝啊？

“但、但是这种事情和你无关吧，这是我的自由。”

“也是。既然你觉得无所谓，那就没差吧。不过，在‘没礼貌’的层面上，我们是半斤八两的，我只是想告诉你这一点。”

“半斤八两？”

“算了，实际上我们并不是第一次见面，所以你不需要道歉。不过如果是真正的第一次见面，那么你就应该道歉了。”

仿佛在看真正的垃圾一般，日南葵对我投以轻蔑，甚至到了厌恶程度的眼神。

“……话虽如此，说得这么不客气确实是我单方面失礼了。尽管我不觉得自己错了，但是毕竟太没礼貌了，我还是应该向你道歉。对不起。我没兴致跟你聊 AttaFami 的事情了，也不打算来一场复仇战了。再见。”

说完，日南葵转身就朝车站的方向走去。在那一瞬间，我稍微瞥见了她脸上的表情。

——我明明也应该希望这种没礼貌的女人有多远滚多远才对，但是忍不住开口叫住了她。是因为她刚才对我说的话让我非常恼火吗，还是因为日南葵转身的那一瞬间露出的表情相比厌恶更像失落呢？我自己也不是很清楚。

“……你等一下啊，自顾自地说了一堆有的没的就想走吗？”

日南葵停下脚步转过身来。

“你还有什么事吗？”

因为我是脱口而出就叫住了她，所以并没有想好要怎么做。慌了神的我有点看不破日南葵的表情，似乎很厌恶，又似乎像是抱有期待。我的大脑一片空白，只感觉到自己的指尖越来越冰冷。

“你说我的人生一直在输。”

我也不知道自己接下来要说什么。心跳声震动了肺部，大脑也跟着晃来晃去。

“像你这种初始数值就很高的家伙是不可能理解我的心情的。”

日南葵微微地张了一下嘴巴，可能是在重复我说的话吧，但是我已经听不见她在说什么了。我连自己是用怎样的语调在说话都不清楚了。

“人生是不平等的。像我这种人，样子长得丑，体格也不健壮，想太多却不敢向前迈出一步，精神脆弱，不管做什么都会被嘲笑，对社交能力也没有自信，我这种人无论怎么做都没办法赢过你们这些强大的人类啊。”

我可能是第一次对完全不会失败的人说这种话。

“不过这也没什么吧，因为就是不平等啊，就算努力也不会有成果。如果能有成果的话，那我也会努力啊。但是人生根本就没有规则啊。无法实现，没有正确答案，是垃圾游戏啊。那就没什么好努力的了，因为没有正确答案啊。说到底啊，我讨厌你们现充那样的人生，充斥着毫无根据的自信，总是聚在一起搞得好像很开心的样子。”

水坝一旦崩毁，就再也无法阻挡内心的洪流了。

“就算有根据，也还是无法对自己抱有自信啊。就算跟大家在一起，也会觉得自己很孤独，一点都不开心啊。这种活法已经深入我的骨髓了，而且我根本不知道会变成这样的理由。不行吗？在我意识到的时候就已经是这样了，这就是我啊，我自己觉得这样就可以了。孤独但还算有趣的每一天，这样就可以了啊。”

我握紧了拳头。

“……所以不要把你的价值观强加给我！”

——说完，激情唰地一下就退去了。大脑里昏昏沉沉的感觉也渐渐消散，视野慢慢恢复清晰。没过多久，我便能看清日南葵的表情了。

日南葵面无表情，只是死死地盯着我。

“……丧家犬般的嚎叫。”

日南葵用仿佛只是在指出事实一般的语气，轻轻地说道。

“你什么意思啊？”

“我说你这是丧家犬的嚎叫。讨厌现充那样的人生？你明明就没有体验过现充的人生。太蠢了，为什么认为自己会讨厌啊？如果你体验过现充的乐趣，但还是说没意思，那才合乎道理。但是，你并没有体验过吧？所以你这只是吃不到葡萄说葡萄酸，是丧家犬的嚎叫啊。”

……我似乎知道类似的理论，而且还是我非常熟悉的。

“我最讨厌明明输了却不去努力，只想着将自己的行为正当化的那种人了。”

真的是再熟悉不过的道理了。

但是啊，两者之间是不同的。

“我明白你的意思。但是啊，你错了。人生是无法变更角色的。”

“角色？”

“在你生下来的瞬间，人生就已经在某种程度上注定好了。就算是我，如果是像你一样长得好看、学习和运动都很出色的强大角色，那么自然能做得比现在要好很多。可是并非如此啊。你要说我是在讲歪理也好，或者说是在闹别扭也罢，但是我何止是和这种美好人生毫无关系，甚至还因为想太多了而一个劲地往让自己失去自信和干劲的属性数值上加点，结果根本就无力回天啊！”

日南葵只是默默地注视着我的眼睛。

“这是角色的差距啊。所以这样就可以了，而且我真的觉得这样的生活挺开心的。所以！你就不要管我了……”

“……角色的差距啊。”

日南葵的眼睛一瞬间看向了斜下方，接着突然——

“你给我过来。”

抓住了我的手臂。

“哎？”

一头雾水的我几乎是被日南葵给强行拽走的。

* * *

我现在蜷缩身子跪坐着，无所事事地寻找着这股甘甜香气的来源。看不到芳香剂或者烧香之类的东西。但是如果没有源头的话，这股令人心情舒畅的甜美香气又是从哪来的呢？我能看到的东西——铺着白色床单和淡黄色毛毯的床，床上面放着粉红色的枕头，还有极具生活感的黑色睡衣，摆放了笔和黑色台灯的椭圆形黑色小桌，纯白色的衣柜和书柜，很时髦的黑色书桌，淡粉色的地毯。除了这些之外，就只剩下暖色基调的、简单但又带点可爱和清洁感的生活杂物了。她应该是没有时间事先用喷剂之类的东西才对。

既然如此——那么是布吗？

衣服、床单、毛毯、地毯，如果是这些东西沾染的香气升华成了房间的香气，那么也是能够理解的。但是为了实现这种效果，平日里就必须仔仔细细地进行打扫、清洗和整理才行。要是我没有看到过刚才那个形象的日南葵，可能会认为真不愧是完美女主角日南葵吧。但是现在已经不会这么想了。

那个女人是怎么回事啊。不但对我想说什么就说什么，还害得我说了一堆不想说的话。而且，突然就把不太熟的男同学强行拖到自己的房间里来是想怎样，粗鲁也要有个限……我现在是在日南葵的房间里！

虽然我有意无意地在逃避现实，但是这可是非常不得了的状况啊。我还是第一次进女孩子的房间，根本不知道应该怎么做，所以姑且是跪坐着，不过我估计整体上是错误百出吧。日南葵本人留下“你说了角色的差距对吧”这样一句谜一般的话语就出去了，过了好几分钟都没有回来，这样下去我在精神上会窒息而死的。

我靠着胡思乱想来控制住自己的情绪，但已经到极限了。来个人赐予我安宁吧。咚咚咚……传来了走楼梯上来的声音。

啊，说起来这个房间是在二楼吧。我已经惊慌失措到连这个都忘记了。是日南葵回来了吧……咔嚓，房间的门被打开了。

“……呃，打扰了。”

进来的是一位陌生的女子，所以我朝她打了个招呼，这点社交能力或者说礼仪我还是有的。坦白说，她跟日南葵相比的话算不上有多漂亮，不过长相上还是有一点点影子在的。应该是日南葵的妹妹吧。恐怕是看到那个完美美少女带了这么不起眼的男生回家，觉得很不可思议就跑来一探究竟了吧。我自己心里很清楚，所以拜托你不要说出来啊。

“怎么样？”

“什么？”

“算是中上吧？”

“嗯，你在说什么啊？”

“……你这个人真的是没有一点和女性相处的经验啊。”

“什……么？”

为什么我非要被陌生的女孩子这么数落不可啊？日南家是流着会刺激恶心阿宅的血脉吗？

“这是我的素颜哦。”

“哎？”

“我是日南葵呀。刚刚卸完妆，你到底有多迟钝啊？”

“……哎哎哎哎？！”

虽然我是觉得有一点点她的影子，但是会有这么大的变化吗？她给人的印象也不是浓妆艳抹，应该是很自然的妆容才对呀。这到底是怎么一回事？

“你说了角色的差距，是吧？”

“……是，没错。”

“这样你明白了吧？”

“……明白什么啊？”

“迟钝到这种地步已经可以算罪过了哦？当然是说外表这种数值是能靠努力来弥补的哦。”

“哦哦。”原来如此，是这个意思啊……

行吧，我多多少少明白了她想说什么。

但是不管怎样，我都没有被她这么说教的理由。

“即使你是弱势角色，也还是能够继续成长的。外表的初期数值根本不能作为放弃人生的借口。”

哎，怎么说呢。还是不对啊。

“……怎么，你把我带到这里来就是为了做这么老套的说教吗？”

“简单来说，是这样吧。”

“多管闲事。我说过了吧，你和我的状况是不同的。首先我是男人，又没办法化妆。更致命的是初期数值就不一样了，我在脸部的构造上就已经完蛋了。这种事情要怎样补救啊……哎，我回去了。”

我说着便拿上书包站了起来。可能是因为把想说的话都说出来了吧，已经没有最开始那么紧张了。

“你真的是什么都没懂啊。”

“……你有完没完。”

“你知道一个人的外表有哪些重要因素吗？试着举三个出来看看。”

“我都说要回去了，还要继续陪你胡闹不可吗？”

“你就是这样，不光是逃避自己的人生，连这种小战场都要逃之夭夭是吧。真的是丧家犬呢。”

真亏她能这么顺溜地接连说出惹恼别人的话语来啊。

“我知道了，你好烦啊。既然都说到这份儿上了，我就接受你的挑衅。一个人的外表有哪些重要因素？脸部的基本构造，还有什么呢？身高和体重之类的吧。”

“完全不对。”

全否定。

“那你说是什么啊。”

“是表情、体格和姿势。”

既然有体格，那我刚才提到的因素也不算差太远吧。

“……不不，脸部的基本构造才是。”

“那种东西并不是太大的问题。”

“不，这怎么可能……”

对于外表来说，作为基础的原始长相非常重要才对吧？她在胡扯吧。我的人生就是证据啊。

“那你能来看一下这个吗？”

说着，日南用双手遮挡住了脸。

她就这么挺直了身子，然后像在逗小孩一样将双手打开了。

“怎么样？”

“……你想让我说什么……”

她打开双手后，呈现在我眼前的是比之前要亲切五六成的，还挺美的女生。给人的印象仿佛就是平时的日南葵直接卸妆后的样子。呃，虽然刚才实际上也是。

“你看明白了吗？表情很关键啊。”

“不……这已经不单纯是表情的程度了吧。”

“那你要怎么解释这个？变脸的魔术吗？还是一瞬间就整容了？”

日南一边这么说着，一边放松了脸部，这次她没有用双手遮住脸。然后她变回了刚才自称是中上的脸。我刚这么想，她又渐渐地变成了相当亲切的美人。她重复了好几次这样的变化。

“噢噢……”

感觉仿佛在看非常精彩的表演。老实说，这个确实相当厉害。

“能做到这点是因为我在特别努力哦。”她一边说，一边慢慢地来回变换，“顺便一提，不光是表情，我的姿势也有变动，你看出来了吗？”

“哎？”

听她这么一说，我仔细看了看，发现她在放松表情的同时会变驼背，变成亲切美人的同时，会挺直身体。

“姿势也会改变脸给人的印象哦。表情和姿势，光是将这两项掌握完美，就足以变成‘像现充的外表’了。不过，我也是因为本身的底子还算不错，所以才能让自己变得这么美就是了。”

“是啦，看起来你就对自己很有自信。”

“是的，正是如此。自信也是很重要的。”

“我说的才不是这个意思……然后呢？那又如何啊。”

“你还不懂吗？”

……倒也不是不懂。她专门做了这些事情给我看，就代表说——

“你是想说丑男也能变成普通以上的程度对吧。”

“悟性不错啊。”

“所以，那又如何？你是想让我也好好努力吗？我都说了，你是多管闲……”

“并不是这样。”

“不是这样？”

听到我这么说，日南朝我的眼睛投以笔直、深邃的注视。不，那是仿佛在窥视大脑最深处一般的视线，然后这样说道：

“正因为如此，像现在的你这样的人，是世界上内心最为丑陋的人啊。”

“什……”

突然这么说是要怎样啊。

“我说的是，像‘现在的’你这样的人。”

“现、现在的？就算你故意说得这么意味深长来糊弄人……”

“接下来我要说的都是自我满足的说教，你当成耳边风也无所谓。虽然我会命令你，但是最终做决定的还是你自己。你想全部无视也没关系。你就基于这样的前提来听我说吧。”

日南葵打断了我的话，像是要改变气氛一般这么说道，语气和眼神中没有一丝一毫的敷衍。即使是没有交际能力的我，也能够明白，日南现在无比的认真。

“……哦，哦。”

她用一股平静又大胆无畏的，完全不像同龄人的气势将我压倒了。

听到我同意了之后，日南不再是刚才那样放松了的表情，也不是亲切的美人面孔，而是露出有些忧愁且带着人情味的表情，编织着话语。

“……你这样说过，对吧，说自己没有交际能力也没有自信，觉得我的初期数值比你高很多。但是，并没有这回事。我其实就是个普通人，不，以前甚至是过着普通人还不如的生活……至少到小学为止是这样的。正因为如此，我才能断言，你所说的交际能力和自信，这一切都是可以靠努力做到的。我从初中一年级开始就在证明这一点了。”

那是能让人感受到她的内心有明确根据的强有力语气。

“……你还说不合理不平等，但是并非如此。人生这个游戏是靠好几个简单的规则在运作，只是规则之间复杂交错，你没能好好掌握而已。”

有种不由得我信不信，内容直接冲进了我的大脑的感觉。

“我曾经很尊敬 nanashi。我在各方各面都靠着努力赢下来了。所以对于努力的做法和坚持，我有不输给任何人的自信，而且有信心能带来成果。但是唯独 AttaFami，无论我怎么努力，都没办法追上 nanashi。”

她做着最低限度的肢体动作，平静地编织着话语。

“所以，我以为 nanashi 是比我更加努力的人。正因为是这么想的，我才那么尊敬他。但是，实际上却是这么一副德性。在人生中，nanashi 不要说是失败了，他根本就没好好战斗过，而且还拿天生的不足作为借口来逃避，是个非常无聊的人。不，不仅如此，还断定自己从未体验过的乐趣是很无聊的，来正当化自已，是丑陋无比的丧家犬啊。”

尽管被说得这么过分，但是不可思议地，我没有燃起怒火。这与其说是因为被这家伙认真的气势给压倒了，倒不如说，我从现在的她身上感觉到了某些与自己相似的部分。

“我是很厉害的人啊。你也这么认为吧？甚至会让人觉得日本怎么会有这么厉害的 16 岁的人啊？但是，有一个领域是你要强于我的。更何况我们都是同龄人，那个领域也不会因为性别而对我更为有利或更为不利——正因为如此，我才要说啊。能够战胜我的你，我曾经唯一尊敬的 nanashi，面对人生这个游戏却是这副惨状，这让我打从心底感到很恼火。不可原谅！糟透了！如果战胜了我的人是这么无趣的话，那不就连我也变得很无趣了吗？”

被说成这样也不会觉得她非常傲慢，这是因为能从话语之间感受到她暗中付出了呕心沥血的努力吧。

“优秀的游戏基本都是很简洁的，这是我的观点。然后，人生这个游戏看似没有规则，其实是有着只靠简洁的规则组合而成的优美构造。尽管你说人生是垃圾游戏，但实际上并不是这么一回事。人生是至高无上的神作啊，你只是还没有理解这一点而已……你明明是 nanashi，却要在这么优秀的游戏里一直输下去吗？要一直把责任推卸给游戏，就这么逃避下去吗？要一直作为丧家犬在那儿嚎叫吗？……友崎同学，我对你有一个提议，不对，我要命令你。”

虽然在细枝末节上是完全不同的，但是最为根本的想法却和我是非常相似的，我还是第一次遇到这样的人。

正因为如此——

“我会把游戏规则一个一个地都告诉你。所以——”

即使自己很不情愿，也还是会被她的话说服。

“你就给我认真地去面对‘人生’这个‘游戏’吧！”

这就是在星期六发生的大事件。

*　*　*

“唔，我明白你的意思了。”

我可能还是第一次被别人丝毫不讲情面用真心话狠狠地说教了一通。

“那就好。”

日南葵依旧保持着仿佛反映出了她的内心深处一般的表情。

“但还是有不明白的地方。”

正因为如此，我也不能够敷衍对待。无论是我要肯定，还是要否定。

“我认为人生这个游戏是垃圾游戏。要多少依据我都能举出来，而且我对此是有着相当大的确信。”

强大角色好处占尽，弱势角色饱受压榨。没有简洁且优美的规则，是垃圾游戏。

“哦。”

“所以，你说的什么人生是神作游戏啦、借口啦、丧家犬的嚎叫啦，这些我都无法感同身受。”

“这样啊。”

“不过……”

“不过？”

我回想起中村将自己的败北怪罪于游戏的那件事。

“不去努力，将责任推卸给游戏来粉饰自己的失败是世界上最为丑陋的行为，这一点我是赞同的。我也最讨厌那样的行为。”

听到我这么说，日南葵翘起嘴角笑了。

“嗬，真不愧是 nanashi 啊。”

“……不过，有时候确实真的是游戏的问题。虽然很多游戏都能够靠技术来弥补角色之间的差距，但是无法扭转角色差距的游戏也是存在的。”

“你是想说人生就是那种‘无法扭转角色差距的游戏’，对吗？”

“没错，所以人生是垃圾游戏啊。”

“那只是你心中的想法而已。”

“或许吧。不过，我确实不知道从你的角度看到的人生是什么样子。”

“这是当然了。”

“是啊，理所当然。没有人能够了解别人眼中的景象是什么样子。游戏可以尝试使用强大的角色，但是人生无法体验别人眼中的景象，所以我只能相信自己看到的这一切。”

“哦。”

“所以，就算有人说‘人生是神作’，我也会认为那只是因为那个人自己是强大角色。无论谁跟我说人生是神作，我也不会动摇。”

我笔直地注视着日南葵的眼睛。

“这就是我的想法。”

日南葵的表情终于清晰地浮现出了气馁。

“……这样啊，那也没什么。毕竟做出最终决定的人是你……”

“不过……”

我打断了她。

“……不过我开始觉得，这次说不定可以稍微听听你的。”

我再次用力地看着日南的眼睛。唔唔……真是美人啊。

“这又是为什么？”

“这是因为……”我稍微思考了一下，“怎么说呢，你说的话实在是和我太像了。明明你是这么的现充这么的美。既然是相似的人，那么说的话可以稍微作为参考吧，这是理由之一。”

“哦。”

“不过这并不是最大的理由。”

“……到底是什么啊？”

日南葵用带着兴趣与惊讶的目光看着我。

“因为对我说这些话的人，是我在整个日本唯一认可的玩家‘NO NAME’啊。”

说完，我更加用力地看了过去。

“……”

“……”

“……好逊啊。”

咦？我还以为很有型啊！

“……等等。你这是什么意思啊？”

“我说你在最后的最后想要个帅的行为很逊啊。”

“我是鼓起勇气做出来的啊，你倒是体谅一下呀！”

“谁管你啊！而且也没说什么大不了的事情。”

“你稍微尊重一下交流障碍者的努力啊，我是属于听到夸奖更有助于成长的类型。”

“你做了什么值得夸奖的事情吗？倒不如说你让我很失望。nanashi 这样的人居然这么轻易就改变了自己的意见。”

“哈？哪里算轻易了？而且我并没有改变意见，只是觉得稍微听一下你的也可以。”

“这和改变了有什么不同？在我看来是一样的哦？”

“才不一样。我是信赖着玩家，而且你还是日本第二。换句话说，就是这世界上信赖程度仅次于自己的人跑过来对我说‘你还有不知道的事情’。既然如此，那我就姑且听听吧，仅此而已。”

“这不就是改变了意见吗？”

“都说了不一样啊。只是更加详细地听听内容，然后确认自己是否能接受，并不是要原封不动地全盘接受。如果觉得不合自己的心意，那就不会接受。”

“但还是会先听听看。”

“那当然了，我可是nanashi啊。只要打过一局，就能明白你有付出多少心血去努力，所以认为你的话有值得一听的价值。”

“……哦……那就好。”

那就好啊。

居然能和同班同学针锋相对且毫不间断地说这么久，我还挺厉害的……虽然差点就产生了这样的想法，不过这家伙与其说是日南葵，倒不如说是NO NAME，所以我果然还是不厉害吧。

“那么你就教教我吧，关于这个游戏的规则。”

人生是否真的有资格被称为神作呢？

“哎。友崎同学，你真的是什么都不懂呢！我说过了吧，规则是复杂交错的，怎么可能这么简单就教会你啊！”

“教不了？什么意思，这跟说好的不一样啊。”

“……那我问你，你买了新游戏回来，如果想好好地掌握这个游戏，你会看说明书吗？”

“怎么突然问这个？”

“你别管。会吗？”

“……不，虽然是会看一下说明书的，不过主要还是靠玩玩看来让技术变好。不去实际接触的话，是无法了解其本质的。”

“对吧？都一样的。”

“一样？”

“就算熟读说明书，玩游戏的技术也不会变好。人生也是一样的。”

“人生也是？”我刚开始思考，日南就继续往下说了。

“玩游戏的时候不会很仔细地看完说明书才开始玩吧？”我点了点头。“和那个是一样的。不实际玩玩看的话，技术是不会变好的。”

……不，这不太对吧，因为我姑且也算是在玩呀。

“稍等一下，我可是实践过了人生却到处碰壁，所以才变成这样了哦？”

“正是如此。那么，如果在游戏中碰壁了，你会怎么做？”

“哎？在游戏中吗？唔，也要看具体的游戏类型……练等级，练习操作，查看攻略网站，差不多就这些吧……”

“不愧是你，回答正确。”

“哈？”

“在人生中也是可以去练练级、练习操作或者查看攻略网站的，这就是人生这个游戏的根本。”

日南一边说，一边翘起嘴角笑了。

“……你等一下，唔……我能理解你的意思。练等级，就是好好努力的意思吧？这个嘛，确实也只有这一个办法了。”

“是啊。”

“但是啊，人生这个游戏在这方面就是没办法像其他游戏一样顺利啊。就算努力了，也还是无法实现目标。初期状态决定了你的极限，根本没有办法颠覆。人生就是这么个垃圾游戏的构造啊。算了，你是不会懂的吧……毕竟是强大角色。”

“你真的明白吗？”

“你是指什么啊？”

“练等级是指提升自我。从外表到内在，让自己的基础能力得以提升。练习则是要练习为人处世的技术，也就是要磨炼具体且实用的技术。光是做好这两点，就能解决人生这个游戏中难题的一大半。”

“……不，我都说了我能明白你的意思。可是啊，实际上并没有那么容易。像我这样的弱势角色，存在着大量根本无法靠练等级和技术来解决的问题啊。”

“是的。先不说你至今为止到底有没有去做过，这种状况也确实是存在的。”

“呃，这种情况也是存在的吗？那不就没辙了。”

“但是，那些无计可施的问题，就是碰到‘困难关卡’的时候呢，也还是有解决的方法的。我说过了吧？练等级，练习技术……还有一个呢？”

也就是说……

“那是……”

“没错。就是攻略网站啊。”

“……那么你说的攻略网站是什么啊？自我启发类的书籍或者 How to 类的书籍，是指这些吗？是想让我看那些书来做应对吗？”

“哎呀。”日南像是被逗乐似的笑了，“这个嘛，也可以啦。不过有更加稳妥的、只要遵照那个去做就绝对没问题的攻略网站——这世上唯一的一个哦。”

“那是什么？怎么可能有这么方便的东西。”

“就是有啊。据我所知，这世上仅有那么一个。”

“……所以那是什么啊？那种东西在哪里啊？”

听到我这么问，日南说了句“这个嘛”，用食指缓缓地敲了两下自己的脑袋。

“在这里哦。”

那是仿佛在开玩笑一般，充满自信的表情。似乎都能听到她反问我“这是理所当然的吧”的声音了。

“……你啊，该怎么说呢，真亏你能对自己这么有自信啊。”

我忍不住哈哈地笑了。她能彻底自信到这种地步，反而让我觉得很舒畅。

“这是当然的吧？至今为止我可是积累了种种对这个游戏进行攻略的经验。所以，大脑里牢牢记住了导致结果的原因。”

她说的话让我有些似懂非懂。

“导致结果的原因啊……那就是你说的人生规则吗？”

“是的，就是这样。”

“哦……”

我知道的人生规则是“强大角色一本万利，弱势角色饱受压榨”。别扭的人或胆小鬼会招人嫌弃，伤害别人则会显得很强大。正因为只有这种烂规则，所以人生才是垃圾游戏。但是这家伙却大言不惭地说人生除了这些之外，还存在能让人生变成神作游戏的规则。

她确实做出了实际成果，也有说服力。在根本的想法上和我很接近，能够让我认同，所以我准备接受这家伙说的话——也就是要认真去面对人生这个游戏。她让我觉得就算这么做，也是可以的。

但是不对，不一样。这家伙是不一样的，恐怕我和这家伙是无法互相理解的。

因为就是这样啊，这种家伙说到底就是这样的。我试探性地向她提出了问题。

“……我问你啊，你说人生是神作对吧？那么，到底是有多神呢？”

没错。将人生这个游戏捧上天的人和我之间，在这方面有着巨大的断层。

“有多神？……这个嘛，据我所知……”

她扬起了头，稍微犹豫了一下。

“算是遥遥领先的第一名吧。”

看吧，我就知道。

就是这样的。会说出“人生是神作”这种把人生捧得老高的人，说到底把其他游戏都放在了远远低于人生的位置，只是图方便才把人生比喻成游戏而已，其实内心只把人生视作是特别的。也就是说，这种人自以为是屈尊在配合喜欢游戏的人的视角，其实态度非常高高在上。从一开始就认定其他游戏比人生要无聊，鄙视那些游戏，觉得根本不值一提，就是在这样的基础上才把人生比喻成游戏。

这家伙果然也是如此。感到失望的我默默地拿起书包，准备站起来离开。

就在这时。

“嗯……果然没错，人生是遥遥领先的，和 AttaFami 并列第一。”

日南出其不意地，用自然到令人惊愕的纯真声音这样说道。

“哎？”

“嗯，虽然稍微犹豫了一下，但果然还是没法决定出哪个要更好。其实在这种情况下最好是能咬定人生要更胜一筹……但是很遗憾，确实是并列第一。”

——我不由得愣住了。并列第一？人生和 AttaFami 吗？

她刚刚是这样说的吗？那个出类拔萃的现充日南葵这么说了吗？

“失望了吗？不过也是，毕竟你已经把 AttaFami 玩得炉火纯青了。如此一来，同样有趣的游戏可能就没有玩一玩的价值了吧。”

“你……”

怎么可能失望啊。我现在不自觉地——

“是啊，你已经在第一名级别的游戏里君临天下了……那我就必须提供更高的价值才行啊……啊啊，失误了。我真是需要改掉这个一碰到 AttaFami 就失控的毛病了……”

日南快速地小声嘟囔着，然后重新面向了我。

“算了，我都说了最后给出答案的人是你自己，所以随便你怎么做，我都不介意。这种时候靠撒谎来获取信赖也不太对，这也是没办法的事情。”

不对，不对。我现在，不自觉地感动了啊。

“我……”

话语已经到了喉咙边上，但还是咽回去了。至今为止，我都是不为人知地，只是基于自己想玩这个理由在不断地练习 AttaFami。我想要变强，这样自己就能满足，也很幸福。这样就好，我很开心。不过，我也有自觉：这种事情是不会被周围的任何人所认可的。只是在网络上被夸赞很厉害，既没有喜欢游戏的朋友，父母也不怎么夸我，更不可能靠这个成为班上的焦点。我不擅长运动，当然也没有女朋友。在这样的情况下把时间都拨给了 AttaFami，最后有了成果，这一切都是为了我自己。我真的只要这样就好了，不被别人认可也没关系，我就是这么想的。

但是现在这个家伙，这个在我认知中最强的现充却说“人生和 AttaFami 是同样有趣的游戏”。也就是说，她理所当然地说出了含有“AttaFami 拥有和人生同等的价值”这一层意思的话语。

——比任何人都要了解人生的她说出了这样的话。

为此感动确实很矛盾。我一直认为人生很无聊，是垃圾游戏。所以，我应该要说“开什么玩笑，怎么可能跟那种垃圾游戏是同等价值”“AttaFami 要有趣多了”“AttaFami 才是神作”之类的话来反抗才对，这些才是合乎道理的意见。

但是，在我的所知范围内把世界上最被认可的游戏“人生”玩出最佳成果的这家伙说 AttaFami 和“人生”具有同等的价值——我实在是无法产生反驳的念头。

本以为努力不被任何人认可也无所谓，而且正如我所想的那样，确实是没有被任何人认可，我只为了我自己而努力。对此我一直觉得自己不会有不满，甚至觉得不可以有不满。然而现在……

却被重重地肯定了。

“你那是什么表情啊？”

“我啊……”为了自己的心情不被察觉，我低着头继续说，“我认为有规则的东西全部能算游戏。只要有规则和基于规则的结果，那都是游戏。”

日南葵沉默地等待着我接下来的话语。

“如果人生也有那些要素的话，那么人生也是游戏。然后，如果那些规则是简洁优美且深奥的话，那么就是神作；反之则是垃圾游戏……你也是这么想的吧？”

“是的，正是如此。规则是存在的，所以人生是不折不扣的游戏……而那些规则都是简洁优美且深奥的，所以人生是神作啊。”

“……这样啊，我明白了。”我抬起头来，“既然如此……”

“既然如此？”

我笔直地注视着日南。

“玩家的血在骚动啊。”

日南的脸上露出了惊讶的神色。虽然我不知道自己露出了怎样的表情，不过日南应该是看到我的样子才露出了惊讶的表情吧。

“我并不是对你说的话全盘信任。”

我将话语对准了自己眼前的玩家。

“在我的眼前有个游戏。这个游戏虽然难度很高，但是竞技人数却多到全世界的人都参加了。我稍微玩了一下，就认为这是一款垃圾游戏。不过根据从可靠门路得到的消息，这似乎是一款神作。然后，在我眼前就有这款游戏的高手，而且还说要教我高效的攻略方法。那么……”

我无视了目瞪口呆的日南，继续说道：

“我就没有不把那个当成游戏来玩的理由。”

说完后，我看向了日南，刚才目瞪口呆的日南已经消失无踪，取而代之的是浮现出热忱笑容的 NO NAME 的样子。

“……不愧是 nanashi 啊。”

“还行吧。”

“已经完全相信我了吗？”

“怎么可能。在我亲手玩过并确认是神作之前，才不会相信你啦。”

没错，我并不是相信她。

但是这家伙和我同样是玩家的思考方式，将其他游戏和人生放在同一个擂台上做比较，得出了人生是神作的结论——而且和 AttaFami 是同等级的神作。

既然如此，我觉得姑且尝试一下也是可以的。

“不过，游戏本身就是这么回事。在没有玩得滚瓜烂熟之前是无法判断它是不是神作的。既然要玩，那么不从一开始就全身心地投入是没有意义的。我不想给自己找借口。”

“你说得没错。”

日南笑着点了点头。

“所以，那个为了成为现充的、为了攻略人生这款游戏的玩法，我打算试试看，而且我不会放水的。这样可以吧？”

“那是当然了。”日南又点了点头。

“那么，我应该做什么呢？”

“哎呀，很有干劲嘛。”

日南不知为何很开心地说道，然后直接站起来，拉开书桌的抽屉寻找起东西来。

“你在干什么啊？”

“人生是自由度非常高的游戏。”

“嗯？唔，是这样没错啦。”

“高自由度的游戏最开始应该做什么呢？”

“我想想哦。”

高自由度的游戏啊！是那种不受限制，做什么事都可以的游戏。

说到这些游戏的共同点……

“唔，是创造角色，对吧。”

“鬼正。”

她一脸认真地指着我这样说道。

“哎？什么？鬼？正？”

“所以你最开始要做的事情也是创造角色。”

“呃，你刚才说了什么啊？”

“……你是指什么？是你的错觉吧？”

她撇开视线，冷淡地说道。刚才那是什么啊？感觉好像在哪里听到过。

而且错觉是几个意思啊，喂，但抱怨的我被无视了……看来只能继续推进话题了。

“……唔，我们是说到创造角色，对吧？”

“是的。”

日南一脸平静的样子，似乎是要当成无事发生过。真是搞不懂她，算了，就这样吧。

“但是，我这个角色已经完成了吧？……虽然是作为丑男角色。哈哈哈。”

“你想得太肤浅了。要用这个哦。”

日南无视了我那俏皮的玩笑，从抽屉里拿出了白色的东西。

这是……不对，等等等等。

“……喂。你该不会是让我一直戴着这玩意儿遮起来吧？”

“那怎么可能啊。这个是有更具意义的用法的。”

这样说着的日南右手拿着的东西是，用来抵抗花粉症的大口罩。

* * *

“回来了……”

这并不是在对谁说，只是出于回到家要说一声的习惯而已，我用这样的音量说完了回家的招呼。刚走到回自己房间必须经过的客厅时，察觉到我与平时有所不同的母亲跟我搭话了。

“文也，你是感冒了吗？”

“唔，啊，啊啊。”

虽然并不是，但是也没办法解释清楚，所以只能模糊地表示肯定。

“我们家里也有口罩啊，这个你是自己去买来的吗？”

“唔，啊啊不是，因为我说感冒了，朋友就给我了。”

“哎呀。是这样吗？嗬……”

那是有点吃惊又有点佩服的表情。即使没有说出口，我也清楚地知道她是想说“原来你还有感冒时会免费送你口罩的朋友啊”。这就是母子之间的羁绊。

“好啦，欢迎回来。差不多该吃饭了，你就先……”

“我知道。”

每次回到家都会马上跟我说的事情，让我先去洗澡。好的好的，我打断了她的话朝浴室走去。

“啊，不过现在……”

嘎啦。

“啥、啥子！”

更衣间的妹妹让我极为困惑，想要回话却变成了奇怪的反应。

“……哥哥，你真的好恶心啊。”

妹妹并没有多惊讶，只是瞥了我一眼，然后平静地穿上了运动衫。

“你骗人的吧。”

“啥？”

“那个。”

妹妹指了指脸的下半部分。

“口罩？”

“你刚刚说是朋友给你的。”

“是啊。”

原来是说这个啊。

“哥哥你又没有会给你东西的朋友。”

“你啊……”

比自己低一个学年的妹妹在跟自己同一所学校上学就是会出现这种麻烦事。

“最好不要撒这种一下子就会穿帮的谎哦。”

这家伙完全不像跟我有血缘关系的样子，不但容貌好得不得了，而且性格还非常开朗，她虽然是一年级，但是认识很多学长学姐——也就是我的同年级同学，因此算是比较了解我的情况。但是就算如此，为什么我要让妹妹来指点我怎么撒谎啊？

“再怎么说，我也是有这种朋友的。”

而且确实是别人给我的，我没有说谎。

“那么是谁给你的？”

“为什么我要说得这么详细啊？”

“你看，说不出来吧，果然是在骗人。”

哎。真麻烦。

“日南葵。”

妹妹目不转睛地打量着我的脸。我没有说谎哦，服气了吧。

“哎……”

她不知为何对我叹了口气。

“干什么啊。”

“我说你啊，那种可不能算是朋友。”那是非常非常受不了的口气，“日南学姐会给你口罩，是因为日南学姐是天使啊。明白吗？她对所有人都是平等的温柔。居然说是朋友……最多也就只能算是同班同学吧。”

就像在对小孩子说教一样，她用演戏一般的怜悯口吻跟我这么说。不，我也没有把她当成朋友哦。非要说是朋友的话，那也是战友，而且她根本不是什么天使，用女武神来形容的话倒还说得过去。

“哥哥，你千万不要会错意喜欢上人家哦！丢脸的人可是我哦！”

好歹要说你也会丢脸吧，真是以自我为中心的思考方式啊。

“谁会喜欢上那个粗鲁的女人啊。”

“……哎？什么？”

“什么都没有啦。”

“啊，真受不了！你平时说话就含含糊糊的，戴了口罩就更加听不清了！”

妹妹一边说，一边用力地扯掉了我的口罩。啊！

“……真的是莫名其妙，恶心死了。”

说完，她就很不开心地从我身边走了过去……呃，这也难怪。

“确实是……莫名其妙啊。”

洗漱台的镜子照出了毫无意义地将嘴角翘到极限、浮现出笑容的恶心男生的样子。

*　*　*

我困惑地看着日南手上的口罩。

“除了遮住脸的一部分以外，这个还有什么用啊？话说……”

而周围的景色更是加深了我的困惑。

“……为什么要换地方啊？”

从书桌抽屉取出口罩的日南发动了第二次的“跟我来”，拉着我的胳膊把我带到了她家附近的意大利面店。

“遮还是要遮。不过重要的是，遮住后要干什么。”

遮住后要干什么？不对……

“等等，为什么突然跑到意大利面店来啊？”

“你看，菜来了。”

日南无视了困惑的我提出的问题，这时店员把菜端了上来。

“让您久等了，蘑菇日式意大利面和三种芝士的培根蛋酱意大利面。”

“谢谢。”

培根蛋酱意大利面放到了日南的面前，蘑菇日式意大利面放到了我的面前。

“呃，所以说……”

“这里很好吃的。”

日南仿佛打从心底感到开心似的笑着说道。这表情是怎么回事，也太可爱了，都到了让人震惊的程度。

“我不是说这个……”

“哎，你就好好听着吧。”

她叹着气指了指自己的嘴角。还以为是要干什么，结果是又在表演刚才那个美女与普通人来回变换的伎俩。

“噢噢……”鼓掌鼓掌。“不是啦！到底在搞什么啊！”

“你好烦哦，我就是肚子饿了想过来吃点东西啦。”

说着，日南吃了一口培根蛋酱意大利面。

“……嗯，很好吃。”

然后日南脸上浮现出自由又天真无邪的微笑，轻声地说道。可爱到无敌。

“关键就是……表情啊。”

表情？

“是指刚才那种笑容吗？”

“啥？刚才的笑容？”

“啊，不，没、没什么。”

因为实在是太强了，所以我不自觉就说出了奇怪的话。

还好日南没有特别在意，就这么继续往下说了。

“看好了哦？这是美人状态的嘴角。”

听到她这么说，我仔细地看了一下，只见她嘴角微微上扬，同时脸颊也有稍稍绷紧的感觉。无可挑剔的美人，而且还很亲切。话说这么仔细盯着看的话该怎么说呢，这家伙的脸真的好可爱啊。不过一旦意识到了这点，就不敢看她的眼睛了。

“然后，这是不美的状态。”

日南的脸整个失去了霸气。仔细观察这个状态，会发现她的嘴角下垂，脸颊也变得松弛了，甚至连鼻子的两侧都出现了皱纹。虽然不是丑八怪，但最多也只能是勉勉强强算个美人的程度。

“嗬……”鼓掌鼓掌鼓掌。

“嗬你个头啊，一脸蠢样。现在可不是让你佩服的时候哦。”

“……是，是。”

我有点被她的气场给压倒了。呃，这家伙果然不可爱啊。

“你明白了吗？也就是说……”

日南的嘴角上扬。

“我在日常里一直处于这种状态。”接着，日南的嘴角下垂了。“而你则是一直处于这种状态。”

“我、我有这么夸张吗？”

我不由得稍稍吃了一惊。虽然我也不认为自己是嘴角上扬的状态，但是被当成坏例子还是让我有些不服气，觉得她说得太过火了。

“给。”

仿佛是早就对我的反应做好准备了一般，她把一个小镜子直接举到我的眼前。上面照出了我脸颊松弛的样子。

“……原来如此。”

“你明白了吗？”不得不明白了。“……看来你是明白了。”

“呃，但是我不认为光这样就能让自己的脸有非常大的变化。我的脸本来就很丑，这可不是嘴角能解决的问题。”

“你很会顶嘴啊。”

“有什么办法啊，这可是我十六年来一直保持的想法。”

“你是不是丑男这个问题现在先放到一边去。”先放到一边去啊，她意外地有温柔的一面呢，“你似乎已经明白嘴角的重要性了。”

“嘴角的重要性？”

“是的。”

日南一边吃着意大利面，一边开始这个话题。我也效仿她吃起了意大利面。好吃，非常非常好吃。这是怎么回事，太好吃了。这玩意儿太厉害了吧。

焦化得恰到好处的黄油和酱油的芳香通过鼻子直击大脑。吃下一口之后，从培根渗出来的油和蘑菇的鲜美滋味交融在一起，在舌头上化开，浓郁的味道融入了细胞。而且与此同时，嚼起来很筋道的面也让下巴充分地乐在其中。

“……太，太好吃了！”

这世上居然有这么好吃的意大利面吗……日南，谢谢你……

我饱含感动和感谢之情，看向日南，却看到她露出了非常渴望的表情，用一双水汪汪的眼睛看着我。

“你那个……看起来也很好吃哦？”

日南一边平静地这么说，视线一边在我的脸和我的意大利面上来来回回地移动。

呃，这个……就算是有交流障碍，也能明白应该怎么做。

“……要来一口吗？”

听到我这么说，只见日南睁大了水汪汪的眼睛，表情可爱到令人无法直视。

然后说了句，“谢谢。那我不客气了。”用叉子插进我的意大利面，卷了起来。接着拿到嘴边，一口吃了下去。随之而来的陶醉神情甚至散发出了性感的魅力。

那副表情差点让我看得如痴如醉，这时我突然有点意识到了。

“啊啊！！”

“怎、怎么了啊？”

日南百思不得其解地问道。不不，给我慢着，这不就是所谓，间接进行嘴巴和嘴巴的那个，不就是这么一回事了吗？

“呃，你想啊，这个，间，接……接吻……”

听到我下定决心说出来的话，日南摆出了眉毛上扬的傻眼表情。

“我说啊，共用的是矿泉水瓶的话那还能理解，这种鸡毛蒜皮的小事情只有初中生会在意哦。”

“哎？啊，呃，一般是不怎么在意的……是这样吗？”

“哎，别管这种事情了，让我们继续往下说吧。”日南无视了我的问题，摆出了认真的态度。

“假设有两名戴着墨镜的男子在说话，眼睛和眉毛都被遮挡住了。其他人虽然听不见他们的谈话内容，但可以看见他们的样子。”

“你、你突然在说什么啊？”

我还没能消除那个间接造成的混乱呢。啊啊，不过意大利面真好吃。

“并且假设其中一人是现充，另一人不是现充。你觉得能通过外表来判断出哪个人是现充，哪个人不是现充吗？”

还是在说刚才嘴角的话题吗？呃，戴着墨镜的两个人，哪个是现充？

“呃……这个看过去就多多少少知道了吧？……啊啊，真好吃……发型、举止、服装等，应该能看出一些蛛丝马迹来吧。”

我一边咀嚼着过于好吃的意大利面，一边回答道。

“那么，如果两边都是和尚头，而且都穿着西装呢？”

发型是和尚头，服装是西装的情况吗……我试着在大脑里想象这样的场面。

戴着墨镜的两个和尚头……穿着西装……嘟嘟囔囔……在和对方说话的状态。

“唔，即使如此，还是多多少少能看出来的。”

日南点了点头。

“没错。发型一样，眼睛和眉毛都被遮住了。即使是这样的状态，也还是多多少少能区分出来的。不觉得这很不可思议吗？”

"唔，是啊。这个真好吃。要说不可思议，那确实挺不可思议的。"

"那你觉得为什么能区分出来呢？就是因为这个啊……"

日南点了点头，又指向了自己的嘴角。不会吧。

"因为意大利面吗？"

"你是白痴吗？"

对不起，您说得对。

"……表情吗？"

"正是如此。"

"唔……"

"正如刚才给你看的那样，表情，尤其是光靠嘴角就能让乍看之下的印象产生很大的差异。人们会无意识地去感知那个印象，然后去大致地判断别人的性格。"

嗯，也是。

"有种确实是这么回事的感觉。"这时我突然注意到了，"哎，但是等一下啊。这么说来，你就是考虑到这方面，所以才总是翘起嘴角的吗？"

然后，意大利面吃完了。

"这个嘛。一半正确一半不正确。"

"一半？"

"最开始是有意识地保持上扬，但是肌肉一直被锻炼，就变得能够自然上扬了。嗯，真好吃……不过到这个阶段为止是花了好几个月的时间的。”

“好几个月……”

没想到那个亲切的表情背后居然有着如此辛苦的努力。

“好吧，总之就是说表情肌肉和嘴角很重要吧？……但是，这个口罩到底有什么用啊？嘴角被遮起来的话，不就没有用武之地了吗？”

“锻炼肌肉啊。”

“哈？”

“所以说，是用来锻炼肌肉啊。既然要让肌肉变强，那就只有好好锻炼了吧？”

“……这是什么意思啊？”

日南将一包三十个的口罩包塞给了一头雾水的我，然后这么说道：

“接下来的一个月，除了吃饭和睡觉的时候，移动中、上课中，还有和别人说话的时候，你都要一直保持在口罩下面满脸笑容的样子生活。”

“……哎哎？！你说真的吗？一直吗？”

我接过塞给我的口罩，发出了困惑的声音。

“那当然了啊。时间是有限的。我需要你在一个月之内做好。”

日南一边这样说，一边重新坐好。不知不觉间她也吃完了。

“呃，可是连你都花了好几个月，不是吗？那么就按照那样的节奏，不行吗？”

“你在说什么啊。那样就来不及达成目标了啊。”

“目标？”我还是第一次听说有这玩意儿。“不是最终让自己变成现充吗？”

“你不懂吗？既然要开始努力，这种远大的未来目标确实也是很重要的。但是与此同时，也需要不远将来的目标和近在咫尺的目标哦。”

“……啊啊。”

确实没错，我练习 AttaFami 的时候也是以这种方式来设定目标的。

“你不会不明白吧？”

“……说的也是，我能明白啦。”

“不愧是你，这样就好办了。”

为了达成巨大的目标，按好几个阶段来设定稍微小一点的目标，一步一个脚印，这样更容易事半功倍。更确切地说，如果不那样做的话，就会渐渐搞不清楚现在的自己要做什么才好，也很难持续保持激情。至少我钻研游戏时就是这么做的。

也就是说……人生也是游戏，所以是同样的做法，对吧。

“大目标、中目标、小目标，就这么按照依次通关的形式进行下去。”

“那么大目标就设定为……‘成为现充’没问题吧？”

“是啊。不过，现充也是有区别的，既然是最终目标，那么就是成为和我差不多的现充吧。”

“这……有点太苛刻了吧……”

“也对，校内最孤单的你和我这个校内首屈一指的现充，差距确实是太大了。不过，只要你好好地按照我说的去做，就还是有办法勉强达成的。”

……真的假的啊？

“唔，我知道了……那么，中目标和小目标又是什么呢？”

“这个嘛，那我就先来公布小目标了。”

我咽了一口口水。

“让家人或者身边的朋友对你问出‘最近是不是交女朋友了’这样的话。”

……什么？

“你这是什么意思啊？”

“就是字面上的意思呀！”

“呃？”看到我百思不得其解的样子，日南很明显地摆出了一副受不了的表情。

“哎……即使在 AttaFami 上面很厉害，在人生方面还是很愚钝啊。”

她将手掌朝上，很刻意地做出了拿我没辙的动作。

“要你多管闲事。”

“听好了哦！简而言之就是‘让周围的人察觉到你表面上的变化而忍不住向你发问’。”

呃。让周围的人察觉到我表面上的变化而忍不住向我发问？

“……那就是‘你交了女朋友吗？’这句话吗？”

“啊，真受不了你。不管是什么都可以啦。‘最近好像变洋气了’‘一瞬间都没认出你是谁了’之类的也可以。总之，只要有人指出你有这一类的‘巨大变化’，那么就算过关了。”

“原、原来如此。”

“重要的是被周围的人指出来。仅仅自己以为有巨大变化是不行的。”

“哦，哦。”

“也就是说，要将你的外表或酝酿出来的气场改善到旁人一看就觉得有很大变化的程度。”

“我、我知道了。”

日南显得很烦躁，从紧皱的眉头就能看出来。

“你到底要我解释到什么程度啊？”

“好，好的……不过，要怎么判定……”

“什么啊。”

“你想啊，就算周围的人对我说了什么，要怎么判定那句话算不算过关了……”

“……这点小事你自己不会判断吗？”

“对、对不起。”

“……好吧。如果有人对你说了什么，你就原封不动地转述给我听，我会判定是否过关。”

“明、明白了……”

非我所愿的羞耻感笼罩着我。

“然后等你过关了，我会再循序渐进地给你制定小目标。根据那个时候的状况，接下来是中目标……这个是非常简单直接的。”

她一边说，一边不怀好意地笑了。

“那就是，在升上三年级之前交到女朋友。”

怎么回事。女朋友？我吗？这辈子一直是一只独狼的我吗？理所当然地以没有女朋友为前提，是因为对象是我对吧？日南同学你太正确了。

“不不不不不不。”

“怎么了？”

“难度太高了吧？”

“哪里高了？”

她又是一脸百思不得其解的表情。这就是我和受欢迎的人在意识上的差距吗？

“我说啊，你很轻松就能交到男朋友，所以或许不明白，但是对于不受欢迎的人来说，交到恋人可是非常夸张的、脱离日常的事情啊！而且现在是六月吧，也就是说只剩不到一年了啊！这种事情我肯定是办不到的吧！”

我忍不住站起来，激烈地讲述自己有多么的不受欢迎，端着餐后红茶过来的店员面带苦笑地将茶杯碟放到了桌上。日南坐着叹了口气。真是太丢脸了。

“哎……那我反过来问你好了。”

那是非常冰冷的眼神。

“好，好的。”

“你觉得高中二年级里，有女朋友的男生比例大概是多少呢？”

“哎……唔，怎么问这个……两三成吧？”

“……那么就往少了算，当作是一成好了。”

“哦，哦哦。”她打算说什么呢。

“为了好懂一点，我就当成游戏来解说。对了，就用AttaFami吧。你是日本第一，对吧？”

“唔，是这样没错。”

“好，那么，就假设有个从来没玩过AttaFami的人。然后，那个人说想把AttaFami玩好，于是你登场了。”

她突然笔直地指着我。

“我吗？”

“是的。你能够在一年里充分地对他提建议，要求他怎么操作或者进行怎样的练习之类的。然后，那个人也会遵照你的建议并进行实践。”

“……原来如此。”

“这样的话，花上一年的时间将那个人培养成AttaFami日本排名前百分之十的玩家，你觉得会有多难呢？”

一成啊。一成的话就是十个人中会有一个的程度，差不多是班上最强的水平吧……

也就是说啊……

“……非常非常……简单啊。”

“鬼正。”

“哎？”

“即使是概率为一成这个往少了算的难度，也是简单的，也就是说，你在升高三前交到女朋友这件事，只要遵照我说的去做，就会非常简单。”

她口若悬河地飞快说道。

“不对，你前一句说的是什么？”

“……是你的错觉。”

怎么回事？她在胡闹吗？脸红红的是因为把我当傻瓜而在忍笑吗？而且总觉得那句话好像在哪里听过……

“别扯远了，你明白了吧？那并不是非常高的难度。”

唔，虽然在理论上确实是这样……

“但是，AttaFami和人生是不一样的吧。”

她又对我叹气了。

“能请你不要擅自下定论吗？虽然你是AttaFami的专家，但是对于人生是大外行吧？既然决定先试着做做看，那就遵照我说的去做。”

“……抱歉，唔，说的也是。”

我坦率地道歉了，这是我自己决定的事情。我的确是不知道人生的规则，以及在人生中如何熟练操纵角色的方法。既然这方面的超级高手这么说了，我就应该像条忠实的狗一样照着去做，这才是一个正确的玩家。然后再判断是不是神作就好了。

“第二服装室，你知道在哪里吧？”

“哎？”

“就是旧校舍的第二服装室，你知道的吧？”

啊啊，我们学校的……好像是有这样的地方。

大概是在那里吧。只要去了旧校舍，应该就能找到。

“啊啊，差不多知道吧。”

“这样哦。那么接下来每天上学的三十分钟前和放学后，你都要去那里。”

“为、为什么？”

“那当然是为了下达那一天该做什么的指示，以及接受你的汇报并让你进行反省呀。不多试错怎么能算努力啊，要做就要做得彻底。”

要做就要做得彻底啊。嗯……这点我是同意的。

“……OK。”

“不过，有时候我们彼此应该都会有些安排，这种时候就随机应变吧。你已经知道我的邮箱地址了吧。”

“是啊，不过我是很少会有安排的。哈哈哈。”

“……你真的有干劲吗？我们的目的可是要让你在几个月内变成放学后有安排的人啊。”

被瞪了，哎。

“真的吗？”

“当然。”

还真是非常可靠啊。如果真的变成那样，那应该是很有趣的。

“知道了，那就有劳你了。”我轻轻地低头行礼。

“啊，还有……”

这时，日南突然只保留了最低限度的飒爽，说起话来变得吞吞吐吐了。她一边小口小口地喝着红茶，一边移开了视线。

“嗯？怎么了啊？”听到我的询问，她猛地抖动了一下。这是怎么回事啊？

“那个，你想啊，这姑且算是 NO NAME 和 nanashi 的线下聚会吧？”

这个突然温顺起来的态度是搞什么啊？

“是、是这样没错。那又怎么样了？”

“什、什么叫那又怎样啊……你想啊，既然是线下聚会……”

“嗯？”

“啊啊，真受不了你！”

日南反常地发出了情绪化的声音，然后瞬间垂下视线，吸了一口气，接着很不自然地和我对上了视线。

“所以，一般来说这种时候不是会告诉对方自己的 AttaFami 好友代码吗？”

虽然日南之前也是一直看着我的眼睛在说话，但是现在怎么说呢，感觉特别用力，仿佛是带着只要移开视线就输了的想法在勉强自己。

与那怒目而视一般的视线和紧闭的嘴唇形成了鲜明对比的——，怎么说呢——她的脸颊似乎有点红了。即使是有交流障碍的我，也很清楚那并不是炎热或者怒火所造成的。正因为很清楚这点，所以我不知道该说什么才好。虽然有听她说一牵扯到 AttaFami 就会感情用事，但是没想到居然到了这种地步。

“仅仅是这样而已哦？……你看起来好像有话要说？”

万一不小心刺激到她，惹她生气那就不是我的本意了，所以我只说了句“不，没什么”，就和她交换了好友代码。这样我们就能随时进行好友对战了。

她刚才泛红的脸就烙印在我的大脑里吧。顺便一提，红茶也非常好喝。

在一场战斗中
等级连续提升的
感觉十分爽快
2章

第一节课四十分钟前，我因为担心搞不清楚地方而提前过来，不过却相当轻松就找到了，于是比预定时间提早十分钟到达了第二服装室。

第二服装室有着古朴的氛围，明明现在是初夏，黑板上却写着“十月二十六日”，这种废墟的感觉让我觉得很舒服。飞舞的灰尘在太阳的照射下有了一种神秘的味道。窗边间隔排列的大型缝纫机是上个时代的设计，反而给人带来了相当时髦的印象。白色陶器的表面，或因长期被阳光直射的缘故，微微泛黄。这种绝妙的色调令人不禁产生了怀旧之情。

就在我沉浸于这个宁静的氛围时，日南来了。

“早啊，友崎同学。今天是值得纪念的第一天呢。”

“哦，是啊。”

“这里的氛围很不错吧？”

日南环视着教室说道。

“哎，哦哦，是啊。我不讨厌，像废墟一样呢。”

“哎呀，你很懂嘛，品味不错。因为要来很多次，所以我就选了个好地方。”日南一边说一边坐到离她最近的椅子上，“虽然坐起来就不太舒服。”

然后她苦笑了一下。我坐到了她的正面，发觉椅子有些松动，也没有椅背，坐起来确实不怎么舒服。

“不过嘛，这种也不坏。我挺喜欢怀旧游戏和桌游。”

“哎呀，是这样吗？希望能有机会过上几招。”

“求之不得。要是以为我只擅长玩 AttaFami 的话，那可是会吃苦头的哦！”

“哼哼，我没有这么想哦？……不过，那是我的台词才对。”

nanashi 和 NO NAME 的自尊导致现场一瞬间火花四溅。

“就当是吧……那么，今天是要做什么？”

“……这个嘛。我马上就给你安排课题吧。首先，为了达成小目标，这个口罩下的肌肉锻炼还是要继续的……另外，也要为了中目标做好事前准备。”

“中目标……是交女朋友那个，对吧……”

坦白说，我对此仍旧没有真实感。

“为什么你戴着口罩还能发出这么让人烦躁的气场啊？这也算是一种才能了吧。”

“要你管。”

“然后关于这个课题，我已经决定好了。”

“哦哦……”

我咽了一口口水。

“……今天的课题是‘和二名以上学校里的女生搭话’。”

呃……

“这还真是够直接啊！……话说，怎么一上来就是实践篇？”

我到目前为止只做了表情肌肉的训练，而且就连这个都是刚刚开始的。

“你有什么疑问吗？”

“呃，怎么说呢，不会太快了吗？就以现在这个还没什么变化的状态吗？”

先等聊天的练习、表情肌肉的练习，诸如此类的都结束了再去做的话那还能理解，现在去做只会让人觉得恶心吧？

“好啦，我知道你在想些什么。但是现在是需要这样做的。你不用管，只要听我的就是了。”

“唔，好吧……我知道了。”

毕竟已经决定了既然要做，就全面遵照她的吩咐去做。

“但是有几个注意事项是你必须留心的。”

“注意事项？”

“是的。首先是搭话的内容，这个我会在一定程度上指定好范围。”

“指定……”

“就是‘我感冒了，但是纸巾用完了，如果你有的话，可以给我一张吗？’类似的感觉。不是纸巾也没关系，总之就是要将感冒作为搭话的契机。”

“只要是以感冒为契机，不管什么都可以吗？”

“是的。要跟从未说过话的人搭话，如果没有什么一看就知道的契机，是容易让人产生戒心的。特别是处于班级内底层的人，会让人觉得突然这是怎么了。如果能够做得比较自然那倒是没问题，但是你肯定会用很恶心的感觉去搭话吧。在这一点上，感冒可以通过戴着口罩的样子来判别，是最为合适的借口了。”

“原、原来如此。”

虽然中间夹杂了对我的坏话，不过是能够让人接受的理由。

“而且再不济，就算你做出非常恶心的行为把对方给吓到了，只要之后能够挽回，那么对方也会在自己的脑内用‘毕竟他那天感冒了啊’帮你找理由的。”

“原、原来如此……”

原来还做了这么悲哀的预想啊。非常感谢，我觉得很有必要。

“然后，还有一个注意事项。搭话的时候，我一定在你的附近。”

“你在我的附近？是要监视我有没有好好向三个人搭话吗？”

“唔……差不多是这样吧。”

意外地严格啊。

“我知道了。”

“回答得不错。”

“啊，不过，日南你在我的附近，这种情况下我能有三次自然地跟女孩子搭话的机会吗？”

“有的呀。班会前坐在你隔壁的优铃——泉优铃；然后，换教室上家政课时坐你旁边的深实实——七海深奈实。你都能自然地搭上话呀。”

“……真亏你记得我旁边都坐了谁啊。”

“哎呀，每次换座位的时候，我都会把班上的座位表背下来哦。”

什么啊，太厉害了吧。是那两个人的话，的确只要找好时机……但是……

“剩下的那一次……”

“我说你啊，只剩一次而已，休息时间也好，其他时间也好，你就自己想办法努力啊。”

“……说的也是。”

对我来说难度太高了。

就这样结束了作战会议，我和日南错开时间回到了教室。然后我意识到：现在这个时间正好，应该马上解决跟泉优铃搭话这个课题才行。但是内心准备还……真是太让人焦急了。

话说，仔细想想，怎么偏偏是泉优铃啊，她可是那种所谓的时髦小团体的成员。虽然在小团体里不算是老大等级，但怎么说呢，总之就是很开朗、声音很大的活泼女孩。更进一步来说，她根据情况打领带的做法也是时髦的证据。

我们关友高中的女生可以自由选择系缎带或领带，不过好像是从学姐们那里继承下来的风气，让大家都有了“地位低的女生不能打领带”这种默认的共识。泉优铃似乎是看心情来决定系缎带还是领带的，不在意选哪个的做法也让人感受到了她的从容。顺便一提，这种莫名现代化的校风与制服虽然深受学生们的好评，但是也有“明明位于到处都是水田的地方还搞得这么不切实际，真是太逊了”的评价。这就是埼玉的宿命。

总之不管怎样，裙子很短，除了缎带，有时候也会打领带，而且无论是缎带还是领带，都会打得比较松，穿着的开襟毛衣颜色也很明亮——泉优铃就像是时髦女生的范本一样。就是那种会被认为是不良少女，却有一种圣洁感，并很可爱的女生，所以不会给人带来什么压迫感。但是我要跟这样的泉优铃搭话啊，如果没有感冒之类的借口，确实是不可能做到的。

我坐到座位上，看到泉优铃在自己的座位上翻着书包，似乎是在找什么东西。等她找到那个什么东西之后，估计就会去跟聚在窗边的时髦小团体会合吧。那么就只有现在了。日南也在看得到的范围里。好……

豁出去了！

“啊，不、不好意思，泉同学，那个……”

“嗯？怎么了，友崎同学？有什么事吗？”

突然被我搭话，她果然表现出了有些困惑的样子。不过她转过头来的动作非常轻快，让人感受到了她的开朗活泼。

“呃，那个，你有纸巾吗？我感冒了，但是忘记带了……”

我一边表现出身体不舒服的感觉，一边竭尽全力让视线对着她，再加上口罩下面我的脸因为在进行肌肉锻炼而满面笑容，所以我都不清楚自己发出了怎样的声音。

“啊，好的……你等一下……啊，抱歉！我没有带！”

她双手合十，做出了“抱歉”的手势，真是很符合现充团体作风的轻快反应，意外地跟应对普通人时没有什么区别，这让我感到安心了。

“啊，也是啦，抱歉，没事没事。”

我这是在对什么说抱歉和没事啊，这么想着的我刚说完，泉优铃突然转向后面的座位，询问道：“我说我说，你有带纸巾吗？”真是惊人的事态。哇噢，预料之外，预料之外。居然能反射性地询问他人，这个人际关系的“运动神经”也太厉害了。我能驾驭得了吗？

“我有带……给……”

虽然是沉稳的语气，不过被问到之后也是很正常地就拿出来了，这进展也太快了。这女生是平时都在桌子里常备纸巾的吗？

唔，菊池风香同学。

她有着独特的纤细感，仿佛是精灵一般，如果把她归类在肌肤白皙、黑色短发的文化系女生这样司空见惯的类型里面，那就未免有些太浪费了。就算不仔细看，也是个美女。因为她经常低着头，所以长长的眼睫毛很引人注目。另外，不知为何她对同年级的同学也用敬语。

“谢谢！给你纸巾。”

泉优铃精神饱满地从菊池同学手上接过纸巾，然后就直接精神饱满地递给了我。

“谢、谢谢。”

我一瞬间交替瞄了一眼泉优铃和菊池同学，向两人表达了感谢的意思。这是我所能做到的最大诚意了。泉优铃可能是在找纸巾的时候发现了要找的东西吧，她拿着应该是在我搭话前就在找的小镜子站了起来，说了一声“拜”，就朝朋友那边走了过去。

这样一来就突然变成一对一了。我还没有擤鼻涕，因为给我的是整包纸巾，所以我要擤完鼻涕再还给她，不然这个局面是无法结束的。菊池同学好像没有其他事情要做，就这么呆呆地看着我，感觉挺尴尬的。赶紧装个样子把纸巾还给她吧。但是尽管看起来呆呆的，却又显得很有力道，真是不可思议的视线。黑眼珠就像密林里的秘宝一般闪耀着神秘的光芒。

因为我不知道什么时候变成了侧坐，保持这样子的话，就会被菊池同学闪耀的眼睛清楚地看到擤鼻涕的瞬间。但是，重新转回去坐好又显得有些过于在意她，感觉也挺尴尬的，所以我保持这个姿势，摘掉了口罩，然后擤了一下鼻涕。菊池同学可能也只是觉得刻意移开视线反而会显得别有深意吧，不过被那个魔法般的眼睛注视着擤鼻涕的样子……这个空间是怎么回事？真是会让人变消极的剧情。

我擤完鼻涕，将视线转向菊池同学，就看到她稍微移开了视线。

“……呃，谢谢。”

“……好的。”

光看这里可能会觉得是青涩又令人欣慰的一幕场景，但是事实上毕竟我才擤完鼻涕，所以并不是那么回事。我郑重其事地归还了纸巾，然后走到垃圾箱边上，扔掉了用过的纸巾，再回到自己的座位上。任务完成，这可以算是跟两个人搭话了吧？就在我这么想的时候——

"友崎同学。"

"呀？！"

菊池同学清澈的声音突然袭来。

"什、什么？"

"那个……"

咦，我有什么不周之处吗？菊池同学露出了相当讶异的目光。

"那个……我想问一下啊……"

"哎？"

"那个……为什么……"

为什么？

"为什么……你在笑啊？"

哈哈哈，搞砸了。

最终，我语无伦次地说了"因为牙疼，所以嘴巴裂开看起来像是在笑"之类的理由，姑且算是在形式上突破了窘境，但是菊池同学说着"是、是这样……吗……"皱起了眉头，眼里浮现出了清晰的疑问，所以我其实并没有突破窘境吧。

我心里想着“这样可以了吗”，瞟了一眼日南那边，却看到她冲着我夸张地叹了一口气。果然不行吗？绝对恶心到人家了吧。算了，不管怎样，先不谈细节，最低目标是达成了的。只能一边反省自己失败的地方，一边当成巨大的进步继续前进了。

好了，接下来是第四节的家政课。我又焦急了，因为我必须趁这个机会跟“深实实”或者“七奈奈”，也就是七海深奈实搭话才行。由于她的名字只由两种发音构成，所以会被那么叫，最近似乎是深实实这个称呼变成了主流。① 白皙的肌肤和黑色的长发，端正的眼鼻和清晰的轮廓，有着日本人偶一般的外表，却又格外开朗，这就是她的特征。和日南一样隶属田径社。

换教室的时候，如果去太早的话，就会看到其他形单影只的人零零散散地分开坐着，每个人无所事事地看着笔记本或教科书，可能是想酝酿出“请不要在意我”的氛围吧。我不太擅长忍受那样的氛围，所以平时都是一个人先到图书室打发时间再过去的。

很少有人会在十分钟的课间休息去图书室的，所以一般都只有我或者最多再加一个人。顺便一提，我是装作在看书，其实是在研究 AttaFami 的战术。但是，今天就没工夫去图书室了。必须早点去家政教室，跟七海深奈实搭话，而且有机会的话，还

①七海深奈实（ななみ　みなみ）的日语发音由 mi 和 na 构成，昵称“深实实”（みみみ）和“七奈奈”（ななな）的发音分别是 mi 和 na 的单音连读。

要跟其他女生搭话。

第三节课一结束，我就拿着家政课的教科书、习题集、笔记用具和活页纸离开了教室。

到了家政教室，不出所料是“请不要在意我”的氛围笼罩着的空间，而且还多了一些附加要素。有两个形单影只的人分开坐着，而我这组，或者说我旁边的位子，不，我就直说了吧，这次的目标七海深奈实已经坐在那里了。为什么会这样？她已经翻开习题集，在用自动铅笔写着什么。总之，这是个大好机会，但是如果在这里搭话，由于现在完全是无声的环境，所以教室就会被我和七海深奈实的对话声音所占据。虽然被其他两个人听到也没什么，不过对自己发出的声音会充满整个房间这件事，我毫无理由地感到很难受。

好严峻啊，要怎么办呢？最好是能晚点再说……嗯？不对呀，等等。日南人不在。对哦，必须在她能看到的地方搭话，所以现在是不能做的。对哦，对哦，要再晚一点才行，就等人多一点了再说吧。

我就这样挤出了一百分的借口，以平稳的精神状态坐到了七海深奈实旁边的座位上。

“唔，友崎同学，你怎么了？来得好早啊！”

为什么啊！

我刚刚坐下，刚才还在默默对付习题集的七海深奈实就毫不犹豫地跟我搭话了，仿佛我们之间原本就会有这样的交流一般。由于实在是过于自然流畅了，让我一瞬间产生了“这不可能是在跟我说话”的错觉，但是她明显是在叫友崎同学啊。

无视她肯定不太好，可要是坦白回答她问的“早到的理由”，那就是“为了跟七海同学搭话”，说出口的那一刻就会因为过于恶心而被杀掉的。尽管如此，我在社交方面是根本不懂得灵活变通的，所以……

“呃……”

“哎？”

“……呃，唔，那个，就是想来得早点。”

“啊，是吗？也是啦，是会有这种情况的！”

就变成这样了。

不过，对于“就是想来得早点”这样毫无实质内容的回答，也能做出这么自然的回复，最近年轻女孩子的共鸣能力真厉害啊。我有朝一日也能变成这样吗？

话说，这个状况下该怎么办？既然已经开始了对话，如果接下来一直保持沉默的话，那么氛围之神就会认为这不是“各自在做自己事情的状态”，而是“对话无法继续下去的状态”。但是理所当然地，我并没有类似最近的电视节目、班上的那家伙之类的稳妥话题。这种时候像突然想起来一样去借纸巾也有点唐突，实在没辙确实是可以这么做啦，不过会显得很不自然。

所以只能试着垂死挣扎了。

“哎呀，不过真是很厉害呢。”

战战兢兢的我尽可能自然地发出了声音。

“嗯？什么啊？”

七海同学愣愣地用圆圆的眼睛看着我，声音清澈通透且音量很大，所以响彻了整个教室。

“呃，就是那个，我明明是做了‘就是想来得早点’这样没有实质内容的回答。”

“嗯。”

七海同学一副百思不得其解的样子。这也难怪。

“然而你却回了我‘也是啦’，我就觉得最近年轻人的共鸣能力真厉害……”

七海同学的大脑似乎处理不过来我说的话，就这么陷入了沉默。这也难怪，因为我只是把自己内心想的事情直接说出来了而已，根本就不是在对话。

“……”

“……”

好尴尬。啊，不行了。气氛太僵了。都是我的错。不行了。对话应该怎样进行才对啊？让我无论如何先去搭话，所以我试着去做了，却是这样的下场啊。

“啊，不是，抱歉……”

“啊哈哈哈哈哈哈哈哈！”

“哎？”

她笑得很厉害，教室里的其他两个人也瞄了过来。

"哎，什、什……"

"你在说什么啊？友崎同学是大叔吗！啊哈哈哈！"

这、这究竟是……

"哎，呃，我只是觉得最近的年轻女孩子……"

"不不，友崎，你也很年轻啊！啊哈哈哈！"

"呃，不，我只是……"

"……哎，什么，什么？只是？"

她带着笑盈盈和期待的感觉问道。呃，我只是认真地把心里想的事情说出来而已啊。

"你想啊，最近的女高中生在对话中都会用'糟糕'这个词语吧？就像这样，果然共鸣是年轻人的主题……"

"啊哈哈哈哈！你别这样！不要像访谈节目的人那样说话啊！啊哈哈哈哈！"

认真地说出来之后被笑得更厉害了。这是发生了什么？她笑着的时候有其他学生三三两两地进到教室里来，大家都用"友崎和深实实？！"这样的眼神看向这边。

"呃，我只是听说过那样的情况，但是并没有实际感受过，怎么说呢，果然直接体验过就觉得有震撼力……"

"啊哈哈哈！震撼力是什么鬼！"

"我只是觉得是珍贵的样本……"

"所以说你是大叔吗！样本的话，周围要多少有多少吧！啊哈哈哈！"

“深深……怎么了？”

跟七海同学关系很要好的同班同学夏林花火坐到她的对面，询问道。身材纤细、个子娇小，妹妹头加上娃娃脸，以及那幅度很小的动作，夏林同学真的很适合被比喻成小动物。

“啊，玉！你今天也很小只呢！”七海同学一边说，一边用力摸夏林同学的脑袋。虽然不知道具体由来，不过夏林同学就像小动物一样被七海同学用“玉”来称呼。顺便一提，这位“玉”是用“深深”来叫七海同学的，我同样也不知道这是出于什么缘由。

“不需要这种反应啦！快回答我的问题！”

夏林同学一边单手推开了七海同学的手，一边从低于七海同学水平视线 15 度的低角度做出了严厉的训斥。虽然语气很不客气，但丝毫没有震慑力。

“玉，你好可怕……”

“不要岔开话题！快说！”

“抱歉，抱歉。那个啊，友崎像大叔一样，唔，要怎么说呢？呃，搞不懂！算了！”

“哈？！”

“嘿嘿嘿……就是只有早到教室的人才能享受到的事情！”

“哪会有这种事！那边的……呃……是叫友崎吧？来解释一下！”

一点都不可怕的训斥对准了我。倒不如说她不确定我的名

字这点要更加有杀伤力。

“哎，我吗？”

“还有其他友崎吗？”

“没……”

“那就快说，不要磨磨蹭蹭的！”

“加油，友崎！”

七海同学两手握拳放在脸的侧边，像是在搞怪一样笑了。

“呃，你让我加油也……唔，这个啊……”

我就像这样努力地进行说明。在此期间，日南和几个朋友一起热热闹闹地来到了家政教室，看到我们这边的状况后，她僵住了几秒钟，然后又恢复成笑容满面的日南了。

“……差不多就是这样。”

“啊哈哈哈哈！”

“一点都不好笑！”夏林同学说道。

“哎！很好笑呀……”

“并没有！是深深你的脑子有问题而已！”

“哎……真过分！啊哈哈！”

“你笑什么笑啊！”

夏林同学干净利落地无情打断。这女生连共鸣的共字都不沾边吧，年轻人也是各种各样的啊。不过我也是认真地说出想法就被笑了，所以我同意夏林同学的说法。

“唔，我也不觉得好笑……”

“哎！”

“是吧！果然是深深有问题。”

“我觉得并不是这样……玉，你还是小孩子，所以才不懂吧？”

“吵死了！你好烦啊！”

“你这是什么反应，啊哈哈！不过，友崎！玉还是小孩子吧？”

哎！这个时候问我？我又没想过这个问题，要怎么回答才好啊？怎么办？我又不会随机应变，只能再随便说点自己想到的事情了。

“唔……呃……我不知道是不是算小孩子……”

“怎么会不知道啊！”

“啊，嗯……但是，我感受到的是，虽然七海同学刚才的共鸣能力很厉害，不过看现在的情形，夏林同学是全部无情打断了吧。所以，就算是年轻的女孩子，也是各不相同，不能一概而论的……”

“啊哈哈哈哈哈哈哈！出现了！”

“……”

七海同学笑疯了，而夏林同学则是不满地仰视着我。

“所以，我觉得只看一个例子，就推断全体的情况是很危险的……差不多就这样吧……”

“求你别说了！啊哈哈哈！”

七海同学依旧笑疯了。在响亮的笑声中，夏林同学一边无视她，一边对我说道：

“这个……”

“哎？”

“……这个有点好笑！”

哪里好笑了？！

“深实实和花火……还有友崎？你们聊什么聊得这么开心啊？”

就在我不知所云地说这说那的时候，突然传来了耳熟的声音。太过慌张把时间都给忘了，明明人影都靠过来了，却没有发觉。呃，是会这样的啊。我是有点担心这种情况的，所以本来必须在变成这样之前结束话题才行的。

友崎、夏林、七海。家政教室的座位是按照学号排的。然后，在友崎和夏林中间——

还有一位中村。

“你们在干什么啊？和友崎聊得很开心啊？”

他皱着眉头很不爽地走了过来，一起的还有跟中村同属一个小团体的水泽和……是叫竹井吧，那两人也走了过来。那两人是所谓中村派系的固定成员，以中村为中心像是左膀右臂一样在行动。其中，水泽相比普通的跟班更像参谋，连我都能看出他在狡猾地出谋划策。

“哦，中中，你听我说！友崎很有趣呢……”

“嘀，友崎吗……”

他瞥了我一眼，脸上笑嘻嘻的。但是眼睛没有笑。

“怎么说？”

那是蛇一般的目光，仿佛整个心脏都被抓住了一样。中村接下来打算对我做什么呢？距离 AttaFami 对决已经过去了一周，大家都多多少少地察觉到了结果，紧张的气氛已经彻底消散。现在还有跟班在，中村应该会相当强势的吧。

“哎呀……友崎就像访谈节目的大叔一样……”

“什么玩意啊，访谈节目的大叔？”

中村很不爽地说道。

“对对。”

“莫名其妙。”

听到中村这么说，旁边的水泽扫视了一圈周围，然后开口了。

“来解释一下，友崎！”

可能是领会到中村的意思了吧，他故意把问题丢给了我。在这里指名道姓的做法实在是太讨厌了。可能是觉得只要我说得比较多就会咬舌头吧，然后借机让我下不了台吧。但是不要看不起人了。我只是在交流上不会随机应变而已，单是说明情况我还是做得到的。另外，我在 AttaFami 上面是强大到能碾压你们的。

我说明完了。

“……差不多就是这样。”

“啊哈哈。对对！”

可能是因为都说第二次了吧，七海同学的反应比刚才要淡了一些。而夏林同学在中村他们来了之后就一直闭嘴不语，是因为来了三个现充团体的男生让她感到拘谨吗？

“……呃，然后呢？”

中村对说完了的我问道。

“哎？”

“呃，啊，这就结束了？”

“是这样没错……”

“一点都不好笑嘛。”

中村一边这样说，一边向两位跟班征求同意。

“嗯，这不太行啊……”

“啊哈哈哈！”

竹井做作地摆出怪异的表情附和中村，看到此情此景，水泽发出响亮的声音笑了。

“哎！你们三个的笑点都不对劲啊。”

“不不，每次都是深实实你比较奇怪吧？”

“哎，中中你真过分！”

然后，在场除我和夏林同学以外的人都大笑了。真是让人待着不舒服的气氛，感觉是靠着七海同学滑稽的表情和语气才勉强保持住了平衡。

“那么……多数表决？”

水泽这么提议。

“哦哦，这个主意不错。”

感觉像是听从军师意见的将军。

“……内定比赛的感觉太重了吧？”

七海同学笑着这么说道。

“好！那么有谁觉得深实实比较奇怪！”

竹井要求大家表决。中村、竹井、水泽都举起了手。

“啊哈哈哈，喂！”

七海同学猛烈地吐槽。虽然也有些白费力气的感觉，但是如果没有她的这份喜感，恐怕就要窒息了。

“啊，没有超过半数啊。”

水泽有些夸张地说道。

“不过，也有放弃投票的可能性，现在还不好说。”

……开始了奇妙的游戏。我应该怎么做呢？首先，跟着玩这个多数表决一样的奇怪游戏这件事本身就让我觉得有些讨厌。虽然可能是“这不算欺凌，只是在闹着玩而已”的程度，但是我很不擅长这种事情。

而且夏林同学好像从刚才开始就是一脸不愉快的表情，那并不是能用拘谨来解释清楚的态度。这到底是怎样的人际关系？

“啊，真是的！中中你脸上根本就是知道了结果会是怎样的表情嘛！”

“好了，那么觉得修二是很奇怪的人。”

咻！七海同学极具喜感地用力举起手来。夏林同学依旧是低着头，彻底无视一切。看来果然不是小事情啊。我看着大家的表情，思考究竟发生了什么。这算什么？我应该怎么做？

没有多少人际关系经验的我努力思考着。

如果不举手的话，肯定会被问“你怎么两边都不投票啊”这样的问题。然后，从至今为止的举动来看，夏林同学就算被这么问了，也很可能会继续无视的。如此一来，无论我举不举手，夏林同学都会成为“你为什么不举手”的众矢之的吧。

也就是说，我一旦举手了，那么夏林同学就会落单。我也不举手的话，那么两个人都会成为被攻击的对象。然后，我大概是被主要攻击的人吧。那么，我不举手才是上策吧？嗯，就这么办，不举手。

话说，这到底是怎么一回事？夏林同学为什么会变成这样？七海同学为什么在这种状况下还能笑得这么开心？是没有意识到这个状况吗？还是说这真的不是什么大不了的事情，只是我反应过度了？啊，到底是怎样啊！集体对话也太难了吧！！

“好——！我也投这边一票……”

——这时，背后突然传来了活泼可爱的声音。

不对，是过度活泼、过度可爱的，故意装出来的声音。

“现在没有在问你吧，葵？”

中村用开朗但咄咄逼人的语气说道。

“哎！我是一直在后面听着的呀。”

“不行不行。这是我们四组里面的问题，无关人士走开啦。”

中村做出赶人的动作，想让日南走开。日南那过于自然的假笑依旧不为所动。

“怎么能这样，你明明在 AttaFami 上面输给了友崎同学的说……”

——气氛僵住了。

日南是用比较清晰的声音说出刚才那句话的，这是班上所有人都不愿意触碰的小禁忌。自从中村到了这组之后，班上的同学都多多少少在关注我们这一组的情况，所以都听到刚才那句话了吧。现场产生了“哎？这是可以说出来的吗”的气氛。就连一直在哈哈笑着的七海同学，似乎也出现了一瞬间的僵硬。

“我说啊，葵。”

“如果是因为不甘心而用多数表决来攻击的话，那就太小心眼了哦……你就是因为这样才会被岛野学姐甩掉啊！‘年纪小的对象果然还是靠不住’……是被这样说了吧！”

日南手舞足蹈地像在演戏似的说道，而且说学姐的那句话时还特意变了音色。

“你……切，烦死了。”

“啊哈哈哈哈哈！很像！”

“噗哈哈！”

“哈哈哈哈哈！”

不仅是七海同学，连竹井和水泽也笑了。在看戏的同班同学也都嘻嘻地笑了。

这也太厉害了。

“好，现在是深实实加我一共两票。还有吗？”

日南瞄了我一眼……原来如此啊。

“我也投这边一票。”

“喂，太卑鄙了吧！”

中村虽然显得有些不甘心，但还是开朗地喝了倒彩。这已经是日南的主场了。那么接下来——

“来。”

她小声地这么说，看向了夏林同学。

夏林同学默默地举起了手。

“好，四票！笑点很奇怪的人是修二哦！”

“中中，你辛苦啦！”

日南和七海同学含有爱意地损人。

“既然是多数表决的结果，那就没办法了。”

中村皱起眉头，用耍宝的语气说道。

“那么等你来复仇哦！也再跟友崎同学较量一次 AttaFami 吧！”

这句话让整个教室都哄堂大笑，这算什么。禁忌一下子变成了笑料，这算什么。

“我知道！你给我等着，友崎。”

他用做作的语气和表情看向我。像这样直接对上视线感觉他真的在生气一样，好可怕。我果然不擅长跟别人对上视线。

“哦，哦，我求之不得。”

差不多这个时候，家政课老师进来了。完美的时间点。

莫非连这个都计算在内……不太可能吧。

“刚才谢谢你了，葵！非常帅气啊！”

“啊哈哈哈，谢谢夸奖，花火。”

刚下课，中村一离开教室，夏林同学就跑过去抱住了日南。

“我差点又破坏了气氛。”

“我想也是。花火你总是会在表情上表现出来。”

日南一边这么说，一边摸着抱住自己的夏林同学的头。光看这个画面确实很令人欣慰，但是“差点又破坏了气氛”这句话有点意味深长。这时，七海同学一边说着：“玉你也辛苦了，很努力了啊！”一边像是在模仿夏林同学一样跑了过来。

然后，她就这么连同日南一起，从身后抱住了夏林同学。

夏林同学抱住日南，七海同学从身后抱住了夏林同学，娇小可爱的少女被两位美女夹在中间。

“喂！快停下来！”

夏林同学的手指朝向斜上方，笔直地指着七海同学说道。

“啊哈哈哈。你还是这么黏葵呢。”

“才不是这样！”然后她移开了视线，“……刚才也谢谢深实实了。”

夏林同学突然用认真的语气说道。那是非常率直的目光。

“……什么啊？我什么都没做哦……”

“真是的！别来这一套了，你就给我坦率地接受感谢啊！”

“哎？玉你有时候会说些难懂的事情呢……啊！因为是玉[①]嘛！”

虽然七海同学在搞怪，但果然还是意味深长的对话啊。说谢谢是因为刚才七海同学一直表现得开朗欢乐这点吗？如果是说这个的话，那确实是帮了很大的忙。

吵闹中，大多数同学都离开了教室。我虽然一瞬间想着跟人群一起走，不过重新想了一下后，又走向了她们三人那边。我毕竟也是当事人之一，而且既然日南也在，那么在各方面也比较方便，最重要的是这样更容易接近目标。

“啊，日南……同学，刚才谢谢你了。真是帮了大忙啊。”

日南以完全看不出是职业微笑的自然笑容接受了我的道谢。这家伙是双重人格吗？

“没什么啦！话说，友崎同学你意外地很有趣呢。我在后面都听笑了。”

这么女孩子的语气让我差点忍不住笑了出来。

①玉和“有时候”在日语里发音相同，是谐音梗。

“不不，我只是把自己想的事情直接说出来而已……”

“似乎是这样呢。”

“啊哈哈哈哈哈！还在说！”

日南在旁边微笑着，而七海同学则是又笑疯了。

“七海同学你笑得太夸张了。”

“啊，抱歉抱歉……话说，你叫我深实实就好！”

“哎，呃……”

“七海同学这种叫法基本上只有老师会用啦！”

日南说道。这是在命令我这么叫吧。算了，比直接叫名字还是要好一些。

“唔，我知道了，那么就用深实实。”

“请多关照哦，友崎！”

“花火你呢？”

“都可以吧？”

“那么就……玉？”日南这么提议。

“葵？！”夏林露出大吃一惊的表情看向日南。

“啊哈哈哈！很好呀！友崎和我都是玉党呢！”

“哎……唔，玉？这是为什么呢？不是夏林花火吗？”

“这个嘛，你想啊，放烟花时不是会说‘玉屋’吗？①另外就是这样叫很可爱！”

①花火在日语里就是烟花的意思。玉屋是江户时代烟花师的代表性称号，后来演变成放烟花时会喊的词。

七海同……深实实兴致勃勃地做了解释。

“对对！玉很好嘛！”

“葵你也背叛我了？！”

这也是命令吧。虽然难度有些高，不过嘛，比直接叫名字还是要好一些的。

“唔，那就，小……玉？”

“啊哈哈哈！这么叫听起来真的像动物的名字一样！”

“不要把别人的名字拿来玩！”

“呃，那么……”

我陷入了混乱。然后，小玉想也不想——

“可以哦？就叫小玉吧……我已经习惯了。”

并不是不情愿的表情。倒不如说是有些不符合现在这个场合的率直表情。在这种嬉笑玩闹的气氛当中，这个表情显得挺不可思议的，不过嘛，看起来倒不像在说谎。

“……那么，唔，我就叫你小玉……请多关照。”

“不需要有事没事说什么请多关照！”

“哈哈哈。”奇怪的女孩。

在回教室的一两分钟里，我姑且算是加入到她们三人的对话当中，虽然完全是在日南的牵引之下。顺便一提，小玉用“深深”这个称呼的理由似乎是因为“深实实”不太好叫。

——就这样，比我想象中状况更加激烈的第一天结束了。

放学后，我在第二服装室等了没多久，日南就过来了。

“……哟。”

“你好。那么我们就马上开始吧。”

“哦，哦哦。”

就这么以比我想象中要更严肃的感觉开始了，这让我有点紧张。

“……首先，恭喜你达成任务了。”

被表扬了。

“谢、谢谢。”

“虽然其实还存在‘是你搭话了，还是对方跟你搭话了’这样的问题，不过比原定的目标还要多一个人，你跟四个人说上话了，所以就放宽看待吧。”

“啊啊，那真是太好了，我在这点上是挺不安的。”

实际上四个人里面有三个都不是我主动搭话的。

“那么，怎么样？做了之后的感想。”

“感想是指？”

“什么都可以，印象最深刻的是什么？”

“呃，发生的事情太多了……”我抱住了头，“不过嘛，印象最深刻的……还是家政教室的…… AttaFami 那件事吧。”

“AttaFami 那件事？”

“就是在班上的大家都在看的情况下，你说中村玩 AttaFami 输给了我。”

“哦哦，那个啊。”日南露出了苦笑。

“而且还将其变成了笑料，那真的是吓了我一跳。”

“唔，现在是反省会，应该是要聊你做过的事情，而不是我的……”

“啊，对哦。”

“没事，那个也是迟早有必要做的事情。”

“有必要？”

“是的。中村对于输给你这件事似乎是相当耿耿于怀的。不希望别人提及，相当于黑历史……看来你把他打得很惨吧？”

“算是吧……我把他打得‘体无完肤’。”

“果然。”她又露出了苦笑。

“这样不太妙吗？”

“倒也不能说不太妙。但是周围都对这件事小心翼翼的，不敢提及，这就不太好了。因为这样，输给你导致的不甘心，还有学校里没有人愿意提及这件事导致的尴尬等，这些无处可去的感情都找不到发泄的地方，全部在中村的心里越积越多。”

“是这样的吗？”

“是的。然后随着时间过去会不断积累，像气球一样涨得满满的，就会变得更加不好提及了。在我看来是这样的。”

“原来如此。”

“这样一来，中村就会对你越来越刻薄，想放掉那颗气球的气也会变得越来越难吧。中村是班上的中心人物，如果他对你很刻薄的话，那么你的立场就安稳不下来。毕竟你是以现充为目标，那样的情况是很不妙的，所以必须尽快用针戳破气球，让其爆炸。”

“爆炸。”

“是的。稍微戳一下，在大家面前说出这个事情，将其变成笑料。”

变成笑料，虽然说得很简单……

“这不是那么简单的事情吧。”

“嗯。是啦。虽然在技术上并没有什么大不了的，不过除了我以外的人应该是做不到的，”她微微一笑，“因为没有去做的勇气。”

“原、原来如此……”讨厌，这个人有点可怕。

“总之，我这次做的就是这样的事情。中村对你的态度应该也会稍微柔软一些了。”

没想到居然考虑了这么多才做出那么显眼的行动。

“好了，回归正题吧。你对自己今天的行动中印象最深刻的是什么？”

自己啊。

“唔，应该是我自己在对话时很不擅长变通吧。”

“变通是指？”

“怎么说呢？类似能够炒热气氛的贴心发言之类的。”

“原来如此……不过，家政教室的气氛不是相当火热吗？我都有点吓了一跳。”

“啊啊……那个不是的。”

“不是吗？”

“那个只是我把自己想的事情直接说了出来，然后碰巧逗笑了她们而已，所以并没有交流的感觉。”

“把自己想的事情原原本本地说出来不算交流吗？”

日南的目光像是在揣度我一般。

“不算啊。”

“你搞错了一件事哦。”

“哎？”

“听好了哦？对话本来就是为了将‘自己想的事情’传达给对方。”

“哎，这样……不会变得像是在强加个人主张给对方吗？”

尊重彼此的意见，产生共鸣，不是这样才能算对话吗？就像深实实那样。

“不是的。或许你觉得考量对方的想法，去配合对方并产生共鸣才是对话，但是那并不是对话的本质。”

正如她所说的，我确实认为有配合跟共鸣才是对话。

因为社会上的大人们、班上的同学们都是这么做的，至少在我看来是这样的，而我不擅长这么做，所以无论在哪里都觉得很憋屈。

“不是吗？”

“不是的。不过嘛，要是一直无视对方说的话，毫无关联地只说自己想说的话，那的确是很自我。但是，这次并不是这样吧？”

呃——

“是这样的吗？”

“是的。你是这么说明的。听了深实实的话之后，觉得‘现在的年轻人共鸣能力真高啊’，所以就这么告诉她了。也就是说，你有好好在听对方的话，然后自己进行了思考不是吗？所以并不能算只顾自我。”

“唔……是这样吗？”

“确实，先去配合跟共鸣就能圆滑处理的情况是很多的。不过啊，人类的感知是很敏锐的，那样的人迟早会被看透的。所以从长期来看，最终受到信赖的是那种好好在听对方说话，并不是只想着配合，而是自己先思考一下，再将自己想出来的答案直接说出来的人。你做到了这一点。做不到这一点而在烦恼的人也是有很多的。”

“原、原来如此。”

似懂非懂。

“所以，你这次的实践在这方面是第一次就大获成功了。”

真的吗？大获成功这个评价还让人挺开心的。

“不过，其他方面就完全不行了。没有任何亮点。菊池那件事更是糟透了，你让别人借你纸巾，别人借给你了，你口罩下面却还在笑，而且擤鼻涕的样子也毫不遮掩，就这么让对方直接看到，简直就是糟糕透顶，即使把你埋到地底下也不足以挽回啊。”

“日南同学……糖果与鞭子[①]的鞭子抽打得太用力了……”

“你在说什么啊，才不只是这样呢。家政教室的时候，我还不在场你就搭话了吧。我不是说了吗？必须有我在场才能搭话。”

“不，那是……”

“你明白吗？这次中村突然闯进来还好是在我来了之后，要是顺序颠倒一下，你觉得会变成怎样？说不定就会变成让花火生气的事情了，也可能是你变成了大家的笑柄。这样一来，就会离达成目标越来越远了哦。”

“抱、抱歉……哎。这么说来，日南你必须在场这个条件是为了有什么万一好帮助我吗？”

“那当然。如果只是想知道你有没有好好执行的话，那可以之后再跟女生本人确认，或者其他做法也是可以的。”

“日、日南……”

真温柔……

“我说，你该不会是觉得我在担心你吧？既然决定要为达成目标而努力，我也不想这些努力被没必要的事情糟蹋。”

“哦，说的也是。”

“而且，并不仅仅是为了帮你。在你搭话的时候，女孩子的第一反应、对话的气氛、你的对话技术，我想将这些都观察清

①指奖惩激励，一种行为管理方法。

楚，再来决定今后的方针。看是要朝着和谁搞好关系的方向进展，还有进行怎样的练习之类的。”

“你、你想得这么深入啊。”

“这是理所当然的啊。挑战 Boss 的时候，不确认自己的等级是否匹配对方的能力就直接上的话，那是不会赢的吧？”

“这个……”我打从心底表示赞同，“你说的一点都没错。”

一说到游戏就真的是非常投契啊。

“好了。关于今后的方针……你先把口罩摘下来。”

“嗯，好的。”我按照她的吩咐将口罩摘掉。满面的笑容整个露了出来。

“变回普通的表情看看。”

我按照她的吩咐变回去了。

“嗯，原来如此，果然一直在做是有效果的。”

“哎？”

“你看，明白了吧？”

“啊。”

看到她递过来的小镜子里的我，我有点吓了一跳。虽然我以为自己恢复到了平时的状态，但是和之前相比，嘴角确实更加紧致了。

“两天就有变化了呢。看来你是好好在做，很了不起啊。”

“啊啊，算是吧，毕竟你让我要一直做的。”

“嗯……这样就没问题了。今后不一直做也没关系。和别人说话的时候，觉得累了的时候，放松一下也没关系。在别人面前的话，口罩也可以摘下来。不过，偶尔要照镜子，确认嘴角的情况，记住让嘴角自然绷紧要花多少力气，让自己能够一直保持这样的状态。等到你能无意识地做到这一点，那么这个训练也就结束了。”

“噢噢，这样啊，我知道了！”

这样也算是有进步啊。好，那我就每天都这么做吧。

“……就这么多了。其他还有什么在意的事情吗？”

“这个嘛……关于夏林同……小玉的事情……怎么说呢，那个时候的样子……”

“……啊啊，那个哦。”日南露出了复杂的表情。

“啊，如果是什么不好说的事情，那就……”

“那孩子非常顽固，或者说……很率直。”

日南打断了我，依旧面带复杂的表情说道。

“不会因为场面上是这样的气氛就去配合，只会去做自己想做的事情。”

“嗬……最近这种人很少见了呢。”

“是啊，跟她关系好的朋友很喜欢她的这种个性，我也非常喜欢，但是似乎也有人跟她很合不来。”

“唔，不难想象。”毕竟这种个性不太像当下的年轻人。

“然后，特别是像中村那样的，引导当场的气氛来和别人交流的类型，花火跟他们可以说是非常非常合不来。”

啊。

“原来如此，看起来是这样。”

“所以，有几次就稍微……起了争执。花火自己似乎也因为那些事而留下了心理阴影，觉得自己有责任。但是中村反而非常想让这么顽固的花火顺从自己一次。这应该算是自尊心，或者是一种固执吧，并没有什么恶意……不过这只是我个人的看法。”

“啊，不过如果真是如此……这就相当麻烦了。”

听到我这么说……

“就是啊！有我在的时候还能像今天一样想办法处理掉，但是除了我之外，其他人就很难应对中村了。花火说不定会在我看不到的地方又留下心理阴影。可是我又不可能一直跟花火在一起吧？……所以不好办啊。”

日南很罕见地用感情若隐若现的语气说道。

“……你也有无计可施的事情啊，我还以为你无所不能呢。”

听到我无心的这句话，日南露出我曾经看过的忧愁表情，轻声吐出了一句：“我啊，什么都做不到哦。”

“哎？”

“……你以为我会这么说吗？没有我做不到的事情。总有一天，我也会解决掉花火的问题的。”

“是、是吗？”

日南恢复了平时那自信满满的表情……刚才是在开玩笑？这也太浪费演技了吧。

“不过，就算让她圆滑处世……小、小玉也听不进去吧。”

“是啊……而且，我也不希望她那么做。能够将内心的想法直接说出来的人是很少见的。”

“嗯，那样的人是很难找的。”

“花火就是因为内心一直是赤裸裸的，所以内心的防御力也很低。如果没有人成为她的铠甲，或者是让射向她的攻击矛头偏离轨道的话，她的内心很快就会变得残破不堪……嗯，关于花火差不多就是这样。”

“原来如此啊。”

看到我感慨地点了点头，日南说出了“所以，她说不定跟你很合得来”这样的话。

“哎？是这样吗？为什么？”

“……先不说这个了。总之，你先花一个晚上，自己想想今天发生的事情和学到的事情。只是遵照指示的话，成长速度太慢了，必须自己融会贯通。明白了吗？”

“嗯嗯，好的，我知道了。”

“那么，今天到这里就可以了吧？”

听到我肯定的答复后，日南就向我下达了离开第二服装室的指令。日南会跟我错开时间，再踏上归途。我毫无异议地往家里走……之后才意识到，这种时候女士优先会比较好吧，从现充的角度来看，我还远远不行啊。

*　*　*

躺在床上。虽然是让我自己思考，但是要从哪里开始思考呢？坦白说，我对人际关系这个东西的经验不足，这是致命的，要是让我仅凭今天的经验做出比日南更加正确的分析，那我就只能夹起尾巴逃之夭夭了。总而言之，我这次感觉到的顶多就是“在名为集体的战场上，气氛这个怪物比想象中要更加气势汹汹”这件事罢了。至于要怎么跟那个气氛战斗，我依旧是没有丝毫头绪，而且我都不知道用“战斗”来形容是否恰当。我只知道擅长驯养那种无形怪物的日南和像中村那样的驯兽师支配着名为集体的战场。日南与中村在圆形的斗技场上对峙，让位于中心的巨大异形怪物使用各自擅长的武器，企图吞噬掉对方。中村是用鞭子，日南则是用斗篷。我的脑海中浮现出类似的画面。彼此都不会直接出手，自始至终都是用气氛来制敌。我能在那里战斗吗？至少我是完全想象不出来的。这一天我就是一边想着这些事情，一边进入了睡眠。

——顺便一提，由日南发过来的“19 点半之前先赢五局的人算获胜”这条感情为零的信息挑起的好友对战，以我连胜五局的结果落幕了。她还是太嫩了。

3章

单人狩猎时打一只怪获得的经验值高得让人吓一跳

“从今天开始，姿势也要进行矫正了。”

第二天早上，日南的指令就这么开始了。

“姿势。”

“是的，姿势。你还记得吗？我说过了，外表上最重要的就是表情、体格和姿势。”

“嗯，我记得。”

是在日南的房间时她说的。

“只要这三点能想办法做好，那么基础就打好了。你的体格算是比较标准了，所以只要矫正表情和姿势那就能及格。表情靠口罩训练法是有一些进步的，那么就只剩姿势了。”

意外地离终点挺近的。

“不过，姿势要怎么做呢？话说，我的姿势有那么糟糕吗？”

“这个嘛，是算挺糟糕的……不过，其实大部分人的姿势都是不好的。”

“啊，这样哦。那么在这当中，只要姿势好就会很显眼吗？”

“这个嘛，算是一半正确一半不正确吧。”

“一半？”

“糟糕的姿势也分很多种。”

日南一边说，一边双脚外八字并且弯曲膝盖，然后仰起脖子，剧烈晃动着肩膀走了起来。

“这个虽然也是糟糕的姿势，但是有压迫感。尽管并非最佳，不过算是现充的姿势。”

“像不良少年一样，感觉很强的样子。”

“是的，然后这个是……”

她这回蜷曲身子，把脖子往前伸，然后肩膀向内缩，走了起来。

“这也是糟糕的姿势，但是这个则会给人很虚弱的印象。”

“啊。确实很像阿宅或者文科的人。”

看起来像不太能运动的样子。姿势能带来很大的变化啊，而且真亏她能一一重现。

“也就是说，虽然大部分人的姿势都很糟糕，但是非现充的人当中，更多的是偏向虚弱类型的糟糕姿势。”

“是这样吗？为什么啊？”

“这个嘛，我认为是有各方面的理由的——非现充经常用电脑或者玩游戏，所以容易变成这样的姿势之类的。”

“原来如此。”

“不过，最大的原因恐怕不在那里。最大的还是身心的问题啊。”

“身心？”

“是的，你能试试看夸张地挺起胸膛，双手叉腰，摆出嚣张的姿势来吗？”

“是、是这样吗？”

我试着沉稳地摆出了那样的姿势。

“……怎么样？只是变换了姿势，有没有觉得胆子壮了一点？”

“……真的呢。”确实，挺起胸膛摆出嚣张的姿势后，感觉比之前要稍微自信了一些，有种比较强烈的我行我素的心情。

“……呃，不过这是因为被你这么说了，我才会产生这样的感觉吧？”

“多少有这方面的因素。但是啊，人紧张了会抱着胳膊，或者放松了会张开腿，肩膀也不那么用力了，诸如此类，身心是紧密连接在一起的。反之，悲伤的时候强颜欢笑的话，实际上也会减弱悲伤的心情，这种说法也很有名吧？”

“啊，是有这样的说法。”

“身体沉稳的话，内心也会沉稳。反之，内心消沉的话，身体也会蜷缩。不是谁先谁后，而是一起变化的。而现充的内心很现充，所以姿势也自然变得很现充了。”

“原来是这样啊。”

“嗯，所以……”这样说的日南用看起来身材修长但没有压迫感的姿势走了起来，同时酝酿出了自信的成熟气场。

“你倒是没有必要让姿势做到这种地步，而且这真的不是一朝一夕就能解决的问题。不耗费很长的时间去矫正骨盆的歪曲和肌肉的习惯之类的问题，是没办法做到这样的。不过你没有做这种事情的闲工夫，也没有必要这么做。”

好厉害，这家伙真的无所不能啊……

“那么，我要怎么做才好呢？”

“只要消除掉你那软弱的感觉就行。”

日南指着我的胸口。

“……怎么消除？”

“关于这个是有简单的矫正方法的……你到这边来。”

我疑惑地哎了一声，但还是听从了她的指示。

“把腰和肩膀靠在墙上。然后，两边脚跟贴在一起，脚尖向左右张开。”

我照着她说的去做。

“能感觉到吗？现在屁股上的肌肉有在使力。”

“嗯？啊，是呢。真的有。”

我意识到的时候就发现自己很自然地使了不小的力量。这时日南一本正经地朝着站在墙边的我靠近。哎，怎么回事？在超级近的距离有一张端正的女孩子面孔，背后是墙壁，所以我无法后退。这个兼具高级感和清新感的气味是来自洗发水吗？然后，日南缓缓地把手伸了过来……

一边说“嗯，很不错”，一边摸我的屁股。

“哇噢噢噢？！你、你、你做什么？”

“检查一下呀，能不要被碰一下屁股就叫得这么夸张吗？你是男人吧？”

“不！问题不在这里！”

我说，你别这样啊，对心脏太不好了！都让人莫名地燥热起来了！

“……你这表情是怎么回事？不过，感觉很不错呢。那么，你接下来维持住屁股的使力方式，让脚尖和脚跟恢复到自然状态，然后就这样让肩膀和腰贴住墙壁。屁股那里用的力量不要变。”

她若无其事地对我下达了指示，我急急忙忙地照着做了。

“这、这样可以吗？”

“嗯……你看，明白了吧？比刚才要威风多了。”

……确实是，不知不觉就变了。

“真的呢。”

“然后你就这么离开墙壁……这样就不是虚弱的姿势了……嗯，不是了。”

日南稍微远离我，看着全身上下这样说道。真的吗？

“这个还是挺吃力的。”

“是啊，因为使用了平时不用的肌肉。但是，你今后站着的时候都要保持这个状态。最好是坐着的时候也要挺起胸膛，让屁股的肌肉使力。总而言之，像你之前那种姿势的人，大部分都是没有挺胸，屁股的肌肉也松松垮垮。所以，要让挺胸和对屁股使力成为习惯。”

“又是‘都要保持’啊。”

“那当然了。现在是创造角色的阶段，要先解决掉基础能力的问题。如果不能一直维持这个状态的话，就没法算是基础能力了吧？”

唔，确实没错。

“我知道了。那么，今天要做的事情就这么多……应该不会吧？”

“当然了。除了这个之外，还有一件事。”

果然没这么简单。

“我需要做什么呢？”

“这次的难度不怎么高。只需要一天中跟我一起行动几次，然后跟深实实、花火或者是其他和我关系要好的男生说上几次话就行。”

说上几次话就行吗？说得真轻松。

“也是，既然有你在，那是比昨天要简单吧。”

“是啊。然后本周到周五为止的课题都是这个。”

“连续四天都是这个吗？”

“是的。”

是要做很多次啊。了解。

“那么，我做那个是要从中学习什么啊？”

如果没有理解这点的话，效率就会很差。

“嗬，你变得很积极了嘛，是个好倾向。”

“多谢夸奖。”

“其实很简单，就是赚取经验值。”

“赚取经验值？”

“是的。你想想，这是很常见的情况吧？玩 RPG 的时候，初期会有非常强大的角色暂时成为伙伴，大家一起与强敌作战这样的剧情。之后那个角色离开队伍，终盘时又作为重要角色重新回到队伍中，那个时候主人公他们也变得跟那个角色一样强了，让人有‘啊啊，真是成长了啊’的感慨。”

这家伙每次聊到游戏的事情就显得很开心。

“是啊，偶尔是会有的。有时候还会想为什么这家伙会毫无成长啊。”

“对对。”日南用雀跃的声音回答，然后咳嗽了一声，“……总而言之，跟这个是一样的。你跟我暂时组成队伍，与强敌战斗，以此来赚取经验值。”

“原来如此。”

组队战斗来提升等级啊。

“同时不要忘了收集情报。玩 RPG 的时候也是，跟 Boss 打过一次之后，就了解了对方的行动模式，知道下一次该如何战斗了对吧？比如弱点、会给我方造成的伤害值之类的信息。如此一来，下次再打就知道应该如何进攻以及在哪个时间点进行回复。”

“是啊。”

“要做的事情差不多就是这种感觉。你就一边看着一边从中学习实际的对话流程。”

学习啊。感觉按照现状的话，只会是我一头雾水地看着别人对话。

“就这么稀里糊涂地看着并思考没问题吗？没有什么应该注意的点吗？”

日南稍微思考了一会儿。

“这个嘛……接下来的四天里估计和我对话的人应该有二十个左右，你就尽量分析一下那些对话吧。”

“分析？”话说二十个也太厉害了吧。

“是的。比如对话的推进方式、拉近距离的方式，你要尽自己所能去思考那些和对话相关的各种做法。”

“原来如此……分析啊。”

虽然不知道能否做到，不过还是尽我所能吧。

“还有……我不觉得自己有办法突然跟不认识的人顺利说上话，这要怎么办？”

“啊啊，你不用加入对话也没关系。”

“哎？”

“因为这次的目的是观察，我不会让你显得很不自然的，你就放宽心观察吧。”

交给她就没问题了……应该是这样吧。

“差不多就这样。那么，我今天放学后会教你的，你就先做好自习，然后等着吧。”

“放学后？今天是要做什么啊？”听到我这么问，日南理所当然似的说道：

“我会和深实实、花火，还有一些男生一起走到车站那边，你也是在里面的哦。”

“哎哎？！”

这可不是稍微说几句话，根本就是一起回家啊？！

*　*　*

“就是的呀。深实实你不知道吗？”

“我不知道呀……哎，大家都知道吗？”

“嗯，我知道的。”

“是啦，葵肯定是知道的。”

“我也知道哦。”

归途。教室后面的黑板上那个非常好看的画，其实就是现在跟我们在一起的松本大地画的——大家聊着这一类的话题，聊得非常开心。另外还有一名叫桥口恭也的男生。当然我是格格不入的。不过——

“友崎同学你呢？”

日南会像这样时不时地把话题抛过来。

“唔，我之前看到他在画，所以是知道的。”

“哎！连友崎都知道，我却不知道吗？！”

“你这么说太失礼了！啊哈哈。”

然后就是像这样稍微拓展了一下话题，接着又换另一个人聊，形成了类似的固定模式。我尽自己所能，做到至少不会完全糟蹋日南的传球，平平稳稳地接住球，再往上托起来。只要球不会落地，无论飞得多歪，日南都能做到在下一击时打回到对方的场地内，差不多就是这样的感觉。

所以我现在能够安下心来观察这个对话。话虽如此，我这个大外行应该也观察不出什么东西来。

“……对吧。哎呀，真是累死了。”

“你从昨天开始就很累啊，大地。”

“啊，因为锻炼了一下肌肉。”

“嗬——”

接下来是男生们在聊肌肉锻炼，而深实实在一旁附和。不过深实实还真是厉害，既能够自己开启话题，也能够拓展别人的话题，而且还会大笑出声来炒热气氛。这种女生就是所谓天生开朗的类型吧。我觉得应该从她身上偷学几招才行。开启新话题我肯定是做不到的，不过感觉至少可以试试看拓展别人的话题。

“哎，你都锻炼了哪些地方啊？”

“全身上下都有。手臂、胸肌、腹肌、背肌，还有脚，都在练的。”

“太劲了。”

“啊，那么……”

我突然插嘴了，因为觉得只有这一刻能插进去！日南抖动了一下眉毛看向我。咦？这样不太好吗？但是已经不能折返了，只能试了再说。

“屁股的肌肉也会锻炼吗？”

屁股？诡异的气氛笼罩着大家。

* * *

“昨天真的是非常抱歉。”

次日早上，第二服装室，我一看到日南的脸就马上道歉了。

“……是关于屁股的肌肉那件事吗？”

“是的！哎呀，我自说自话，把话题氛围变得奇怪，真是对不起了！”

我一边想着“关于屁股的肌肉那件事”这个说法还真是不得了，一边由衷地道歉了。

在那之后，松本大地困惑地问我：“哎？屁股的肌肉不会去锻炼的吧？”

于是造成了“什么，在搞笑吗？”这样糟糕的气氛，不过日南满不在乎地说“啊，我有时候会锻炼的哦……屁股”，这才避免酿成大祸，让事情朝着“葵身材那么好的秘诀就是屁股的肌肉吗”的方向发展了。后来我就变得乖巧，不再乱来了。

“哎呀，我不但自作主张，还……”

“同样的事情不需要说那么多遍啦，我并没有在意的。”

“哎？”

“这是你以自己的方式进行思考并行动带来的结果吧？虽然最后白忙活了，不过勇于尝试是值得夸奖的事情，我是不会责备你的。”

“日……日南……”

日南的心胸是何等的宽广……

“更重要的是我给你的课题。要是你一直想着做奇怪的举动，导致没有好好完成课题，那我才生气呢。”

“啊，啊啊。那个我姑且还是有做的，靠自己去思考分析的那个吧。”

“那就好，还有三天时间，我就到最后一次性听你说完。那么，今天就差不多这样了。”

“啊，稍等一下。”

“嗯？有什么不明白的事情吗？”

“呃，与其说是有不明白的事情……不如说是遇到了事件呢。其实在昨天回去的路上有点……”

“……什么？”

我稍微瞄了一眼带着警戒气氛的日南，然后开始说起了昨天发生的事情。

* * *

“再见。”

“再见。”

“回见。”

包括我在内的六个人从学校走到了车站，然后各自去坐回家方向的电车。

“啊，电车来了，我是这边。”

“啊，我也是！再见！”

“拜拜！”

“明天见……”

就像这样，大家朝着各个方向散去。日南和我是反方向，已经坐上刚才的电车离开了。也就是说，我从现在开始就必须要在没有日南的情况下，和坐同方向电车的人说话。

不过日南并不是没有意识到这个情况，她说：“电车里只有十几分钟，应该没问题的。深实实和大地跟你是同个方向，他们两个会自然而然地展开对话的。他们都跟你是在不同站下车。”仿佛理所当然一般掌握了每个人下车的车站这件事让我感到战栗，同时也让我安心。

然后电车来了，我们进到车内。正如那家伙所说，那两人就如同社交达人一般，车内的对话确实无须担心。尤其是深实实，还会时不时把话题抛给我，然后我竭尽全力磕磕巴巴地做出回应，深实实就会从中找出有趣的点，自顾自地笑起来。那是类似在家政教室时的感觉，并不会觉得自己是被嘲笑了。

所以对于深实实，我的感受是：她在对话方面跟日南一样厉害。

然后我到了离家最近的车站，心里想着：这样今天的任务就结束了！

“啊，我在这里下，那再见了。”

“啊，这样啊！我也是！好，一起回家吧！”

“哎？！”

同一站下车？！给我等一下，这是怎么回事啊，日南同学？

“哦，那再见了。友崎，你可别出手哦？”

给我慢着！在我因为突发情况而感到困惑的瞬间突然跟我说这种笑不出来的玩笑是想怎样啊！

“不，不会，下、下、下手的哦！”

“惊慌失措了……莫非这就是小女子我，七海深奈实的大危机吗？！”

“啊哈哈哈哈哈！别闹了，车门要关了，再见。”

我和深实实一起下了电车。

“哎，深实实真的是在这里下车……”车门关上了。“真，真的是呢……”

“是呀。为什么这么说？”

“啊，不，该怎么说呢……没什么。”

* * *

“你没搞错车站吗？”

被我这么追究，日南露出了纳闷的表情。

“可是……深实实是在北与野下车吧？而你是在大宫下车，应该不一样才对……”

“我也是北与野啊！”

“哎？”她沉思了一会儿，然后恍然大悟般地抬起头来，“你操了没必要的心啊……这在我的计算之外，没想到我居然失误了……”

“你在说什么啊？”

“我说过了吧？在离家最近的车站。”

“所以说你是指什么啊？”

“就是 nanashi 和 NO NAME 线下聚会的时候，让你在离家最近的车站等我！”

“……啊啊！”是这么一回事啊！那次我选的并不是离家最近的车站，而是考虑到对方，选择了交通更方便的终点站，所以她误以为那是离我家最近的车站……

“算了，后悔也没有什么意义。这件事就让我们略过吧……那么，后来怎么样了？”

“啊，啊啊……”

在她的催促下，我又继续开始说。

* * *

出车站后，我感觉自己紧张到连走路姿势都变得很僵硬了。

“我们还是第一次单独好好聊呢。话说，我们也是最近才开始聊起来的嘛。”

深实实拍了一下额头，做出古灵精怪的表情，开口说道。

“是、是啊。”

“你在紧张什么啊！抬头挺胸一点啊，抬头挺胸！”

她猛地拍打了一下我的背，远远超出正常该有的力度。

“好痛！太用力啦！”

“哎……是吗？”

深实实活力十足地笑出了声，给人的印象比平时更加开朗。可能她是在以自己的方式关心我吧。

“你、你真有活力啊，深实实……”

“是吧？我可是打算只靠活力和笑容活下去的哦……”

“啊哈哈，该说这很厉害呢……还是很辛苦呢……”

“很辛苦？”她探头看着我的脸。那是一脸不可思议的表情。

“哎……你想啊，也会有无精打采或者难以露出笑容的时候吧……不是吗？”

深实实眨了眨眼睛。

“你在说什么啊！难受的时候才应该露出笑容啊！不这样做的话，就会更难过了吧！”

“啊。”日南也说过这样的话，身心一体之类的，“确实有这样的说法。表情开朗的话，内心也会变得开朗之类的。”

“对对！所以充满活力地露出笑容绝对是很开心的！”

嗬，还真是积极阳光啊，但同时我又觉得……怎么说呢，并不是每一天都需要那么开心吧。不，我可能是因为每天不开心的事情太多了，所以这方面的感觉才麻痹了吧，不过人类就算有很多不开心的瞬间也没关系，相比之下还是守护自己的世界更重要吧？

我想着这些事情时，沉默一直在继续。现在是轮到我说话了吧，嗯，也对啊。

“唔，也不都是这样吗？这种事可能因人而异吧……”

“啊，抱歉……说、说的也是。”

气氛一瞬间变得尴尬了。啊啊啊啊！对不起！沉默之后别人都帮忙打圆场了，我还做出毫无内容的回复！这就是交流障碍的威力吗？

“我说我说！我可以问一下有点在意的事情吗？”

但是深实实却笑着抛出了话题，仿佛我并没有失败一般。果然好厉害啊。

“哎？什么？”我刚这么回答，她就做出手拿话筒的动作，把手凑到我的嘴边。

“我就直接问了，友崎选手！你和葵的关系很可疑吧？！”

我整个人被呛住了。

“哦，果然很可疑呢……看你这个反应。这是怎么一回事呢？！快点快点！说给姐姐听听啊！嗯？”

“不，什么都没有啦。”

“真的吗？总觉得你们时不时有在使眼色……昨天也是一开始差点对葵直呼她的姓氏，不是吗？”

有这样的事情吗？话说就算有，一般会注意到吗？现充不光是看上去很开朗，而且在察言观色的技术上也很熟练，实在是不可小觑啊。既然都被注意到了，胡乱糊弄的话感觉也很容易暴露。

“哪有哪有。虽然确实关系不差，但是你想啊，日南不是跟大家都关系很好吗！”

“噢！直接用姓氏叫她了……果——然很可疑……友崎选手！为什么那个时候还掩饰了一下呢？是有心虚的事情吗？坦白吧！”

“都说没有啦！那个校园偶像日南葵怎么可能和我这种人有什么心虚的事情啊！”

“确实！”

“喂！”深实实马上就接受了这个说法，速度之快让我还是忍不住吐槽了。

“啊哈哈哈哈！很不错啊！友崎你果然偶尔会很有趣呢！”

“烦死了，我并没有想让自己表现得很有趣，另外，偶尔也是多余的。”

紧张似乎消散了。这就是深实实的对话才能吗？还是因为聊到了那个嘴巴狠毒的玩家呢？

“平时也表现得这么开心就很好呀。友崎你总是太阴沉了。”

“多管闲事……而且，我就算有不开心的瞬间也不在乎哦。”

“……嗬！怎么说？你这话是什么意思呢？”

她似乎格外感兴趣。哎，要怎么说才好呢？

“呃……该怎么说呢，并不是只有开心的事情才是正确的吧……大概。”

“哎！我还是第一次遇到说这种话的人！详细说说！KWSK！”

“KW？”……哦哦，是说 KWSK[①]吧，那应该不是用来说的话吧，“呃，该怎么说呢？你想啊，比方说我喜欢 AttaFami 和其他游戏……”

“啊！听说你非常强呢！然后呢然后呢？”

“嗯，唔……但是那个和在学校开不开心是完全无关的。不过即使如此，我还是会把时间倾注到 AttaFami 上面……”

“嗯……可是，这不是代表那个 AttaFami 玩起来很开心吗？”

“啊……这确实没错，但是怎么说呢……我并不是为了追求开心而玩 AttaFami 的，我喜欢 AttaFami，然后努力去玩，这样做的结果给我带来了快乐……啊！抱歉，我也说不清楚。”

“唔，不，我能懂。”

“哎？”

“总觉得那个啊……友崎你的这种性格可能跟玉有点像。”

“……哎？像小玉吗？”

①日本网络用语，意思是详细说说。

我完全不能理解呢……说起来，日南也跟我说过类似的话。

“唔，该怎么说呢？那孩子不会让自己妥协，或者说是无法让自己妥协。啊哈哈，虽然这算是她的优点啦，总之她就是这样的性格。”

“嗯，应该是吧。”

“啊，友崎你也能明白吗？比如说，即使是妥协一下就能让那个场面开心圆满的情况，但是如果她无法接受，那么她也不会妥协。这很厉害啊……”

“在最近的年轻人里确实很少见呢。”

“啊哈哈哈哈！出现了，访谈节目的大叔！”

“烦死了！”

“啊哈哈哈！……然后呢，我觉得她的这个性格很厉害，每次看着她都在想这是我没有的部分啊……因为我总是不断妥协！妥协，妥协，再妥协，尽全力让当下变得开心……整个人都要妥协没了！”

“哎，是这样啊。”我还以为她是靠才能自然而然地做到的。

“是的哦？其实我是烦恼多多的少女……不过大家都一样啦。跟玉相比，我的烦恼根本不算什么，实在是太渺小了！”

“她确实……感觉挺辛苦的。”

“是吧？你看得出来吗？不过正因为如此，不断妥协的我才应该守护好她，就是这样的感觉！怎么样？！催泪吗？！够坚强吗？！”

深实实站到我的正面，大大地张开了双手。

“原来如此啊。”因为我在思索，所以就自然地无视了她的这个动作，“这样的话……那深实实你是怎样呢？你不讨厌那样吗？”

“哎？我被无视了……你问我吗？一点也不哦！因为我是为了开心才去做的，所以自然是很开心啊！虽然也有很不想妥协的事情，但那也是无可奈何的事情。人生没有一百分！不妥协的话就更痛苦了，所以我会妥协！为了能更加开心！”

“……原来如此，适材适所吗？”

“对，就是那个，适材适所！友崎你说得真好啊！妥协是我的工作，不妥协是玉的工作！我们就是这样运转的！”

“然后互相扶持。”

“对对，就是这个，就是这个，互相扶持！友崎真的很会说啊！不过说起来，更像是我在扶持玉的感觉……正确来说的话！所以我这样就 OK 了！”

深实实说完就开怀大笑了。

“唔，对我来说……”

“啊！我走这边！啊，你刚刚是要说什么吗？”

“啊，不，没什么。”

“是吗？那就再见了，友崎！”

“啊，嗯，回见。”

深实实用力地朝我挥手道别，然后风一般地走掉了。算了，虽然想说的话没能说完，但也没差。那只是我自以为是的推测，不说反而是正确的吧。

——我觉得深实实才是那个被扶持的人。

* * *

“嗬，你做得不错嘛。”

日南不带感情地说道。

“唔，只是深实实在配合我聊一些我也能聊的正经话题而已。”

“是啦，虽然是这样没错……不过你也有擅长的事情啊。”

“……我有……擅长的事情？”

在说什么啊？

“家政课时的那件事也是，你似乎很擅长‘将自己的想法原原本本地说出来’。”

“呃？将自己的想法原原本本地说出来？那不是大家都擅长的事情吗？只是说出来而已吧？”

日南“啧啧啧”地摆了摆手指。

“其实并非如此哦。倒不如说不擅长的人要更多。”

“哎？”

“比如说深实实，她擅长妥协吧？你觉得她擅长说出自己的想法吗？”

“……啊，对哦。她擅长的是配合周围的事情吧。”

“没错。”日南点了点头，“然后是花火，她应该比较擅长说出自己的想法吧？”

“……我想也是。”

“像她那样的类型是很多呢，还是很少呢？”

啊啊……很少。原来如此，我被她说服了。

“这样啊……擅长做这件事的人很少见啊。”

“是的，就是这样，所以这个在某种意义上是你的武器、优点、必杀技。然后，在自己擅长的领域战斗是玩游戏的基础吧。”

“是啊。”

“那么，如果遇到了什么困扰的事情，你就可以依靠这个。给我记住了哦。”

“……我知道了。”

“好了，刚才提到的事情并没有什么问题，我们就继续往后推进吧，甚至可以说你赚到了经验值，很幸运呢……接下来你还要继续观察对话的方式，做好准备了吗？”

“还能怎么准备……这种事情只有直接上场才……”

“你很懂嘛。那么就打起精神来。最后一天我会问你分析结果的。”

——就这样，我又开始了三天的练级和收集情报。

周三，午休的食堂。

“昨天看了吧？让人好奇最后一集到底会怎么发展呢。”

“不过大喊‘给我回来啊’那一幕的演技也太生硬了，真是笑死人。”

“啊哈哈哈！我也觉得！那个太糟糕了！”

“话说，友崎你的眼神也太飘了吧！而且根本没在说话！”

“真的很恶心呢！”

……嗯嗯。

周四，放学后到车站为止的归途。

“啊，说起来，由美子你昨天没事吗？你爸爸不是疯狂打电话找你吗？”

“啊啊！那个啊！倒不如说我弟弟才是莫名其妙呢。”

“哎，那个小矮子吗？”

“对对！我一打开门就看到他叉开腿站在玄关上，整个人笔直笔直的。”

“那是要干什么，真恶心！”

“感觉友崎同学也会做出这种事情来。”

“啊哈哈哈！我懂。”

……哦哦。

周五，休息时间的一幕。

“孝宏有没有什么有趣的话题？”

“你这是强人所难！”

“有的吧，有的吧。”

“唔……呃……啊，昨天我女朋友啊……”

“哇啊，撒狗粮啊。”

“不是啦！”

“友崎有没有这方面的……不可能有吧。”

“啊哈哈哈！真没礼貌。”

……嗯嗯。

就是类似这样的感觉。

“那么，觉得怎样呢？”

周五，放学后的会议。每天都被丢进关系不亲密的集体当中，四天里除了观察和一点点实践之外就没做其他什么事了。这四天是地狱中的地狱，今天则要对此进行总结。

“我的心已经死了。”

“……是啦，那是发出阴郁气场的人的宿命。不过，只要锻炼表情、姿势和对话，就能马上脱离那样的困境哦。”

“……真的吗？”

“我觉得你被说了各种坏话也是无可奈何的事情，因为集体就是这么回事。只要五六人聚集到一起……就会有人成为牺牲品。”

“……我明白了。”

“那么，重要的是分析结果啊。”

“唔，这个嘛，我想了很多……”

“嗯。”

超绝现充在等待交流障碍症患者说出拼命观察的结果。紧张。

——我注意到的是在对话中大家的职务分担。

我认为在参加对话的人们当中，每个人都有各自的“主要职务”。

那些职务分为“给出新话题的人”“拓展话题的人”和“做出反应的人”这三种。

比如说，在周一有这样的对话。

“你们听我说啊！昨天在补习班……”

深实实总是像这样以“听我说啊”“说起来”“昨天啊”之类的话开始。把跟前面的话题没什么太大关系的新内容丢进来，对话首先从这种“给出新话题的人”开始，不过这也是理所当然的。

然后，有人会顺着那个话题说“那么还有这样的事情”或者“这两件事情挺像的”之类的内容。那就是“拓展话题的人”。

一边听，一边附和或者笑出来，偶尔也会说出自己的意见、乐在其中的人，那就是“做出反应的人”。差不多就是这种感觉。

当话题进入尾声的时候，“给出新话题的人”又会丢出新的话题来。

当然，“拓展话题的人”或“做出反应的人”也会开启新话题，“给出新话题的人”也会有做听众的时候，但是，在一个集体当中，感觉每个人的职务都是隐隐约约确定好了的。然后还有一点，这也是周一发生的事情。

“哇，那个一定是老师故意的吧。”

“果然是这样吧？！”

“深深被喜欢上了吧？”

“哎，反而是这样吗？！”

就像这样，主要是由桥口恭也和小玉来拓展话题。结果啊，那两人虽然一直都在对话的圈子里面，但是不知为何，却给人不在“气氛中心”的感觉。

“说起来啊，单词都记住了吗？突然要背一百个也太难了吧？”

这是周三某个现充中心人物说的话。

我认为重点在于，参与对话的人几乎都是会“拓展话题”的，但是给出新话题的基本上都是固定的成员。周一的话就是松本大地、深实实，还有日南，基本没有看到小玉和桥口恭也给出新话题的情况。长期来看后者应该也是会有新话题的吧，但是数量明显要比前者少很多。所以我估计，如果不能给出新话题，那么就无法给人带来处于“气氛中心”的印象。

虽然要是问我这意味着什么，我也回答不上来，但总之，我注意到的事情差不多就是这些。

“……然后呢，小玉和桥口恭也因为没有给出新话题，所以看起来没有掌握住气氛。大概就是这样吧。”

日南默默地点了点头。

“原来如此。你说的这些内容，理所当然到一般人听了之后只会产生‘然后呢？这有什么意义吗？’这样的想法。”

“说、说的也是……”

因为我自己也是这么想的，所以日南这话非常戳心。

“——但是，对于像我和你这样的，要去掌握某种事物的时候会关注其目的或原因的类型来说，这是很大的发现。真不愧是nanashi。”

刚受到伤害就被夸奖了。

咦，好开心。感觉完全被她的糖果和鞭子玩弄在股掌之间了。

“是、是这样吗？”

“毕竟这样你也能了解了吧，让对话顺利进行下去的两个要素。”

……啊，原来如此。我确实知道了。

“提升‘给出新话题’和‘拓展话题’的能力。”

“鬼正。”

“哎？”

“所以接下来就是要怎么做才能提升这两个能力了。”

“等等等等。已经是第三次了啊，那个什么鬼正，到底是什么啊？”

“……”

沉默了！

“……好吧，都第三次了，我就不装了。是我的口头禅……时不时会一不小心就说出来的。你不知道它吗？是我小时候很喜欢的怀旧游戏《去吧！疯狂射击的噗因》里面噗因的台词。坦白说，因为觉得很羞耻，所以之前都想办法糊弄过去了，不过真是太麻烦了。反正就算我想着不去说，也还是会突然说出来的，今后就敞开了去说算了，所以你能不要老是听到就吐槽吗？结束。”

这、这家伙是怎么回事。一个人哗啦哗啦地说了一大堆，然后就自暴自弃地“结束”了。

话说……

“啊啊，是噗因！我就觉得好像在哪听过！回想起来了！你喜欢那个啊！”

“……哼。居然知道那个游戏，不愧是日本首屈一指的玩家。很少有人知道那个游戏的，明明是那么出色的名作！”

日南的声音罕见地兴奋了起来。

“确实啊！我小时候在朋友家玩过。小猪噗因很可爱呢！会说‘如同魔鬼，无比正确！鬼正！’这个台词……是很好的游戏啊。”

“是啊。一开始让人以为只是普通的角色游戏，但其实是以当时的硬件规格让人难以想象出来的模拟 3D 射击游戏，在技术上也是非常厉害的。尽管如此，那个独特的世界观却非常能够刺激童心。还有可爱的角色！真的是非常优秀的作品。”

日南露出少女一般纯粹且开心的笑容说道。她也会露出这样的表情啊。

“哎呀，确实如此呢。”我一边移开视线，一边说。

“你果然很懂！噗因把我带进了游戏的世界……话说，”日南突然像是意识到了什么似的别开了脸，然后咳嗽了一声，“话题跑太偏了。”

可能是因为聊到自己喜欢的东西而很开心吧，她的脸有一点点红红的。

“啊，啊啊。说的是呢，唔……”

“我们是在聊要怎样才能提升对话的能力吧？”

日南失望地回归了话题。她看起来有些不满地将双手交叉在胸前。

“是啊。噗因就下次再聊吧。”

“好的。那就言归正传。那么……你知道了吗？提升对话能力的方法。”

“唔……这个嘛，模仿擅长对话的人之类的？”

“鬼正。”

“这么快就又出现了！”

“既然注意到了那两点很重要，那么接下来只要看着擅长的人是怎么做的，然后去模仿就行。毕竟都知道了哪些是重要的，那么自然就知道应该关注哪些了吧？”

“原来如此。确实是这样的。”

“顺便一提，你知道刚才一直在说的‘气氛’是指什么吗？”

“唔？‘气氛’是指什么吗？”

……这么说来，我也只有某些人掌握了气氛或者气氛很糟糕之类的笼统印象，要是问我气氛到底是指什么，我就不太清楚了。

“……呃，我不知道。是指什么？”

我坦率地提问了。

“我跟你说，‘气氛’是指‘那个场合下的善恶基准’。”

呃，“那个场合下的善恶基准”？

“什么意思啊？”

“这个嘛，说得简单易懂一些的话，就是哪些事可以做、哪些事不可以做的基准，但仅限于在那个集体当中。打个比方说，既有那种兴致越高越受欢迎的集体，也有那种非常讨厌大学生那样高昂兴致、觉得他们很逊的集体，对吧？那个好坏的基准就是被称为‘气氛’的东西。”

“啊……原来如此。”

感觉多多少少能够理解一些。然后，深实实容易受到气氛的影响，而小玉则是完全不为所动，这一点也让人赞同。

“像这样的，在其他场合不适用，只在某个集体当中成立的善恶基准，就叫‘气氛’。”

哦。

“……我大致了解了，不过光听你说，还是没办法完全理解的。”

“没关系。这是细节问题，以现在的程度来说并没有那么重要。只要记得也许有一天会派上用场就行，现在只要能模糊地感受到‘气氛’就足够了。”

“这样就可以了吗？……知道了，我会这么做的。但是，你还没跟我说重要的事情哦。”

日南坏坏地笑了。

“哎呀，你在说什么呢？”

“只是模仿擅长的人也很难让自己变得擅长吧？怎么说呢，身体跟不上……想做的动作会因为基础能力的差距而无法模仿吧。”

没错。就算想去模仿擅长那些事情的人的动作，却也会有无法做到的时候。至少在游戏里这种情况是很多的，因为有操作技术上的差距。

比如说在对话里的某个时候想抛出新话题，或者是想来个精准的吐槽，如果做不到信手拈来的话，那么就会因为“操作技术上的差距”而无法模仿擅长的人……在这个层面上，人生确实也是一款游戏啊。

“不愧是你。正是如此，锻炼技术是很有必要的。”

“对吧？可是这并不是一朝一夕就能掌握的……”

“然而啊，这点是最简单的。”

“哎？简单？”

“是的，很简单哦。”日南愉快地竖起了右手食指，“只需要死记硬背。”

“……死记硬背？”

“是的。很简单吧？”

日南露出了恶作剧一般的笑容。她是在戏弄我。

“给我好好说清楚，到底是怎么一回事？”

“很单纯的事情呀。”

日南从书包里取出笔盒，然后从里面拿出单词卡，开始一张张地翻了起来。

“那是什么？”我一边问，一边凑过去看日南手上的单词卡，然后大吃一惊，“……不是吧你，这是……”

那些单词卡上面写的东西，举例来说就是——在“二班中岛健太郎的弟弟的话”这张卡的背面，写了“嘴上说国立大学的初中部能轻松考上，却连考试都没参加”；在“母亲在五月中旬对我说的话”这张卡的背面，写了“明明学习成绩很好，身上穿的衣服却看起来蠢蠢的”；在“电视剧《秘密的父亲》第三话里让人笑出来的片段”这张卡的背面，写了“在菅原悠介摔倒的那一幕，为了避免受伤，他摔得过于小心谨慎了，看起来就像是在演小品一样”；等等。这些卡片被串成了厚厚的一沓。

“如何？很简单的事情吧？”

她冲我微微一笑。好可怕。

“你都……背下来了吗？背话题？”

“是的。”

笑眯眯的表情就像般若面具一样，紧贴在她的脸上。

“呃，这已经有点……脑子有问题了吧。”

“你在说什么啊。在RPG游戏里把装备的攻击力和防御力数值全部记住，或者是在育成战斗型的游戏中把每个怪物的固有能力值全部记住，跟这个其实在本质上都是一样的吧？”

日南一边这么说，一边将那个大型笔盒打开给我看，里面装满了大量应该跟刚才那些是相同用途的单词卡。

“噫……”

“干吗发出这么丢脸的声音？只要这么做，就不愁没有话题可用吧？”

话是这么说没错……但是一般人看到这个会害怕的吧。

“呃，是很厉害啦。只要这么做了，确实不愁缺话题。”

我姑且算是理解了，但还是……

“那么，你是让我也这么做吗？”

会有一些心理压力啊。

“那当然了啊。不过，做法是不限制的。不用单词卡也没关系。你并不是学习能力很差吧？那么，只要按照自己擅长的学习方式去记住话题就行了。”

“我、我知道了。”

“好了，关于对话的指导差不多就这样吧。”

“啊，稍等一下，我有点不明白的地方。”

“什么？”

“就当我能把话题都背下来，可是你想啊，我跟人说话的时候每次都磕磕巴巴的吧？这要怎么做才好呢？啊，是要练习说‘不好意思’吗？”

“……习惯了就好。”

日南用手指按着额头，不耐烦地回答了我的提问。

“而且，就算是练习，和同学说话不至于不好意思吧？”

“啊，对、对哦。”

日南很受不了地叹了一口气，然后将单词卡收进笔盒里面，再将笔盒放回到书包里。

“呼……今天感觉好累啊。”

“是啦。今天说了很多新的事情，你也说了很多自己的想法。不过我们今天聊到的事情大多都很重要，所以回到家之后，加上接下来周末的两天，晚上都要好好复习哦。”

“复习？回想一下就可以了吗？我是希望能记住的……虽然是这么想，但还是有点不安。”

“嗯，我就知道会这样。给你这个。”

日南从胸前口袋取出了手掌大小的电子设备，上面有播放键和录音键。

“……录音机？”

“就是所谓的数码录音机。今天在这里的对话，从一开始就全部被录音了。”

神不知鬼不觉啊。

“哈哈哈，真是准备周到……话说，你是专门去买的吗？”

“我本来就有，这个能用在很多地方呢。这次只是暂时借给你而已。”

能用在很多地方啊，都有哪些用途呢……从单词卡的用法来看，感觉录音机的用法也很可怕，所以我不敢问。日南说了声“给”，把那个递给了我。

“谢、谢谢。”

“我已经分好文件夹了，那个文件夹里面只有这段录音，你只要按下播放键就能听了，也可以把耳机插在这里听的。”

“我、我知道了。”

这么细心的考量想必也是现充高手的招数吧。

“好了，接下来是关于明天要做的事情。”

“明天？不对吧，明天是周六哦？”

我们高中周六是休息的。

“是的，所以才要啊。还是说你有什么安排了？就凭你？”

“呃……是没有安排啦。”虽然很不甘心，“怎么？是让我在家里自主练习吗？”

“不是的。”

“哎？”

然后日南理所当然似的说道——

“明天上午 11 点在大宫车站集合。你要陪我一天。”

约会？！……应该不是的，但是，哎？！

4章

如果第一位伙伴是女孩子，那么暂时就能以约会的心情来冒险了

到了当天。我抵达了大宫，这是当觉得去池袋或新宿很麻烦的时候，在众多可去城市的选项中堪称日本最大规模的城市。顺便一提，如果为了在大宫就能解决的事情还专门跑一趟池袋，一旦暴露，就会被视为叛徒并遭到埼玉县吉祥物 Kobaton 的处刑。

“呼……呼……你等很久了吗？”

“没有，我刚到不久。”

就连朗读软件都能发出更加抑扬顿挫的语调，她用这样生硬的语气来表现自己的愤怒。

“非常抱歉！”

我迟到了一分钟。

“……反正你肯定是因为没有一件像样的衣服，但又想让自己的打扮尽可能不要丢脸，所以犹豫了很久吧。真无聊。”

“……你还真清楚啊。”

被如此正确无比地看穿了，甚至连消沉的心情都不会涌上来，就是这种程度的超级正确答案。

“线下聚会时敷衍打扮的惰性算是稍微有所改善了呢。”

“你好烦。”

并非如此，而是“在街上走在日南旁边”这件事就是有这么重大啊。这家伙明白事情的重大程度吗？我可是以自己的方式在上心啊。

“好了，那就走吧。”

“等一下，告诉我今天的目的吧。”

什么都没通知我，之前只跟我说过来集合。

“这个嘛……反过来说，你觉得是什么呢？为了成为现充而来大宫的理由。”

“哎？是测试题吗？”

让我自己思考吗？原来如此。唔。

我一边思考，一边看向站在碰头点“豆树”[①]前面的日南。

——话说，一般人站着会这么像模像样吗？偏薄的蓝色长大衣？里面是连衣裙一般的上下一体式T恤？她穿着的衣服，虽然很朴素，但是非常非常适合她。那是可以用可爱也可以用美丽来形容的姿态。究竟是本身出众，还是穿衣打扮很有品位，我这种人实在是不懂的。总之，我从她的身上感受到了如果亲眼看到艺人也不过如此的气场。

就在我想着这些，呆呆地望着日南的时候，听到斜对面在等人的、看起来像学生的两个男子看向这边，小声地说着“那是……日南……”“真的是啊……”这样的话。哎，我还在想“如果亲眼看到艺人也不过如此”，莫非这家伙真的……呃，以这家伙过人的资质来说，倒也不是什么难以置信的事情。

“……我说，日南，你该不会是艺人吧？”

我轻声询问不高兴地站着的气场聚合体。

“你突然这是干什么啊？”

“不是啦，刚才斜对面的……”我向她解释。

①大宫车站中摆放的金属制艺术品。

JR

“哦哦……这个嘛，虽然我不是艺人，不过也算是名人，特别是在这一带。”

“名人，但又不是艺人？有什么区别吗？”

“我并没有进行演艺活动，但是很有名。”

“这算什么？”

“这个嘛，我在全国模拟考试中一直保持着前几名，然后去年还参加了全国级别的田径比赛……再加上我这副外表，所以算是有点名气啦。”

全国模拟考试的前几名和全国级别的田径比赛，这些一般人可能要做足准备、花上几个小时来炫耀的事情，她却随随便便一句话就带过了，真是厉害到让我头晕目眩了。

“给我稍等一下。我知道你很厉害，但居然到了这种程度吗？”

本来以为最多也就是在学校里无敌手罢了，结果居然是全国级别吗？

“我一直有说吧？无论在哪个领域，我都有不输给别人的自信。”

那不是在自卖自夸，而是类似“哎，真是太麻烦了”这样的语气。

“……究竟怎么做才会拥有这种程度的结果啊！”

“没什么特别的。只不过不管在哪个领域，我都比其他人要多想一点，比其他人要多花上一点时间去努力而已。别说废话了，你快点想啊。”

不不，虽然说起来很简单，但是你说的那些……

——我说不定是在跟比想象中还要不得了的家伙一起行动。

“来这里的理由……是为了习惯……人群吗？”

“你这人啊……可能处在比我认为的还要低不少的阶段啊……”

日南有些傻眼，按住了太阳穴。

*　*　*

她首先把我带到了书店。但是，为什么是书店呢？

“我说，到这里是要做什么啊？”

“学习……或者说是决定方向。”

“方向？”

日南快步走向杂志区，然后在时尚的区域停了下来。

“如果让你教外行人怎么玩AttaFami，你会指定好使用的角色吗？”

我已经习惯这家伙突然提起游戏的事情了。

“不，我不会这么做。那种肯定会处于劣势的角色我还是会帮忙排除掉的。但是基本上，我还是会让对方用自己喜欢且用起来顺手的角色。可能会简单说一下哪些角色比较好用吧。”

日南点了点头。

“是这样的。那么，这又是为什么呢？”

“因为那样玩起来才开心呀。要是玩得不开心，那么就会提不起劲来，从长远角度来看是没有好处的。”

“嗯，正是如此。来书店也是出于类似的理由。”

“……怎么一回事啊？”

日南拿起一本男性时尚杂志，然后翻开了。

“看一看，你觉得哪种时尚打扮比较帅？靠直觉来选也没关系。”

她一边说，一边快速地翻了起来。

“就算你问我哪种比较帅……”

“今天就参考你的选择来买衣服。好了，你选哪个？”

“……啊，原来如此。”

也就是让我选择自己的角色吧。

“但是，我来选没关系吗？可能会很没品位之类的……”

“没事的。这种杂志上的穿搭基本上不管选哪个都很时尚的。当然，应该也有不适合你的，万一选到那种的话，我会阻止你的。”

“原来如此。”

不过这么看下来还真是不管哪种打扮都很时尚啊，感觉对我来说难度都很高。该说是没有量力而行吗？我沉吟了大概五分钟，然后真的是仅凭直觉，指向了觉得“这个还算符合我的喜好”的模特。

“我不是很懂，就这个吧？”

我一点自信都没有。而且我指了之后才注意到，上面写着外套 44800 日元之类的。啊，这我可买不起啊。

“原来如此，这个啊……嗯，没啥问题哦。”日南这样说着，合上了杂志，然后打开了手机的地图应用，“那我们走吧。”

“哎？去哪里？”

“那还用说吗？当然是去有卖那个穿搭的衣服的店铺呀。”

我、我没这么多钱啊！

然后我们抵达了我至今为止存在过的空间当中最时髦的空间。服装店原来是这种感觉啊……路上接到她让我快去取钱的指示，我几乎是带着被恐吓的心境去 ATM 取钱的。但是我的财产本就寥寥无几，如果要买刚才那件外套，那基本上就没了，心里实在是很没底。

“我说啊，日南，我没什么钱的，买不起很贵的衣服啦。”

“没事的。”

日南把外套递给了我。

“都说了四万多我实在是拿不……咦？”

视线前方的价目标签上写的价格是 9720 日元。

“哎……不对吧，你不是说要去卖刚才那套穿搭上面的衣服的店铺吗？”

“是的，我是这么说了。”

“那、那为什么……同样的店，价格却差那么多啊？”

“不是啦。这里是刚才那套穿搭的外套下面的衬衫的品牌店。”

“……啊，原来是这么回事。”

她并没有说要去卖那件外套的品牌店，怎么搞得像是在出陷阱题一样啊。

“时尚杂志基本上都会在出现的衣服旁边写上品牌名和价格。如果看到了自己觉得很时尚的穿搭，就去看那个价格的部分，然后寻找自己买得起的品牌，再去那个品牌的店就可以了。如果整个穿搭都来自高价的品牌，那么再去看其他穿搭，这样做迟早还是能找到适合自己的品牌的。只要这么做，基本上就不会错的。这次你选择的穿搭里面，虽然只有一件衬衫是这个品牌的，但是杂志上面的穿搭，哪怕只是一件衬衫，也会选用与整体风格相衬的品牌。所以，这个品牌的其他衣服也应该是符合你的喜好的。”

非常单纯直接。

“……原来如此，这样的话我似乎也能做到。”

“嗬，挺不错嘛。都有了自己一个人去做的干劲了。”

“都说了啊，我对游戏是不会放水的。”

“的确是这样呢。”

日南看起来心情很好的样子。

“……不过，你还没教我最重要的事情呢。”

“选择方法吗？”

“是啊。这么多衣服，我根本不知道该怎么选。要怎样做才好呢？”

“哎呀，这是最简单的哦。”

“简单？不不，衣服不是应该要彻底活用品位和经验来选择吗？我不认为有非常简单的攻略方法……”

“当然是这样的。如果不彻底活用品位和经验的话，是很难选出时髦的衣服的。时尚可不是一朝一夕就能习得的东西啊。”

“那么……”

“你知道这是什么吗？”

日南打断我的话，指着斜上方问道。

在那个方向的是，穿着 T 恤、上衣和裤子的……

“是假人模特呀。”

“你懂了吧？”

她把指着假人模特的手指直接转过来指着我，然后继续说道：

“要把这一整套买下来哦。”

——这方法倒是挺简单的，就跟游戏的秘技差不多，确实是只要这么做了就不会出错的作战方式。

“你觉得这个假人模特身上的穿搭是谁想出来的呢？”

“是这家店的店员吧。”

“是的。服装店的店员很多都看起来比路上的一般人要时髦吧？倒不如说，没有一定程度的自信是当不了服装店店员的。”

“嗯，也是啦。像我就不可能去做服装店的店员。”

“假人模特这种东西啊，就是那些对服装有自信的店员为了卖出店里的衣服，而用心想出来的招客‘广告’哦。”

“……原来如此。”

“而且应该是好几个人讨论出来的，好几个时尚的店员集思广益想出来的哦？不管怎么想都不会错吧？”

“嗯……是啊。”

我被说服了。

“你明白了吧？你刚才说不彻底活用品位和经验的话，要变得时尚就非常困难对吧？”

“是啊。”

“既然如此，那直接照搬时尚的人给出的经验就好了。仅此而已。”

“……原来如此啊。”

确实，AttaFami也是一样，进步的最有效捷径就是照抄，或者说模仿高手的操作。

“接下来你只要按照那个穿搭穿好就行。像这样多买几次，就会渐渐掌握感觉，变得不需要看着假人模特来买了。”

“我懂了……啊，能问个问题吗？”

“什么啊？”

“买假人身上的衣服，会连假人一起送我吗？”

“……你是白痴吗？”

不是否定也不是肯定，而是“痛骂”，这个回答让我明白自己搞错了。

店内有三个假人模特，我被催促从中选择喜欢的那个，于是我就根据直觉选了其中一个。

“……那么，你去试穿一下。”她轻描淡写地说出了这样的话。

“哎？！试穿？！”

等等，办不到，办不到，办不到！这样的话，我就必须去问栖息在这个时尚空间的时尚人类“我可以试穿一下吗？”，对吧？！这种事情我肯定是办不到的啊！

“你干吗这么一惊一乍的，自我意识也太过剩了吧。对方根本不在意你的，快点去试穿啦。”

“我说，等一下啊！照着假人模特买就不会错吧？！那就没必要试穿了啊！”

“穿搭是这样没错，但还是会有尺寸的问题。虽然你的体型选 M 型号应该就不会错了，不过姑且还是试一下吧，可以作为今后的参考。”

“呃……可是，唔唔……”

尺寸什么的已经是我不了解的世界了，所以无法反驳。

“快去。”

“我、我去说吗？”

“那当然了啊。今后你一个人买衣服的时候也要试穿的哦。

就算作为练习，也应该是你来说。”

“今、今后也要吗……试穿。”

“是的。”

那是不容分说的冷淡语气。只能硬着头皮上了吗……

“……要、要、要怎么说才好呢？”

我的声音在颤抖。什么鬼啊。从客观角度来看我真是太逊了。

“‘我想买那个假人模特身上的那套服装，可以试穿一下吗？’之类的，什么都可以啦。”

“我想买，可以试穿一下吗？”

“你要说‘我想买那个假人模特身上的那套服装，可以试穿一下吗？’……OK？”

“好的。”

我让人操心的程度已经可以用看护或复健之类的词语来形容了，真的是非常过意不去。

“……我想买那个假人模特身上的那套服装，可以试穿一下吗……好。”

我下定决心，去找店员搭话。是……是年轻的女性，绑了个马尾辫而且脖颈很好看。

“那个！补好意思！①”

很好，到这里为止很顺利。

“请说。”

①主角因为紧张发音不对。

“唔……那个……那个……”我一边这么说，一边指向刚才选好的假人模特。

“是那个吗？”

“是的。那个……请给我那个假人模特！”

看吧，我就知道，变得像想要假人模特了。糟透了，不过——

“……唔，是要假人模特身上的那套服装对吧？需要试穿一下吗？”

“麻、麻烦你了！”

虽然与预想的不同，但是多亏了店员小姐的善解人意，总算是顺利达成目标了。

就这样经过了一番周折，试穿的结果也得到了日南的认证，于是我花了三万日元左右得到了从上到下一整套时髦服装。

“我说，我说！你现在就穿上这套吧！”

刚结完账，耳边就传来了开朗的声音。是谁？我正纳闷呢，马上就想起来是日南装乖时的声音。

“这位客人，您要现在穿吗？”

“好吗？”

她露出完美无瑕的笑容看着我，这完全就是让我快穿上的意思。

“……啊，那就麻烦你了。”

于是店员小姐就把我带到试衣间，然后我换上了那套衣服。原本穿的衣服则被店员小姐折叠好放到了袋子里。一走出试衣间就被说了“很合身呢”这样的话，让我有点不好意思了。

真是出色的服务啊，就在我这么感慨的时候，那位店员小姐与我擦身而过，为了不让日南听到而故意压低音量在我耳边轻轻地说了句“你的女朋友非常可爱、非常出色啊。要好好对待她哦”，然后冲我微微一笑，那个笑容和声音都如同小恶魔一般。

“不，我们并不是这样的关系！”听到我的慌忙否定，她马上接了一句“啊，果然是这样呢”。什么叫果然啊，喂。虽然是没说错啦，喂。

然后——

“接下来，离美发店的预约时间还有一会儿。”

“……你已经预约好了啊。”

这家伙贯彻到底的计划性已经不会让我有多吃惊了。

“嗯，那么为了打发时间……我们就去吃个饭吧。”

虽然这可能是应该动心的一幕，但总感觉哪里不对啊，真是的。

“啊啊，好呀，我也正好肚子饿了，就随便找个家庭餐厅吃吧？还是说难得到大宫来了，就吃点什么大宫风味的东西？不过并没有什么大宫风味啊，如果有埼玉饭丸之类的倒是可以。哈哈。”

我这么开着玩笑，日南却不知为何朝我投来了接近轻蔑的目光。顺便一提，埼玉饭丸是用大米粉做成的当地名产面包。就像东南亚的一部分地方以芋头为主食一样，埼玉饭丸对埼玉人来说是非常熟悉的主食。

“我说你啊，这可是和女孩子，而且还是和大名鼎鼎的日南葵一起吃饭哦？你觉得随便找个没有情调的家庭餐厅就可以了吗？”

“不不不，我跟你早就不是这种感觉了吧。”

“少废话了。这附近有家汉堡排[①]店。”

“嗬，你有去过吗？”

“没有。”

“哦。那么，是要干什么？是有什么要在汉堡排店做的特训吗？”

“并没有。”

“咦？是这样吗？那为什么要去汉堡排店？”

“只是我想吃而已。”

“哎？就这样？”

“……是的。”

“只是想吃汉堡排吗？那个日南葵吗？”

“……怎么？不行吗？”

“不，倒不是说不行……”我还以为她又准备了什么训练项

①一种日式西餐，类似肉饼。

目才选择了那家店，“你喜欢吃汉堡排啊。”

“烦死了！你要说多少次啊……那家店在我朋友之间的评价很好。快点走啦。”

说完她就迈开了脚步。嗬。因为想吃，所以要去啊。这家伙也有这么直率的一面哦，真意外。

日南带我去的那家汉堡排店很符合“仿佛藏身于森林一般”的宣传语，非常小巧可爱。店外有一张桌子，那是摆放在遮阳伞下面的圆形桌子，旁边放了两个形似木桩的椅子。是十分适合用“仿佛童话世界一般”来形容的外观。

我和日南经过店外的座位，进入店内，选了一个两人桌的位子，坐了下来。我大致扫了一下菜单，就快速地决定好了自己要点的东西，然后等待日南的决定。但是等了三分钟左右，日南还是一脸认真地跟菜单大眼瞪小眼。

“……要选哪个呢？”

“你看起来很犹豫啊？”

“看来你是决定好了吧？……你选了哪个呢？”

日南罕见地用了比较客气的语气。她就算有“我对你选了什么毫无兴趣，我选我自己想吃的就行”这样的想法也不奇怪，所以这让我稍微有点意外。

“嗯。我选了这个番茄芝士汉堡排。”

“这样哦。那个是挺不错的，确实是挺不错啊……”

她一边用指腹按着嘴唇，一边像是在寻找犯罪证据一般沉吟了起来。

“日、日南……”

“我说，友崎文也同学。我有一个提议。”

“嗯？”

她罕见地用全名来叫我，这让我有点困惑，她的脸上也是非常认真的表情。

“听好了哦？我会点这个日式酱汁芝士汉堡排，所以……”

“嗯。”

“然后跟你的番茄芝士汉堡排各分一半，你意下如何呢？”

仿佛是在说非常重大的事情一般，日南的语气严肃到就像确定了凶器是什么一样。这让我忍不住噗的一声笑喷了。

“……你在笑什么啊？真让人感到不爽。”

“啊啊，抱歉。”我嘴上这么说，但还是藏不住笑意。

“想吃番茄芝士汉堡排，也想吃日式酱汁芝士汉堡排。我只是基于这种状况做了合理的提议而已哦？我可没做什么会被笑的事情啊。”

“说、说的也是。就这么做吧，各分一半吧。”然后我回想起了之前在那家意大利面店时日南吃的东西——培根蛋酱意大利面。“你很喜欢芝士啊。”

“烦死了！我喜欢什么都无所谓吧！那么就决定是各分一半啦？……你要笑到什么时候啊，真不爽。快点餐啦。”

再笑下去就真的有些失礼了，所以我竭尽全力抑制住了笑意，然后按照她的吩咐点了餐。

我们一边喝着端上来的水，一边等待汉堡排的到来。

“话说，你有听数码录音机吗？”

昨天日南递给我的数码录音机，录了放学后反省会议的对话，因为是给我用来复习的，所以我昨天睡觉前就拿来听了一遍。

“啊啊，我听了。”

“怎么样？有注意到什么吗？”

“注意到的事情吗？”

尽管她这么问，但我也只是在会议的当天晚上把会议录音又听了一遍而已，对话内容原本就记得，就算问我注意到什么……

“好吧，可能是我的问法不太好。那你‘对于内容以外’，有什么注意到的事情吗？”

“对于内容以外啊……”

“有的对吧？”

“……声音。”

没错，是有的。录音中的内容基本上和我记忆中的是一致的。但是唯独有一点与自己印象中的不一样。

“我的声音，或者说是说话方式吧，跟我想象中完全……”

“没错吧。”

那是仿佛等待已久一般的口吻。

“是啊。虽然都说一个人的声音跟他自己印象中的是不同的，但我还是第一次长时间听自己自然状态下的对话……有点大吃一惊。我说的话也太含混不清了吧。”

“……嗯，自己听了之后一下子就发觉了是吧，那就还有救。”

“是这样吗？”

“是的。这跟音痴之类的是一样的，只要能够意识到自己发出的声音不对劲，那么就能靠反复练习来纠正，至少能改善到一定程度。”

“原来如此。”

我似乎听过这样的说法。完全不觉得自己的声音有哪里不对劲，那才是真正的音痴。

“……不过你是格外地含混不清，进行一下矫正的训练会比较好。”

“我格外地含混不清吗？”

“是的。你说话之所以会听起来含混不清，是因为你太过依赖话语了。”

“太过依赖话语吗？”

“比方说，你在我说明某件事的时候，会说‘原来如此’或者‘是这样吗’之类的话，在话语上做些变化吧？”

“哎，是吗？”

“没错，你大概是下意识就这么做了。估计是被‘总是说同样的话会很失礼’这样的心理所驱使吧……简而言之，就是你的话语有变化，但语调都是一样的。”

“语调是一样的？”

“是的。也就是说，你在对话中很少会借助表情、抑扬顿挫或肢体动作之类的东西，而总是保持同样的抑扬与音色。”

“啊。”

说不定确实如此。

“所以啊——对了，那么这顿午饭的期间给你一个课题吧。”

“课题？”

“是的。那个课题就是——接下来你对我说的话，都只能用‘aiueo’[①] 来附和。”

“只能用‘aiueo’来附和？”

这样做为什么能够训练音色呢？

“看来你没想明白啊。听好了哦？既然只能用‘aiueo’，就代表你只能说‘啊啊’‘哦’‘哎’之类的话。”

“嗯，是啊……啊，现在还不用吧？”

“现在没关系。然后呢，你知道词汇被限制了会有什么影响吗？如果想在这种状态下向对方传达自己的想法，一般会怎么做呢？”

“……啊，原来如此。”

“只能靠表情、语调、声量还有肢体动作来表现感情了吧？”

---

①日语五十音字母表中的前五音。

“……确实如此。”

“也就是说……”

日南先是皱起眉头，用可怕的语气说了声“啊”。

接着是瞪大眼睛，用像发现了什么一样的语气说了声“啊”。

再露出有点蠢蠢的表情，像在说“原来如此”一样，说了声“啊”。

最后是双手抱头，声音粗暴地说了声“啊”。

“……如你所见，光是‘啊’就有各种各样的表现方式。只要养成像刚才那样利用抑扬、肢体动作、表情和声量来传达感情的习惯，那么就能改善含混不清的说话方式了。”

“……你还真是灵巧啊。”

我首先是被她那高超的演技给吸引了，还有该说是光彩照人吗？总之她就是一举手一投足都很可爱。

“就像这样，一旦话语受到限制，那么就只能通过语言之外的东西来表现内心，自然而然就会进步。反过来说，至今为止的你因为可以用各种各样的话语，所以导致话语以外的表现都退化了。”

“……唔，我大致上了解了。”

“好，那么就从现在开始。你自己说话的时候是没关系的，只限制在进行附和的时候。”

总之，先来个符合开场感觉的“aiueo”……

“噢！”我一边在脸的旁边握起拳头，一边喊道。

“第一下就很有气势呢，说不定你意外地有天赋哦？”

被夸奖了，那么……

“耶——”我高举双手欢呼。我想了很多，但最终只想到了这个。

“很不错呢。像个笨蛋一样。我还以为你一开始会比较害羞，只能做一些小幅度的动作呢。”

被损了。要将这种“你开什么玩笑啊！”的想法反映在表面上的话……

“啊啊？”我皱起眉头，不服气地说道。

“真是熟练呢，都让我有点火大了。不过你觉得如何？这是很好的训练吧？作为谢礼，这顿饭你能请了吗？”

为了表现这个“不不不你给我等一下！”的心情就要……

“喂！！”我伸出手，做出了像要吐槽一般的动作，就在我刚说完之后……

“让您久等了。这是日式酱汁芝士汉堡排……咦？友崎同学？”

我突然被店员小姐叫了名字。

“哎？！”我顺着刚才的势头做出了回应，然后将目光移到了将汉堡排端过来的女生的脸上。那是一位将童话绘本和少女漫画加起来除以二，再添加上光芒一样的女生，也就是与我同班的菊池风香同学。我跟她有着在她的注视下擤鼻涕的交情。

她现在戴着平时没有戴的眼镜，这真是太适合她了。

“唔噢？！”我不由自主地就基于刚才的要领，用“aiueo”训练法做出了回应。

“咦？小风香？！哎！你在这里打工啊，真巧！”

还有其他同班同学来了吗？！我刚这么想，才发觉说话的人是日南。她的突然变化也太厉害了。

“嗯，是啊……差不多是从一个礼拜前开始的，因为这里的评价很不错……”

“这家店最近真的在学校里形成话题呢！我也想来吃一次看看，今天是第一次来。”

“对对！”我带着刚才夸张的肢体动作的感觉，这么说道。

“啊……是这样哦……但是，为什么？”

“哎？什么为什么？”

日南的心里应该很清楚，却不动声色地明知故问。菊池同学用一种仿佛看到了精灵一般的不可思议的眼神，交替打量着我和日南。

“你们两位原来很要好啊……感觉有点意外……”

“对对！最近上家政课的时候变得要好了呢。”日南立刻做出了回答。她真能说谎啊。

“……哦哦，那个时候啊。”

菊池同学呵呵地笑了，眼镜下的长睫毛轻柔且魔性地晃动了一下。

“啊，不好意思，那是我的！”

日南指着菊池同学端着的汉堡排说道。

“啊，对哦，好的……那么，请……慢用。”

说着，菊池同学优雅地笑了，这与这家店森林一般的氛围十分契合。

“……她走了吗？”

“嗯。”

“怎么说呢……没有暴露吧？各方面的事情。”

日南一瞬间沉默了。

“应该没问题吧。即使有一瞬间听到了我的语气，那也只会当成是在玩什么游戏吧，我还没有大意到会被人听到长时间的对话。因为这家店在学校里的风评很好，所以顾客里有同班同学的可能性也是考虑到了的。”

“啊，这样哦。”我是完全没有想到这方面，不愧是王者级的社交障碍症患者。

“不过，店员里有同学倒是有点吓到我了，因为不在警惕的范围内，所以反应慢了一些。而且她还戴着眼镜……但现在已经知道了，就没事了，不会出任何差错的。”

……既然这家伙这么说了，那就是这样吧。

“但是，不太好办啊。如果只是普通的同学，那还是能继续刚才的附和训练的……菊池风香的话，事情就不一样了……”

“……怎么回事啊？什么叫普通的同学？”

菊池同学是什么特别的同学吗？

“是的，之前的那次实践时我就想过会不会是那样——今天她的反应让我确信了。”

“确信了什么啊？”

听到我这么问，日南带着大胆无畏的笑容说道——

“菊池风香，那个女生是你最初的‘攻略对象’哦。”

*　*　*

没过多久，菊池同学把番茄芝士汉堡排端了过来，我当然无法直视她的脸，而且我整个人都混乱了。

“稍、稍等一下啊！这到底是怎么回事。”

“看你动摇成这个样子，我觉得你心里想到的那个就是正确答案哦。”

日南喝着马克杯里的饮料，优雅地说道。

“也、也也也就是说，和菊池同学交、交交交交往的意思……”

我的感情波涛汹涌，但是又不能大声说话，所以是以很微妙的气势在说着。

“正是如此。中目标是在高二期间交女朋友，而对象就是她哦。”

日南的语气平淡到了仿佛是刻意的地步，她是在戏弄明显非常动摇的我。

但是我不知道该问些什么，也不知道该说些什么，总之就是先说着“为、为为、为什么？”，语无伦次地询问理由。

“这个嘛，理由是有很多的。”

她一边说，一边吃了一口汉堡排，慢慢地咀嚼后再咽下去。这明显是在故意让我焦急。

“最大的理由是，在你搭话的四个人当中，她是最有可能性的。”

“可能性？”

菊池同学？对我吗？

“一半。”

突然的话语让我“哎”的一声困惑了。

“来，汉堡排。”

“啊，啊啊。”

话题毫无进展。这家伙就这么想吊我胃口吗？还是说她非常想吃汉堡排呢？总之先把各自汉堡排的一半交换了。

“虽然我不知道理由是什么，但是你想啊，之前跟优铃搭话的时候不就是了吗？那个时候就有迹象了呢。”这么说着的她指了指我的鼻子，“优铃问小风香‘你有带纸巾吗’的时候，小风香的反应非常快吧？”

“啊啊，这么说来……是这样呢。但是……这又怎么了？”

“那个时候，在你问优铃有没有带纸巾的时候，小风香就已经找起纸巾来了，明明只是在旁边听着而已。”

“嗬……”这我倒是没注意到，但是，“……就只是这样吗？”

“不是啦，那只是迹象而已。这个嘛，虽然她的反应让人觉得有些不自然，但是她可能是个对所有人都很温柔的女孩子，并不一定是对你有好感。只不过从中可以看出，她是没有特别讨厌你的。”

“是啊。那么，你为什么让我去追她呢？”

“这个嘛。”日南一边说，一边指着自己的芝士汉堡排，“她把这个端上来的时候发现是我们了吧？你还记得她那个时候说了什么吗？”

“哎？她说了什么非常重要的话吗？”

“是的。她说了——‘咦？友崎同学？’”

日南又指着我，像是等候已久一般说道。

“……哎？那又如何啊？既然看到了自己的同班同学，叫名字很正常吧？”

日南叹了一口气，然后把手放在胸口上。

“明明那个‘日南葵’也在哦？”

“……啊。原来如此。”

我被说服了，同时再次对这家伙的自信感到佩服。

“在我们的学校里，我的地位可是堪比明星哦，而且还是容易亲近的类型。所以在一般情况下，如果偶遇的数人当中有我在，毫无疑问他们会先喊出我的名字，但是她最先说出了‘友崎同学’这样的话。这件事尽管乍看之下没什么大不了，但其实是决定性。”

日南的表情一本正经，我都有些害怕越来越习惯这家伙自信满满的样子的自己了。

“呃，有到这种地步吗？”

“就是有啊。你自己想想哦，就算看到的不是我这样的大明星，如果看到认识的男生和女生在一起，而自己又是女生的话，不管怎么想，最先容易叫出口的是女生的名字吧？这种情况下却叫了男生的名字，你觉得呢？”

“这……确实有道理。”

“然而她就是叫了你的名字，这看起来很普通，但其实是非常不自然的事情啊。当然，如果是因为只看到了你，那么情况就不一样了，不过没有注意到像我这么有存在感的人基本上是没有可能的。所以这就代表，要么就是有一定程度的可能性，要么就是小风香在这方面的感觉非常与众不同。”

这么说着的日南吃完了汉堡排。

“没有注意到你的可能性就不列入考虑了吗？这样没问题吗？”

日南无视了我的话，继续说道：

“但是据我所知，她是普通的女孩子……也就是说你大概是有戏的……我说，你有什么头绪吗？”

“头绪吗？”我试着去回忆各种发生过的事情，“呃，完全没有。”

“……这样啊。”她露出了伤脑筋的表情，“那么，莫非是我误会了吗？”

日南的语气罕见地没有什么自信。

“不过，如果真的误会了，那么还是把攻略对象这件事取消掉会比较好吧？”

“这不是一回事。”她斩钉截铁地否定了我，“不管怎样，她是最适合现在的你的。即使我误会了，她依旧是作为攻略对象的第一女主角。”

“可、可是，我还不知道自己是不是喜欢她啊。”

归根结底，我是对这一点有所抵抗的。

“……你不觉得她很可爱吗？”

“哎？”

日南突然抛出了一个意想不到的提问。

“小风香，我是觉得她非常可爱的，你是怎么想的呢？”

“……呃，那自然是……觉得很可爱。”

“是吧？那不就好了？还不知道自己是不是喜欢她，但是因为她很可爱，所以有点在意，那么就稍微发起攻势看看呀，然后再确定自己会不会喜欢上她……这样做有什么问题吗？”

“呃，按照你的说法那确实……”

“这种事情不需要花心思去在意啦。”

不，怎么能这么说？这难道是不需要在意的事情吗？我在烦恼。不仅是出于没有真诚待人的顾虑，最根本的还有对发动攻势的恐惧，再加上身为玩家的坚持……这些思绪交错在一起，最后——

“……我已经决定要认真对待人生这款游戏了，所以我会做的。”

我说出了这番话。毕竟都下过一次决心了，有什么顾虑的事情也先等做了之后再说吧。总不至于一上来造成无可挽救的事态……大概吧。

“很好，不愧是你。”日南一边说，一边拿起了菜单。

“你还要点单吗？甜点？”

“是的，你也吃点什么吗？这里的蛋糕好像也很好吃呢。”

“嗬。”我扫了一眼菜单，“那么，我要提拉米苏。”

“我要芝……”日南刚说到这里，就红着脸停了下来。

“芝？”

听到我这么问，日南的表情变得非常非常平静，平静到了不自然的地步，倒不如说明显是装出来的。然后，她就这样用和表情一样不自然的平静语气说道：

“我要芝士蛋糕。”

我差点又笑出声来，同时在桌子下面的脚被狠狠地踢了一下。

接下来去的美发店并没有发生什么特别的事件，这段时间平平稳稳地过去了。我接到的指示是让发型师“自由发挥，弄个看得过去的发型”，剩下的就全部交给发型师，我也按照指示完成了任务。她还要求我修剪一下眉毛，我也这么做了。毕竟在服装店都经历了那样的事情，我就破罐破摔地豁出去，全做到了。一共是4800日元，比平时理发要贵了3800日元。我照了一下镜子，有种丑陋的脑袋比平时多了时髦头发的感觉。太好了。真悲哀啊。

就这样，这个周六学习了服装的挑选方法、发型和眉毛的要求方法、说话语调的练习方法，然后在傍晚时分同日南分别。

回到家后，这个“游戏”终于第一次有了小小的动静。

“我回来了……”

比平时更疲惫的我一边随随便便地脱掉鞋子，一边冲进了客厅。父母都不在，妹妹则是穿着不知道算不算热裤的裤子，瘫软在沙发上。

“……你这也太邋遢了吧。”

我率直地指责她。闻言，妹妹看都不看我一眼——

“哈啊?！我唯独不想被哥哥你说！那么奇怪的打……”妹妹一边说，一边转过头来，“……哎？”

然后露出了明显的困惑表情，仿佛看到什么难以置信的东西一般瞪大了双眼。妹妹把我从头到脚打量了一番。

“……哥哥……我说啊……”

这、这是！

*　*　*

“日南！日南！”

周一早上。我猛地冲向先到了第二服装室的日南。

“……能别这样吗？感觉就像很恶心的狗一样。”

“不不不，觉得恶心也不需要用那种比喻吧，那只是你的主观印象吧！”

“怎么了啊？一大早就这么活力四射地吐槽。”

我威风凛凛地放声说道：

“最初的‘小目标’说不定已经达成了呢！”

闻言，日南的目光出现了变化。

“哎，真的吗？是家人吗？对你说了什么，是吧？”

她的眼睛明显在闪闪发光，这让我也感到很开心。

“是啊，是我妹妹！你听我说！这个到底算不算达成了？”

“嗯，好的。应该不是你自作多情吧？”

“嗯嗯！应该不是！”

“那么，是怎么对你说的？”

“这个啊……”

就我现在的心情，真想来个连续击鼓声作为效果音啊。

“是‘……哥哥……我说啊……光靠哥哥你的品位是不可能

有这种变化的吧？……怎么？你是起了什么花心思而去看了脱宅的书吗？’这样！”

日南像在困惑地苦笑一般，脸上浮现出了难以形容的表情。

“……嗯，可以算是达成目标了……不过，真亏你能因为这种话高兴成这样啊。”

“烦死了！达成就是达成！”

“算了，就这样吧。恭喜你达成了第一个目标。真了不起。”

“谢、谢谢。”我有些迷惑地说道。

“——虽然你可能觉得自己什么都没做，但是并不是这样的。确实，服装是照搬假人模特的，头发也是别人帮你剪的。可是啊，你下定决心去做后而跟随我的行动与意志，还有为了改善表情和姿势而每天在做的努力，都发挥了一些效果哦。尽管达成目标不是靠你一个人的力量，不过这绝对是你靠自己的手抓住的成果啊。”

日南一边流畅地将我内心深处的些许别扭感化作语言，一边注视着我的眼睛。

“所以，我再说一次——恭喜你。”

“……噢，谢谢。”

毕竟她都这么跟我说了，所以我第二次的“谢谢”相比刚才要更为发自内心。这样啊，我达成了人生这个游戏的一个目标啊。

“好了。”日南无视了沉浸在余味中的我，非常干脆地继续往下说，“我要发布下一个小目标了。”

“喂，真快啊。”

“那当然了。为了获取成果，每天都要进步，必须稳步前进才行。”

“唔，道理我都懂啦。”

“那我要发布了。下一个目标也非常简单。”

我连咽下口水的闲工夫都没有。

“就是‘和学校里除我以外的女生，两个人一起去某个地方’哦。”

“给我稍等一下！”

我条件反射地伸出手制止她。

“……干吗啊？你又要尽显不受欢迎的抱怨吗？”

“才不是啦！这个目标太奇怪了吧！”

“哪里奇怪了？”

“你想啊，两个人一起去哪里，不就几乎跟在交往一样了吗？”

我自信满满地喊出了正论，但是日南却不知为何仿佛打从心底傻了眼一般，不，甚至已经超越了那种境界，反而露出了一副慈爱的表情。

“哎……我说，你没有谈过恋爱是前提没错，但是你连恋爱电视剧或漫画都没看过吗？”

“……呃，倒是有看过的。”

“那应该明白吧？两个人一起去什么地方等于交往这种话，就算是初中生都不会说哦。”

“……是、是这样吗？”被她这么一说，我有些不安了。

“是啊。不过，通过一起行动确认投契程度是否到了能交往的级别之类的，从而将交往列入考虑范围的情况确实是比较多的。”

“那、那么……”我紧紧地抓住了垂下来的蜘蛛丝。

“你还要继续说下去吗？”

被非常怜悯的眼神看着，我转眼间就变得越来越渺小了。

“哦，哦……也是，就是……这样……的吧？”

“是的。总之要让你朝着那个目标迈进。怎样，你准备好了吗？今天要让你做的事情是——”

然后日南理所当然似的继续说道。

“跟泉优铃搭话两次以上哦。”

“稍等一下！”

这次终于让我抓住狐狸尾巴了！我带着这样的自信制止了日南。

“能麻烦你不要老是打断我吗？”

“不是啦！这次明显有问题吧！你昨天不是说了要攻略的女主角是菊池风香吗？那么要搭话的人不是泉优铃，而是菊池风香才对吧！”我气势十足地指出问题所在，然后感到了空虚，“……话说，这只是你不小心说错了而已吧。”

稍微抓到别人的口误就像立了大功一样大吵大嚷的，我对这样的自己感到十分羞耻，可能是因为平时都是被动挨打，所以想报复一次吧……就在我这么想的时候，却得到了出乎意料的回复。

“你在说什么啊？要搭话的人不是菊池风香，而是泉优铃，没有错哦。”

“哈？……不不，你别死要面子了，是口误了吧？”

“……我说你啊，我可是日南葵哦？你觉得我会‘口误’吗？”

“呃，你连口误都不会有吗？”

“你听好了哦？要攻略的女主角确实是菊池风香。但是啊，现实这个游戏的恋爱系统跟普通的恋爱模拟游戏是不同的。”

“……怎么说？”

“这个嘛……”日南先做了个开场白。

“如果玩的是恋爱模拟游戏，那么决定好要攻略的女主角之后，接下来只要勤勤恳恳地选择能提升那个女生好感度的选项，最后就能成功攻略的。”

“啊啊，是这样的。”

“但是，现实中就没办法这样了，并没有那种决定好的路线。”

“话是这么说没错，但为什么要跟泉优铃搭话？”

“我就拿射击游戏来打比方。”她又开始了，“几乎没有命可以用了的状态和还有好几条命可以用的状态……你觉得哪种状态能够让你心无旁骛地行动呢？”

“哎？”我犹豫了一瞬间，“这个嘛，虽然跟性格也有关系……不过一想到已经没有命可以用了，很多人就会无法随心所欲地做出行动。我也是如此。”

“鬼正。”

“出现了。”

“一般来说，还剩好几条命的情况下动作会更加顺畅。”

“……呃，所以你想说什么啊？”

“哎。”一如既往的叹气，“所以说，恋爱也是如此啊。”

“呃……怎么说？”

“你还不懂吗？当有机会交往的女生只有一个，如果不能跟她交往的话，就没有其他备用选项了，这样的状态就等于没有命可以用的状态吧？”

“也对哦。”

“按照这个思路，如果有机会交往的女生有好几个，哪怕跟其中一个不成功，也还有好几个备用选项，这种状态下就能够更加从容地与对方过招了吧？”

“……原来是这么一回事。”我虽然理解了，“也就是所谓的备胎吧？不不不，日南，你说的可是那个泉优铃哦？这是办不到的吧。你太看得起我了。”

我罕见地说出了自信满满的话。

“搭话对象并不是仅限于泉优铃哦。只是说这种状态能让人以更好的精神面貌行动。"

"呃……就算如此，但这么做不是不够真诚吗？"

这种给自己弄好几个备胎的行为。

"我说啊，我没有让你去说谎哦。多交几个有可能发展成女朋友的女性朋友，这样做会让你更加从容，仅此而已。"

"呃，可是这有点不够一心一意……"

"啊啊，真受不了，你好烦啊。盲目相信'诚实''一心一意'这类没有内在、只是外表好看的词语，使得焦点偏离了真正有实效性的行动，就是因为这么不成体统，所以日本在国际上的决策才会落后于别国啦。"

"怎么突然变成了国际性的话题?！"我稍微思考了一下，"不对，如果因此让菊池同学的好感度下降了的话，那不就得不偿失了吗？"

"并不是这样的。我跟你说，虽然普通的恋爱模拟游戏中，如果选择了让其他女生好感度上升的选项，那么主要角色的好感度确实有可能会下降……"

"对吧？"

"但是啊，现实是不一样的。倒不如说，现实是'那个女生的好感度上升的话，其他女生的好感度也会上升'哦。"

呃，也就是说……

"……在女生之中的评价上升了吗？"

"嗯，简单来说是这样的。其他还有刺激独占欲、身为男人的地位看起来变高了等，效果是多种多样的哦。”

“唔，是这样吗……好吧，我懂了。”

不管怎样，我是不觉得现在的自己在女生之中的评价会上升。

“……不说这个了，菊池同学那边就不需要做什么了吗？她是第一女主角吧？”

“嗯。不需要做的。”日南只说了这么多……唔，她应该是有什么考量吧。

“……我知道了。我会在不让自己显得不真诚的范围内做的。”

“那是你的自由。话虽如此，要是用乱七八糟的道理来逃避可就不对了哦。”

其实啊，如果不是相当受欢迎的人，那就不会身处被认为是不够真诚的状态中，我无法想象自己会变成那种受欢迎的样子，所以应该没什么问题吧。我心中是有着这样的侥幸的。不过，一旦我说出这种话来，肯定又会被她说“你有干劲吗”之类的，所以我不会说的。

“明白了。这么一想，确实那么做效果会更好……而且，要是不抱着这样的打算去行动的话，感觉非常遥远啊……距离达成‘中目标’。”

也就是在升上三年级之前交到女朋友这个难度爆表的目标。

“是啊。”日南点了点头，“像这样对目标进行确认是非常重要的。”

“OK……我会试试看的。”

“然后就是要怎么去搭话了。”

“啊，我有在背话题的。”

听到我这么说，日南微微吃了一惊，然后开心地笑了，说道：“那就交给你了。”

向泉优铃搭话两次——怎么说呢，如果是之前的我，在这个阶段应该就会因认为自己根本办不到而放弃，但是现在我似乎萌生了微小的自信，觉得只要努力，说不定还是有可能的。我自己也觉得很奇妙。

“啊，顺便一提，这是这个星期‘每天’都要做的事情。”

“哎?！”

然后我那微小的自信转眼间就被摘掉了。

5章

获得强大的招式与装备之后就能轻松过关，真是令人无比开心

跟日南一起出门的周六以及接下来的周日，除了一直在做表情和姿势的训练之外，我同时还有在彻底贯彻日南教我的“背诵话题”和“附和语调的练习”。

背诵话题的方式是我自己在学习时经常使用的，用红笔将话题写下来，再用红色的透明板把话题遮盖起来，就这样将勉强挤出来的几十个话题都背下来。至于附和语调的练习，因为我没有说话的对象，所以就跟父母……其实我跟他们也说不上几句话的，所以就用对着电视上的谈话节目进行附和这么悲哀的方式来练习，跟上节目的人同时做出附和。

那个时候我注意到了一件事，我是因为只能用“aiueo”，所以自认为附和的方式是做得比较夸张的，但是与我同时做出附和的艺人在语调上却和我没有太大的差别。

而且，看着电视的我也不觉得那些艺人的附和很夸张。

——也就是说，我自己以为很夸张的语调，在旁人看来其实是很自然的语调。反过来说，至今为止的我都是给人相当阴暗的感觉。

“哎呀！还真是不知道呢！”

我挺起胸膛、收紧嘴角，然后露出丰富的表情，用开朗的语调说出了这句话。这样的自己让我感觉不像自己一般，让我心里痒痒的。

——所以，相比之前的我，现在的我应该在各方面都能做得更加巧妙吧。

周一，教室。

“我说，泉同学，英语的日译做好了吗？”

虽然听起来是轻松随便的语气——不，如果是这样的话，那就最好不过了，但是我的心脏其实是在剧烈跳动的。从第二服装室到教室的路上，我一直在鼓励自己：一定要说，一定要说，一定要说。结果就是到座位上后就说出来了，没有不自然的漫长间隔。当然，这个英语作业的话题也是我背下来的一个话题。

“哎？咦，友崎同学？怎么，你没做吗？”

她说着“哎？怎么”之类的话，表现出了强烈的惊讶，不过毕竟是我在跟她搭话，这也是难免的。

“不是不是，我做了哦。”

泉同学露出了愣愣的表情。

“哎，那到底是怎么了？”

泉同学稍稍扭过身子，目不转睛地盯着我看。她明显是有所戒备。咦？不太妙吗？不，现在还没问题。毕竟我可是积攒了不少背下来的话题啊！

“哎呀，就是那个，突然冒出马科斯·布迪这么莫名其妙的人名，不觉得很好笑吗？”我全面动员自己能做出来的最自然的语调和表情说道。

“马科斯……抱歉，你在说什么？我听不明白。而且我还没有做完日译作业……”

……唔，这该怎么办呢？咦……我还背了哪些话题来着？稍等一下。咦？唔。应该还有十几个才对啊。咦？大脑一片空白。

最开始那空虚的从容已经烟消云散，只留下了异常快速的心跳而已。

“啊，这样哦。”虽然我自以为是用开朗的语气在说，不过内心这么焦虑，也不知道实际上是怎样了。

“嗯，话说你突然怎么了，就只是要说这个吗？”

“啊，嗯，对不起。”我完全不觉得自己维持住了开朗的语气。

“也没什么啦……唔，说完了吗？”

“啊，再稍微……”

“嗯？”

“呃……啊，不，没……什么。”

确认了我那软弱无力的肯定句之后，泉同学先是疑惑地歪了歪脑袋，然后就迅速地往教室后面的窗边，那个总是被现充们占据的区域走了过去。

咦？

——虽然我觉得自己都那么努力了，应该能够顺利吧，但是完全不行。哈哈哈哈哈。这算什么？不不不，倒不如说这是理所当然的吧。毕竟是我啊。我对自己是有什么误会吗？不要得意忘形了啊。我这种人就是这么点水平吧。一直以来都是这样吧。办不到……办不到，不行的……不行的。实践对我来说果然还是太早了啊，日南。

彻底丧失战意和自信的我根本听不进去上课的内容，脑海里翻来覆去的，只有放学后的反省会上被如何指责、我该说些什么之类的事情。但是，仿佛在说“谁管你那么多啊”一般，第二节课和第三节课之间的课间休息时，我从厕所回来后发现桌子上没有收起来的讲义上面写了短短的一句话。

“一天‘两次’。”

你玩真的吗……日南同学，是要我再次体会那种地狱般的感觉吗？

“呼——！”

虽然因为自信一度被粉碎而迷失了，不过既然是自己决定的事情，那就只能去做了。我强行启动在AttaFami和其他游戏中培育出来的不服输精神，再次点燃斗志。要是在这里输了，那就是输给了自己。啪——我用双手拍打脸颊。既然决定要做，那就必须做下去。只有到了我判断这是垃圾游戏而全部放弃的时候，那才可以不去做，要一直做到那个时候为止。

反正对方不是第一女主角，而且她们本身就没什么关联，所以不管被她怎么看待都没关系吧！不要紧的！即使气氛变得很奇怪，那也只是片刻的羞耻！没问题！

我就这么一边给自己下暗示，一边寻找合适的时机。但是第三节课之后的课间休息、午休时间、第五节课的课间休息，我连续三次错过了搭话的时机。

如果是客观条件上做不到那就算了，但是明明有机会，却因为恐惧而错过了，那就太不中用了。这是非常不应该的，必须想办法靠斗志让身体行动起来。

然后到了放学后，放学的行礼刚刚结束。要是错过这个机会，泉优铃就又会像平时一样到后面的窗边和现充团体会会合一起踏上归途吧。实际上这就是今天最后的机会了，背下来的话题还有存货。用这个话题应该不会那么不自然的，大概吧。没问题的！

我吸了一口气，然后挤出了话语。

“我说啊，泉同学。”

——那是几乎只有自己才能听到的微弱音量。

当然，泉优铃没有察觉到用这种微弱音量说出来的话，和平常的那群人会合并回去了。

“哎，光是能来这里就已经很了不起了。”

放学后的第二服装室，日南仿佛看透了我的心情一般说道。

“……非常抱歉。”

我自然而然地说了出来。我真的是打从心底觉得过意不去，整个人实打实地消沉了。

“如果我是你的朋友，这种时候应该会说些温柔的话语吧。”消沉的我不敢看日南的脸，“但是，我的立场是你的指导者，就算说是朋友，那也是作为战友，所以我自始至终都只会对你进行指导。”

我觉得她一字一句都正确无比。

“今天的反省会很短的，要说的事情只有两点。”

“只有两点？”

“是的。首先是第一点：放松对自己的要求只会导致失败。找借口也不行，要好好反省。”

日南露出严厉的眼神说道。

“……是，是！”

这句话重重地撼动了我的内心。

“然后是第二点：明天开始也继续照着这个势头努力吧。”

“……哎？”

“今天你的行动是在预料之内的。我给出课题的时候是考虑到了这种可能性的，所以没有问题。训练确实是有效果的，但你必须把心思放在达成‘一天搭话两次’的指标上面。只需要注意这个，明白了吗？”

“预料之内？”

“是的，所以明天开始一定要好好做到。”

“呃……但是，坦白说我不知道还有没有自信去搭话……话题也失败了。”

“今天只是不凑巧而已。优铃刚好没有做日译的作业，所以对话才没能成立，你的话题本身并没有那么糟糕，说话方式和表情也算是及格吧，勉强低空掠过。”

“是、是这样吗？”

“是的。”

“可是，我又不能保证下次准备的话题是没问题的……”

“你过于在意了。话题不管是什么都没关系。如果实在找不出话题的话，那就说说对方的表情、发型之类的，说些‘关于对方’的话题就能挺过去的。总之不管是什么都可以啦。”

“是、是这样吗……”

“是的，所以明天你也有这股劲头的话，让对话成立的可能性是很高的哦。”

“可是……”

“啊啊！真受不了，可是可是的烦死了！你听好了，‘可是’这个词语不是用来逃避的借口，而是让妥协的状况朝着更好的方向修正哦。我有跟你说过假话吗？少在那里说废话，你照着做就好。”

然后日南突然狠狠地抓住了我的屁股。

“哇哦？！”

“像这样在被说教的时候，依旧没有忘记进行姿势的训练就是最好的证明。你不是有在好好努力吗？听好了哦？我不会说所有的努力都会得到回报，但是朝着这种不算特别高的目标所进行的努力啊，只要做法正确，无论是谁都会得到回报的。”

“日南……”

你这家伙其实是……

“……怎么？一脸呆滞的样子。反正又是在想些有的没的吧？有这种闲工夫的话，还不如反省一下至今为止的事情以及思考接下来应该怎么做。你比自己所认为的还要问题重重哦！差不多相当于附带了毒、混乱和诅咒状态的废物吧。”

其实是个很温柔的人……我差点就这么想了。好险好险。

第二天。既然日南都那么说了，也许真的只要用那种感觉去搭话，对话成立的可能性就很高吧。说起来也是啦，“让对话成立”本来就不应该是难度很高的事情。就算是我，也姑且能做到和家人说话，跟日南也能聊起来，也勉勉强强跟深实实聊上了。所以，只要有话题和自然的说话方式就可以做到，再往后就是勇气的问题了……我觉得是这样的。

昨天，消沉不已的我回到家后，用邮件向日南询问了泉优铃的交友关系等信息。于是我又多了十几个话题，也都完美地背下来了。为了即使惊慌失措也能回忆起来，我这次是更加用心了。这样应该没问题了……就让我这么觉得吧。

早上的班会没有好的时机，不过第一节课结束后，机会到来了。

我豁出去了！

“我说，泉同学。”

泉优铃转头看了过来。我见状就夸张地——其实在旁人看来并没有那么夸张吧——压低声音说道：

“我说啊，中村他还在生我的气吗？”

“哎？”泉同学一瞬间感到困惑，然后马上像我一样压低声音，轻笑着说，“啊哈哈，你在说什么啊？为什么要问我？”

那个自然的开心笑容缓解了我的一部分紧张，于是我马上这样回复她：

“哎……我听说你跟中村很要好呀。”

“什么啊？你听谁说的？”

“唔。”就老实说吧，“日南。”

我们彼此都压低声音在进行对话。因为声音太小没办法在语调上做变化，所以我把心思都放在表情上面。

“啊。友崎同学你最近好像跟葵很要好吧？怎么怎么，发生了什么吗？！”

“不不，没什么，没什么！”

“哼，真的吗？”她露出了怀疑的表情，“算了，就这样吧。那么，唔，你是问我修二有没有在生气吗？”

“对对。”

“与其说是在生气，倒不如说是觉得很不甘心吧。”

“觉得很不甘心？”我很明显地皱起了眉头。

“是的，是的。他在拼命练习 AttaFami 呢，都到了让人恶心的程度。”

是这样啊，我在感到吃惊的同时，也因为原来练习 AttaFami 会让人觉得恶心这件事而受到了伤害。

“嗬。是这样啊。”然后回想起自己背下来的话题，“哎呀，我还以为自己跟中村玩 AttaFami 赢了之后，在班上绝对会受到霸凌呢。”

“这算什么，是这样吗？”她一边压低声音，一边笑了，“那还真是糟糕呢。”

“嗯，所以有些在意后续的情况。”

“你过于担心啦！不会变成那样的，应该是没事的哦。”

“啊，真的吗？那就好。”我夸张地做出松了一口气的语调和表情。

“啊哈哈，太好了呢。”

“嗯！”

很好，这样就 OK 了！我挺过去了，突破难关了！对话已经进入尾声了，趁着还没有出现破绽，就暂时撤退吧。因为目标是一天搭话两次，所以到周五为止还剩七次。不能硬来，不能硬来。

就像这样，之后的七次，我有时候语无伦次，有时候陷入尴尬而靠着气势挺过去。坦白说，刚才那段关于中村的对话其实是持续时间最久的例子，除此之外基本都是勉强搭上话、让对话成立了而已，只能算是在及格边缘的“七连发”，而且其中有三四次是不及格的。

“咦？泉同学，毛衣跟昨天不一样吗？”

“哎？是同一件啊……”

“啊，是我看错了吗？”

“啊，嗯。”

“……”

“……”

如果这样的对话不算是不及格的话，那不及格的对话就是三次。唔，整体应该算及格了吧。哈哈哈哈。哎。真是糟透了。

“及格了哦。”

“真的假的？”

第二服装室。我是真的觉得不可能及格的，所以大吃一惊。

“倒不如说，好好执行一天搭话两次这个课题，就已经是合格了的。”

“……是这样吗？就算对话失败了也没关系吗？”

“是的。”这时我才恍然大悟。

“也就是说……这是测试我有没有勇气搭话的试练吗？”

“错了。”

“咦……？那、那到底是怎么一回事啊？”

听到我这么问，日南用手指比出V字形说道：

“不是有Game Over这种情况吗？那是有两种类型的，你知道吗？”

“又这么突然啊。Game Over有两种？……什么意思？我不知道啊。”

“那个啊，”她将左手和右手依序朝上张开，“就是从做记录的地方全部重新开始的类型和继承被干掉之前的状态重新挑战的类型哦。”

“啊啊，原来如此。确实不同的游戏在这点上是不同的……不过你想表达什么？”

“你这次和优铃进行了对话，换句话说就是跟敌人战斗了。然后在战斗中失败而败北了，落到 Game Over 的下场。”

“啊，果然是失败了啊。”

“那当然了。三个来回就结束的对话根本就不能算在对话里面。”

“……说、说的也是。”

“然后啊，这个名为对话的战斗，你知道它的 Game Over 是哪种类型吗？”

“……唔，应该是继承的类型吧。”

“没错！人生是没有存储点的。但是，就算输了，身上的钱也不会减半。所以，输掉战斗也没有什么坏处，不断地进行战斗才更有赚头。而且，战斗好几次的话，说不定会因为幸运而赢个一次吧？”

“……唔，这么说来好像是这样吧？”

“但是啊，真正重要的并不在那里。听好了，人生的 Game Over 和其他所有游戏相比，有一个完全不同的特征哦……你知道那是什么吗？”

她一边露出坏坏的笑容，一边注视着我的眼睛。

“就算你问我……范围实在太广了，我不清楚啊。”

看到我烦恼的样子，日南说了句“这个啊”作为开场白，然后缓缓地说道：

“人生是在战斗失败的时候获得经验值，而不是胜利的时候哦。”

“……嗬。”

听起来是很有深意的话题呢。

“所以，在这一星期里，你百折不挠地与泉优铃这个强敌战斗，并且接连败北了，但是那会变成经验值，积存在你的身心之中。而且啊，你挑战的时候是在好好思考是否应该那样去做或者这样去做之类的事情吧？”

“嗯，算是吧。”这方面的信赖让我有些开心。

“老实说，你应该给泉优铃留下了‘有个老是莫名跟我搭话的家伙’的印象。”

“啊，果然是这样吗？”

“但是收获也更大哦。你自己也注意到了吧？这个课题进入到后半段之后，你的紧张消散了，渐渐地也越来越熟练了。”

“嗯……是这样没错啦。”

确实，虽然对话本身没持续多久，但是特别是最后两次，该怎么说呢，应该是没有了我从降生以来就一直散发出来的“恶心感觉”，虽然自己这么说自己有点那啥。

“因此，这一周的‘通过败北来赚取经验’就到此结束……其他还有什么在意的事情吗？”

“啊，那个啊。”确实是有的，“你之前说过菊池同学对我有好感对吧？”

“是的，我是有说过。怎么了？”

“这个嘛，虽然应该还到不了好感的程度……不过我知道理由了。”

日南整个人朝我逼近过来。太近了，太近了。这对心脏不好，所以别这样啊。

“怎么一回事呢？”

她虽然皱着眉头，但是眼睛里却闪烁着类似期待的东西。

* * *

那是周五的第四节课，距离达成与泉优铃的对话指标还剩一次的状况。

毕竟都搭话了好几次，所以我多多少少有些习惯了，或者说有点麻痹了。就算对话持续不了多久，也只会觉得“又是这样啊”或者“没所谓啦”之类的，我已经从焦虑中解脱出来了。

总之，接下来只要找到机会，轻松地去搭个话就行了，我就是处于这么从容不迫的心境中。正因为是这样的心境，所以换教室的时候，我也能做到像平时一样，先在图书室打发时间，等快到上课时间了再赶往教室。话虽如此，我平常都是装作看书的样子，其实在研究 AttaFami 的战术，而今天则是把心思都放在复习背诵下来的话题之类的事情上面了。

——就在这个时候。

“友崎同学。”

“唔噢？！”

突然，一个惊人通透的声音喊了我的名字。我转头朝传来声音的方向看了过去，在那里的是双手抱书、注视着我的脸的光之天使，不对，是菊池风香同学。

“……咦？菊池同学？你为什么在这里？”

“也没为什么，就和平时一样哦？”

“……和平时一样？”

这是怎么一回事呢？我试着回想，想找出一点头绪，但是菊池同学散发出来了花田一般的香气，让我的大脑轻飘飘的，所以根本没办法好好思考。

“就是……每次换教室之前，这里都只有我和友崎同学的吧……”

“唔……每次换教室的时候都是吗？”

“啊……莫非……你没有注意到我吗？”

这么说来……

“啊，也就是说……”

“我们班换教室上课的时候，你每次都会来这里吧？”

“嗯，嗯。”

“我也是每次都会来这里……就觉得‘啊，又碰到你了’……”

“啊，是这样吗？抱歉，我太专心了，所以……”

其实我是在专心研究AttaFami的战术。只见菊池同学的视线对准了我打开的书。

“……你是喜欢迈克尔·安迪对吧？”

“哎？”

“咦……？不是吗？因为你每次都在看……”

啊啊，这样哦，她说的是我装作在看的书。因为我每次在图书室都坐差不多同一区域的位子，然后再从离那里最近的书架的边角拿书来看，所以就变成每次都在看同类型的书了吧……但是我不知道该怎么解释才好，就这么说了。

“啊啊，算是吧，但也没到非常喜欢的程度啦……”

唔，接下来该怎么办呢？我想着还是稍微了解一下内容来挺过这个场面吧，于是第一次看起了这本书里写的东西，但是映入眼帘却是“艾比·戴特！”“莫增·雷科科！”这种意义不明到堪比暗号的对话文字，而且这种对话还有两组。啊啊，我顿时醒悟：这玩意是没办法靠临阵磨枪来掌握的。

“果然……”菊池同学那平时就仿佛闪耀着魔法力量一般的眼睛绽放出了更耀眼的光芒，“我啊，非常喜欢安迪的作品呢……”

“啊，这、这样哦。”糟糕，怎么办，“真、真巧啊……”

“是啊！太巧了呢！”

菊池同学在自己的嘴唇前温柔地合起双手。

“这不就像《猛禽岛与啵啵尔》一样吗？！”

“哎？猛禽？”

“是安迪的作品……啊，你没看过吗？也对哦，毕竟图书室里没有嘛……”

“哎？啊，对对！呃，就是这样，想看却很难找到呢……啊哈哈。”

听到我拼命掩饰的话语，菊池同学仿佛使用了精灵水滴让魔力翻倍一般，眼睛里的光芒显得更加闪耀了。

“没错！很难找到呢！”

“哎？”

“那本书在二十年前的那版翻译之后就没出过新的版本了，所以很多地方都没有，明明是代表作之一啊！应该多放几本才对！”

就连没看过的书都能让她这么兴致勃勃，我完全失去了退路。

“啊，对，对对！你说得对啊，啊哈哈……”

“那、那个……”然后菊池同学仿佛下定了什么决心一般转变了表情，“友崎同学的话……应该没关系吧。”

她似乎是在小声地说给自己听。

啊……这、这个是，该怎么说呢，感觉现在正流淌着准备揭露重大秘密一般的气氛啊。如果是在 Galgame 或者轻小说里的话，那绝对是这样的。我闻到了旗子立起来①的气息。但是，这恐怕是因为她以为我是喜欢那个安迪什么什么的小伙伴吧。既然她是基于这样的心理，那我还是不要听会比较好吧。然而在我这么想的时候，菊池同学就已经开口说了。

“其实我……有在写小说……主要是受到了安迪作品的影响……如果不介意的话，能帮忙看一下吗？”

“哎？！啊，嗯，小说？！你在写吗？！”

从出乎意料的角度袭来的一击和那双仿佛被神木的朝露打湿了一般的双眼，让我的大脑一团乱。

“是的……果然不行吗？……也、也对啦，这么突然……你会困扰吧……”

“啊，不不不不！才、才没有这回事！可以呀可以呀！只要你不嫌弃我的话！”

我条件反射地这么说了。菊池同学闻言，露出了太阳一般的灿烂表情。

“真、真的吗？谢谢！我、我下次带来给你看哦……”

“嗯，嗯！唔……我、我才要说谢谢呢。”

“嗯！”那是通透且雀跃的声音，“……我还从来没有给别人看过呢。”

①此指游戏中触发增加好感度或确定路线的关键事件。

“啊，这、这样啊……？没、没关系吗？给我这种人看……”

与菊池同学那充满温馨光芒的表情形成鲜明对比，我的背已经被愧疚的冷汗给打湿了。

“当然没关系！那个……倒不如说，正因为友崎同学……不、不对！那、那个！……这件事……要帮我保密哦？”

面对这蛊惑性的疑问句，我仿佛被洗脑了一般不住地点头。

“嗯，嗯。我知道了，会保密的。”

然后菊池同学说了句“那就这样”并站了起来，在眼看就要离开图书室的时候，整个人又转了过来，用恶作剧一般的表情和声音说道：

“艾比·戴特！”

啊哈哈。不行了，已经没有退路了。我不管了！不成功就成那啥吧！

“莫增·雷科科！”

听到这句话的菊池同学，露出了与她那森林精灵一般的纤细感不甚相符的、如同光之喷泉一般的笑容，照耀了图书室，之后就迈着小小的步子，一路小跑地离开了。

距离换教室还有点时间。怎么说呢，我现在的心境跟我在几天前体验过的“既然对话顺利进行下去了，那就趁着还没穿帮赶紧撤退吧”是同样的心境吗？我只能做着这样的分析，呆呆地逃避现实。搞砸了，该怎么办才好啊？

* * *

“就是发生了这样的事情……”

我对日南讲解了发生的一连串事情，同时没有忘记把菊池同学写小说的那部分给含糊带过。

“这算什么？简直是有谱到不行啊。距离达成中目标差不多还有一周吧。”

日南很无趣似的说道。不不不不。

“不不不，你给我慢着啊。光靠这样就想交往是不可能的吧，这根本就是在骗她啊。再说了，即使真的喜欢同一个作家，她也不会跟我这种人交往吧。而且我也不算喜欢菊池同学。”

“哎呀，怎么能说得这么难听呢？”

“等等，你这说法会让人误会的。”

“哪有什么误会。有个在图书室经常看到的、让自己多多少少有点在意的男生。下定决心在图书室跟那个男生搭话后，出乎意料地聊得很开心。而且最后告别时还用了那个作家作品里出现过的秘密话语……哎呀，如果没有对恋爱习以为常的话，就算迷上对方也不奇怪呢。”

“等等，你不要只拿出一部分来讲啊！我还向她借纸巾，并被看到了擤鼻涕的羞耻瞬间啊！”

“只属于你们两个人的秘密？”

“你别戏弄我了！”

“……好啦，虽然我刚才说起来像是在开玩笑，但其实是认真的哦。说她迷上了你，那的确是有点说过头了，不过对你抱有一些好感的可能性是非常高的，尽管目前还无法最终确定。”

日南的眼神是认真的。

“所以，利用类似‘根本不可能喜欢上我的’这种自虐的理由来逃避现实才是卑鄙无耻啊。”

……坦白说，觉得“这种事情根本是不可能的”这种想法还是要更为强烈，所以我很难把这当成是实际情况去思考。不过如果一切真的如日南所说，那么逃避确实是糟糕透了。而且还有日南不知道的小说那件事，考虑到那个的话，可能性就更高了吧？可是，那我应该怎么做呢？应该怎么去看待这件事呢？

“姑且当你说的都是真的……那我有错吧。”

“哈？你有错是什么意思？”

“还能有什么，就是没有当面解释清楚我并没有看那本书呀。”

“……这有什么错可言？你并不想欺骗她吧？”

“呃，我是没有打算欺骗她，但是从结果来说，就变成撒谎了呀……”

“这点小事用不着在意也没关系吧。你老是在烦恼这种无谓的事情有什么意义啊。婆婆妈妈的，重要的是接下来要怎么做啊。”

“……说的也是。我果然还是应该对她实话实说吧。”

“你去跟她约会吧。”

“哈？”

“所以说啊，你跟小风香说去约会就行了吧。”

“不，我说你啊，那样做也未免太恶劣了。”

“哪里恶劣了？听好了哦，‘喜欢同一个作家’顶多只能算是一个契机而已，人类的感情还不至于单纯到会因为这种事就喜欢上一个人。重要的是如何交谈，如何互相理解，如何制造出回忆。即使最开始的契机是个小误会也没关系，这并不重要。如果试着约会了之后，发觉跟喜欢的作家无关，双方一直都是很开心的，那么这就是两人关系的本质吧？”

“这、这……说不定是这样没错。”

“人与人之间是很少有深入了解的机会的。既然如此，那么哪怕是源自谎言，面对触手可及的这种机会，不是应该扑上去试试看才对吗？”

“呃，道理我都懂……但是这样做，感觉果然不够真诚啊……”

“既然道理都懂了，那么你应该明白我说的是正确的吧？干吗在那里说像纯情小男生一样的话啊。”

“烦死了，我本来就是纯情小男生啊。”

……我明白日南想表达的意思，但还是觉得在道理之外的地方存在不够真诚的部分。

“……算了。相比用最强的剑战斗，还是更希望用一开始锻造师打造的那把剑来战斗，我也能够理解这样的心情。理论上的最强并不一定是正确的，我说到底只是攻略书而已。最后做出选择的人是你自己哦。”

我还是没办法那么轻易地给出答案，所以这天就这么踏上了归途。我跟日南分别，一个人朝鞋柜走去，这时看到了泉优铃从教室的反方向无精打采地走了过来。唔，该怎么做呢？今天的两次指标已经达成了，所以我不需要专门跟她搭话……但是在游戏里面，全部按照指示来行动，这样好吗？作为日本第一的玩家，这让我有些不爽。把所有的一切都交给那家伙来安排也让我很不满意。

既然如此，好，那我就试试看吧，自发性地“提升等级”。

我一边留心自己的姿势、表情和语调，一边尽可能自然地发出了声音。

“泉同学？”

泉优铃猛地抖动了一下身体，然后看向了这边。

“……友崎？”

那是有点沮丧又有点安心的语气……似乎跟平时的氛围不一样。该说是有种咬牙切齿的感觉吗？说起来，她不应该直呼我的姓氏才对。

……话说，现在很不妙啊。唔，我应该是背了好几个话题的，但是其中并没有哪个话题适合在放学后专门把人叫住的情况。啊，这下糟糕了。大脑又要变得一片空白了。糟糕了糟糕了。但是给我回想起来啊。我至今为止经历了各种各样的训练，那么应该有什么突破僵局的策略才对。在日南到目前为止传授给我的攻略方法当中，还有我一直以来的努力当中，应该是有解决方法的。

——“那就说说对方的表情、发型之类的，说些‘关于对方’的话题就能挺过去的。”

记忆闪回了一下。对啊，日南在这个星期最开始的反省会上面说过，让我没有话题的时候就那么做。虽然没有话题，但是这个的话应该有办法做到。对方的表情……

“……泉同学，你的表情很阴沉呢。”

我在说些什么啊。如果是帅哥的话，这时候应该能够轻松地说出“你怎么了”“有什么事情我可以听你说说哦”之类的台词吧。但是很遗憾，在场的人是我！所以是不会出现那种情况的。

“哈啊？！才不阴沉呢！干吗啊？！”

“啊，不，对不起。”她整个人都炸毛了。

“……看什么看啊？”

“啊，不。”

“……”

“……”

啊！又搞砸了。我不行了，还是不要擅自行动了。每次擅自行动都不会顺利。我甚至连初学者的领域都没有到达啊，就是这样的。

“我说……”

“哎？”

“……友崎，你玩 AttaFami 很厉害吧？”

“哎？”

为什么这种时候会提到这个事情？

“……啦。”

她低着头，嘀嘀咕咕地在说些什么。

“……哎？你说什么？”

“……啦。”

“抱歉，你在说什么啊？”

“啊啊真是的！就是说——”

泉优铃提高了音量，瞪着我的眼睛里浮现出了大颗泪珠。哈啊？！

“我想让你教我玩 AttaFami 啦！”

这到底是什么情况啊！

*　*　*

把泉优铃的事情理清之后是这样的——泉优铃跟中村一直都很要好，放学后经常一起走，但是中村最近每天都在放学后占据了校内没有使用的教室，还把游戏机带过来，不是和同伴对战，就是使用教师办公室的WiFi来进行网络对战，以此来练习AttaFami；就算泉优铃放学后去那个教室约他一起回去，也只会得到“烦死了，少妨碍我”这样的回复，对她几乎就是不理不睬的。

既然如此，泉优铃就提议说要陪他练习，但是打了一局后以惨败收场。如此巨大的实力差距让中村说出了“根本没有练习价值，烦死了。你就乖一点，不要老缠着我了”这样的话，将她拒之于千里之外。

“啊，原来如此啊。”

也是啦，普通女孩子的游戏水平对中村来说是没有什么练习价值的，毕竟他并不弱啊。

“唔——怎么说呢，好惨啊。”

“……我又没有在问你的感想！”泉涨红了脸，用感情迸发的声音说道，“那么，你愿意教我吗？！还是不愿意呢？！”

怎么说呢，她可能是觉得反正都被看到了，就顾不得什么体面不体面的，直接破罐破摔了吧。

“呃，我是没关系啦……”

“哎！可以吗？！真的吗？！”

她的双眼绽放出光芒，整个人朝我逼近。太近了太近了。日南也是一样，为什么现充跟别人的距离都这么近啊？对于非现充来说，这可是致死的距离啊。

“不过，泉同学你有 AttaFami 吗？”

“哎？我没有呀，但是用友崎你的不就好了？你有游戏机的吧？”

“……呃，这倒是没有关系啦。”如此一来就会有一个大问题，“……但是要在哪里玩？”

“……唔！”

泉优铃瞪大了双眼，脸也红了起来。这个清纯的反应是怎么回事？真意外。

“没有地方可以玩啊。”

不过，就是这么回事了。如果泉优铃有 AttaFami 的话，那么还有网络对战这个方法；既然没有，那么就必然是在我家或者泉优铃家玩。

“……可是！”那是仿佛在哀求一般的，没办法死心的表情。

“但是，去我们当中某一方的家里也有点不太好……”

“……没事，我不介意的。”

虽然双目炯炯有神，但是仔细看会发现眼睛里浮现出了泪水，所以她恐怕是在勉强自己吧。也就是说和我独处对她来说是这么的不情愿啊。太戳心了。

“那就好……”我抛出了自己产生的疑问，“你为什么要做到这种地步呢？”

闻言，泉优铃露出了有点生气又有点吃惊的表情看向我。

“哈啊？！你居然问这个？！一般来说听了就明白了吧？！”

“一般来说？”

“你是白痴吗？！真是迟钝到恶心了！”

最近的年轻人动不动就会说恶心啊。

“迟钝？”也就是说，是那方面的事情吧，“啊……”

“哈？怎么了？”

我明白过来了，然后就顺势不小心说漏嘴了。

“泉同学你喜欢中村啊！”

只见泉优铃的脸红得仿佛要冒蒸气了一般。

“你真的太恶心了！怎么会有这种人啊！”

她扭动身体，用书包作为武器施展出来的一击直接命中我的脸。

“……唔……啊，呃……”

“啊，对、对不起……但是，都怪友崎你说了奇怪的话啊！……你没事吧？”

泉优铃从下方担心地看着我低垂的脸，如此近的距离和可爱的脸庞，让我一边不由自主地用莫名其妙的情绪说着“没事没事”，一边整个人向后仰。

“真的吗？哎……但是啊！修二真的很莫名其妙呢！不是有绘里香这个女生吗？她跟修二告白却被拒绝了。那可是绘里香哦？！然后呢，他经常跟我一起玩……我就觉得，那么他会不会是喜欢我呢？……哇！不是这样的！啊啊，可是会这么想也很正常嘛?！然而他却突然嫌我很烦，让我不要再缠着他……这算什么啊?！你怎么看?！”

“我、我怎么看吗？哎，怎么说呢，很莫名其妙吧？”

“对吧?！而且啊?！”

……被要得团团转呢，但却是在享受青春啊。女孩子真的是只要有人愿意听她抱怨，不管是谁都无所谓呢。

我一边揉着阵阵发痛的鼻子，一边开动脑筋思考起来。泉优铃愤慨地说着“还有啊还有”，滔滔不绝地抱怨着非常私人的事情，但是我一点都没有听进去。这可是非常不得了的状况啊。这家伙是不折不扣的现充，毕竟跟那个中村是很要好的关系，所以想必拥有非常强的现充实力，而且还长得很可爱。要在我们其中一方的家里和这样的泉优铃独处？这算什么啊？太奇怪了吧。我说日南同学，很抱歉我总是说惹你生气的话，但请问我应该怎么做才好啊？

“那么……唔，要去谁的家里？”

“唔……去友崎的家就好吧？我家有点……”

“啊，我家……吗？泉同学你家不方便吗？”

“那、那当然了啊！……没办法跟父母解释啊……对不起。”

“……我知道了。”

泉优铃虽然一度语气粗暴，但还是非常过意不去地耷拉下了脑袋。看来她本质上并不是什么坏孩子。

话说，嗯？父母？……啊。这时我发觉了非常不得了的事情。

“啊，等一下。我家不行，只能去泉同学家了。”

“哈？！为什么？！你不是刚才答应了吗！”

“话是这么说没错……泉同学，你是羽毛球社的吧？”

“哎？我吗？是这样没错啦。”

“你想想看，一年级应该有个姓友崎的人吧？而且你们的关系还相当不错吧？”

我时不时会听当事人提起的。

“嗯，是说崎崎吧？我知道她呀……哎？‘友崎’？”

“嗯。那家伙是我的妹妹。”

“……哎哎哎哎？！”

她把我说“用不着这么吃惊吧”的声音都给盖过去了。

“稍等一下啊！你们也太不像了吧！特别是性格！这是什么情况！简直莫名其妙！”

“我懂，连我自己都不觉得我们之间有血缘关系。”

“崎崎可是非常可爱的好孩子哦？友崎你不是非常阴暗吗？哎？！太难以置信了啊！！这绝对有问题吧！”

“啊！都说我知道了！你别说个不停啊！我也是会消沉的！”

“……啊，抱、抱歉。”冷静下来的泉优铃意识到了问题所在，“……这不行啊。”

“……对吧。”

那当然了，毕竟是直属的学妹，比起父母来更是不知道该怎么解释才好。

“那、那么……就只有我家……”

“……是啊……要不算了。”

“不，没关系。不能算了，你来吧。”

她露出了仿佛做好了要吃下毒药的觉悟一般的表情看着我。嗯，恋爱中的女孩子真强大啊。为了自己喜欢的对象，无论多么痛苦的事情都能够忍耐。我去她家是让她那么痛苦的事情吗？我不想正视这个问题。

“……这样啊。”

“不过，友崎你没关系吗？”

她向我进行确认，看来她比我想象中要更会看别人的脸色啊。感觉也是能够拒绝掉的。

……我该怎么做呢？目前我在某种程度上能够使用的武器只有表情、姿势、语调和背诵的话题而已。光凭这些就能将“泉优铃的家”这个超高难度的迷宫通关吗？唔，正常来讲，是不可能做到的，等待我的只有凄惨的败北。那么，不行啊，还是逃跑会比较好。逃跑吧，我一直都是这么做的。避开赢不了的敌人，做好充足的准备再来战斗，这是玩游戏的惯例做法。

“‘人生’是在战斗失败的时候获得经验值，而不是胜利的时候哦。”

记忆又闪回了一下。

啊啊！是这样呢，是有这么一说。我并没有盲目相信那句话，但是事实上，我现在就像这样跟泉优铃在一定程度上进行了正常的“对话”。对于至今为止的我来说，这是难以想象的事情。要说造成这个“结果”的原因是败北时获得经验值而提升了等级，那可能还为时尚早，不过事实上会这么想也是很自然的。

啊啊！真是的。我知道了我知道了。我怎么说也是玩家啊。喂，日南，给我看好了。既然如此，那么为了验证那个“原因”是否真的是你所谓“败北时的经验值”，我就在这里吃下一场大败仗吧，大不了之后再哭着鼻子去找你啦！

“……不，没关系。走吧。”我做好了觉悟，冷静地这么说道，“你的家在哪边？”

泉优铃不知为何有些不满地看着这样的我。

“……友崎你为什么这么冷静？怎么，你有去过女孩子的家里吗？”

“哎，呃……”我刚打算说没有，脑海中就浮现出了日南的面孔，“啊，姑且算是有过吧。”

“哈啊？！这算什么！明明只是友崎而已！就连我……还是……”

什么叫“明明只是友崎而已”，这是什么意思啊？是说我这个人一看就是非现充，所以不可能去过女孩子的家里，要是去过就太恶心了的意思吗？我确实是非现充，但是也没理由被说成这样。于是我就将自己的想法直接说了出来。

“你这个奇怪的口吻很恶心啦……算了，不说那些了，跟我来。”

“啊，等等，我要去拿 AttaFami。”

“啊，对哦。”

我先回了趟家，拿了 AttaFami 并做了一些准备后，就马上出门了。

“那么，走这边。”

就这样，我被带到超难的迷宫了。好，给我看清楚哦，日南，我会彻底惨败的。

* * *

因为我只知道一个其他例子，所以就自然而然地和那个进行比较了。最初的印象是，这儿跟日南的房间相比有些杂乱，倒不是说特别散乱，不过床上摆着好几个角色玩偶，封面亮眼、看起来像时尚杂志的东西在书桌上拥挤地排成了一列。无论看向哪边，泉的房间都显得热闹华丽，而且都是些连我也多多少少知道名字的角色和杂志，怎么说呢，会让人觉得她是不是完全被流行带着跑的人。墙壁上挂着过度装饰的软木板，上面随意地贴着跟班上现充们一起拍的照片和大头贴，那就是所谓的“永世好友”吧。

“友崎，不要这么盯着看。”

“啊，抱歉。”

泉优铃用托盘端着可爱的马克杯和普通的纸杯走了过来。

我以无语的感觉看着纸杯，就被她说了“烦死了！不要挑三拣四的”这样的话。不，我什么都没说呀。

“这个……应该要怎么弄？”

泉握住手柄，端正姿势，用非常认真的表情看着电视上的开场动画问道。游戏的画面映入了她的大眼睛中。

“这个嘛，首先……”我保持了不会因为现充的气场而窒息的合适距离，坐下来拿好手柄，“来打一场看看吧。”

“哎？！不不，办不到办不到！友崎你比修二还要强吧？！我办不到啦！”

“呃，话虽如此啦……但是你想啊，我不先掌握泉你有多少实力的话……”

我说出口后，发现自己很自然地直呼了泉的姓氏。我不知道这是因为多次败北而带来的成长，还是多亏了AttaFami的影响，抑或是被书包揍了就豁出去了的心理。

“是、是这样吗？那、那么……”

泉战战兢兢地做出了紧张的姿势，肩膀用力地抬了起来，嘴巴紧闭，眉毛也绷得紧紧的，显得非常认真。总觉得这副表情莫名地适合她啊。

我在角色选择画面选择了中村的常用角色Foxy，泉则是选择了所有角色中最为华丽的、拥有可爱容貌的女剑士。

“啊，稍等一下。”

“哎？怎么？这个不行吗？”

如果泉的目的只是“喜欢AttaFami，所以想变强”的话，那么还是使用自己喜欢的角色会比较好。

但是，这次泉的目的是“成为中村的练习对手”，既然如此……

“你用这个。”我用光标指向了Found，“这是我使用的角色。”

“哎？友崎使用的？用这个会比较好吗？”

“不，中村是为了战胜我而在练习，所以会想找出对付我的对策来吧，因此……”

“啊……这样哦。”泉一脸凝重地点了点头，“友崎你真聪明啊。”

“哎，是、是吗……”被夸奖让我有些不知所措，“……好了，先来玩玩看吧。”

“OK！”

气氛也渐渐变得和睦起来。在女孩子的房间玩自己最喜欢的游戏，这个非常像现充的状况让我产生了“我该不会是进步神速吧”的感慨。

“难以置信……”

泉整个人愕然了。

“原来如此……也就是说要解决的课题有……”

“……什么要解决的课题啊！刚才那是什么！友崎的动作超恶心的啊？！”

总共四条命，我是零失误——不仅如此，而且是在没有受到伤害的情况下就解决掉了泉。因此刚才的和睦气氛完全消散了，仿佛在跟我说“有个鬼的进步”。

“唔，你是典型的初学者动作吧，总是在释放破绽很大的招数，也不会观察对方的动作。我根本不需要耍什么花招，直接就能趁着破绽施展自己想施展的招数。”

我抬了一下内心的眼镜，平静地阐述着问题所在。

“什么？等等，友崎你现在让人感觉有点可怕哎。”

我无视了被吓到的泉，继续嘀嘀咕咕地进行分析。

“强攻击的输入，还有从场外复归这些基础中的基础意外地掌握得还可以……问题在于战斗技巧吧……必杀技的使用过于频繁，要多用普通招数……”

“我说，我说，你这是怎么了？真的是让人打心底感觉可怕啊！”

“泉！”

“在？！”

泉猛地跳起来，然后又重新端正坐姿跪坐好，并且挺直了身子。她的运动能力真强啊。

“总之，我已经决定好要让你做的事情了。”

“哎？！是什么？！”

泉目光闪烁，将身子探了过来。这么一看，她果然长得很可爱。这实在是太糟糕了。不过只要涉及 AttaFami，那些不必要的东西就不会进入我的视野——但也只是不会进入视野，我还是能够闻到空气中的香气的。

我选择了训练模式，操作角色给她看。

“刚才泉你使用的角色，正常跳跃的话会是这样。”

Found 跳得非常高，泉的黑眼珠死死地盯着那个动作。

“但是，如果只是非常短暂地按一下跳跃键的话，就会是这样。”

“……啊，好矮。”

Found 只轻轻地跳了刚才三分之一的高度。

“这是小跳跃。AttaFami 这个游戏归根结底就是在比能否掌握好与对手的距离和对方的破绽，以尽可能低的风险向对手发动进攻，所以需要让这种调整距离细节的技巧百分百成功。”

“你、你稍等一下！”

泉站起来，朝着书桌快步走去。

“好痛！脚麻了！”她一边拖着脚，一边打开抽屉，从里面拿出笔记本和圆珠笔，然后回到原来的位置上，“……还、还有吗？”

泉将我刚才说的内容都记下来后，露出有些不安但是非常认真的表情看着我。还真是用心啊。话说她又恢复了跪坐的姿势，这样没问题吗？

“你先试一下看看。”

“啊，嗯，嗯……”

泉非常慎重地接过了手柄，然后短暂地按了一下跳跃键。

“咦？”

“……果然会这样啊。”

Found 嗖地跳得老高老高。

“等、等一下！我再试一次！”

嗖——嗖——嗖，嗖——嗖。小跳跃有三四成的成功率。

“没错，这个是相当难的。但是如果无法做到这个的话，我就直说了吧，是根本不可能达到与中村一战的程度的。”

“根本不可能？……那、那么，我会好好练习的！”

“练习是自然的，不过并不是你想的那样哦，泉。”

“哎？”

我的口齿非常清晰。我的主战场果然是 AttaFami 啊。

“难得有能够玩 AttaFami 的环境，与其把时间用在小跳跃的练习上，还不如多进行实践性的练习，那样做能够更大幅度地提升实力。”

“这、这样啊……哎，那这个小跳跃要怎么做才好？”

“那个啊。”我先做了个开场白。

“你想练习小跳跃，但是玩 AttaFami 的时候还是进行更有实践性的练习会更好。那么，该怎么做呢？……答案就只有一个了吧？”

然后，我一边想象着那张早已看习惯了的得意面孔并做出表情，一边说：

“在没有玩 AttaFami 的时候去练习就好了。”

“……什、什么意思？”

“就是，”我从口袋里拿出了准备好的东西，“要用这个。”

“……秒表？”

“是的。你看好了哦。”我按下按钮，开始计时，然后咔嚓一声按下了暂停键，“来，你看。”

“……咦？没有停下来……明明有咔嚓的一声。”

“泉你来试试看。”

“嗯，嗯。”泉就像是在对待精密机器一样小心谨慎地接过了秒表，然后晃动着全身，嘿的一声按下了计时键，接着又按了一下暂停键。

“咦？……停下来了。”

“没错……这个秒表‘稍微’有点不灵。”

我再次接过秒表，按下计时键，然后咔嚓、咔嚓、咔嚓、咔嚓，一边将秒表画面对着泉，一边接连按下暂停键。

“咦？没有停下来？”

“没错。这个秒表啊，如果按住暂停键的时间非常短，即使发出了咔嚓的声音，也是不会停下来的。”

“嗬，是这样吗？……不、不过，这个有什么用啊？”

“很简单。”我像某人一样竖起了食指，“从现在开始，每天上下学、移动中、看电视的时候，也就是除了跟别人见面的时候，你都要不停地拿这个秒表来练习哦！这样一来，你就能习得小跳跃了。”

“哎？！”

泉大吃一惊。应该是内容和语气两方面的因素导致的吧。语气过于参考那家伙的感觉了，这是个失误。

“在做其他事情的时候用秒表来练习小跳跃；在家里练习AttaFami的时候，就做实践性的练习。这是最有效率的练习方法。”

“确……实！话说，你刚才娘娘腔一样的语气是怎么回事？！”

泉一边这么说，一边认真地做笔记。看她那傻傻的样子也不好说是不是真的理解了，不过表情却是“非常非常信服”的感觉，这让我差点就笑出来了。关于刚才的语气，我只说了句“你别在意，是我搞错了”，她也就“嗯嗯”地表示接受了。非常好，听话的弟子会有很大的成长空间哦。

“然后，关于那个实践性的练习方法……这个也很简单。”泉闻言咕嘟一声咽了一下口水。

“那就是死记硬背。”

“死、死记硬背？”

“是的。你看一下这个。”

我将游戏模式设定成重播，然后从记忆卡里面选择了一个对战记录，并且开始播放。

“这个是……记录了某场顶尖玩家之间的战斗情况的录像。”

“唔，nanashi？还有 NO——”

“你不用管是谁。本来这两人的常用角色都是 Found，不过这场是 nanashi 那边尝试使用 Foxy，另一边使用 Found 进行的对战。”

泉皱着眉头，表现出了惊讶。

“……好厉害，动作就像刚才的友崎一样恶心。”

“是的，这个 Found 非常强，也没有什么多余的动作。这人不像我……不对，这人并不像 nanashi 那样靠感觉来操作，而是靠理论和实践让操作变得简洁精准的，所以最适合拿来参考了。”

“……那么，只要不断地看这个，然后大致记下来就可以了吗？”

“很接近，不过稍微有点不对。”我把手柄递给泉，“……不是大致。泉你要将这场对战的过程从头到尾全部背下来，让自己能够做到配合这个重播画面完美地操作手柄。”

“……你是说真的？”

真的不能再真了。

“这场比赛中，双方各有四条命。因为双方都不怎么会露出破绽，所以整场比赛的时间是十多分钟。虽然要整个背下来是相当困难的，不过正因为如此，才能够将这个游戏中的重要技巧都一网打尽。我……不对，是 nanashi 为了探索 Foxy 的可能性而尝试了各种各样的战术，所以 Found 采取应对策略时的动作变化也很丰富。”

“原、原来如此。”

虽然好像都能听到啪叽啪叽的这种脑回路短路的声音了，不过她看起来还算是勉强能跟上的样子，所以我就继续往下说了。

“把 Found 的动作全部背下来之后，接下来就是 Foxy 那边了。等到把两边的动作都背下来了，我觉得泉你应该就能达到跟中村一战的程度了。”

“真、真的吗？！”

她露出了发自内心的开心笑容。这就是恋爱少女的笑容吗？我点了点头。

“不过啊……”泉的表情沉下来，“我只看这个录像的话，也不知道应该怎么操作，搞不懂那些招式是怎么使出来的……”

说得没错，也有即使想模仿也模仿不了的情况……那要怎么做呢？很简单。

“是啊，所以我说了吧——要死记硬背。”

“哎？”

我没有理会一脸纳闷的泉，从书包里取出了活页纸和笔盒，在上面画起了简单的图和表。

“你要把这个给背下来。”

“这是什么？……招式的表？”

“没错。”我一边填写表格，一边进行补充说明，“这个‘指令’是进行怎样的操作会施展出哪种招式的意思。然后，这个火柴人就是施展那个招式时的角色姿势。用蓝色圈起来的部分是大致的攻击范围，红色是无敌判定的部分。‘发生速度’是指从输入指令后到最初的攻击范围出现所需的时间。”

“呃……”看来她顿时就跟不上了，“……这个写了F的是……”

“这是帧的意思。以AttaFami来说，一帧就是1/60秒。这个嘛，你只要记住，数字越小，施展招式的速度会越快。然后，‘伤害量’是指给对方造成的伤害。‘轰飞率’是指能将对方打飞多远。既有伤害很大但是击飞距离并不远的招式，也有相反情况的招式，所以在这方面要格外注意。”

“唔……嗯！”

虽然回答得很有气势，但那完全是有在听但没有懂的表情。

“没啥，刚才那些听不懂也没关系。你只要去将刚才那个录像和这个招式表都给背下来，在这过程中就会渐渐理解每种招式的特性以及为什么这个时候要使用这个招式之类的事情了。虽然我希望你能做到一边思考一边背诵……不过嘛，就算是单纯的死记硬背，只要身体都能反应过来的话，那么实力也能得到很大幅度的提升，所以只是背诵也是足够了的。”

“我、我知道了……”泉做完了笔记，“……话说，友崎你是什么情况？这个招式表全部背下来了吗？感觉你什么都没看就唰唰唰地写下来了……”

“啊啊，那当然了。”泉闻言露出了震惊的表情，不过我可不仅仅是这样，“不光是 Foxy 和 Found，38 个角色的全部招式我都完美地背下来了哦。”

“……真、真的吗？”

“是啊。需要我写出来给你看吗？”

泉的表情超越震惊，到了惊恐的程度，然后再进一步，变成了佩服的表情。

“我说，你从刚才开始就很厉害哦。”泉露出疑惑的神情，注视着我。

“嗯？”

“怎么说呢，虽然确实很厉害……但是做到这种地步也得不到什么吧？你是为了什么才做得这么彻底啊？”

这家伙突然在说什么话啊？是在贬低阿宅吗？

“哈？什么叫为了什么？我玩 AttaFami 不是为了和大家搞好关系，也不是为了得到别人的称赞哦。”

听到我理所当然地这么说，泉哎的一声瞪大了眼睛。

“是这样吗？！这可是游戏啊？！”

“那当然了呀！你把游戏当成什么了啊？”

啊啊，不过说起来，最近的孩子是会为了交朋友而玩游戏的。

“你想啊，强到那种地步的话，别人会退避三舍的吧，根本没法对战，我刚才也被你给吓到了。如果只是比较强的话，那么别人也许会觉得‘好厉害啊’，但是要是太过火了，大家就会觉得‘怎么这么强，这也太恶心了吧’。你不讨厌那样吗？”

她露出了格外真诚的表情。然后这个时候，我的脑海中闪过了最近听到的类似的话。

那是和深实实一起回去时进行的对话，这两者大概是一样的话题吧。

“要说完全不讨厌……倒也不是那样的。但是相比被大家疏远，自己决定了要变强的目标却无法达成，那才更让我觉得讨厌啊。”

“唔……是这样吗？”

我为了确认自己的直觉，试着问道：

“你是想问我会不会在意别人的眼光对吧？”

“对，对！”

果然。深实实说过，她为了当下的气氛和开心愉快，会选择让自己妥协。然后，从刚才的话来判断，泉应该也是跟深实实相似的类型吧。妥协已经变成了习惯，或者说是形成了性格。用游戏术语来说就是，她们属性相同。

与其说这是偶然的相同，倒不如说是因为这样的人很多，就像日南所说的那样。自己没有需要贯彻的价值观，在内心的某处对不稳定的自己抱有疑问，就是这样的状态。

“倒也不至于完全不在意……但是有比这更重要的东西……”

“可是啊，跟大家格格不入不会觉得很难受吗？休息时间也开心不起来，每天都会过得不开心呀。其实我……从来没有在学校里看到友崎很开心的样子。”

“要你管！”

“啊哈哈哈！”

气氛一瞬间得到了缓和，不过这果然是很切身的问题啊……大概吧。

“但是，跟朋友的欢声笑语并不是人生的一切吧……”

配合大家，得到大家的肯定，就不会格格不入，不会被疏远。像这样不被周围的人排挤，能够从属于某个集体，遵从某个人主导的价值观——也就是所谓的“气氛”，日南是这么说的吧——而活着，那对于泉来说，就是目前的幸福吧。

“嗬，嗬。好厉害……我是不可能这么想的。这是为什么呢？我从以前就是这个样子，所以就算想改变也改变不了……啊，抱歉！我到底在说些什么呢？！啊，真是的，不算不算！总之，人是多种多样的！人生是丰富多彩的呢！”

泉摆着手，试图驱散这个气氛。她笑着移开了视线，眼睛里浮现出了泪水。虽然可能也有难为情的因素，但是怎么说呢，

那个表情似乎表明，这个问题对泉来说也是一道难题。

这时，我的心中浮现出了一个疑问：深实实和泉，明明她俩烦恼的内容是差不多的，为什么只有泉想得这么严重呢？

深实实她会说“我是在守护玉哦”或者“因为开心比较好，所以这样就可以了吧”之类的话，有着轻松的感觉，但是泉现在是如此的迷惘，如此的苦恼。

这究竟有怎样的不同呢？

还是说，其实只是深实实更擅长隐藏内心而已呢？

然后，我回想起在与深实实对话后依稀感受到的别扭感。

“我觉得深实实才是那个被扶持的人”，这是我毫无根据的推测。

但是现在，我似乎稍微能明白心中闪过这种直觉性推测的理由了。

——果然，深实实是被小玉扶持着啊。

我想起了家政教室的那件事。

“……刚才也谢谢深实实了。”

“什么啊？我什么都没做哦……”

那两人之间的关系。

“花火就是因为内心一直是赤裸裸的，所以内心的防御力也很低。如果没有人成为她的铠甲，或者是让射向她的攻击矛头偏离轨道的话，她的内心很快就会变得残破不堪……”

根据那一天日南做出的分析，我一边推测，一边整理思绪。

小玉确实得到了深实实的帮助，但是，在这之上——

深实实恐怕是在靠自己的力量去守护小玉这件事上面找到了意义。就像我一直在玩 AttaFami 一样，就像日南在各种领域都将成为第一名当成目标一样，深实实将那件事当成她的目的，并在心中确认无误。最终，她在那个目的上面找到了对于她的明确意义，所以，她才不会迷惘。

可是，泉恐怕没有那种东西，她并没有在妥协这件事上面找到意义，没有目的，只是随波逐流而已。她应该有很多朋友吧，但是，她一定没有像对深实实来说的小玉那样的、能够赋予妥协这个行动明确意义的人吧，所以她才会陷入不稳定的状态而感到迷惘，对自己产生了疑问。

虽然这只是外行人的分析，而且根据也仅仅是这一周里发生的事情，但是我基于自己的经验是这么觉得的。

不过我想啊——这也是基于我的经验——不是让别人来填补自己，也不是将自己富余的力量分给别人，而是靠自己，用自己的力量来填补自己，这应该也是能够做到的吧。

“并不是无法改变的吧。”

“哎？”

“所以说，即使从现在开始也不晚，只要有心去改变的话。”

“哎？性格？办不到，办不到！你在说什么啊，我都已经十七岁了哦？已经太晚了！够了，这个话题到此结束！”

泉用看起来一点都不像假笑的完美假笑缓和了气氛。即使没有亲眼所见，也能通过这个表情了解到她就是靠这个做法在名为教室的战场上生存下来的。

然后，该怎么说呢，之前与深实实的对话，从日南那里听来的关于小玉的强项与弱项，以及泉现在看似在掩饰但其实说出了真实想法的话语，对于这一切我有不少自己的想法，同时我回想起了日南说过的一些话。

“对话本来就是为了将‘自己想的事情’传达给对方。”

“你似乎很擅长将自己的想法原原本本地说出来。”

如果她说的是真的，如果这就是真正的对话，那么我现在就将“自己大脑里的想法”传达给泉吧。我是这么想的：面对超难迷宫，既然要战斗，那就施展出自己的一切本领再被全灭吧——差不多就是这样的感觉。

“……我也有从出生到现在都一直不变的性格，或者说是自己的想法。”

“哎？”

可能是对突然用认真语气开始说话的我感到吃惊吧，她的假笑有点走形了。我是在有意识地用严肃到不能再严肃的语气说话，没想到面对现充居然多多少少地产生了效果，我一边对此感到惊讶，一边继续往下说。

“‘人生是垃圾游戏’就是我的想法。人生很不讲道理，强大角色好处占尽，弱势角色饱受压榨，而且并没有什么值得攻略的规则，只是单纯靠运气。在这种东西上面倾注自己的热情与时间是毫无价值的，也没有必要。我就是这样的想法。”

“嗯，嗯……”泉的笑容渐渐地变成了目瞪口呆的表情。

“所以，即使在人生这个游戏里败北了，比如说在教室里与他人格格不入，交不到女朋友，没有朋友，在班级里的地位非常低下，这些事情都没什么大不了的——因为是垃圾游戏嘛。然后相反地，AttaFami是神作游戏，所以相比在人生中获得胜利，在AttaFami里获得胜利要更有价值，要更厉害。更重要的是，那对我来说是真正的幸福，我就是这样想的啊，一直都是这么想的。”

泉没有将视线从我的身上移开，只是默默地听着。

“但是，我最近认识了某个性格糟糕，却和我差不多厉害的玩家。然后，那家伙是这么说的——‘人生是神作游戏。’坦白说，我是觉得这家伙在说什么鬼话。不过啊，那家伙说了很多话来说服我，我虽然还是没有相信，但是觉得既然是高手玩家说的话，就姑且试着确认一下是否属实吧——也就是说，我决定要稍微认真地玩玩看人生这个游戏。”

泉眨了眨眼睛。

“于是啊，那家伙教给了我攻略方法、努力的方式之类的东西，我试着以自己的方式开始努力了。在这个过程中，怎么说呢，我产生了这样的想法……哎，虽然很不甘心，但是我基本上是确信了的。”

然后我与其说是朝着眼前的泉，倒不说是朝着世界第一的努力家、世界第一的自信家，同时也是性格恶劣程度世界第一的某个玩家，带着那种不甘心却确信的心情说道：

“虽然我还不确定人生是不是神作游戏，但是绝对至少是一款优秀游戏！”

泉愣愣地张大嘴巴，然后笑着问道：

“不是‘神作’吗？”

我也自然地笑了，而不是故意做出表情来，对她说道：

“是啊，毕竟我还没有确信到那个地步。我是不会说自己没把握的事情的。”

“……好厉害啊。”

泉还是在笑着。

“……但是，一直以来认为‘人生是垃圾游戏’的我，却因为一点小契机，就转变到会认为‘人生是优秀游戏’的地步了，这是很不得了的变化吧。”

“啊哈哈。是啊。是吗？啊哈哈，好奇怪。”

不要“啊哈哈”的。我的话还没有讲完呢。

“所以啊，没有什么关系的。什么好多年都没有变化的性格，跟那种事情是没有什么关系的。”

可能是意识到了我想表达的意思吧，泉惊讶地注视着我。

“所以泉你也是，如果你想改变的话，那应该是能改变的。”

然后我勉强自己和泉对上了视线。

“……即使是从现在开始，也绝对有办法的。”

——就这样，超难迷宫的挑战结果既不是胜利，也不是失败，而是“劝导结局”这个预料之外的结局。

*　*　*

“是、是这样吗……”

泉用闪闪发亮的眼睛注视着我。将自己的想法全部说完了的我就又变回了平时那个没法在对话中即兴发挥的我了。

“嗯，唔，大概吧。”

泉笑喷了。

“啊哈哈，这算什么，真不可靠。”

“……还真是抱歉啦。”

毕竟来到这个家之后进行了时间非常长且自然的对话，让我一度觉得自己的对话技术是不是在不知不觉间进步了，但是并非如此，我只不过是像平时一样能够讲好 AttaFami 的话题和自己脑海里的想法而已。

“……不过……你说得对，我会试试看的。”

“哎？”

“不光是 AttaFami 的练习……还有，周围的目光？我也会试试看让自己不去在意的……不试试看怎么知道呢？确实是这样啊。”

“……这样啊。”

“嗯……啊，对了对了。”泉取出了手机，“把你的联络方式告诉我吧，要是碰到不懂的事情就可以问你了。”

“哎？！呃，在周围的目光这方面我给不出什么建议来啦。”

“不，不是啦，我是说 AttaFami 的。”

“啊，说的也是……”

我一边承受着泉发出的“这家伙在说什么鬼话”的视线，一边和她交换了联络方式。

“OK！”

“啊，哦，那么……我差不多该回去了。”

毕竟关于 AttaFami 能教的都教完了。

“嗯，啊，这个游戏！”

“啊，没事，那个是 Sub ROM，记忆卡也是 Back UP 起来的备用卡。”

“Sub ROM？ Back UP？”

“不，没什么，意思就是我还有一个。”

“是这样吗？不过……你把这个借我，我们不就能进行网络对战了吗？”

“啊！真的呢！……抱歉。”

“啊哈哈。我就说嘛！不过，也因此跟你说了很多话，挺好的！”

“哈哈。”她能这么说真是太好了。“那我先走了。”

“啊，嗯，路上小心！啊，等等……唔，那个……”

“嗯？”

“……啊，没什么！再见！”

她是想说什么呢？我的内心浮现了这样的疑问，但还是马上离开了泉的家。

在那之后，还没过五分钟，我就收到了泉发过来的简短信息。

“谢谢。”

没有图形文字跟其他任何东西，只是简简单单的两个字。刚才想说却没说出口的就是这句话吧。因为没能说出口，所以改成用邮件发过来吗？怎么说呢，明明是现充却也有这么亲近的一面啊。

然后因为是这样的内容，所以我看到后就马上发送了信息。

——只不过那个信息是发给日南，询问她这种时候应该怎么回复才好。

* * *

“装备的剑刚好附带 Boss 的弱点属性，装备的盾刚好对 Boss 使用的属性有抗性，差不多就是这种程度的奇迹了呢。”

我用邮件简单报告了一下和泉发生的事情，结果日南回复“跟我见面说清楚吧”，于是就在周六紧急集合了。

“这果然是非常不得了的奇迹啊。”

我一边对桌上的巨大芭菲[1]感到束手无策，一边这么说道。

“话说，我在想啊，最近发生的那么多事情未免都太巧了吧？不光是泉的事情，菊池同学的那件事也是。日南你应该没有在背后布局吧？”

顺便一提，集合场所不知为何选在远离埼玉、位于东京都内的著名芭菲店，现在日南正在若无其事地吃着在草莓、香蕉、蜜瓜上面淋了大量奶油和炼乳的超甜“兵器”。

“你在说什么啊？我什么都没做哦，是你自己在布局。”

“哈？我吗？”

“是啊。毕竟，如果你不是换教室的时候总是先去图书室，如果你没有跟优铃搭话并被小风香借了纸巾，那么小风香就不会在图书室跟你搭话的。如果你没有玩 AttaFami 把中村痛扁了，而且还在一周里每天都坚持跟优铃搭话，那么就算你昨天碰巧遇到步履沉重的优铃，也不会发展成到她家去的情况吧。全部都是你的行动所带来的结果啊。”

我按照日南的要求点的芭菲，被她在说这些话的同时以对半分的名义吃掉了八成左右。真能吃啊。我吃两成就已经是极限了。顺便一提，我点的是桃子和芝士奶油的牛奶芭菲。

“唔，话是这么说没错……”

“你还真是严于律己啊。我觉得你就算稍微肯定一下自己的努力也没什么吧？不过你不那么做也能保持动力的话，那也无

①一种甜品，配料丰富。起源于法国，名字是“parfait”的音译。

所谓啦。”

为什么这家伙嘴里含着东西还能说得这么清楚流利啊？

“在某种程度上……我也是有在肯定自己的。”

听到我这么说，日南停下了吃东西的手。

“……是吗？”那是看起来很开心的表情，也可能是因为芭菲很好吃，“那就好。做了之后感觉如何？通过自己的努力来让人生好转，不觉得很美妙吗？”

日南笑眯眯地看向我的眼睛深处。我有些不知所措地别开了视线。

“……算是吧。”

“嗬，原来这种情况下你会害羞啊。”

“烦死了。”

“不说这个了。这样一来你离中目标就更加近了啊。”

“……你有在听我说话吗？泉是因为喜欢中村才在努力的哦？”

“话虽如此，但是优铃应该没有跟中村修二进行过像昨天跟你那样的深度交流。而且，你拥有优铃所没有的东西。不过嘛，想必她也不会仅仅因为这样就喜欢上你，至少不会喜欢上目前这个样子的你。”

“目前这个样子？”

“尽管你多多少少有了成长，但还是有很多不足的部分。不过如果把眼光放得长远一些，只要你继续努力，不断成长，那么今年之内收获成果的可能性是很大的。”

“真的吗……”

那可是泉优铃哦，那个现充哦？虽然她在那方面确实是挺脆弱的。

“是的。”她吃完了芭菲，“当然我只是在说有这个可能性。”

“真亏你能全部吃完啊……”

“然后，你决定好了吗？小风香的那件事。”

“啊啊，这个嘛，虽然还是有点犹豫，不过基本上是决定好了。”

“……这样啊，我就不问你得出的结论是什么了。实施后记得向我汇报。”她一边说，一边取出了钱包，“如果是要跟她约会的话，就用这个吧。”

“……电影票？”

“是的。是下个周日的，玛丽·琼的试映会。”

“试映会？……你的意思是约她去看电影会比较好吗？”

“算是吧。不过重点在于，毕竟是第一次约人家出来玩，过于强势容易留下不好的印象。用这个的话，就可以用‘刚好拿到票但是找不到人一起看’这样的借口来邀约，而且日期是固定的，如果不想去的话，只要说那天已经有安排了就能轻易拒绝掉。如果最后决定一起去了，电影跟其他的约会形式相比，就算对话很少也没关系，看完电影之后还能有共同的话题不是吗？”

“原、原来如此……”

“而且，要是对方真的对你有意思，即使那天确实没办法去，也有很大可能会跟你约好换个日子一起玩的。总而言之，风险是很低的哦。”

“原来如此……这个嘛，我也还没决定好要怎么做，就姑且先收下了，谢谢你。”

“好的。”她拿着钱包站了起来，“不好意思，我要先走了。我也有很多事情的。因为东西大部分都是我吃的，而且把你叫到都内来也让你多花了一些交通费，所以这里的钱就都由我出吧。”

虽然我想说“不用了，没关系”，但是这家伙只要说出口就不听人劝的，于是就坦率地说了句“这样啊，我知道了”。

* * *

那天晚上，我一如既往地用日南借给我的数码录音机反复地听着自己声音的录音，进行着语调的练习与复习。

那个时候，我想按播放键却操作错误，按下了奇怪的按钮。

“啊，糟糕，这是怎么了？是切换了文件夹吗？”

显示文件数的地方本来应该是“63”的，但是现在却显示出了“781”。

哇，怎么办，要怎样才能退回去？

我反复摸索，按下了按钮，结果却开始播放那个文件夹的音频了。糟糕！擅自听这个不太好吧！我这么想着，慌乱地想按下停止键，但是一开始传来的声音让我吃了一惊，不自觉就停住了手。

“你就是因为这样才会被岛野学姐甩掉啊！年纪小的对象果然还是靠不住……不对。”

哎？这是……

“年纪小的对象还是……唔唔！年纪小的……啊啊啊……年纪小的对象果然还是……啊！”

这是在家政教室帮我、深实实还有小玉解围时的……

“你就是因为这样才会被岛野学姐甩掉啊！年纪小的对象果然还是靠不住……是被这样说了吧！……就是这样了。年纪小的对象果然还是靠不住，年纪小的对象果然还是靠不住……好。”

然后录音在这里中断。

因为是别人的隐私，所以我没打算把其他录音也都听一遍。但是，光是刚才这个就已经足够了——已经足以传达到了，那家伙究竟在哪一方面是最厉害的。虽然至今为止我也隐约察觉到了，不过刚才这个让我清楚地实际体会到了。

那家伙最厉害的，就是有在好好地让自己变得厉害。

* * *

新的一周。在周一到周二的这两天里，我每到休息时间就跟泉简单地聊着AttaFami的事情，这似乎让周围的同学们觉得非常意外，不过也只是这样而已，并没有发生什么特别的事件。泉背诵招式的速度远远超出了我的预料，于是我告诉她“按照这个势头，可能这周内就有办法跟中村一战了”，这让她感到非常开心。我收了个好徒弟呢，而且我们是隔壁桌，也方便交谈。

跟日南的作战会议能说的事情也很少，我基本上就是像之前一样，毫不松懈地继续姿势、表情和语调的练习，还有话题的背诵，然后尽可能地跟泉以及菊池同学进行对话。

到了周三。这一天是我遇到日南之后的，最为激烈动荡的一天。

6章

攻略迷宫后回到村子里，有时候会碰到强大的BOSS

今天需要换教室，也就是说，如果在那之前去图书室的话，就会跟菊池同学一对一。

今天也是从早上开始跟泉说了好几次话，确认了和AttaFami相关的各种事情之后，迎来了换教室之前的休息时间。我一如既往地——但其实是抱着与以往不同的心境——前往了图书室。

打开图书室的门，菊池同学已经在里面了。菊池同学一发现我，就露出了优雅的春风一般的笑容。真漂亮啊。随后她迅速地将视线移回到在看的书上面。如果她主动跟我提起那个什么安迪来着的话题那还比较轻松，不过这次似乎是需要我主动去搭话的样子。我一边注意不要让脚步声惊扰到她，一边朝着她走去。当我走到离她很近的位置时，菊池同学就以圣女一般的华美动作转过头来。

“嗯……有什么事吗？”

依旧是如同一滴天使的眼泪滴在鼓膜上一般的、浸润身心的声音。

“啊，我有点话想跟你说……”我一边说着，一边将菊池同学旁边的椅子拉出来，跟她保持了适当的距离，坐了下来。像我这样天生的非现充，如果超近距离地沐浴在美人的神圣气场之下，就会整个人融化在她的光芒中，然后蒸发、消失的。

“怎么了？”

“这个啊。”她的眼睛明明是黑色，却仿佛蕴含着精灵魔力而看起来像是深绿色。在那双眼睛的注视下，我的决心感觉都要动摇了。

“我们之前聊到了安迪的话题吧……”

“啊，嗯！”

菊池同学的眼睛里凝聚了更多的光芒。不过，我下定了决心。

“其实啊……”我单刀直入地说出了决定好的答案，“我其实并不喜欢那个作者，倒不如说……我根本就没看过那个人的作品！”

可爱地歪着脑袋的白鼬——不对，是菊池同学，眨了眨眼睛。

“呃……”

不仅给人精灵或天使一般的感觉，菊池同学甚至能散发出幼小的孩子一般的纯粹感。我一边对眼前的情形感到惊讶，一边继续说道：

“这是真的。”

“哎……可是，你不是有在看……”

这是理所当然的疑问，毕竟我每次在图书室都翻开了书，所以自然会给人留下这样的印象。

但是并不是这样的哦。

我是非常非常喜欢 AttaFami 的，所以闲暇时间都倾注在那上面了，会来图书室是因为讨厌太早换教室时感受到的那个气氛……还有我只是装作在看书的样子，其实是在研究 AttaFami

的战术——我向菊池同学坦白了这一切。

“所以，我……并不喜欢那个叫安迪的人，他的作品我连看都没有看过。只是因为不知道该怎么解释才好，所以那个时候就那么应付过去了。”

菊池同学露出了既不像责备也不像原谅，只是纯粹地觉得很遗憾的表情。

“是这样吗？可是，咒语是……”

“咒语……啊啊！那个艾比什么的？”

“嗯……在你那个时候看的书里面出现很多次的……是再见、期待重逢的咒语……”

“啊，出现了很多次吗？不过应该就是那样了，我那个时候翻开的那一页也有出现，所以就马上拿来用了，想着借此来渡过难关。”

“是这样啊……”

“嗯，所以啊，那个，你要把自己写的小说给我看的约定，也是不对的吧，毕竟是从误会……是从我的谎言开始的约定……对不起。”

“这样啊……是这么一回事啊……”然后她呼的一声吐了一口气，“请你不要太往心里去。”

仿佛是要洗净我的罪恶意识一般，菊池同学露出了赦免的微笑。如果我不是自我意识过剩的话，那个表情看起来似乎还带着一丝寂寞。

然后，接下来要怎么做呢？我直到这一刻都还没有决定好。道歉后是要约她看电影呢，还是不约呢？我轻轻地碰了一下放在内侧口袋里的试映会电影票。

“不过啊……”我一边感受着怦怦的心跳，一边开口说道，“我还是会继续到图书室来的……和喜欢的作家无关，我今后还是想跟你聊聊天的。那个米歇尔·安迪的作品，我也想看看……你能够接受吗？”

对于我的这个提议，菊池同学晃动着长长的眼睫毛，眨了眨眼睛，然后她散发出与年龄相符的年轻女孩子的感觉，而不是平时的那种梦幻般的感觉，开心地笑了。

“……啊哈哈哈！友崎同学，不是米歇尔，是迈克尔哦？……你真的没有看过哦？”

“啊……是迈克尔吗？呃，啊哈哈。”

“哈哈。”

“不、不过，差不多就是这样。呃，我还会来的……可、可以吗？”

闻言，菊池同学露出如同透过树叶间隙照射下来的阳光一般温暖且饱含人情味的笑容，说道：

“……当然可以了！”

那个表情让我不由自主地觉得难为情起来，只说了句“太好了，那我走了”，就离开了图书室。

然后，我快步朝家政教室走去。

我认为在那种情况下约她去看电影有些太不近人情了。我才刚刚坦白了自己的谎言，菊池同学应该也还没有从有人跟自己喜欢同一个作家的高昂情绪的余韵中走出来。既然如此，如果不是在这一切都消散后的平缓状态下去约她，我觉得就太狡猾了。我认为那样做是不够真诚的，所以对我来说，现在这样就好。

就像这样，我以自己的方式解决了菊池同学的那件事，带着舒畅的心情度过了一天。每次到休息时间就和泉稍微聊一下AttaFami的事情，然后泉会去跟后面窗边的现充团体会合，我则是一个人待在自己的座位上，这样的流程也基本上固定下来了。发展到现在，我自己感觉到了进步，也培养出了自信。

——而意想不到的事情总是会在这种时候发生。

*　*　*

“友崎。”

“哎？”

放学后，我被不经常听到的声音叫了名字。

我顺着声音看了过去，发现跟中村很要好的竹井双手抱胸，正瞪着我。水泽在一旁面无表情地向我投来了观察一般的视线。是家政教室那件事的时候跟中村混在一起的两个人。

“你跟我过来一下。”

“什么？”

这是什么？是所谓传唤吗？既然是这两个人，那么事情跟中村有关应该是八九不离十的吧。但是，为什么呢？关于AttaFami，日南已经说帮我“把气球里的气给放掉了”，我做了什么惹到中村的事情吗？还是说，这并不是什么负面的传唤？不不，听他的语气就知道这不可能。

“废话少说，跟我到这边来。”

看来多说无益，只能跟他们过去了。日南有看到这个状况吗？我环视了一下教室，但是并没有发现她……是先去了第二服装室吗？也就是说，我似乎只能靠自己的力量想办法解决掉这个突如其来的Boss战了。

我在他们的带领下，准确来说是被强行带到了位于教师办公室斜对面的，以前好像是校长室但现在没有在用的空教室。作为这里曾经是校长室的痕迹，里面摆放着非常老旧但还勉强能用的沙发和桌子，还有小型电视机之类的东西。

然后，那里除了中村之外还有几个现充团体的男生在。

“……呃？”

把竹井和水泽也算上，一共是六个人。这是怎么回事？我接下来是要被施加私刑吗？

“哟，友崎。”

是中村。明明只是被平常地叫了名字而已，却让我感受到了压迫。我不由自主地移开了视线，这时视野里出现了一个熟悉的东西。那个游戏机是……

“哎，等等，是要玩 AttaFami 吗？”

出乎意料的发展让我陷入了混乱。哎？莫非是想找我雪耻吗？

“是啊。废话少说，你快坐到那边。”

我在催促下坐到了他们准备好的手柄前面，然后游戏机的电源就被打开了。电视画面上播出了熟悉的开场动画。

“等、等一下，这是要干什么啊？”

中村的跟班们无视了混乱的我，离开我和中村，在房间后面的地方站成了一排。

“就是你想的那样。”

中村用低沉的声音跟我说。也就是说——

“这是你的雪耻战。”

中村轻轻地啧了一声，恶狠狠地吐出了一句：“你这说法太嚣张了。”

“呃，可是……”

我转头看向后方，有围观的人在。也就是说，接下来这里发生的一切都是有证人的。之前对战的时候，不客气地说，我是取得了碾压式的压倒性胜利。但是，知道我们实力差距有多大的人恐怕就只有我、中村和日南而已了，所以，就算其他人以为中村输在毫厘之差，那也不是什么不自然的事情。

然而，在这里进行对决就不一样了，连对战的细节都会被清清楚楚地目击到。

中村这几个星期可能确实在勤加练习。以他的实力，只要他全身心地投入练习，应该能将游戏水平轻松提升到零失误解决掉这里所有跟班的程度吧。但是，这是两码事。因为我实在是太强了，在这么短的时间内，不管中村怎么努力练习，那都是杯水车薪。不仅如此，我甚至有自信说自己在这段时间的实力上升幅度要胜过他。倘若我拿出百分百的认真态度，并且最大限度地回避风险，做好无论打多久都没关系的打算，那么甚至连零伤害过关也在我的把握之中。就算不那么做，零失误过关也是轻而易举的吧。

因此，我不应该进行这种对战，那已经不是让他丢人现眼的程度了。如果我能手下留情的话，那还好说，但是我玩AttaFami时是绝对无法手下留情的。所以，不行啊。

“我劝你还是放弃比较好，我说真的。”

“你……真的不要太嚣张了。”

因为我是环视着围观群众说出了刚才那句话，所以应该是将“你会丢人现眼的哦”的意思传达给他了，结果就是火上浇油了。这也是理所当然的。不过这种事情的委婉说法我是真的不会，对我来说还太难了。

“呃，不是啦，我是说真的。虽然你似乎是每天都在练习，但是即使如此……”

我把说到一半的话给咽了回去。“即使如此也还是无法填补实力差距的”，这种话说出来肯定会更加火上浇油。不过现在基本上就跟已经说了没啥两样，就算不说后半句也为时已晚了吧。

……我正这么想，却得到了出乎意料的回应。

“你是从谁那里听说我有在练习的？”

这是中村至今为止最有压迫感的说话方式。哎？重点在这里吗？

“哎，呃。”我没有隐瞒的必要，就直说了，“听泉说的。”

“……果然啊。”中村皱起了眉头，“你们好像最近关系很好啊？”

“哎？”

……稍等一下。虽然还不足以一口咬定，但是等一下——我就觉得现在进行雪耻战还为时尚早，应该是有其他什么地方惹到了他才被传唤的，这家伙莫非……

“为什么你这种人会跟优铃变得那么要好啊？这太奇怪了吧。”

果然是这么回事啊。话说，真亏他能在这么多围观群众面前大大方方地说出这种话来。话说回来，喂喂！开什么玩笑啊，我最近之所以会经常跟泉说话，那都是因为泉希望你能理她而在努力练习 AttaFami 啊。我是在协助泉“为了你”努力，是处在丘比特的位置上啊。

为什么这样的我要因为跟泉关系好而遭到你的嫉妒，并且还像这样被找上门干架不可啊？

“不，我们并不是很要好的关系。”

“那到底是什么关系啊？”

尽管如此，我还是不能说出真相。为求自保而将女孩子为了恋爱而做的努力泄露给别人，这种行为是再恶劣不过的了，即使没有恋爱经验的我也明白这个道理。那么，这里就只能靠我自己的力量挺过去了。

“呃，就不是那种关系啦，而且就当是好了，在这里对战也不合道理吧，应该选某一方的家里才好。”

“家？对哦……你好像去了优铃的家里吧？有目击者这么说了。”

不是吧，都这时候了我还打草惊蛇？不行了。那中村当然会生气啊。玩游戏时把自己“痛扁”一顿还大放厥词的恶心阿宅不但跟自己喜欢的女生……虽然还不能完全确定，但总之就是跟这样的女生变得很要好，甚至去了她的家里。这下真的不行了。他会生气是很正常的。这不是我能回避的问题啊。

“啊，呃，那是有不得已的情况……”

“……什么情况啊？”

“呃，抱歉，我不能说……”

我也想不出什么合适的谎言……说不出理由这个行为，可能让中村以为那是我跟泉之间的秘密，他更加恼火地吼了一句“废话少说，要开始了”，然后用力地握住了手柄。

不过我还是——“可是……”“怎么了啊”“呃……”“你的

说话方式很恶心啊”像这样靠着擅长的恶心特质来拖延时间、顽强抵抗，期望能让状况有所改变。日南是我最大的希望。对我迟迟没有在第二服装室出现而觉得情况不对劲，于是收集情报，最后赶到这里来救我，这对那家伙来说应该是轻而易举的事情。不，只要争取到足够的时间，那她肯定会来的。她就是这样的人。

我像这样一边祈祷，一边重复着毫无意义的问答，这时房间的门被嘭的一声推开了。上帝啊！

“打扰了，哎？！友崎？！”

时机不巧到都要让人发笑了，就是指这种情况吧。进来的人是泉，难以置信。

“优铃，干什么啊，我不是让你不要来了吗？”

“啊，抱歉，修二，呃，我是想说差不多……可以当你的……练习对手了吧……”

可能是察觉到了这个房间里弥漫着非比寻常的气氛吧，她的声音变得越来越小了。中村，抱歉，这对你来说是最为糟糕的状况吧。这都怪我之前跟泉说这周之内应该就能与你一战，再加上刚才还无谓地拖延了时间，所以这一切都是我的错啊。早知如此，还不如早点开打算了。在被泉看到的状态下，已经无路可退了吧，有没有办法让她先离开这里呢？

“算了，你就在这看着吧，我们马上开打。”

“哎，嗯？！我知道了！”

啊啊！完蛋了，已经不可收拾了。泉和后面的那排跟班站在了一起。

“优铃……都说了你是白费力气啦……快点回去吧……”

门又被打开了，随着声音一同进来的是泉之前提到过的绀野绘里香和她的跟班们。漂白过的亮色头发加上短裙，绀野绘里香在人群中显得格外华丽。

“咦？这是什么？”跟班中的其中一人问道。“我正要跟友崎对战，你们就看着吧。”中村回答道。啊啊。绀野军团也加入到跟班队伍当中了。这是什么鬼，这是现充全明星大激战 Attack Families 吗？为什么要做出这种自杀行为来啊？我不管了哦。

“已经够了吧，友崎。事到如今你也逃不掉了。”

“哎……”我做好了觉悟。丑话说在前头，我玩 AttaFami 是不会手下留情的。“……逃不掉了的人是你啊，中村。”

在各方面都是。

* * *

之前恐怕只有中村见识过我嚣张的狠话，此情此景让围观群众都沸腾了。

“呀——”

“真敢说呢……”

“那是友崎没错吧？！”

“激烈起来了呢！”

烦死了，烦死了。我不管了。既然非做不可的话，那就只能做了。我会遵照自己的美学认真对待的。你就使劲怨恨在AttaFami上面来找我茬的你自己吧。我在AttaFami的舞台上可是最强角色啊。

“你还是这么敢说啊，友崎。”

中村嘴里念念有词，明显是生气了。不管了，不管了。想揍我就揍吧，如果这样能圆满收场的话，那么我也无所谓。但是既然要打的话，我就奉陪。仅此而已。

“别来这套了。要开始吗？还是说不打了？”

我看都不看中村一眼，一边拿起手柄，一边冷冰冰地吐出了这番话，不去想其他事情了。只要对战开始，我就只需要将自己托付给至今为止的经验就可以了。好像坐在河流上游的一只桶里，只要维持着打坐的姿势就能够漂到河口。不需要多余的理论，至今为止的经验会自动指引出道路并带我流向正确答案。

“当然要打了。快点选好角色吧。”我也不知道有没有听到这样的话，就按照一如既往的习惯选择了常用的角色。“切”，从很近的位置传来了咂舌一般的破裂声响。这样哦，中村选择的角色，依旧是Foxy呢。开打吧，开打吧。

战斗开始的那个瞬间，我的角色已经朝着中村的角色跑过去了。中村的角色像是对此做出反应一般轻轻地跳跃，然后释放出两发远距离子弹。用小跳跃的落地搭配远距离攻击，这个做法可以消除掉发射后的破绽，是以前的中村没有用过的小技巧。确实有练习啊！不过这点本事是无法阻止我的攻势的。我不会感到困惑，不会焦躁，也不会大意，只是按照自己所知的正确做法让 Found 照着做。到过招的时间了。

我不知道你通过练习都做到了些什么，这跟我无关。虽然对你来说可能是非常不得了的事情，但是在我看来跟没有练习过是一样的。“听说非洲某个国家有种奇怪的蚂蚁长了翅膀飞起来了呢。”“嗬，是这样哦。”—— 跟这种程度的事情是一样的。中村对猛冲的我施展了各种诱敌的花招，但是都被我靠技术和经验击溃了。我用“瞬”错开了对方五次接近的时机——咔嚓嚓嚓嚓嚓。他不可能对这种超出知识范围的夸张动作做出反应。我抓住浑身都是破绽的中村，直接用连续技到他挂掉为止。就这样先拿下了他的一条命。

“刚才那是什么？”

“动作好恶心。”

“太扯了。”

“哎？”

围观群众陷入了困惑。很遗憾，这场比赛再来三次刚才那样的来回就会结束了。不过瞬的五连发是出其不意的炫技，应该不会再奏效了，所以接下来自然而然会有其他的正确道路。一道道光芒亮了起来，有七八条道路可以选，要选哪一条呢？嗯，选这条就行了吧。

我故意稍微错开时间，施展出冲刺攻击，让对方的防御扑了个空。以为我浑身都是破绽的中村直接使出了抓技，但是很遗憾，因为扑了个空，所以我在你的正后方哦。我抓住了因为投掷技落空而破绽百出的中村。投掷加上连续技，我拿下了他的第二条命。

“哎？”

“挣脱不了吗？”

“被抓住就完蛋了吗？”

“这是什么鬼，太狡猾了。”

“太扯了。”

是能挣脱的哦，只要好好操作的话。中村越来越焦躁，操作的精确度也随之下降了。这样的话，正确的道路要多少有多少，而且都在闪闪发亮，太刺眼了太刺眼了。到底有多少条道路啊？那我就直接点吧，犹豫不决的话眼睛会被闪瞎的，而且不管选哪条道路，反正将中村击坠的结果都是不会变的。

这 次我简单直接的冲刺攻击遭到防御并被抓住了。

“噢噢。”

“抓住了！”

围观群众沸腾了，中村的攻击第一次对我奏效了。中村或许是想趁机接上连续技，但是他并不知情吧——确实，处于没有累积伤害状态的Fouud只要没有偏离击飞方向，那么Foxy就能从投掷技开始接连续技，但是一旦对方偏离了击飞方向，那么就会轮到 Foxy 露出破绽，被对方接上连续技的。毕竟如果练习对手中没有人会这种打法的话，那么他也就没有机会察觉到啊。要恨就恨自己所处的环境吧。

轰隆，我拿下了他的第三条命。

“……”

围观群众沉默了。这也是理所当然的。我到目前为止通过从投掷技开始的致命连续技干掉了对方两条命，而且在他们觉得中村终于抓住了友崎的下一个瞬间，中村就被击坠了。既然都到了这个地步，接下来就只是简单的流水作业而已了。正确道路发出的光芒已经在我的眼前形成了大广场，无论往哪个方向走都能够到达目的地。我以飞起来一般的感觉蹬地，身体飘浮起来，在空中飞舞。往下看去，只见广场的右前方延伸出了形状非常复杂的道路。虽然无论走哪边都能到达同一个地点，不过机会难得，就练习一下吧，试试看走那条道路好了。

我朝中村跑过去。小跳跃。空中后 A。向右瞬。横 A。小跳跃。空中上 A。落地。跳跃。稍微按住 B 进行空中发射。落地。朝着对方的落地地点冲刺。抓住。下方投掷。跳跃。空中前 A。空中前 A。空中跳跃。下 B。落地。按住 B。跳跃。空中跳跃。下 B。上 B。落地。小跳跃。B 发射。冲刺。下悬崖。空中前 A。空中跳跃。下 B。

第四条命也被我拿下了。

游戏结束。

* * *

哎！搞砸了。为了克服这个充满压力的状况，我就拿出了全部本事集中精神来对战，结果就是把他打得满盘皆输。

“……可恶。”

中村咬紧牙关，露出强忍痛苦的表情嘟囔道。目睹了这一切的围观群众完全失去了话语。这也难怪，双方都是四条命，中村却连对方一条命都没拿下就败北了。此情此景，除了实力差距以外就没有其他合适的词语能解释了。

我拿下第一条命的时候还有“玩得这么拿手好恶心啊”这样的倒彩，不过可能是因为中村实在是太认真投入了，所以围观群众也就自然而然地沉默了。

我转头看向后方，发现除了绀野绘里香之外就没有人面朝我这边了。有些人是尴尬地面面相觑，有些人是浮现出不知所措的笑容，有些人则是低着头。啊啊，真是对不起了啊。但是也只能这么做了吧，我本来也不想打的啊！

因为此时此地的气氛实在是让人坐立不安，所以我说着“呃，那么，就先这样”，打算离开房间，然而就在这时，一个预料之外的声音叫住了我。

“……再来一次。”

说出这句话的不是别人，正是中村。

——这家伙在说什么啊？再来一次？没看到刚才的比赛内容吗？不不，毫无意义吧，没有胜算的。毫不夸张地说，就算再来一百次也赢不了我的。这种事情真的是没有任何意义的。

“呃，可是……”

“我说了要再来一次吧，快点拿好手柄。”

“呃，那换角色……”

“维持原样就行，我也维持原样。我可没打算把责任推给自己使用的角色，不要看不起人了。”

“……我知道了。”

中村看都不看后面的围观群众一眼，只是盯着游戏画面这么说道。

围观群众目瞪口呆，露出了有些恐惧的表情，注视着中村的背影。

我无可奈何地拿起了手柄。

由于我不再处于第一局时那样的思考加速状态，所以相比刚才稍微多受了一点伤害，但还是一条命都没死就胜利了。

呃，这是理所当然的结果。我回头看向围观群众，发现日南在低着头的人群里面。哇噢，她似乎是在第二局的途中悄悄进来的，现在正在和旁边的泉小声说话，应该是在询问状况吧。

但是眼前这个状况，即使是日南也无计可施吧。看起来，只要没有将我和中村的其中一方当成恶人好好地定罪，那恐怕就无法收场了。

从泉那里了解情况后，日南露出了非常复杂的表情，然后看着我摇了摇头。

虽然我无法正确领会那是什么意思，不过毫无疑问是消极方面的意思。也就是说，这个情况恐怕不会有多大的好转了。

“再来一次。”

……简直无法相信。

在现在这个现充男女的主要成员几乎全体到场的情况下，大张旗鼓地宣称要一雪前耻，结果却是一条命都没拿下就两连败了。明明是这样，为什么你的内心没有遭到挫折呢？你现在到底是怎样的心境啊？为什么还要继续打？

“快点。”

看来是完全不打算听我的意见了。

“……我知道了。”

然后，我又零失误地获得了胜利。

气氛越来越沉重了，就连我都能感受到，对气氛敏感的现充们恐怕都要窒息了吧。我转头看向后方，除了绀野绘里香和日南，其他人都把脑袋低到了一般来讲会觉得过于夸张的程度。日南是面无表情，而绀野绘里香则是露出严峻的表情看着这边。

“我、我今天还要去补习班……”

绀野绘里香的一个跟班这样说着，打算回去。

“我、我也是……”

紧跟着，又一个人出声说道。

“少扯谎了，你们几个的补习班是周四上课吧。”

中村没有转头看他们，但是用恶狠狠的语气这么放话。

“啊，是啦。”

“啊哈哈……”

然后。

“再来一次。”

喂，骗人的吧。到底是为什么啊，中村？

但是，我根本没可能说服他。

“……我知道了。”

同样是我零失误地获得胜利。

但是——

再来一次，再来一次，再来一次。之后又重复了三次这种情况。气氛一次比一次沉重，但是中村完全没有改变态度。然后就在那第三次，我终于不再是零失误，而是死了一条命才获得了胜利。我发誓，我绝对没有手下留情。

不过，很好，这样中村的内心应该也痛快了不少。毕竟之前连续打了这么多局，不但没有获得一次胜利，连一条命都没能拿下，这已经不是伤自尊可以形容的程度了吧，所以现在……

“中村，我们就这样……”

“再来一次。”

中村死死地注视着游戏画面。

“呃，已经够了吧。”

“你以为打掉一条命我就会满足了吗？我说过不要小看我了吧。再来一次。”

自从开始连续对战以来，中村第一次将视线从游戏画面上移开，看向了我的眼睛。那是感受不到一丝一毫迷惘的眼神，而且还寄宿着斗志。看起来他不像是只因为无聊而做的坚持。

“我知……”

“修二你啊……差不多就放弃了吧？再继续下去就很恶心了哦。”

我转头看向后方，说话的人是绀野绘里香。

“话说你这是在干什么啊？为了区区游戏这么较真……太没劲了。”

中村转过头，目光刺向绀野。

“……这跟你无关吧。”

“哈啊？把想回家的人拦下来看你们打游戏，还说什么跟我无关，你有没有搞错啊？只能认为你的脑子完全坏掉了，真恶心……”

绀野毫不在意中村高压的凶狠态度，像是在嘲弄他一般笑着说道。

“我可不记得有拦着不让你走呀？你干吗老缠着我啊，绘里香？有够恶心的。”

绀野绘里香的表情扭曲了。

“嗬……你变得会说这么拽的话了呢。怎么，前段时间我跟你告白让你得意忘形了吗？真的好恶心啊，你可别会错意了。我只是因为你在班上最引人注目，所以想着要能交往就赚到了才告白的。要是知道你这么恶心的话，才不会告白呢，才不会呢。”

那是嬉皮笑脸的，但是却非常扎心的说话方式。

“哦，你怎么想跟我无关。反正我对你毫无兴趣。”

绀野绘里香很不高兴地用食指挠着头。

“话说都玩了这么多局，你却一直都没赢过，白费力气到让人看了想笑。就连我们都能看出来，你是非常弱的吧，修二？”

“……”

中村第一次说不上话来了，绀野绘里香乘胜追击地说道——

“你说对吧？美佳？”她向自己的跟班征求同意。这时机选的真是恶毒啊。

“嗯，真的好恶心，话说快放我们回家去啦。”

那是打从心底看不起人的语气。

“就是说啊……没了吗？”

绀野绘里香继续在一旁煽动。这做法也太狠了吧，喂。

“哎……呃……唔，话说中村你也太逊了，不如去死算了，我说真的。”

“就是说啊……”绀野绘里香看起来很开心的样子。

然后以此为契机，绀野绘里香的跟班也加入到对中村的攻击当中。泉则是沉默着。

“话说，你们还记得吗？这家伙说自己要雪耻，让我们看好了呢？太扯了吧？”

“太扯了，太扯了！结果却是这副德性，一般人做不出来的吧！真想让他赔我时间啊！”

“大家都这么说哦，修二。你就是很恶心，也很弱啦。你已经输掉了，明白吗？”

绀野绘里香的痛骂可谓是格外凶猛。

“跟你们没关系吧，没兴趣的话就给我快点回去。”

中村的说话气势终于弱下来了。

“说什么跟我们没关系，笑死人了！话说，咦？中村眼中泛着泪光？！”

“真的呢！哎，怎么怎么！要哭吗？！都这么大的人了！”

“哎！玩游戏输了还哭出来，你几岁啊？！又不是幼儿园小朋友了！话说，听说你最近放学后一直在这里练习啊。啊哈哈哈，像个白痴一样。结果却是这副丑态，努力全部白费了吧？啊，好丢人。真是没劲的游戏啊。”

绀野放下这样的话之后，就说“走吧”，打算带着跟班们走出去。看到这个情形，日南的嘴唇微微地动了一下，这是只有我看在眼里的动作。

——但是一个充满愤怒的男性声音比她更快一步地响彻了

这个房间。

“等等，你刚刚说了什么？”

直到刚才还面无表情的日南露出了至今为止我所见过的表情中最为惊讶的表情。这也难怪，因为吼出这句话的不是中村，也不是他的跟班，而是我。

“哈？”

遭到了地位低下之人的顶撞，绀野非常不爽地瞪了我。

“……怎么？友崎？你对我不满吗？啧，好恶心。”

她用仿佛在应付小角色一般的轻浮语气打发了我。

“你们只会说恶心之类的词语吗？”

我努力表现出自己的气势，呛了回去。

“哈？还会说其他的呀！你那语气是怎么回事，听起来好不舒服啊！”

“话说，友崎你怎么了，是得意忘形了吗？糟糕，太恶心了！”

“我说，你这是怎么回事？为什么要袒护这家伙？真的是不明所以。”

“就是说啊！而且完全不说话了呢，真好笑！”

“恶心的家伙都是物以类聚的吧？真的不想跟他们混在一起呢！”

每句话中带着的恶意都深深地刺痛了我。虽然我刚才努力做出了反击，不过其实手是在颤抖的。

“有够无聊的。算了，你们是不会懂的吧。”

“哈？”

语调的练习、表情的练习、姿势的练习、说话方式的练习，我做了这些才知道，这些家伙在这些方面是远远超过我的，尽管我每天都在锻炼那些技术。她们能够自由自在地使用那些技术，而我根本就没有资格跟她们比。她们早就知道我低人一等，而且很鄙视我，所以无论我说什么，我的想法都是无法传达到的吧。

“我啊，”我缓缓地开始说话，用我所能用的最认真的语气，“我最讨厌那些输掉比赛就怪罪于状况、角色之类的东西，自己不去努力、只知道找借口的人。”

“哈？”

“那又怎样？”

“所以你在说什么？”

“烦死了！”我竭尽全力地大声吼出来，“……之前我赢了中村的时候，他是找了借口的，说是角色的问题。我当时觉得他真是个无聊的家伙。但是啊，现在又是如何？在这么多人的面前，败得一塌糊涂！即使如此，他却完全不找任何借口，一次又一次地继续对战！最后终于获得了打掉我一条命的结果！你们根本不会懂吧，这件事情究竟有多么厉害！”

即使是我，也有无法原谅的事情。

所以，我对于绀野绘里香说出的话语，是无论如何都无法原谅的。

“哈？”

“什么鬼？”

“赢不下来就毫无意义吧。”

“中村他啊！不再是那种会找借口的人了！”

然后我猛吸了一口气，这么喊道：

“不过到了这个时候，那种事情怎样都无所谓啦！”

这句无比认真但不明所以的话让跟班们瞠目结舌。

接着，我直视着绀野绘里香的眼睛。虽然很害怕，但是我绝对不会移开视线。

这就是我的志气啊。

“绀野，你刚才说了吧，说什么‘真是没劲的游戏啊’。”

这场战斗中，中村无论是等级还是装备都不够充分，而且连弥补的对策都没有，败北是显而易见的。但是唯独这个我是绝对不会让步的。这帮家伙不知道吧，RPG 经常会有即使 HP 为零也不会倒下的剧情战斗啊！

虽然我也不知道这次是不是属于那种啦！！

“听好了，我啊，讨厌为失败找借口而不去努力的人！……但是！”

所以，我带着“就只是我个人觉得很不爽”这样的切身想法，吼了出来。

“……但是我啊！对于看不起AttaFami的人，是更加讨厌啊！”

跟班们完全愣住了，一句话都说不出来。我则是和绀野互相瞪着对方。

“给我听好了，这个游戏是神作！游戏平衡也很优秀。只要专心练习，实力是能够一直提升的，而且不存在什么无法挣脱的技巧，只要好好努力，就不会有被打中就死的连续技！角色充满了个性与创意，每一个都是能在其他游戏担当主角的角色！不仅如此，还有许多隐藏要素、单人游戏要素，而且还能网络对战！网络环境也非常好，能够毫无压力地进行对战！服务应对也很出色！还有啊！跟通常攻击不同的必杀技，以及效果华丽的超必杀技，也能够让轻度玩家乐在其中！AttaFami就像这样不仅考虑到了核心玩家反复钻研的需求，也在配合轻度玩家的大众性方面找到了平衡，让两种对立的要素完美无瑕地得以同时并存，是不朽的名作啊！！”

“哈？好恶心，什么鬼啊，这就是你想说的……”

“但是到了这个时候！！那种事情也怎样——都无所谓啦！！”

我声嘶力竭地喊道。绀野绘里香也目瞪口呆了。

“你们这帮家伙别开玩笑了！什么叫‘努力全部白费了吧’啊！！别开玩笑了！！像你们这样的蠢货是不会懂的吧！中村啊！不仅仅是现在！在这几个星期里都在拼命地不断努力

啊！！”

中村向我投来了惊讶的视线。

“我是懂的！！第二局第二条命时摆脱我的连续技时的动作！那个啊！是非常非常难的！不是一朝一夕就能做到的！只有几十帧的操作时间！！一般来说，要想稳定掌握需要好几个月的时间！！在这种紧张场合的实践中就更难做了！！不是偶尔就能做到的事情！你们明白吗?！不仅仅如此！最后那局将我击坠时的动作！那是连我也不一定每次都能成功的高难度连续技啊！！MLJ！是被叫作Moon Light Jewel的超难连续技啊！！很厉害的啊！中村他！！你们给我听好了！！把耳朵挖干净好好听清楚了！！虽然你们恐怕是不懂的！！中村他啊！带着目的！好好地！每天！没有逃避！即使心生厌倦，也还是一直一直在努力，然后就像现在这样，虽然可能只是很小的东西而已！！但是他实实在在地抓住了结果啊！！”

我几乎是在嘶吼。

“所以不准嘲笑中村！！不准嘲笑别人的努力！！认真努力的人啊！！比任何一切都要！！绝对的！！美丽且正确啊！！”

然后我陷入了视野不知道是一片白茫茫，还是一片漆黑的状态，即使如此我还是继续——

“我啊！！讨厌为失败找借口而不去努力的人！也讨厌看不起AttaFami的人！！但是啊！！相比这一切！！”

我全心全意地吼叫。

“最最最最最讨厌！自己不努力还嘲笑别人的努力的人了！！”

* * *

一片沉默。绀野绘里香什么也没说，跟班们在等待绀野绘里香的反应。中村则是吃惊地盯着整个人都僵住了的我。中村的跟班们像是很不自在一般地扭动着身体。日南的眼睛稍微有点湿润了。真的假的啊，喂喂。真不愧是演技派，那家伙太厉害了。

在这种状况下，最先做出行动的人是绀野绘里香。

“……好恶心，你在讲什么鬼啊。”

以这句号令为信号，她的跟班们也起死回生了。

“就是说啊。”

“干吗这么较真，只不过是区区游戏。”

“真的好恶心。”

啊啊，不行啊。原来如此，这就是所谓“气氛”吗？刚刚，绀野绘里香的一句话就制定了“认真谈论”这个行为是属于邪恶一方的规则，我切身感受到了这件事情。

我已经到此为止了。子弹都射完了。剩下的就交给你了，日南，我只能做到这种地步。

你应该能做得更好吧。

我朝日南使了个眼色，她微微一笑，点了点头，然后朝着前方动了动嘴唇。

“哎，可是我觉得对那种事情认真起来并不坏呀。”

活泼且讨人喜欢的声音响彻了整个房间。

——不对，是活泼且讨人喜欢，但是似乎又带着些许怯懦的声音。

哎？带着些许怯懦？

“……哈？你这话是什么意思？优铃。”

绀野的目光恶狠狠地射向了泉。

哎……泉？！

我看向泉的旁边，发现错过说话时机的日南愣愣地张着嘴巴，整个人僵在那里了。

“呃，呃，怎么说呢？你想啊，这种事情不是像少年漫画一样……很美好吗？”

“嗬？你不站在我这边，而是要帮友崎说话吗？”

泉非常明显地抖动了一下肩膀。

“说、说起来啊！不是的啦，最近哦，就是那个，叫AttaFami的游戏？我也有试着玩玩看啦！这东西是挺深奥的呢！来嘛来嘛，绘里香也玩玩看吧！好吗？”

“哈？你干吗扯开话题？”

“我、我……我没有扯开话题啦！你看呀，现在不是在说AttaFami的事情吗？对吧？话说这个小跳跃意外地很难呢，就算想使出来也没法次次成功！啊，不过我最近越来越熟练了！”

“……哈啊？”

对牛弹琴到了令人心痛的地步。那可是懂得察言观色的泉啊，她自己是不可能没注意到这个情况的。

“而且啊！越是强大的招式，出招速度就越慢，很难打中的呢。啊，不过，所以啊，我发现了呢！先用出招快的招式打中，然后连下去就好了！就是所谓连续技吧？！……啊，这是理所当然的事情吧！啊哈哈……”

这是虽然很难受，但强忍下来，带着自身意志做出的行为。表面上看起来是非常奇怪的一幕——从那个泉优铃身上散发出来的不协调感，再加上她理由不明的拼命与坚持不懈，让场面陷入混乱，模糊了现场的焦点。

“是的！所以啊，要熟练使用Found还是很困难的。哎呀，我也还很不熟练呢……不过，Foxy用起来就更难了，这是因为下落速度很快呢！这个啊……容易造成失误致死的情况呢。哎呀，AttaFami真是复杂呢。可是我啊，是打算努力玩下去的。不过理由是要保密的，就是这样，啊哈哈……”

在场的所有人都看向了泉。对于在意别人目光的泉来说，这应该是非常难受的状况才对。

“然后啊，那么其他角色又是如何呢……”

看不下去的日南向前踏出一步，但是绀野绘里香稍微快了一点，她把手放到了泉的肩膀上。

“泉，已经够了。我感觉被你弄得很扫兴了。”然后转向自己的跟班，“我们走吧。”

留下泉，绀野军团离开了房间。然后借着这个机会，中村的跟班也离开了房间。

啪嗒，门关上后房间陷入了一瞬间的寂静。然后下一个瞬间，泉瘫坐在了地板上。

“……好、好可怕！”

接着开始啜泣起来。真的假的啊！

中村朝她走了过去。

“笨蛋，干吗这么逞强？你又不是这块料吧。”

“可是……可是！”

中村把手放在泉的肩膀上。喂，搞什么啊，不要随便碰我的弟子。啊，不过他们好像是两情相悦，所以没关系吧。真好啊。

“好啦，什么都别说了。你很努力了啊。”

“呜呜！修二！”

“好啦，来，你不想让别人看到这样的表情吧？”

中村把手递给了泉。

“呜，不用，我没事！”

于是，泉用袖子使劲地擦掉了泪水，重新摆出了精神饱满的表情，自己站了起来，然后两人一起并肩走出了房间……在即将走出去之前，中村朝我投来了锐利的目光，并且用只在嘴里回响的小声音念念有词。那个声音根本不具备传到我这里来的音量，但是不知为何，我却能清楚地听到那句话。而且，从我听到的感觉来看，这句话里面寄宿着的意志是货真价实的。

“下次我会赢。”

他就这样和泉两个人一起并肩走出了房间。

呃?

“……这算什么？”

“……别问我。”

日南罕见地露出了愣愣的无防备表情。

我一边看着她的脸，一边心不在焉地思考着这次的事件，然后发现了一件事情。

“啊啊，说起来……”

“……什么？”

“你啊……”

我有意识地去使用日南常用的那个带有嘲讽味道的语调。

“这次什么都没做呢。”

自从遇到日南以来，我第一次看到她露出了那种内心仿佛被狠狠地捅了一刀般的表情。

希望制作人员名单
滚动完之后能够
有结局后的故事
7章

那个事件结束三天后的周六。

我和日南在北与野的一家意大利餐厅里吃着世界上最好吃的沙拉。

“太好吃了……”

“呵呵，是吧？”

没想到不是意大利面或比萨，我居然在前菜的沙拉上沦陷了。是意料之外的攻击啊。真是狡猾，太狡猾了，不过我很开心。

我们一边享受着原本甜美的蔬菜与沙拉酱完美融合的口感，一边开始了作为惯例的会议。其实本来是想尽早聊一聊的，但是日南收拾残局花了一点时间，所以直到今天才有办法好好说一下这次的事情。

“不过啊，还真是很糟糕呢……”

在旧校长室发生的那一幕，因为有众多目击者，再加上内容也很劲爆，所以其详情传入了很多人的耳中。中村连败的情况、我得意忘形的狠话、我那种让人觉得很恶心的玩法、我那认真谈论的嘶吼，我的……咦？怎么都是我的差评啊。哈哈哈。

但是，事件对班级内势力图的影响……令人惊讶的是，并没有多么强烈。

中村依旧在金字塔的顶端，中村团体和绀野绘里香团体也没有出现什么表面上的冲突。虽然两个小团体之间的交流频率似乎是降低了，不过在周五的时候，我看到中村和绀野以泉为中间人——尽管有些不自然，但还是进行了沟通。那帮家伙也太擅长修复人际关系了，大概就是观察预后来等待恢复的感觉吧。

在这当中，出现剧烈变化的事情有两件。

一件是关于泉的。泉为了让中村理她而去练习AttaFami的事情被几乎全班的人知道了，所以形成了一种在阅读温馨故事一般的气氛。班级里大概就只有中村这个当事人没有意识到泉的心意了吧。

说到“迟钝”就是指中村，这个“公式”在班上逐渐形成了共识，但是中村本人却连这件事都毫无知觉，可以说是很搞笑的状况了。他对AttaFami太过投入了啊。该怎么说呢，看那家伙不服输的劲头，他说不定是有一点作为玩家的才能呢。

另一个变化就是关于中村的。那个事件之后，可能是出于输给我的不甘心吧，他对AttaFami的热情更上了一层楼。如果仅仅是这样的话，那还没什么，但是他现在完全是“眼睛里根本容不下恋爱之类的东西”这样的感觉，似乎连短暂的课间休息和午休时间都用上了，进行魔鬼一般的练习。

也就是啊，该怎么说呢，本应处于丘比特立场的我，却导致中村只将注意力放到AttaFami上面，而忽视了泉……中村之前应该还是挺在意泉的吧。呃，对不起，我似乎造成了反效果。

“唔，不过说起来，最后也没有造成多少对你不好的影响，还真是万幸啊。”

"……说的是啊。"

没错，连对我的影响都比想象中要小很多。

那一天是周三，在到今天为止的两天时间里，虽然时不时会有出于看热闹心理的同班同学来找我问这问那，但是大部分人都没有什么恶意或好意，只是单纯的好奇而已。我照实回答了他们丢过来的问题之后，他们就满意地感慨一声，然后走掉。我并没有因为那个事件的关系而增添了敌人，不过朋友也没有增多就是了。

——只不过，对我和中村的损害之所以都被控制在了最低限度，恐怕是因为日南的暗中活跃吧。

日南只说"有很多事情要处理"，没有详细说明就缺席了两天的会议，不过那段时间，我好几次目击她在做的公关活动。让我印象最深刻的是她在班级的中心用开朗的语气说着"嗬！不过那个修二居然会那么沉迷，那个 AttaFami 可能真的很有趣吧"之类的话。那个就是所谓的秘密影响吧。她悄悄地在操纵中村和 AttaFami 给人的印象。

她大概就是以这样的感觉也帮我善后了吧。唔……我很感谢。

还有，我不知道她是不是之前也在说，或者是因为跟我之间发生过的那件事而放飞了自我，我曾经有一次看到她在班上的同学面前活力十足地说了"鬼正"这句话。那家伙还真是喜欢那个啊。

"那么，要报告的是……"

“事件以外的话……就是小风香的事情了。”

“啊啊。怎么说呢，总之就是发生了不少事。”

然后我就将向菊池同学坦白了真相，并且没有邀请她去看电影的事情告诉了日南。

日南有些愕然地叹了口气。

“我说你啊，难得有或许会发展得不错的机会，你却两个都放跑了吗？你真的有干劲吗？”

“呃，有的啊，有的有的。”

“……算了，对过去的事情抱怨个不停也无济于事。就来思考一下现在这个状况接下来要怎么做吧。”

日南这么说着，开始思索了起来。

“……是啊。”

我一边这么说，一边再次对她感到佩服。

这家伙在这方面果然很厉害。在此之前，她的“厉害”不知为何显得非常理所当然，所以我没有去仔细看清她为什么会这么厉害。

但是，这其实是非常单纯的事情——因为她想让自己变得厉害，因为她有好好接受现状，并且进行努力，一步又一步地脚踏实地，以自己的意志前进。

所以很厉害啊。

在不小心听到数码录音机的录音之后，我对此有了实际的感受，所以我对她，该说是觉得很厉害，还是尊敬呢，总之就是产生了类似的感情。

然后，心里想着“既然如此”的我，又打算采取日南没有指示过的行动了。

“我说，日南……接下来的只是闲聊而已啦。”

“什么啊？”

日南用有些警戒的目光看着我。

我把手伸进内侧口袋，然后尽可能故作姿态地说道：

“我有明天的玛丽·琼的试映会电影票，要一起去看吗？”

日南一瞬间不知所措，然后坏坏地笑了。

然后她像我一样故作姿态地回答道：

“——啊啊，不好意思。我明天有安排了，去不了。”

我努力开朗地笑着说“哈哈哈，这样啊”，内心有些失落。不行啊。

“不过，这个嘛……”

“……嗯？”

只见日南浮现出了仿佛父母在关怀能力不行的孩子一般温柔的，但又带着些许恶作剧感觉的笑容，说道：

“接下来我是有空的，我们等会要不要去看其他电影？”

我的大脑顿时一片空白。

然后，理由不明的、类似猛烈的高昂情绪或者达成感的兴奋向我袭来。但是我觉得，这应该不是“更接近现充了”或者“和女孩子一起外出”这类理由带来的喜悦。

而是更加简单纯粹的“在现实中靠自己的努力得到了自己想要的结果”这种实际感受带来的原始性情绪高昂。虽然只是可能，但我就是这么觉得的。

“……鬼正。”

我试着这么说了，却被指正说用法有点不对。原来如此，这些方面也要一点点进步才行啊。

毕竟，这就是人生吧？那么，我要好好表现一番。

虽然在这个游戏上面我还只是初学者，但是今后会试着将它通关的。

——完毕。日本第一的轻度玩家、弱势角色 nanashi 敬上。

后 记

初次见面。我是有幸得到“第十届小学馆轻小说大奖优秀奖”这个受之有愧的奖项，并得以出道的屋久悠树。

这次我在 GAGAGA 文库出版了轻小说，这当然不是靠我一个人的力量，而是多亏了各方面的协助才能够最后成书的。因此，我觉得至少要在“后记”上面将我自己的想法堂堂正正地全部写出来。

话虽如此，我不太擅长谈论自己的事情，但是如果对作品和内容或主题进行解说的话，感觉就像剥夺了每个人对作品的理解，在对脱离了作者的作品进行诸多要求一般，所以我这次想聊一下我在看到封面画时的感情波动。

首先，当责编将封面图发给我的时候，我就被封面图的可爱给惊到了。那个凛然的表情和头发的轻盈质感，还有在书包和制服外套的配置上满足了本人喜好的构图等等，在各方面都让人觉得非常出色。

如果能将这份心情传达给大家，那我会很开心的。

接下来是致谢了。

首先是参与了“第十届小学馆轻小说大奖”评选工作的各位贵人，参与了这部作品的编辑、出版、推广、销售等各方面工作的各位，真的是非常感谢。

还有，严格但提了很多实质性意见的责编岩浅先生；看了我在投稿新人奖之前的原稿，给了我很有参考价值的坦率感想，帮助对原稿进行改进的同居人阿T；以及用无比可爱又性感的插画为我这个无名小卒的作品增添光彩的插画家Fly老师。真的真的非常感谢大家。

最后是将这部作品拿在手中，并且愿意阅读下去的所有读者。

谢谢你们。

如果今后大家还愿意继续陪伴这部作品的话，那将是我的无比荣幸。

屋久悠树

图书在版编目(CIP)数据

弱势角色友崎君. 第一卷 : 全两册 / (日) 屋久悠树著 ; (日) Fly绘 ; 方宁译. -- 武汉 : 华中科技大学出版社, 2022.1

ISBN 978-7-5680-7793-4

Ⅰ. ①弱… Ⅱ. ①屋… ②F… ③方… Ⅲ. ①长篇小说 - 日本 - 现代 Ⅳ. ①I313.45

中国版本图书馆CIP数据核字(2021)第267353号

弱势角色友崎君：第一卷（全两册） [日] 屋久悠树 著 [日] Fly 绘
Ruoshi Juese Youqi Jun:Di Yi Juan（Quan Liang Ce） 方宁 译

策划编辑：周永华 陈心玉
责任编辑：肖诗言
责任校对：刘 竣
责任监印：朱 玢

出版统筹：贾 骥 宋 凯
张泰亚 王瑞丰
装帧设计：张恺珈

次元书馆

出版发行：华中科技大学出版社（中国·武汉）
武汉市东湖新技术开发区华工科技园
电话：(027)81321913
邮编：430223

印 刷：北京美图印务有限公司
开 本：787mm x 1092mm 1/32
插 页：8
印 张：21
字 数：409千字
版 次：2022年1月第1版第1次印刷
定 价：89.00元（全两册）

華中出版

弱势角色友崎君 Lv.2

The Low Tier Character "TOMOZAKI-kun" Level.2

[日]屋久悠树 著
[日]フライ 绘
方宁 译

華中科技大學出版社
http://www.hustp.com

日南葵
Aoi Hinami

泉优铃
Yuzu Izumi
友崎文也
Fumiya Tomozaki

田径社

日南的演讲，开始了。

「各位早安，
——我是日南葵」

弱势角色友崎君Lv.2

目录

每本书都是一座传送门

弱势角色友崎君

The Low Tier Character "TOMOZAKI-kun": Level.2

Lv.2

(日)屋久悠树 著
(日)Fly 绘
方宁 译

人物介绍

友崎文也
高中二年级。弱势角色。

日南葵
高中二年级。学园的完美女主角。

七海深奈实
高中二年级。气氛营造者。

夏林花火
高中二年级。小不点。

泉优铃
高中二年级。很时髦的女生。

菊池风香
高中二年级。喜欢看书。

水泽孝弘
高中二年级。想当美发师。

中村修二
高中二年级。班上的老大级人物。

1章 在攻略难关事件后成为同伴的角色基本上能力值都很高

“呵。你还太嫩了啊，日南。”

周日，下午三点。

这是现充和朋友们一起唱卡拉OK、打保龄球、逛街购物来加深彼此感情的时间。

而我则是一个人在自己的房间里，握着手柄，面对着电视机，嘴里还念念有词。

真不愧是人生里首屈一指的弱势角色友崎——也就是我——在这些方面也是令人恶心啊。

“好了，轰隆。”

伴随着我那恶心阿宅气质满溢而出的自言自语，被轰飞到舞台外面的是日南操纵的忍者角色Found。

电视机画面上的当然是Attack Families，也就是AttaFami。

“呵呵呵，爽快多了。”

这样我就赢了。结果画面也显示出来了。

对手是学园的完美女主角日南葵——不，对我来说是前途无量的超级游戏玩家NO NAME，到目前为止，我和她打还是战无不胜的。光今天就打了十场，至今为止全部算下来应该有五十场吧，也就是说我是五十胜零败。我能够想象出那家伙不甘心的表情。

不过嘛，在人生这个战场上，我是毫无胜绩的。

日南用AttaFami的聊天功能给我发了一条信息。

“如果你还不累，就再打一场。”

我从这条简短的信息中感受到了日南“想获取胜利”的韧性，以及“如果对手是处于很疲惫的状态，就算获胜了也不会开心”这样严于律己的标准，嘴角不由自主地就上扬了。

“真亏她能越挫越勇啊。”

依旧是老样子的日南让我开心地呼出了一口气，同时回想起了昨天发生的事情，也就是在北与野的意大利餐厅开完会之后和日南一起去看了电影那件事。

* * *

总而言之我能说的是，不应该是这样才对啊。

“唔。你这样就说得有点多了，会让人觉得是在挖苦讽刺的吧？”

“挖、挖苦讽刺啊。”

渐渐炎热起来的六月，处于从温暖的春天变成炎热的夏天的中间过度期。

午后，我和日南在位于购物中心一楼的露天咖啡厅里坐着。

“不是这样，你再试试看，用将自己坦率的想法直接说出来的感觉。”

嘴巴很毒的完美女主角穿着看起来很凉爽的，感觉是用在无印良品之类的店里卖的布料做成的短外套，优雅地托着下巴，对我下达指示。

作为AttaFami最强，但是人生经验最贫乏的玩家nanashi，我只能老老实实地进行回应。

“唔。后半部分，女主角们从车里跳出来架起枪的那一幕，震撼力……”

但是，我有一个想法。

“不行，重来。刚才依旧留有仿佛在说明一样的口吻，要更加倾注感情。”

“感情……女主角她们！从车里跳出来那一幕的！”

果然不应该是这样才对啊！

“唔，虽然并不坏，不过还是再加点动作会给人比较好的印象吧。不要太夸张就行。”

怎么说呢，我可是鼓起了相当大的勇气邀请她的啊。

和日南两个人从电影院出来之后，我就在接受“跟女孩子看完电影之后说什么感想最能活跃气氛——语调篇”的高强度培训。

“动、动作？……女主角她们这样！从车里！……不是这样啦。我说啊，日南。”

“什么？”

我停下话来，先是观察日南的反应，然后说出了心里在意的事情。

“怎么说呢，你接受了电影的邀约就是为了这堂课吗？”

日南大大地眨了两下眼睛。

“那当然了吧？除此之外还有什么和你一起看的理由吗？”

那过于理所当然的语气让我叹了口气。

“……说的也是啊！”

虽然倒也很符合她的作风，但我心里总觉得有点不是滋味。

我在旧校长室怒斥绀野绘里香之后，感到了教室里看似没变但其实有了微妙变化的气氛，以及自己心中些微的想法变化等，最后终于约日南葵一起去看电影了——虽然到这里都没什么问题，但是没想到这些事情到头来都回归到一如既往的现充课程了。真不愧是日南同学，不是那么好对付的啊！而且真不愧是我，成长太慢了啊。

不过呢，话虽如此，我的想法也从觉得这家伙性格很差、对自己过于自信之类的，变成了觉得她果然很厉害，也就是说认为她是值得尊敬的人。毕竟有了这样心情上的变化，所以就算这个不是约会而是上课，我也并没有那么受打击，倒不如说很普通，甚至觉得为了今后着想也算是好事？

“……我说。”

“啊……什、什么？”

“不要愣神了。你有在听别人说话吗？”

日南朝我这边逼近过来，目光撞上了我的视线。光滑飘逸的头发轻抚我的脸颊，让我有点痒痒的。太、太近了，太近了。

“抱、抱歉！什么来着？”

我忍不住移开了脸。不过这只是因为我本来就不擅长跟别人四目相对而已。

“我说你啊，现在是你练习说感想的课程。这个结束之后就要开始听女声说感想并且进行附和的课程了，你明白吗？快点拿个及格分把这个给结束掉啊。”

“真、真的吗？”

“当然了。好了，那么接下来是……”

日南同学依旧是那么“斯巴达”，主导权完全掌控在她的手中，这让我觉得很不甘心，所以就试着做出了这样的提案。

“在这之前先确认一下。日南，你明天有空吗？”

“哈啊？突然这是干吗？我说啊，我可是有很多事情要做的，哪能连续两天都耗在你身上……”

“AttaFami。”

“哎？”

日南用闪烁着期待的眼神看着我。只要是涉及AttaFami，她就很好懂啊。

“AttaFami，我想玩玩谁先拿下十局的对决，你意下如何？”

“……求之不得。”

真不愧是日南，只要是AttaFami的邀约，轻轻松松就会上钩。

于是到了周日，我先拿下了十局，整个人心情畅快。咦？怎么感觉我好像被传染了日南的恶劣性格？

* * *

周一的教室里，在上课之前。因为周六和日南开过会了，所以今天没有早上的会议。

“啊，友崎，友崎！”

“嗯？哦哦，泉。”

在班会几分钟前进入教室的泉跟我搭话了，依旧是有着一股香香的气味，人看起来傻傻的。

“那个啊，你听我说！”

“怎、怎么了？”

“我大概……已经全部记住了。”

泉用既严肃又庄重的语调说道。她是在说我留给她当作业的、记住 AttaFami 中对战时的动作这件事吧。

“哦哦！真的吗！”

“真的，真的！”

在旧校长室的那个事件之后，我在这个有了微妙变化的势力图当中，过上了与之前相比稍微不那么拘谨的生活。

“那么你差不多可以跟中村对战了吧。”

“真的吗？！……太好了。”

泉握起拳头小小地做了个胜利的姿势，恋爱女孩做出来的纯真的胜利姿势真可爱。

就像这样，我相比以往能够更加正常地与人进行对话。不过非要说的话，其实是因为泉十分擅长对话，我只是跟着她的节奏而已，所以我的成长并没有那么显著。另外，聊到的AttaFami也是我擅长的话题。

因此我不能仅仅满足于此，必须自己主动再往前踏出一步，去积攒经验才行。

“啊，说起来，好像要到了。”

“嗯？什么？”

每天都在特训，我回想起自己背起来的话题里能对泉使用的内容。

“好像快到中村的生日了。”

“……呃，确实是这样没错，但是为什么友崎你会知道?！而且为什么要对我说啊！”

泉红着脸飞快地说个不停。啊，果然过于直接地提及中村的事情还是太神经大条了吗？到底要怎样才行呢，日南同学？

“啊，呃，唔……啊哈哈。”

“不要啊哈哈了！而且那是一个月之后的事情，也算不上快到了啊！”

虽然偶尔会像这样说些不合时宜的事情，不过希望他们能把这个当作我的可爱之处。

不过最近就像这样，相比之前的孤独一人，我稍微有了一些进步，能像刚才一样在班上和泉随便聊聊 AttaFami 的话题，另外跟深实实、小玉、日南三人组聊天的次数也增多了。孤独的感觉在一点一滴地减少，这很厉害哦。

不过仔细想想，觉得“在班上有几个能聊得来的人”这种区区小事很厉害的我，说不定挺糟糕的吧。关于这点，希望大家能够做到视而不见。

要说有什么难处的话，那就是绀野绘里香和她的跟班依旧对我很严苛，经常用刚好能让我听到的音量在进行“他好恶心啊”“眼神不对劲”“话说他那么拼真好笑”之类的对话，非常有效地给我的内心不断带来伤害，真讨厌啊。不过，除此以外都还算是平平稳稳的。

但是静下心来想想，我总是在和女孩子交流，这在其他男生眼里应该不是一件舒服的事情吧，感觉就算被视作眼中钉也不奇怪。

所以我想着差不多该跟日南商量一下这件事了。

结果在第四节课之前的课间休息时，发生了那件事情。

“友崎。”

“……嗯？”

我被不太熟悉的声音叫了名字。转过头去，看到站在那里的是——水泽。

水泽，是经常和中村在一起的、一头褐色时髦卷发的爽朗帅哥。和另外一名跟班竹井不同，水泽相比跟班，更像是在背后辅助中村的军师。在家政教室和深实实还有小玉之间发生那些事情的时候，也让我有这种强烈的感觉。

“唔，又要叫我过去？”

听到我小声地这么问，水泽“哈哈哈哈”地高声大笑。

“不是啦，不是啦！我只是正常跟你搭话而已。你小子到底有多习惯被别人叫过去收拾啊！”

是轻松的语调。不过我果然是被无条件叫成“你小子”的弱势角色啊。我一边对自己稳定的弱势产生了感慨，一边对并不是要叫我过去收拾我而感到了安心。

“只是正常搭话而已是什么意思？”

“还能有什么意思啊？话说，你之前那次不是很厉害吗？”

“之前那次？哦哦，是和绀野绘里香……”

“对对！”他“哈哈哈”地笑了，看起来似乎很开心的样子。“我还是第一次看到有人把绘里香给得罪到那个地步呢。”

“烦、烦死了。”

尽管不知道该怎么回答，但我还是有意识地用开朗的感觉吐槽了。这也是练习，表情应该也摆成开朗的样子。理所当然地，为了让语调和表情能运用自如，我每天都在一点一滴地持续练习。但是面对段位比较高的人，我就很难正常发挥。

“友崎你啊。”水泽不知为何露出了佩服的表情，“哎呀，话说……那个很好啊。”

“哎，很好吗？”

我用傻里傻气的声音反问了。

“是啊。怎么说呢，那都是你心里想的事情吧？”

我回想起那个时候在旧校长室朝着绀野绘里香吼出来的话。

呀！

虽然被人直说是我心里想的事情让我有点羞耻，不过这也是事实，所以我表示了肯定。

“嗯，算是吧。”

闻言，水泽不知为何开心地笑了。

“我就知道。怎么说呢，我并不讨厌这种哦。”

“……哎？”

“你想啊，那种行为过于认真了，让人喘不过气来，感觉挺逊的吧，所以有些人会说‘很恶心’之类的……比如绀野她们。但是我啊，觉得那是非常好的事情，其实我也……”

他说到这里就停住了。

水泽这番出人意料的话让我听得入神了，于是就说：“……其实也什么啊？”催促他继续往下讲。

“我也同意你的那些话哦。而且，能够那么堂堂正正地说出来，你都让我有点感动了，所以想告诉你也有像我这样的同伴啊。”

“同、同伴。”

我反复地品味着这个与自己的高中生活毫无缘分的神圣词语。

“不过，也没什么特别的意思啦。下次有空就几个人一起出来吃个饭吧！”

“几个人一起……”

他的这番话听起来让我有些不祥的感觉，但我还是尽可能地用轻松的语气回了句“O、OK”。我这是参考了泉的反应。那个轻松自在的OK听起来很舒服。

“当然不包括修二的哦。”

“哎？哦哦。”

水泽不知道是察觉了我的担忧，还是一开始就是这么打算的，总之他轻描淡写地就将我的不祥预感给消除掉了。

“这是理所当然的吧。你也不想吧？跟修二一起的话。”

“唔……算、算吧。”

我态度暧昧地含糊其辞。

“友崎你啊。”

水泽露出认真的表情注视着我的眼睛，然后坏坏地笑着开口说道：

“这种时候马上回答‘嗯，我当然不想了’会比较有趣哦？”

突然的建议让我“哎”的一声愣住了——不过同时也接受了他的说法。

“确实啊……”

水泽没有理会还在佩服他的现充力的我，迅速地继续推进话题。

“对吧？然后，几个人是指，我想想……”水泽一脸坏笑地看着我的眼睛，“比如说葵。”

这个人选又让我产生了动摇。

“哦，哦哦。日南啊。”

我努力装作平静，不让他察觉到我的动摇，然后做出了回复。

“对对，你们最近关系不错吧。然后再随便找个女生加进来，一起去吃饭的话应该会挺有趣的。”

“原来如此。这听起来确实挺有趣的。”

我用脸上的肌肉挤出轻松的笑容，说道。

“对吧？那我晚点再找你！”

“OK。”

我一边发动了从泉那里学来的OK，一边对于有这么多人觉得我最近跟日南关系不错这件事感到惊讶。深实实和泉也跟我这么说了。怎么说呢，果然现充察觉人际关系变化的能力很强啊……

话说回来，要一起吃饭啊。坦白说，我的真实想法是这件事实在太过突然，让我有点害怕。不过这种事情对于普通的高中生来说，我估计，只是根本不稀奇的小活动吧。高中生也太厉害了，随时随地都有活动啊。

不过既然只是这种程度的小活动，日南也在的话应该有办法挺过去吧，虽然要依赖她让我有些不爽就是了。

在那之后，这一天的午休和放学后都和水泽稍微聊了一下。应该说是水泽有着气势逼人的现充气场吗？当然深实实和泉也都是现充，不过男性现充全身上下都散发着压迫感，有种“弱肉强食”的氛围，比现充女孩子要恐怖好几倍，所以我是非常紧张的——这也会化为自己的经验值吗？

虽然不知道今后会怎么发展，不过像这样我和男同学有了似乎可以稍微算作朋友的关系，而且对方还是现充那边的人，该说是有点开心吗——

我是觉得他能对我嘶吼的那些内容表示同意，这件事让我有点开心。

* * *

“好了，好久没有在这里开会了呢。”

“请你手下留情。”

放学后的第二服装室，在那次的事件之后，我们还是第一次在这里开会。

我发现自己对于这个看惯了的、到处是灰尘的老旧空间，有一种莫名的安心感。

“那么首先来确认一下现在的目标，你都记得吧？先来说说小目标。”

日南麻利地推进话题。

“哦哦，当然了。是‘跟日南以外的女生，两个人一起去哪里玩’，对吧？”

“是的。”

日南点了点头。

“不过那个目标还真是越想越恐怖啊。”

“我都已经要听腻你那无聊的泄气话了。”

日南一边抚摸着如丝绸般美丽的黑发，一边平静地说出毒辣的话语。在她换个姿势时投射在她腿上的从窗户射进来的阳光，发出了耀眼的白色光芒。包括身材在内，这家伙的外在真是太出色了。

“可是，要怎么做才好啊？是想办法约出去就OK了的感觉吗？”

听到我说的话，日南摇了摇头。

“相比那样，能够自然地水到渠成才是最好的。毕竟这个目标只要以达成为目的到处去拼命邀约的话，简简单单就能完成了。”

我觉得这个目标一点都不简单啊。

“唔，要自然啊。”

“是的。而且就算能约出来一起玩，凭你现在这么低下的能力，估计连话都说不了几句，约会失败的可能性是非常高的，所以首先要对这方面进行强化。”

“原、原来如此。可是，对话的技巧啊……”

“虽然那并不是一朝一夕就能解决的问题，但是死记硬背就是为了有所改善吧？你有好好在做吗？”

死记硬背，也就是背下跟别人聊天时能用的话题。

即使是在没办法跟日南开会的这几天里，我也有像之前那样，把能用上的话题都背起来。

“我有在做的。”

“也是呢。至少就我看到的情况来说，似乎是有在做的呢。”

“就你看到的情况？”

她的说法有点出乎我的意料，所以就问了回去。

“你有时候会抛出话题来的吧？在和我、深实实还有花火聊天时也会这么做。”

“——哦哦。”

这样哦。无论是跟泉聊天的时候，还是跟深实实、小玉和日南聊天的时候，我都会尽可能在自己背过的话题中寻找有没有能够用得上的，一旦找到了就会看准时机抛出去。这种事情日南一看就明白了吧。

“你要保持这个状态继续努力。将话题背下来和实际抛出话题之间是有着巨大的差距的。你能做到这点是非常显著的成长哦。”

虽然是冷淡的语气，但是她的嘴角却不知为何流露出了开心的笑意。

“这、这样啊。”

被夸奖总是会让我有些不知所措。

“不过嘛，因为你老是想着要抛出话题，就立即抛出了话题，所以导致语气有些不够自然。还有就是导入话题时搞出好像是什么重大事情一样的气氛来，结果却是‘前、前段时间在电视上……’这样无关紧要的内容，这些都是需要深刻反省的地方。”

她一边浪费演技重现了我的恶心语气，一边将话语刺入我的内心。

“我会努力改进的……”

我转眼间就变沮丧了。看到我这样的表情，日南满意地笑了。这家伙的施虐狂气质是不是变强了啊？

“话说回来，要改善的地方这么一目了然还算是好的了。那么，问题就是接下来要怎么做了……在此之前，有发生什么改变状况的事情吗？”

“状况……啊，”我想到了一件事情，“是今天刚发生的，我跟水泽说了不少话。”

“和水泽？这么说来，你们好像是聊了好几次呢。”

“是的。因为遇到了这样的事情，所以今天换教室的时候我没有去图书室。”

“这样哦……唔，这也是没办法的事情。”

日南又让我要朝着“中目标”，也就是“在升上三年级之前交到女朋友”这个课题好好努力，所以作为其中的一环，她跟我再三强调要尽可能和身为“攻略女主角”的菊池同学搭话。

“每周一和周三会换教室，所以我是打算后天过去的……”

“嗯，那就这样吧，倒不如说这样反而比较好。那么，水泽那边是什么情况？”

我虽然有点在意“倒不如说这样反而比较好”这个说法，但是因为她对我提问了，所以就回答了。

“唔，怎么说呢，之前不是发生了跟绀野的那件事吗？他说他同意我在那个时候说的话，而且还说有空找几个人一起去吃饭。说是把日南你也叫过来，男女四人怎样怎样的。”

“……嗬。水泽这么说啊。”

日南皱起了眉头。感觉还挺罕见的。

也不是啦，皱起眉头这件事本身并不算罕见，但是像这样对于面前的我以外的话题，而且对方并没有什么恶意的样子，她却露出了这样的表情，这种反应还是挺罕见的。

“怎么了？有什么问题吗？”

“什么怎么了？”

“呃，感觉……”

“并不是什么大不了的事情啦。不过我想想啊，几个人一起吃饭这件事说不定刚刚好。”

日南用手指抵住嘴唇思考着。感觉她是想转换话题，不过表情并没有波动。

“刚刚好是什么意思？”

“当然是指刚才提到的事情吧？对话的技巧，或者说是约会的技巧，应该能借此做个不错的练习。”

看来话题已经彻底换掉了。

“练习啊……确实，如果能以我跟你，再加上水泽和另一个人的形式练习的话，那应该是比较方便的。”

“对吧？”

我想象了一下那个场面。

这种现充景象是怎么回事啊？在我这么想的同时，也对有日南在身边这件事而感到了安心，这样的自己让我觉得非常不甘心。就在这时，日南又开口了。

“而且，不光是约会中的部分，还能练习怎么邀约。”

“哎？邀约的练习？”

这话的意思是……莫非……

“是的。另外一名女生就由你去邀请，这是理所当然的事情吧？”

“……果然啊。”

就知道会这样呢……

就这样我被一个接一个地在名为人生的游戏中安排好了修行的课题。

*　*　*

将后面跟日南继续开下去的会议中决定好的事情总结起来，就是这么个样子——

考虑到我、日南、水泽三个人的人际关系，由我来决定要邀请的另外一个人是谁。

决定好要邀请谁之后，我要思考该怎么去邀请那个人。

然后，我要用决定好的方法去约那个人。

也就是说，我要自己决定，并用自己想出来的方法去邀约。我是单枪作战，所有的一切都托付在我身上，这样好吗？这莫非是那种情形吗？就是类似狮子把自己幼崽推下悬崖的那种情形？但是我恐怕不是狮子而是孑孓之类的，这样子真的没问题吗？

话虽如此，但是既然人生最强玩家日南同学都这么说了，那就只能从命了。尽管很不甘心，不过这个做法应该不会有什么大问题的，所以身为AttaFami最强玩家nanashi的友崎，也自然不能放水。

因此，我回到家里独自思考。

其一，要邀请谁。

对这一点倒是不需要太犹豫。我能约的女生也就只有深实实、小玉、泉、菊池同学这几位了。其中，菊池同学无论是类型上还是派系上，做这件事都挺困难的。小玉感觉也不太擅长这方面的事情，之前在家政教室的时候情况就挺糟糕的。虽然这次没有中村，但应该还是挺难办的。

这样一来就只剩深实实和泉了，然后要说跟水泽关系比较深的人——那就是泉了。毕竟泉所属的绀野绘里香小团体跟中村的小团体关系是比较深的。

这样的话，就先假设要约泉。

在这个前提下进入到第二项——邀约的方式。

我本来以为这应该是最困难、最需要苦思冥想的，但是没想到意外地快速决定下来了。

用从日南那里获取的情报而存储下来的话题里，其中的一个成为照亮我的光。

顺便一提，那个话题是曾经跟泉提起过的那件事情。

“好像快到中村的生日了。”

也就是说要把这个当成邀约的借口，取名为“‘不知道该给中村买怎样的生日礼物？那么问水泽不就好了，他们的关系很铁嘛！另外，日南应该也很擅长这种事情，就叫上她一起吧！咦？好像不需要我了呀！’大作战”。就我来说，这算是相当不错的主意了。

到了第二天早上，我在第二服装室召开的会议上说出了自己思考的作战内容。

“……没啥，你觉得那样可以的话就那样吧。不过真的好吗？”

日南用意味深长的话表示了同意。因为我问她“你这话是什么意思？”也没有得到回答，所以就不管了，还是按照我制定好的方案来进行吧。唯一让人不安的是“泉会不会买礼物”这点，不过根据日南的说法，泉百分百是会买的。另外，她还说毕竟距离生日还有一个月，已经买好了的可能性是非常低的。既然如此，那就只能一试了。

*　*　*

就这样，我到了教室。虽然我今天必须要约泉，不过在那之前，作为第一道关卡，我还有“将我要约泉这件事告诉水泽”这个任务要完成。

因为如果直接约泉的话，就等于是我擅自决定好了人选并去邀约，而且水泽也有可能已经约好了人。也就是说，告知水泽这件事是做人的礼仪，这是日南教我的。“我跟你说哦，这和是不是现充没有关系，是一般都应该注意到的事情吧？”她是这么跟我说的，还露出了非常厌烦的眼神。但是我不会倒下的，因为我已经习惯被骂了，不过我还是会反省的。

我带着这样的想法迎来了早上班会前的时间，我要跟来上学的水泽搭话。水泽一般比中村早到，我看准了这一点。

“水泽。”

我一边对自己毫不停顿地将“水泽”这个词一口气说了出

来而感到惊讶，一边等待对方的回应。如果是之前的话，我肯定会说成“水、水泽”这种感觉的。我好厉害啊！

“嗯？友崎啊！怎么了，一脸严肃的样子！”

“哎，严、严肃？”

“是有什么事啊？看你这样子是在紧张吗？肩膀放轻松啦！”

水泽笑着拍打我的肩膀。

我似乎是紧张到在脸上表现出来了，我一点都不厉害啊！

算了，我就是这种水平啦！下一步！

“啊，别管这个了，我是想跟你说下昨天聊到的饭局的事情。”

“啊，好的好的，那件事哦。”

“你不是说我和你、日南，然后再叫上一个人吗？”

“是啊。”

“我想约泉一起，你、你觉得如何？”

听到我那征求意见的语气，水泽像在进行观察一般注视着我的眼睛。我是不是应该更自然、更有自信地说出来呢？

“……行吧，我是无所谓的。”

“真的吗？那、那么我晚点去约她。”

我刚说完，水泽就又开口了。

“我说你啊。”他坏坏地一笑，“感觉是在做些什么吧？”

“哎？”

水泽笔直地指着我的头部。

“哎呀，我就觉得不太对劲！你这个发型，明显是最近去美发店剪头发了吧？不好好打理就太浪费了啊。”

这句意料之外的话又把我打了个措手不及。

“唔，能、能看出来吗？”

“当然了！”水泽一边说，一边摸我的头发，“……而且剪得相当好呢。我啊，将来的目标是成为美发师，所以在这方面挺讲究的。”

“哦，哦。”

是这样啊。只能冒出这样的感想，所以我才是非现充吗？我不由自主地移开了视线。

水泽没有在意困惑的我，继续摆弄着我的头发。

“之前一直是阴暗形象的你，不知为何最近突然选择去美发店了！而且还跟葵、泉、深实实变得要好起来了，说话时感觉好像也变开朗了！最厉害的是现在居然说要自己去约泉？这种事情不是能用偶然发生就一笔带过的吧？”

“唔……”

他的每一句话都一针见血，让我不知该如何作答，同时也对“说话时感觉好像也变开朗了”这句话感到有些开心。

“我估计啊，简单来说就是摆脱阴暗形象大作战吧？但是怎么说呢，行动力实在是太强了，很难想象是你一个人能想出来的事情啊。实际上应该有什么文章在里面吧？”

“不，没什么。”

水泽夹杂着肢体动作，语气就像演说家一样干净利落，接二连三地说中了我的痛处。我对他的推理能力和谈话技巧惊叹不已，同时内心也焦急了起来。在这种情况下暴露日南的事情是最不妙的吧。

“也就是说，你是那么回事吧，总结起来就是……”

我默默地等待水泽的话语。水泽这次是笔直地指着我的脸，而不是头部。

“——你看了摆脱阿宅气质的书吧！！”

被怀疑阅读“摆脱阿宅气质的书”，自妹妹那次说过后已经是第二次发生了。距离上次被这么说已经过了两周了。

* * *

然后到了午休时间。课刚上完，大家都在整理教科书之类的东西。

我决定趁着这个时机去约泉。

在水泽做出那个从结果来说没什么大问题的推理之后，他说：“你要约泉是完全可以的哦。加油！”同时给了我许可和鼓励，所以我必须要努力才行啊。虽然我想让自己先冷静一下，但是往左边看就能看到泉，所以根本就冷静不下来。这就是隔壁桌的弊端啊。顺便一提，在午休之前我都没和泉说话，这并不是什么作战，只是因为我畏首畏尾才拖了这么久。

不过嘛，要说的话已经决定好了，脑内训练也进行过好几次了，语调和说话方式的练习也做了不少次，应该不是那么困难的事情啦。

——但我也知道疏忽大意会马失前蹄的，毕竟我都因此失败了好几次，所以决不能大意失荆州。上阵吧！

“泉。”

“嗯？”

泉那双圆圆的眼睛不带任何恶意地注视着我。这双美丽的眼睛是怎么回事？居然用如此纯洁无瑕的目光看着我，光是这样就值得感谢了。不对、不对……

“那个，我们昨天不是聊到中村的生日快到了吗？”

“又是这件事？！而且没有要快到了啊！还要很久啦！”

泉很好懂地红着脸表示抗议。我抑制住想询问到底怎样算“快到了”，怎样算“还要很久”的心情，开口说道：

“唔，是这样没错啦，不过我觉得，泉你应该会想买生日礼物吧。”

“唔，应该会买吧……喂，什么啊，这是在说什么啊？！”

泉用双手朝着脸扇风，让自己冷静下来，这样做是绝对冷静不下来的吧。

不过通过她的反应，我确认了她现在还没买以及接下来准备买这两点。很好。

“其实我最近有跟水泽还有日南聊到要一起去哪里吃个饭，

然后就说想再多找个人……”

“嗯。啊，所以就找我吗？”

我用夸张的开朗语气，将准备好的台词念了出来。

“差不多就是这样啦。而且……你不是想买礼物吗？既然如此，水泽跟中村的关系那么好，应该知道买些什么会比较好的，所以我觉得正合适。”

“确实！”

泉“啪”的一声拍了一下手，然后用“原来如此，很有道理”的眼神看着我。

“日南应该也很擅长这种事情的，大家一起去买应该挺好的吧……大概就是这样了。”

“啊，不过还是算了，我会过意不去的啦！”

“哎？”

过意不去？预料之外的回答让我停止了思考。

“因为你们原定是要吃饭吧？让大家一起陪我买东西就太过意不去了啦！”

泉摆了摆手。这时我意识到了，是这样的，泉就是这种性格啊。

尽管是班级里地位最高的绀野绘里香小团体里面的辣妹，却是会察言观色、在意周围看法的类型，是擅长为他人行动、关怀别人的类型。但是反过来说，她不太习惯让别人帮自己做些什么。就像游戏中的僧侣不擅长战斗一样，当有拿手的东西时，反之不拿手的东西也会有很多。大概就是这样。

所以她不太擅长应对别人不求回报地帮助自己的状况吧。

啊，失误了，要如何挺过去呢？就这么被拒绝也不太好办啊。

“没事啦，你不需要那么在意的！”

“哎，可是啊，你们会给修二买礼物吗？”

唔，会不会呢？没有聊过这样的事情啊！但是我擅自撒谎也不太对……

“不、不清楚。”

“对吧！如果大家都打算去买的话，再一起去吧！”

提出妥协方案的同时，大致上还是拒绝，现在就是这样的氛围。

啊，怎么办呢？要变成暂且搁置了，这样一来就要重新找机会来约了。我不太希望那么做，所以现在的心境就变成想强行突破，直接在这里决定下来。都不知道这到底是算逃跑，还是进攻了。

“唔，不用啦，我觉得你是不需要在意的……”

“是这样吗？”

“该怎么说呢……”

“嗯？”

我变得支支吾吾起来，泉也越来越困惑了，这可不太妙啊。

有什么办法……这么想着的我突然灵光一闪。

不过这招可行吗？虽然抱有这样的疑问，但是焦急的我没有验证这个做法是否妥当，就顺势将那句话脱口而出。

“没啥，我也会买。”

“哎？”

泉愣住了。

“我也会给中村买礼物。”

“……啥？”

她用一脸“搞不懂你在说什么”的表情看着我。嗯，这也难怪。如果有另一个我在的话，恐怕会露出比泉更加困惑的表情吧。我为什么要买啊？我们两个的关系应该很差才对吧。

……必须想办法挽回局面，想想看有没有什么好借口。

“呃，怎么说呢……算是想和好吧。”

“和好？”

听到我迫于无奈说出来的话，泉的表情稍微变得轻松了一些。哎，她在期待什么啊？感到有些在意的我还是继续往下说了。

“你想啊，虽然之前那次搞得挺尴尬的，但是毕竟都是喜欢AttaFami的人，所以想和好……中村他不是喜欢上AttaFami了吗？而且从上次的情况来看，感觉他也不是什么坏人，说不定能跟他搞好关系的……”

借口意外流畅地脱口而出，这让我自己也感到很惊讶。怎么回事呢，是我掌握了什么技巧吗？

“所以啦，就想着能不能靠生日之类的机会来创造契机……”

听我说到这里，泉露出愣愣的表情注视着我。

然后她就这样稍微沉默了一会儿，接着整张脸绽放出了太阳一般的灿烂笑容。

“——很好！”

她用双手抓住我的肩膀激烈摇晃。哎，怎么了，怎么了？

我听之任之地连同脑袋一起晃动着。

“很好！这很好啊，友崎！其实我也觉得有点烦恼啊。该怎么说呢，你也知道我和修二，那个……关系很好吧？！另外，我最近也和友崎你经常说话吧？所以我觉得啊，你们两个人都很好，也都跟我关系不错，所以不希望你们是处于吵架一样的关系！啊，抱、抱歉。”

她最后猛地回过神来，向我道歉了，然后放开了我的肩膀。泉那番话里的“关系不错”这个评价让我很感动。希望你们不要吐槽说那只是客套话而已。

“哦，哦……”

“所以啊，朋友之间的吵架是很令人悲伤的吧？对于跟自己关系不错的人，我希望他们也都能互相打好关系，这样会让我觉得很开心、很高兴！我、我这样是不是有点热情到让人恶心了？不过，我觉得这种事情是非常好的！”

“唔，果、果然应该是这样的呢！”

一大堆圣人君子一般的漂亮话语摆在了我的面前，然而在我看来那完完全全就是她发自内心的真心话，我只是在聆听而已。这是什么？圣光吗？

长得华丽又可爱，妆容是流行的风格，制服的穿法也很时髦，内心却是如此纯洁无瑕。

“所以我会协助你的，一起去买礼物吧！”

这可真是，我还想着多余的事情，话题就朝着奇怪的方向确定下来了。

不过嘛，也算是邀约成功，所以挺好的吧？

“哦，哦！唔，谢谢啦。”

就这样，事情变成了“不知道该给中村买怎样的生日礼物？好像不需要我”的大作战。

然后到了这天的放学后。

“——就是这样，我约好了。”

听完了我的报告，日南又吐出了意味深长的话语。

“辛苦了。不过我之前也问过你了，这样真的好吗？”

“啊啊，我有点在意这个呢。你这话是什么意思啊？”

“你想啊，你跟水泽最开始聊的是去吃饭对吧？”

“是这样没错。”

啊啊，这么说来现在目标变成去买东西了。

“我觉得只要稍微想想就能明白过来，单纯坐着聊聊天的饭局和一边逛一边在各种地方买东西，相比之下，对于你这种程度的新手来说，买东西的难度是相当高的哦？”

“……啊。”

我这才意识到了。确实，如果仅仅是吃饭的话，只要有日南在，对话方面总有办法搞定，除此以外也没有其他什么需要想的事情，所以我是不会有太大不安的。但是买东西的话……自己是不是也要买点什么才好，对于别人想买的东西要说些什么才好，还有最基本的——站在那边向哪里走比较好，啊啊，不知道的事情实在是太多了。

“看你这个样子，果然是没想清楚啊……”

日南叹了一口气。

“可、可是，不这样做就约不出来了呀。”

“正常来说，当对方觉得陪她一起买东西很过意不去的时候，那么只约她一起吃饭不就好了？”

“啊……”

我不由自主地发出了声音，日南脸朝下，摇了摇头，同时叹了一口气。

如此这般，我自掘坟墓，把难度给抬高了。

* * *

会议结束后的那天晚上，我和家里人一起吃饭的时候发生了一些事情。

吾师曰："连统筹都交给你的话就太不自然了，而且这么突然你也办不到吧。"我约好泉之后的事情就交接给日南，由她全权负责了，所以我十分安心地在吃晚饭。顺便一提，我的旁边坐着妹妹，母亲则坐在她的对面。不过母亲随便吃了一点就起来去厨房开始做家务了，这是因为她在进行节食减肥，所以晚上不会吃多少东西的。都快奔四的人了，还真是会折腾啊。另外，我父亲因为有工作，所以不在家。

我一边心不在焉地看着电视，一边默默地吃饭，这时口袋里的手机突然振动。哦，是哪里发来的电子报吗？

"唔。"

我拿出来看了一下，只见手机屏幕上显示出了"接到群组邀请"的提示信息。这是什么？我还是第一次看到。邀请？

我姑且先点开了，发现我被邀请进入一个名为"生日礼物♡作战会议"的感觉像聊天室一样的地方。我现在需要对此选择同意还是拒绝。

"……这是什么啊？"

这个聊天室一样的东西似乎是日南弄出来的，因为显示着"日南葵小姐邀请您加入群组"这样的信息。好像还能看到群组里的其他成员，于是我就点击了一下，发现在"邀请中"的地方显示出"孝弘""柚子小姐"这样的名字。"柚子小姐"应该是泉，那么"孝弘"就是水泽吧。

我还是第一次被邀请加入这种东西，不过也很容易猜出这是用来决定这次买东西的安排之类的群聊吧，然后我就被邀请加入了。我估计是聊天应用有这方面的功能，所以负责统筹的日南就拿过来用了。我这个出色的推理如何呢？其实我也隐隐约约察觉到不知道这个功能是一件挺糟糕的事情，不过希望大家不要深究。

我一边思考一边看着屏幕，发现“柚子小姐”从“邀请中”变成了“参加中”。噢噢，是实时更新的啊。她应该是一看到这个通知，就马上接受了邀请吧。真不愧是身为现充的泉，进入别人建立起来的圈子时丝毫不会犹豫啊。

那么我也点击同意的按钮吧……虽然我是这么想的，但是总觉得有点紧张。这个聊天室是日南建立的，我跟参与其中的水泽和泉都有好好聊过买东西的事情，明明如此，我却有种“自己真的可以待在这里吗”这样不明所以的不舒坦感觉。这也是因为我是非现充的关系吗？

唔——就在我这么犹豫不决地盯着手机看的时候，一个听起来令人不太愉快的声音传入了我的耳中。

“我说，你在那嘀嘀咕咕的，吵死人了，碍着我吃饭了。”

坐在旁边的妹妹皱起眉头，看向我这边。我看过去之后，妹妹就像要无视我一样移开视线，重新开始吃饭了。明明晚饭的时候她经常不在的，怎么搞得这么拽啊？

“我又没有在做什么。”

“哼。怎么，是在玩奇怪的游戏吗？”

"哈啊？我从来没玩过那种东西的。是真的，你要相信我。"

"哈？好恶心。我又没怀疑到那种地步。"

妹妹用介于仿佛看到脏东西一般的眼神和翻白眼之间的感觉瞪向我。

"咦？……LINE？哥哥你在用？"

妹妹瞪过来的时候可能刚好看到了我的手机屏幕，她发出了惊讶的声音。

"……是啊。"

"嗬！真是罕见。"

她不知为何有些不满地说出这句话，然后一边吃饭，一边时不时地看向我这边。

"干什么啊？"

"没什么。"

"哈啊？"

我说"不不，到底是怎样啊"了之后，妹妹用嫌麻烦似的语气回答了。

"我只是觉得哥哥你会用LINE是很罕见的事情，而且那是群聊的画面吗？"

"是啊……"

"怎么，被邀请加入了会很尴尬的群组吗？"

妹妹难得一见地拓展了话题，平时明明跟我都是没说几句就结束的感觉。

“倒也不是说会尴尬，只是觉得有些难以融入。”

“哦。”

妹妹兴致索然地丢下这么一句话，然后就迅速地将视线从我的身上移开，重新开始一边吃饭，一边随便看几下开着的电视。明明是你自己问的，这算什么态度啊。

算了，就这样吧。我也继续吃起了饭。

“……也是有的啦，这种情况。”

妹妹眼角上扬，瞥了我一眼说道。

“哎？也是有的啦是什么意思？”

“唔，我是说被邀请加入群组，虽然觉得难以融入，但最后还是只能加入进去，类似这样的情况也是有的啦。”

“哦哦。”

是说这个啊。虽然我是第一次遇到，不过这原来是常见的事情啊。话说回来，还真是难得一见啊，这家伙居然跟我聊起了共同的话题。

“可能是吧。不过相比那些情况，我是因为更加无所谓的尴尬感觉而在犹豫不决的。”

“哦。”

然而说到这里，她语气又变得淡漠刻薄了，像无视了我一样继续吃饭。这家伙到底是怎么回事啊？

我一边对这种粗鲁的对待感到有些伤心，一边也跟着妹妹继续吃饭。

“……新的人际关系，是这样的吗？”

妹妹又瞥了我一眼。

“哎？”

这家伙搭话的节奏也太奇怪了吧，究竟是想做什么啊？

“所以说，我在问你是不是有了新的人际关系，所以就姑且先建个群组这样的情况。”

妹妹嘟着嘴，瞄了我一眼说道。真是搞不懂她。

不过，有多久没有像这样跟她好好说话了呢？毕竟之前都没有什么共同的话题啊。

话说回来，从这家伙的嘴里听到人际关系这样的词啊。

这让我觉得挺意外的。我妹妹基本上是属于现充群体的人，看起来是什么都没在想、开朗快乐地过日子的那种类型，却没想到她居然也会因为LINE群组的事情烦恼啊。

这么一想，我完全不会因为这些事情而烦恼的日子究竟什么时候会到来呢？我一边看着远方，思考这样的事情，一边回答了妹妹。

“唔，这个嘛，怎么说呢？我周围都是最近才打好关系的人，而且他们都给人一种很吃得开的感觉，所以加入他们在的群组让我觉得有些畏缩，或者说是紧张……大概就是这样吧。”

“嗯，我懂。人际关系真的很麻烦呢。”

妹妹做出很受不了此事的姿势，仿佛大彻大悟一般地说道，用有点加了演技的感觉。这家伙偶尔是会用这种烦人的说话方式的。

话说回来，这家伙今天有点奇怪啊。莫非是最近在这方面有什么烦恼吗？我就问问看吧。

虽然能够赚取经验值是一方面，不过作为哥哥也应该问一下吧。

“你该不会是最近有人际关系方面的烦恼吧？”

妹妹一瞬间露出了吃惊的表情，然后很受不了似的叹了口气，用怜悯的眼神看着我。

“我说啊，哥哥，万一是这样，哥哥你能给出什么好建议吗？”

面对那个仿佛在试探一般的视线，我——

“唔……”

根本就是无言以对，好不甘心。能跟我这个现充亲妹妹分庭抗礼的日子究竟什么时候才会到来呢？

然后嘛，就像我回答妹妹的那样，我自己也隐隐约约察觉到这是毫无意义的纠结，于是就狠下心来，加入了群组。

刚进去没多久，经过一番讨论之后，大家决定本周六去买东西。马上就要到了啊……

* * *

决定好了买东西日程的次日，周三早上的班会。

身为班主任的女性教师川村老师下达了这样的通知。

"唔，之前也有发资料给大家，然后从下周的……应该是星期二开始吧，三年级的学生要开始准备高考了，所以从下个月的月初开始，就要让一、二年级的学生来担任学生会长了，也就是说，学生会的选举活动要开始了！想参选的学生要在本周内找我拿参选用的表单。因为需要有推荐人，所以这方面也必须决定好哦。表单会在下周一一起提交上去的哦。"

班主任川村老师用极具特征的口吻告知大家。毕竟年纪轻轻就当上了学年主任，该说她这个人非比寻常吗？总之是个很有个性的人啊，而且还挺漂亮的。

话说都到了这个时期啊，去年差不多是在同一时期举行了学生会选举。不过我去年是一年级，同班同学里面也没有那种想着"我要当上学生会长"的上进分子，所以实际上是相当于无事发生的。倒不如说，在我的记忆中，一年级里面是一个参选人都没有的。就连日南应该也是没有参选的，她可能是判断那时参选的负面影响会更大吧。

班会结束后，学生们开始了吵闹的对话。在这样的环境当中，我仍然坐在椅子上，有意无意地用眼睛追寻着日南的动静。日南很自然地从现充们的对话中脱身，到川村老师那里拿了一张纸。我猜到了。那应该是参选用的表单吧。毕竟她在各方面都独占了第一名，当然不可能会放跑学生会长这种一目了然的"第一名"。

话说回来，川村老师还提到推荐人怎样怎样的事情吧？说参选是需要有一个推荐人的。虽然我不太了解详细情况，不过回想起去年的情形，推荐人好像是要负责选举演说之类的事情吧，我也记得不太清楚了。毕竟学生会选举这种活动如果没有学校里的大红人参加的话，是热闹不起来的。不过日南是想让谁来当她的推荐人呢？

在我思考着这些事情的时候，日南往我这边瞟了一下，然后微微咧开嘴角，坏坏地一笑，又将目光移开了。接着她回到座位上，将那张纸夹在透明文件夹里，并放进了书包。

——呃呃，这该不会是……

我突然有了一丝不妙的预感，这时——

“哟，友崎！”

一个精神气十足的声音在我的耳边炸裂。

“唔哦哦？！”

差点从椅子上摔下来的我转头看了过去，发现深实实站在那里。她依旧那样，精神好得不得了，相貌无比端正，整个人显出充满了活力。

“你怎么了，一直盯着葵看！是看得入迷了吗？”

深实实嘻嘻嘻地笑着，同时唰唰唰地往我这边靠近。我哇哇哇地慌张了起来。

“并、并不是看得入迷……”

“哦！你没有否认是在一直盯着看呢！”

“不对，等等，不是这个意思……”

尽管一上来就被她掌握了节奏，我还是竭尽全力地进行回话。然后深实实将视线从我身上移开，一边用侦探一般的动作摸着下巴，一边看向前方。

“……哎呀，看来她果然打算参选呢。”

在那个视线的前方是——日南。

“……学生会选举？”

“对对！”

深实实似乎也看见了日南去拿参选表单。

“不过啊，毕竟是那个日南嘛……会参选也不奇怪。”

“啊，果然会这样想？”

深实实用带有认真劲儿的语气问道。

“哎？你想啊，毕竟她无论做什么都会登上顶峰啊，感觉她这次也会理所应当地当选吧？”

“……就是说啊！她真的是非常完美的人啊！”

深实实一瞬间像在思考什么一样停顿了一下，然后夸张地笑着说道。刚刚那个停顿是怎么回事？我虽然有些在意，但是也想不到可以自然提及的方法，而且说实话，我自己对话的时候也会经常停顿的，所以这不是我有办法问出口的事情，还是先思考让现在这个对话能够继续推进下去并不再产生停顿的方法吧。

唔，完美啊。也是啦，只要去掉嘴巴很毒这一点的话，实际上应该是很完美吧。

“哈哈哈，真的是很完美呢。”我配合着她这么说。反正也不算是撒谎。

“不过最令人在意的果然是……那个葵究竟会选谁当自己的推荐人呢？”

“啊，是啊……”我在内心反复品味刚才产生的预感，“果然会在意那个呢。”

“毕竟是那个葵选择的，想必是非常引人瞩目的人吧……”

“是、是啊。瞩目……”

我附和道，预感因为这番话而加强。

“在某种意义上是很光荣的事情，不过在某种意义上也责任重大……”

“责、责任重大……”

我的预感就要变成确信的事了，此时只是不住地点头。

“是绝对不能出差错的呢……啊！老师来了，我先回去了！”

深实实一边这么说，一边回到自己的座位上。

引人瞩目，责任重大，不能出差错。嗯，确实是那样没错啊。

——然后，我祈祷着自己的这个预感能作为单纯的预感就此结束。同时因为今天换教室上课的时候必须要跟菊池同学说上话才行，还有周六要跟那些现充们一起去买东西之类的事情，需要思考的事情实在是太多了，所以我不知道到底该从哪里开始思考会比较好，就只能先都搁置了。总之现在要专心致志地准备迎接第一堂课。这是大彻大悟的境界了。

然后到了当天第三节课后的课间休息时间。

我从大彻大悟的境界飘回现世，向图书室走去。

这当然不是为了去研究 AttaFami 的战术，而是为了能跟菊池同学说上话。

在跟菊池同学坦白真相——我没有看过那位叫迈克尔·安迪的作家的书，以及当时是为了撑住场面才不由自主地配合她把话接下去的——之后，这还是我们的第一次会面。不，因为她和我同班，而且是坐在我后面的座位上，所以在班上就能见面，有时候也能说上几句话，但是怎么说呢，在这里的会面跟在班上的见面是不太一样的。就像游戏里的角色在同属性的场地会增强力量一样，我觉得“书”的场地会增强菊池同学的魔力。

“……啊。”

我不知为何心情比较放松地走进了图书室，菊池同学马上就发现了我并转头看了过来。我跟她那双仿佛能用视线将所有异常状态都净化掉的眼睛四目相对。菊池同学温柔地微微一笑，然后静静地将视线移回到书本上。这里流淌着仿佛神殿一般的宁静且舒适的气氛。

看见那个笑容，我不禁回忆起上周她对我展露的笑容，我一边觉得有些难为情，一边慢慢向她走了过去。然后拉开菊池同学旁边的椅子，调整到比之前稍微靠近一点的，真的是稍微靠近一点的位置，坐下了。

“你好。”

菊池同学用如同圣母玛利亚一般的、满溢着慈爱的沉稳动作转向了我这边，然后用仿佛精灵弹奏的竖琴声一般的温柔音色打了招呼。我一边被迷醉了心灵，一边做出了回应。

“你、你好。”

“今天也是……要研究战术？”

菊池同学露出了有时候会摆出来的那种小孩子一般的表情，用纯真的声音询问道。

“不，不是，不是那样的。今天是……”

“……今天是？”

菊池同学像森林里抱着坚果的松鼠那样把书抱在胸前，微微地歪了一下脑袋。与此同时，窗户外面的树木也轻轻地摇摆了一下，我想这恐怕并不是偶然。

我过来之前本来打算好了，要老老实实地说出“我是想跟菊池同学说说话……”这个意图的，但是面对菊池同学那连草木都能操控的魔力，我实在是不敢做出那么冒险的行为。

“那个……听你说了之后，我就有些在意了。”

我站起身来，朝着旁边的书架走了过去。

我拿起了一本书。那是我在研究 AttaFami 的战术时总是装作在看的书，也因此让菊池同学误会我是迈克尔·安迪的书迷。

这时，我才第一次知道那本总是被自己拿来假装在看的书的标题——《蒙面驾驶员与真实的精灵》，作者是迈克尔·安迪。

“我有点想真的看一下了。”

闻言，菊池同学惊讶地睁大了那双如同用来打开遭到封锁的通往天界的门所必需的梦幻宝石一般闪耀的眼睛，然后就像一个她这样年龄的爱书女孩一样笑了。

“嗯！非常欢迎！”

“哈哈……太好了。”

我没有去在意表情肌肉，自然地就用笑容做出了回应，然后又稍微靠近一点点，让椅子比刚才又稍微靠近了一点点，坐到了她的旁边。

在只有我们两个人翻书的声音，以及不知道谁走路的脚步声的空间里，我们彼此都没有说话，只是安静地看着书上的文字。虽然是同一位作者，不过我和菊池同学看的是不同的书。但是不知道为什么，只是像这样在她身边看书，就像和她在同一个世界里旅行一般，仿佛一点一滴地加深了对彼此的了解，我感觉身边流淌着这种既安稳又温柔的时间。

这段静谧的时光，甚至让人觉得三天后要跟现充一起去买东西这件事其实是假的，也就是说，我不希望三天后的到来。我希望干脆就在这里住下来好了。

2章

队伍里如果只有一个人等级很低的话，那么就只有那家伙是等级升得超快的

在约好的碰头地点——大宫车站前面的“豆树”那里，我跟日南是最先到的。

其实是接到了这样的指示。

“呜呜，终于要开始了吗……”

“怎么事到如今还在说丧气话？给我做好觉悟啦。”

“话是这么说，可这是男女二对二一起买东西啊？而且除我以外的人，还都是等级相当高的现充。这种情况不紧张才比较奇怪吧……”

“那么究竟是谁将本来预定的饭局给擅自提高难度了呢？”

“唔……”

被这么问了之后，我就无言以对了。日南得意洋洋地哼了一声，笑了。

环顾四周，在等人的人群中，以年轻人为主体，各年龄的人都有。感觉每个人都跟我不一样，表情充满了朝气。大家应该都有朋友或女朋友，所以像这样在这里等人是丝毫不会紧张的吧……话说，埼玉县也有很多既时髦又像现充的人啊……

“总之，必须要避免因为太紧张而无法投入到给你的课题当中。”

日南像看穿了我的内心一般这样说道。

我这次也从日南那里拿到了课题。在买东西的同时要解决课题，难度好高啊！

“哦，你们两个到得真早啊！”

在我东想西想的时候，水泽到了。

只有我看到了日南的表情肌肉迅速地开始了运作。

“咦？孝弘你迟到？”

“不不，还没到时间啦！”

“哎，是这样吗？”

日南用嬉笑的态度跟水泽说话。虽然他们都没有讲什么实质的内容，不过可能是因为对彼此敞开了心怀吧，所以带着一点欢乐的气氛，让人看了觉得心情愉快。

仔细一看，水泽穿着白底、上面有品牌LOGO的连帽外套以及颜色偏黑的牛仔裤，脚上是一双红色的鞋子。棕发的轮廓和他的表情、修长的身材，还有鞋子的红色等，都透出了他的强大或者说是现充感之类的东西，让我觉得“啊，根本赢不了”。

在他旁边谈笑风生的日南也打扮得很时髦，不过我觉得这已经是日南她本身的气场使然了，她今天的一举手一投足也表现得像艺人一样。

有点偏大的深绿色长裤的裤脚稍微折到脚踝的部分，脚上是白色的凉鞋，上衣是宽松的白色T恤。我也不知道到底是不是，不过总之就是穿着很宽松的衣服。我关于衣服的词汇量实在是太不充足了。

我则是将之前照着假人模特买的衣服原封不动地穿在了身上，所以对我自己的装束，我所知的词汇足够形容了。

“话说，就算是迟到了，我也不想被葵你说啊！你之前也有迟到过吧！”

“哎？是这样吗？我忘记了！”

“我可是还记得哦？”

然后两人异口同声地笑了。虽然是非常稀松平常的对话，但是对我来说则是获得了不得了的情报。日南葵迟到了？那是什么平行世界吗？

“抱、抱——歉！！”

思绪万千的我完全退出了对话，这时泉也到了。看了一下手表，现在距离约好的时间过了大概两分钟。她跑得很急。

“慢点慢点，优铃你这样会跌倒的啦！危险！”

日南开心地笑着说道。

我看向泉的脚下，那种东西应该是叫高跟鞋吧，她穿着鞋跟很高的黑色鞋子、有点弄破的牛仔短裤。整个人迸射出年轻的气息与性感的魅力。

上衣是露出整个肩膀的黑色衣服，而且仔细看的话会发现里面还有衣服微微地透出来，里面那件看起来是略微宽松的白色衣服。她好像还戴着项链一样的东西。该说是感觉意外的成熟吗？是性感又成熟的辣妹风格打扮，明明性格还像小孩子一样。

不过怎么说呢，泉像这样子跑步过来的话，感觉就算迟到了也能让人原谅她呢，甚至还给人一种笨拙可爱的印象，散发着毫无恶意的感觉……唔，哎？

这时我察觉到了，这恐怕是……

“好，你迟到了。要请大家吃哈根达斯！”

“哎哎？！……好、好吧。”

“哎呀，很懂嘛，很懂嘛！那我们走吧！”

水泽也用仿佛在看什么可爱东西一样的目光看着泉。她像是需要疼爱、需要守护的存在，浑身散发出了“不能放着不管”的氛围。也、也就是说……

日南之所以会迟到，就是为了让气氛变成这样而故意为之的啊——

真的假的啊，不过肯定是那样的吧。我无数次见识过她在私底下的那一面，所以能够确信：那家伙绝对不可能因为自己的失误而迟到，如果是故意的话，那就是另外一回事了。

“走吧。”

在我对日南葵的可怕感到战栗的同时，买东西也要开始了。咦？说起来，在水泽和泉来了之后，我好像连一句话都没有讲过吧？

我们首先要去的是，离碰头地点大宫“豆树”很近的LUMINE。

会选择LUMINE，只是因为水泽提议说：“友崎和泉是要买礼物对吧？那么就先去LUMINE之类的地方看看？”至于为什么是LUMINE我就不太懂了，估计是因为里面有卖各种各样的东西吧。

从车站直接进到LUMINE——这里好像叫作LUMINE2，不过具体是怎样我就不知道了——里面，没走几步就看到了叫BEAMS还是什么的时髦服装店，于是变成了要进去看看的情况。我不知道为什么要到BEAMS什么的里面看看，大概是因为里面有很多东西吧。反正我什么都不懂。

“唔——嗯……”

进到那个BEAMS里面之后，泉就开始仔细观察起摆放着包包、钱包，还有其他各种小东西的那些地方。她的眼神非常非常认真，而且还十分清晰地从嘴里发出了“唔——嗯……”这样的声音。

日南在那样的泉附近走来走去，物色着商品，并且发出了轻轻的声音。

“啊，这个好可爱。”

“真的啊！好可爱……不过修二会喜欢这种吗？”

泉一边拿起淡褐色的看起来应该是零钱包一类的东西，一边露出有些不安的表情看向日南。

日南歪了歪脑袋。

“唔，不好说吧？”

“嗯——阿弘，你觉得呢？”

泉好像用阿弘来称呼水泽。

“唔，可能没什么兴趣吧。”

“我想也是！”

泉消沉地将那个东西放回到架子上，看起来是发自内心的失望。但是当她重新开始挑选商品后，脸上的表情就迅速地变得无比认真了。

该怎么说呢，能够感受到她挑选的时候有在认真地考虑中村的事情。她眉毛紧皱，表情却是傻傻的，有点靠不住的感觉，但是能够让人感受到她强大的集中力。这个生物是怎么回事啊。

那么，我该怎么做呢？光是这样看着也不会有什么进步，而且事后还会被日南训斥，所以也差不多该做点什么了吧。于是我战战兢兢地走到了泉的附近。

这时，泉转过头来，用很严肃的眼神看着我的眼睛。怎么了啊？

然后她开口说道：

“我搞不懂啊……”

“什、什么意思啊？”

那么严肃的表情却只是说出了这样的话，让我有些不知所措。

“你觉得哪个比较好呢……”

“哎？唔，嗯——”

泉对我也是平等地征询意见，不会差别对待，真的是很了不起。唯一的难处就是此时的我说不出任何有参考价值的意见。

不过我还是尽自己所能努力思考了。说到底，我连中村平时穿的衣服是怎样的风格都不知道，对于他的兴趣爱好、性格等方面也几乎是一无所知，最多就是知道他现在喜欢 AttaFami，并且有不服输的一面。

所以，结论就是如果不先从了解中村开始，礼物的事就根本无从说起。嗯。没办法啊！只能像平时一样把心里想的事情原封不动地说出来了。

“呃，怎么说呢，如果不知道该买什么才好的话，我觉得像这样在店里逛来逛去也还是没法知道的。所以该说是要去了解中村，或者是思考他的想法吗？怎么说呢，只、只能像这样试着思考应该买怎样的东西，然后到处看一下再来做决定吧，我是这么认为的……”

因为缺乏自信，所以我的声音是越来越小了，不过泉还是点着头，露出直率的眼神听我说完，听完之后还大声地说了“确实如此”表示同意。话说，这孩子不会被骗去买罐子之类没用的东西吧？没问题吧？

“谢谢！我会再多问问看的！”

说完，泉就东张西望起来，应该是在找日南或水泽吧。话说回来，现充的身体真是格外稳健啊，连环视四周的动作都有一种神秘的稳定感。泉“啊”了一声，看来是发现了在远处的两人。

但是，她不知为何说着“我说啊”，拍了我两下。看到我做出了回应之后，她就踮起脚，把脸凑到我的耳朵旁边。哎，怎么了？怎么了？脸靠得太近了吧，你都是第几次这么做了啊。

“你看，那边。”

听到泉这么说，我顺着她所指的方向看过去，看见了一边互相帮对方试戴帽子，一边亲密地谈笑着的水泽和日南的身影……唔，那个怎么了呀？

“你是说他们看起来感情很好吗？”

泉不知为何露出颇为开心且有所企图的表情看着我。

“我跟你说哦……其实，啊，这件事要保密哦？”

“哦，哦哦。”

她将嘴巴贴到弯下身子的我的耳边，然后低声细语地说道：

“有传闻说那两个人在交往哦。”

“哈啊？！”

我情不自禁，惊叫出声了。泉一边小声地说“笨蛋”，一边看着我。

只用aiueo进行附和的练习成果得到了体现，我做出了十分夸张的反应——太好了，结果导致店员还有日南和水泽都看了过来，真是太羞耻了。

泉摆了摆手，表示“什么事都没有”，不过那两人露出了疑惑的表情之后，就面带浅笑地走了过来。

“呃，这件事晚点再说！”

“哦，好……”

我小声地这么回应之后，泉就说着“真的什么事都没有啦”，朝那两人走了过去。至于我——我只是呆呆地站着不动，刚才那句话不知为何在我的脑海里不停地重放。

“有传闻说那两个人在交往哦。”

不、不过也是啦。仔细想想就能明白了。倒不如说完美女主角日南葵没有男朋友才不自然吧。毕竟要是连一个男朋友都没有过，就那么拽地说出“目标是交到女朋友哦”这种要求就太奇怪了吧，所以这也是理所当然的事情。

但是为什么呢？感觉有些不爽……我估计是“传闻”这个部分让我觉得不太痛快。既然泉跟日南的关系那么好，直接问本人不就好了吗？为什么不那么做呢？就是这方面的事情让我觉得不太痛快。

算了，这并不是跟我直接有关的事情，所以无所谓啦，但还是有点不对……这是不弄清楚就会觉得很不舒服的事情啊。你想啊，要是有人跟你说“其实有个秘密……不，还是算了”这样的话，那你肯定会很不爽吧。这个和那种情况是一样的，并不是因为是日南的事情，而是在那个层面上让人觉得很不爽。

“友崎同学！要走了哦？”

“哦，哦哦！！”

日南叫了我一声，这让我又做出了夸张的反应。

见状，日南就稍微拉近了距离，用只有我能听到的音量问道：

“我说，你的样子很奇怪啊。刚才跟优铃聊了些什么吗？”

她轻声细语地抛过来的疑问让我脊背发凉——

“没、没没没，呃，并并并没什么。”

我怎么看都是超级动摇了。

“……这样啊，那就算了。”

我都结巴到了如同 DJ 在搓碟一般的地步，这副样子让日南也吃了一惊。

“哦，哦。”

“不说这个了，我给你的课题，完全看不出你在做的样子哦？”

“啊，说的也是。嗯，我会做的，会好好做的。嗯，嗯。”

“是吗……那就先这样。”

不知道她是判断继续说下去也没有意义，还是觉得再纠结下去会显得不太自然，日南说完这句话就往水泽的身边走去。然后两个人又谈笑了起来，都露出了开心的笑容。

呃，不对不对。我可不是为了观察别人的风流韵事才到这里来的，必须好好完成给我的课题才行。我在这里是为了积累经验值啊。

我让自己的内心专注起来，为了重新确认自己需要做的事情而回想起了昨天的会议。

* * *

“这次的课题是‘让自己的提议通过两次以上’。”

“……唔，这也就是说？”

听到日南给我的课题，我马上询问具体需要怎么做。

“就是字面上的意思。你想啊，所谓的集体行动，是需要有‘要去哪里、要吃什么、什么时候回去’之类的那种‘关系到所有人的选择’吧？”

“唔，确实是这样的。”

只要不是每个人都分开、各吃各的，就会变成那样的情况。

“这样一来，就必然会出现‘所有人都赞同其中一人的提议’这样的情况。即使最后要去的原本就是其他人想去的地方，也总是要有人提出来的吧？”

“是啊。”

确实肯定要有最先提议的那个人。

“‘让自己的提议通过’就是这么一回事了。自己主动当‘最先提议的人’，给出‘要去哪里、要吃什么’之类的提议，并且要让剩下的三个人都接受。做两次以上这种事情就是这次的课题了。”

是这么一回事啊，我知道自己要做的事情了。

“原来如此……不过我有个问题。”

我举起手来说道。

“好，友崎同学你请说。”

日南就像成熟的女老师一样指了指我。虽然是我开的头，不过她那莫名符合教师气质的举止，让我不禁有点害羞了。

“唔，那样做的理由还有效果是什么呢？”

“好问题，友崎同学。这个大致来说有两点。”

日南在脸的旁边竖起两根手指。她维持着成熟的说话方式，莫名带有性感魅力的声音将我的耳朵给深深地吸引住了。

“两、两点？”

“第一个是在群体当中掌握主导权的练习。”

“掌握主导权的练习？”

我还是不得其解。

“我就从结论来说吧。‘让自己的提议得以通过’就相当于暂时‘操控了那个群里的气氛’。”

“唔，呃？”

不知道该说些什么的我思考了起来。

让自己的提议得以通过等于操控气氛？

“我之前跟你聊过‘气氛’的话题吧？所谓‘气氛’，就是在那个群体当中成立的善恶基准。”

“是的，有讲过。”

我也通过绀野绘里香的那件事实际感受了这一点。

气氛等于在群体当中成立的善恶基准。

“那么，你还不明白吗？刚才所说的结论的含义。”

结论的含义……？

我借由她刚才说给我听的两条线索，努力地进行思考。

也就是说……是这样吗？

“‘让自己的提议得以通过’就代表用自己提议的行动让那个群体的‘气氛’往‘善’的方向转变——所以就等于‘操控

气氛’对吗？”

日南咧嘴一笑。

“鬼正。”

“出现了，这个词。”

“也就是，”日南一边说，一边用指尖触碰我的胸口，“让自己的提议得以通过就是为了成为‘操控群体气氛的人’而做的练习。”

突然被触碰了预料之外的地方让我有些心慌意乱，但还是故作平静。

“唔，呃，为了成为‘操控群体气氛的人’吗？”

“没错。为此就要让自己的提议得以通过。”日南的手指离开了我的胸口，“那么你知道为什么要以成为‘操控群体气氛的人’为目标吗？”

我一边让自己不要去在意胸口残留的触感，一边接着日南的话做出了回答。

“……因为那与现充是紧密相关的吗？”

“鬼正。”

“今天这个词出现的频率真高啊。”

“‘操控群体气氛的人’基本上就是现充了吧？”

日南无视我的话，将话题继续推进下去。算了，也无所谓啦。

我的脑海里浮现出几个“操控群体气氛的人”……他们确实就和这家伙说的一样啊。

“的确……该说是负责统筹还是作为领头呢，他们中大多数在那个场合都是处于头目的地位。不仅如此，感觉他们在现充当中也是高高在上的。”

“是啊。比如说中村和绀野绘里香，还有我。”

“那还真是很厉害呢。”

我已经习惯了这家伙的自卖自夸，倒不如说我早就猜到她会这么说了。

“所以说，为了成为拥有头目地位的现充，‘让自己的提议得以通过’这个课题是最合适的哦。”

“原来如此。”然后我突然冷静了下来，“……呃。你是让我拥有头目的地位？”

办不到，办不到，这样的话语非常自然地脱口而出了。

不过出乎意料的是，日南摇了摇头。

“我不会要你马上就成为现充团体里的头目，我是说你应该渐渐地让自己具备那种人的资质。”

“渐渐地……”

那、那样的话倒也不是办不到……真的吗？

“是的，通过‘让自己的提议得以通过’来习惯‘操控气氛’，然后以此为基础，让自己渐渐地能够操控更高难度的气氛就可以了。”

“呃。是这样吗？”这么说来，“也就是说还有操控更高难度的气氛这样的情况。”

"这是当然的啦！虽然对于现在的你来说还早得很——比如说全方位操控更大群体的气氛，或者并不是在某个场合进行操控，而是在很长的期间里通过潜移默化来达到操控气氛的效果，是有各种各样方式的哦。"

操控更大群体的气氛，还有在很长的时间里操控气氛？

我拼命地转动自己的脑筋，但还是不得其解。

"……比如说？"

"以我们学校的情况为例子，就是'地位低的女生不能打领带'的那种气氛了。并没有什么人当面叮嘱过，而是庞大群体里的所有人经过很长的时间接受了那个气氛。"

"哦，哦哦。是这么一回事啊。"

我心想，你一边清楚地说出了那件事，一边打领带，这样好吗？同时也理解了她的意思，确实是有这样的情况啊，在庞大的群体中共享的、成为前提的气氛。

"对庞大的群体不断地重复某种气氛操控行为，让那个基准在群体里扎根。如此一来，就会形成不需要特意操控的牢固气氛。而那个气氛就会顺利地变成'前提'，范围很广，时间也很长。那就是操控难度比较高的气氛了。如果熟练掌握了的话，是能做到这种程度的事情的哦。"

日南咧开嘴，露出了有些做作的笑容，这么说道。

"……原、原来如此。"

我一边对她那意味深长的表情和话语感到胆怯，一边思考着。重复操控气氛，改变群体里的善恶基准，使其变成都不需要专门操控的、作为诸事前提的牢固气氛。这个在某种层面上就是洗脑吧。

“顺便一提，不只是学校啊，也有人的操控范围涉及企业、自治团体甚至国家哦。”

“那、那是……”

比如说小团体一起买东西之类的，只是让群体按照自己的想法行动一次，这样的情形是最简单的“气氛的操控”。

然后将那个方式应用到更大的群体上，甚至连作为前提的气氛都进行操控，这就是更加困难的“气氛的操控”。

规模越大，其范围、强度和持续性也会随之提升。

“这简直……感觉要是发挥到极致，就像新兴宗教一样了啊。”

听到我这么说，日南咧嘴一笑。

“新兴宗教？你在说什么啊？”

“哎？”

“宗教也是如此哦。友崎同学。”

“哦，哦哦……”

我听到了相当危险的发言。

“不过，就是那种感觉。并不仅限于宗教，不管是大还是小，各种各样的群体当中都是绝对存在这种‘气氛的操控’的。不可能有哪个群体里是完全没有的。无论是班级还是家庭，哪怕是现在只有我们两个人的场合也是。毕竟人类这种生物要是没有了善恶的行动基准，就没办法行动了啊。”

“原、原来如此。”

那个异常大彻大悟的话语让我甚至感到了畏惧，但同时也理解了，就是那么一回事吧。

“这样你就明白了吧？只要练习操控最小单位的气氛，接下来就会知道该怎么去操控范围稍大一点的气氛，再接下来也能了解更大范围下气氛的操控方法。像那样一直进步下去，就有办法接近操控某个群体的气氛的存在——也就是群体里的头目，说得更清楚一点，那就是真正的现充哦。”

“啊啊，是这么一回事啊。”

“虽然突然让你成为群体里的头目，你也应该不知道要怎么做才好，但是换成‘让要去哪里、吃些什么之类的提议得以通过’这样的事情，就多多少少能够想出一些做法吧？”

“确实是这样没错。”

“之后就是将通过这种练习掌握的做法不断地重复运用，达到能够改变前提或者是适用于更大群体的程度，这样通往现充的道路就会对你敞开了。你明白了吗？”

听起来好像很难，但又是非常单纯的方式。

“哦，鬼正。”

“用法不对。”

日南露出非常不高兴的表情。看来我的“鬼正”之路还十分险峻啊。

“唔……那第二点呢？”

“好吧，鬼正的部分你就回去好好复习——第二点，是‘责任’的问题。”

“责任？”

又有非常劲爆的单词登场了。

“这个十分单纯哦。你想啊，你不是一直孤零零的吗？”

“有必要突然这么直接地说出来吗？”

出乎意料的正拳攻击。

“但这是很重要的事情。也就是说，单独行动的时候不需要让其他人承担责任，自己的行动导致的结果基本上都只会落到自己身上对吧？”

“嗯？是啦，是这样没错。”

毕竟是独自一人，那当然是这样了。

“就算没有事先调查清楚就到店里面去，饭菜不好吃也只会影响自己的心情；随便找家店去买东西，找不到想要的东西也只会浪费自己的时间，不会给其他人添麻烦。”

“正是如此。”

这也是孤零零的好处，缺点和优点是表里一体的。

“但是，成为现充、从属于一个群体之后，而且还要提出意见的话，那就不能那样了。”

“……嗯？也就是说？”

“如果向大家提议‘就在这里吃饭吧’，结果那家店不好吃的话，责任就会落到自己身上。如果向大家提议‘就在这里买东西吧’，结果那家店的商品不够丰富，责任也会落到自己身上。”

“啊啊……”

可能确实是这样的。

“当然，最终决定采用那个提议的还是在场的所有人，既然如此，那么所有人平分责任才是正确的。但是啊，还是会自然而然地演变成最开始做出提议的人选的方向不够好的‘气氛’，对吧？”

“嗯，可以想象出来。”

“也就是说啊，你不是一直孤零零的吗？”

“有必要这么直白地说两遍吗？”

“我的意思是你能够亲身体验孤身一人时不会产生的‘由于决定性意见而带来的责任’，然后你要去习惯那种情况。更进一步来说，就是你要变得能够自由操控那种东西。作为以那个领域为目标的第一步，就是这个课题的另一个意义哦。”

“……原来如此。我理解了。”

听明白了的我点了点头。

“换句话说，就是要从名为孤零零的舒适温水之中，不对，是从已经彻底腐烂的泥沼当中，把你这个非现充的化身给拖拽出来。”

“这个过分严厉的补充说明是有必要的吗？”

日南依旧是老样子，不会简简单单地说明完就了事。

* * *

嗯，就是这样，我必须要让自己的提议通过两次以上才行，所以现在可没工夫观察日南和水泽的样子，并进行不必要的推测了。

从BEAMS出来之后，我一边走一边思考着接下来的目的地。往前看去，从右往左是水泽、日南、泉这样的顺序，泉是稍微往后退了一点点。水泽和日南依旧是有说有笑，泉则是偶尔会加入到他们的话题中——而且还会时不时在意我这边的情况。

咦？稍等一下，这该不会是——她是在担心我吗？

啊，糟糕了，糟糕了，沉浸在独自思索当中是没什么啦，但是因此让人担心或者给人添麻烦那就不太好了吧。至今为止我都不会给任何人造成麻烦，就算不跟其他人打交道也没有什么问题，所以现在变成这样让我有点感受到了责任……日南同学说的“责任”就是这么一回事吗？！这确实是孤零零的时候无法体会的感觉……

如此一来，我必须要努力让对方别操心才行。于是我走到了泉的旁边。

“……哎呀，还真是很难选呢。”

“就是说啊！友崎你想好了吗？”

我努力地摆出平常心的表情跟她搭话之后，泉活力十足地做出了回应。也对哦，毕竟我变成了也要买礼物的人。课题和礼物，要做的事情还真多啊。

“不，我还没……泉你呢？”

“唔。我刚才有问阿弘……啊，我是说水泽！”

“啊，嗯。”

看来她是担心我不知道阿弘指的是水泽。虽然我是知道的，不过她还真是贴心啊。

“说是最近很在意痘痘，让我送那方面的药就好。送那种东西的话，肯定会惹他生气的啦！”

“哈哈哈哈。”我会笑主要是觉得原来那家伙很在意青春痘啊，“不过那种东西说不定可行哦？算是他本来就很想要的东西吧。”

“嗯。话是这么说没错……但是我就是不清楚嘛。你知不知道……应该不知道吧。”

“喂，别问之前就放弃啊。”

因为在日南那边接受过太多次这种说我没有朋友的损人话语，所以我这方面的吐槽技能有了不少长进。

“啊哈哈！不过你就是不知道吧？”

“唔嗯……”

我一边思考，一边瞄了瞄日南和水泽的情况。他们还是看起来很开心的样子。

“我知道的事情有……喜欢 AttaFami，还有看起来很强，是个帅哥，发型很现充……”

“嗯？那个……”泉好像注意到了什么。

“哎，怎么了？发型很现充……啊！”

这时我也灵光一闪。说到现充跟发型，对哦，还有那个东西啊。

然后泉和我看着彼此，同时开口了。

“发蜡！”

“那种能够夹住刘海的东西！”

“……哎？”

泉又看了我一眼，发出了疑问，我语无伦次地回答：“没……没什么啦”。

“友崎，你刚刚说了什么？”

虽然不知道是怎么回事，但是我很清楚，只要老老实实地坦白，就会让她觉得我很奇怪的。别、别看我啊。

“我什么都没说……”

“你刚才说了可以夹住刘海的东西，对吧？”

原来都听见了啊。泉不知为何开心地笑着。

“呃，我是觉得啊，现充不都是给人用发夹之类的东西固定住刘海的印象吗……”

“修二的头发很短哦。”

“确实。”

我被干净利落地驳倒了。

不过怎么说呢，刚才那种同时说话的合拍感觉——我的说话技能说不定多多少少有点提升吧。

“……啊哈哈哈！不过发蜡挺不错吧？！”

“我、我觉得可以！”

要说可不可以，我觉得是可以的。如果她说不知道可不可以的话，那我也就不知道了。

“我说，阿弘！发蜡之类的怎么样啊？”

“哦哦！挺不错的呀！那家伙也有收集各种发蜡的！”

“啊……那会不会跟他已经有了的撞上啊？”

“没事，我应该知道哪些是他还没有的。”

“哎，真的吗？！不愧是阿弘！”

“还好啦。毕竟教那家伙用发蜡的人就是我嘛。”

“是这样吗？！啊，对哦，你是想当美发师啊！”

“就是这样。有一种比较贵的系列，我估计他手上应该是没有的。毕竟那家伙是会买各种便宜的东西来尝试的类型。”

“哎！意外地吝啬啊！明明态度那么嚣张！”

“不是的哦，优铃。发蜡并不是越贵越好，适不适合自己才是最重要的。就跟女朋友一样哦。”

“好烦啊！果然轻浮男说出来的话就是不一样。”

“不，我意外地不轻浮啦！！”

“意外地啊？！”

“毕竟我的发型之类的很轻浮嘛。”

“你自己也知道哦？！”

“算是啦。我去美发店的时候，被问到要弄成怎样的发型，会回答——麻烦弄得轻浮一点哦！”

“啊哈哈！你这绝对是在骗人吧！”

“真的啦，真的啦！”

然后两人开心地笑了。看着他们的对话，我不禁心想——

什么叫“我的说话技能说不定多多少少有点提升”啊。果然只是因为泉很擅长对话，所以我才能勉强表现得像模像样，其实还只是一只小雏鸟啊。

* * *

接着我们来到了大宫站西口的东急 HANDS，听水泽说，“在大宫买发蜡就要到这里来”。话说仔细一想，无论是最开始的 BEAMS，还是像现在这样到东急 HANDS 来，水泽已经做了两次“让自己的提议得以通过”这件事，非常自然。果然这就是现役现充的实力吗？

我们四人搭上电梯，前往四楼的男性美发用品卖场。各种各样的发蜡在颜色时髦的盒子里面，整整齐齐地排列着。

“哪个比较好呢？”

日南对泉说道。

“要选哪个呢？阿弘？”

“唔。我想那家伙应该是没有这边的系列。”

水泽这么说，指着装在类似软管一样的东西里面的那一系列发蜡。

“这个数字是什么？硬度吗？”

“是的。2号比较柔软，10号比较硬。”

“哪种比较好？”

“要说哪种比较好，还是要看发质和长度的。比如说……”

水泽这么说着，拿起了上面标示了“样品”字样的8号发蜡。

“你来一下，友崎。”

“哎？”

水泽向我招手，我就这么乖乖地走了过去。

“哦哦！孝弘的造型秀！”

日南笑着煽风点火。哎？造型秀？

“这个嘛，我只是举个例子哦。比如说友崎这样的情况，虽然头发有点长，但是发质偏软，所以要用这种硬度第二的8号发蜡。不过，如果能全部试一遍那就最好了。先在美发店试一下，然后用试出来的那种就不会错了。而且给友崎剪头发的那个人应该挺厉害的。”

“哎，呃……？”

“没啥，你就先听着吧。如果是这种程度的发量，用量差不多需要小拇指的指甲那么多吧，先涂到手上搓开。啊，顺便一提，原本是要在头发打湿的状态下用吹风机吹头发的，就算说吹干的方式决定了一半以上的发型成果也不为过哦。所以现在这样顶多只能算是应急处置之类的。”

“嗬！”

日南恐怕早就知道了这方面的知识，不过她还是发出了故意装出来的佩服的声音。

“然后把这个均等地涂抹到除了刘海以外的头发上。这是很容易搞错的一点，有些人只是涂抹到想定型的头顶部分或者是两侧部分，那是不对的。要让发蜡均匀地散布在全部的头发上。另外刘海如果抹太多的话，会看起来油油的，所以需要注意哦。”

“哦，哦。”

我目瞪口呆地听着水泽所说的内容。

“这种长度的话，弄成卷发那样的感觉会比较时髦吧？头发整体都涂抹好之后，再用力抓住，弄出发束来。”

我能感觉到自己的头发跟着流畅的节奏被接二连三地抓起来。

“哦哦！”

泉很开心似的发出了声音，究竟发生了什么事呢？

“呃，现在是怎样的状态啊？”

“好啦，你就等着吧。接下来是第二个要点了，这一点在自己打理的时候很容易忘记，或者说是本来就不清楚。其实啊，打理发型最重要的是打理后脑勺的部分，但自己照镜子时是没办法看到的。”

“嗬！是这样啊。”日南一边说，一边轻轻地点头。也可以看成是她在表示这个知识符合自己的认知。

“后脑勺会影响到别人从侧面看过来时和从后面看过来时的印象。一般都说男人的侧脸是非常重要的，所以给头发做造型的时候，最关键的就是让脸型从侧面看起来会显得不错。具体就是……”

水泽用手掌在空中画出了半圆。

“就是要让后脑勺稍微鼓起来！”

“鼓起来？”

我也渐渐地被水泽说的话给吸引住了，他果然很擅长讲话。

“总之嘛，看一下外国人还有漫画角色的侧脸就能了解了，侧面的后脑勺如果是鼓起来的话，头型就会显得很好看哦。你可以试试搜索图像，像外国人或者漫画角色之类的。但是日本人的后脑勺大多都是很平坦的，所以要靠头发造型来弥补。”

“原、原来如此。”

“感觉阿弘就像电视购物里的人一样呢。”

泉愉快地打了个岔。

“烦死了！所以要把这里给抬起来……虽然还想用喷雾固定

一下，不过在室内应该暂时没什么问题吧。好了，完成。”

“哦哦，好厉害！友崎，意外地很适合你啊！”

泉用闪闪发亮的眼睛看着我说道。

“意、意外是多余的啦！”

我果然只能对损我的情形进行吐槽，词穷的情况就请不要在意了。

日南则是笑眯眯地看着我这边。

“嗬！原来孝弘也有特长啊？”

“好了，葵你就别烦了。”

这两人果然是感情很好的样子啊。

不过从刚才的情况来看，我是被想当美发师的人做了头发造型……

“呃，我的脑袋现在是怎么个样子啊？”

“等会儿去厕所就能看到了啦。”

水泽微微一笑，这么说道。

“不过感觉真的挺不错哦？我觉得上学的时候，你也自己打理一下会比较好！”

泉一边目不转睛地盯着我的头发，一边用相当认真的语气说道。

“哎，好的。”

出乎意料的夸奖让我不由得害羞起来了，我还无法应对被损之外的情形啊。

“哎，呃……啊，那礼物就……”

害羞的我忍不住转换了话题。总之先搞定泉要买的东西！

“啊，对哦！修二用哪种会比较好呢？”

“我想下……唔，那家伙的头发比较短，所以就选这个吧。”

他这么说着，把 10 号发蜡拿到手上，然后递给了泉。

“那就买这个，我去结账！你们等我一下哦。”

泉说完就朝着收银台快步走去，给人的感觉是她想尽量减少别人等待自己的时间。如果换成绀野绘里香的话，应该是会大摇大摆地走过去吧。

“话说，你的头发很好打理啊，是刚剪过的吗？”

“唔，差不多是两星期前吧？”

“嗬！是在哪里剪的呢？”

“我记得那家店的名字是——”

就在这时，日南的鞋子“咚”的一下轻轻地碰了碰我的鞋子。我直接将店名给说出来了，然后在那个瞬间，才突然意识到——“咦？刚才那是‘不要说’的信号吗？”

“对对！那里是我告诉他的哦。”

我刚说完，还没等水泽表现出任何反应，日南就很自然地插话进来了。

“啊，是这样啊？我刚在想那不是跟葵去的是同一家店嘛，是你介绍给他的吗？”

“对对！之前跟他聊，他说在找不错的美发店，所以就告诉他了！而且介绍新客人是能赚到积分的哦！”

“真是现实的人啊！”

然后两人都啊哈哈地笑了，稍迟片刻，我也跟着笑了。

呃，是那样的吧。刚才是我失误了。

我和日南去同一家美发店是不自然的。就算说是偶然，也过于牵强了。

既然如此，不先说是通过日南的介绍就直接说出美发店的名字，这样会显得很不自然的。

所以我刚说出了美发店的名字，在被怀疑之前她就刻不容缓地自己说出来了，就是这么一回事吧。

毕竟要是等水泽做出“咦？那不是和葵去的是同一家店吗”这样的反应之后再说就太晚了，因为不先说出来我是被介绍去的就会显得不自然。就是这么一回事吧。而且水泽还有神秘的推理技能，所以要格外小心。

我在反省的同时，也再次意识到，能够在一瞬间做出那种判断的日南果然很可怕。

“我买好了！”

喜笑颜开的泉回来了。

“那我们走吧。”

可能是为了不被继续追问下去，日南带头走了出去。因为旁边有自动扶梯，所以就坐着它下楼了。

然后，就在这时。

在自动扶梯的侧面是能够照出全身的镜子，并且是沿着自动扶梯延续下去的。

我没有意识到镜子的存在就上了自动扶梯，所以镜子突如其来地闯入了我的视野，然后上面照出了自己全身的样子。

我觉得我对自己是相当严格的，所以AttaFami才能练得那么强，尤其是关于自己的容貌，为了不会因为自我感觉良好而让自己丢脸，我都是以严格又客观的指标来进行判定的。至少我在这方面是相信自己的眼光的。

所以，我想这应该并不是自我感觉良好。

镜子照出来的，是我的全身。

虽然我不会说那个样子已经到了现充的程度，但是……

跟型男型女们站在一起，屁股的肌肉使劲，端正了姿势，抬头挺胸，翘起嘴角，身穿之前照着假人模特的穿搭买下来的时髦服装，眼睛上面是整整齐齐的眉毛，头上顶着以成为美发师为目标的同学打理好造型的头发——就是这么一个男生的模样。

至少在我的眼中，那看起来并不像恶心的阿宅。

*　*　*

我们四个人坐自动扶梯下到了一楼。日南他们说着“哎呀，买了好东西呢”“接下来去哪里”“啊，友崎要买什么呢”之类的话。我则是“啊，嗯”这样心不在焉地回应着，整个人的心思都不在这上面。

内心刚才的激昂依旧让我难以忘怀。

可能是察觉到我的样子很奇怪吧，日南用调皮的语气提议说：“不过也很难决定吧。要不要先去星巴克之类的地方休息一下？我累了！”然后泉就表示：“这个主意不错！我想吃抹茶星冰乐。”而我基本上是充耳不闻。

看起来并不像恶心的阿宅。

那副模样让我一瞬间没能认出是自己，心里想着“有个好好打理过仪容的学生在呢，现充爆炸吧！”结果却发现那就是我自己。

我自己也知道这种反应很蠢，也很清楚那并不是夸张到这种地步的事情。毕竟姿势和表情都是遵照日南的教导一直在维持的，所以当然不会差。眉毛和发型也是那个领域的专家和立志成为专家的人帮我弄的，那肯定是很好看的。服装也是将时髦服装店里的假人模特身上的时髦穿搭原封不动地搬到了自己身上。

那些组合搭配出来的模样，无论作为原始素材的我有多么糟糕，都不至于会变成不堪入目的样子。这一点我是明白的。

可是，我很开心。

妹妹感知到了我的变化，甚至问我：“是不是看了什么摆脱阿宅的书啊？”水泽也说我说话时变得开朗了。之前发生过这样的事情，每一次遇到那种情形，我都会有自己发生了改变的感觉，并且开心起来。然而——

能够清楚地感知的变化和达成感，这类些微的实际感受出乎意料地打动了我的内心。

“友崎同学，你怎么了？”

“日南……”

日南走到我的身边，跟我搭话。现在的状况下，我也没办法将这个想法传达给她，我只能摇了摇头，说了声“没事”。

日南看起来并没有接受，不过她还是马上换回原来的表情——

“要走了哦？”

用平时那种刻意装出来的语气叫我。

“抱歉，我马上过去！”

我也尽可能地使用面向外人的开朗语气，回应了日南，并且迈出了步伐。

然后，我走到了日南的旁边。

“我接下来也会继续努力的。”

“哎？”

我用只有走在旁边的日南才能听到的声音细语道。

虽然日南似乎并没有理解那句话的意思，不过我觉得那样也没关系。

*　*　*

“唔，焦糖玛奇朵，第、第二个的，中杯……吧。”

“再跟您确认一下，请问是焦糖玛奇朵的中杯吗？”

“是、是的！”

星巴克最著名的地方在于它真正的可怕之处，即“容易搞错点单的方式”，所以我想着要对此保持警惕，但是由于需要瞬间的判断力，结果到头来我还是会因为一些细微的举止而暴露出自己其实是新手。

虽然对我来说还是第一次用“中杯”[①] 这个词语，却是以表现出“我本来就知道哦”的感觉来点单的，所以在这种情况下暴露了自己是新手，就代表被店员看穿了“这人明明是新手却还想装作原本就知道的样子”，也就是说我到底想讲什么呢？就是我想太多了吧。

不过这个地方确实让我有种格格不入的感觉，所以不自觉地就会去在意那种事情。虽然里面的顾客并没有散发出我想象中的那种高调气场，但是问题并不在那里。看起来应该是打工的店员们脸上的那种“我们正在闪耀”的表情绽放出来的“阳光”气息，简直就像在拒绝性格阴暗的我一般。要是没有刚才的达成感，我恐怕已经被蒸发了吧。

我在收银台的侧前方接过商品，然后朝水泽先占好的位子

①对星巴克的杯型，日本采用了和欧美一样的说法，中杯是 tall。

走过去。泉和日南在我的后面，她们两个都非常认真地看着菜单。日南每次都是这个样子就不管她了，不过泉不是要点那个抹茶什么的吗？

“辛苦啦。”

“哦，哦哦。”

水泽就坐在那里。那是沙发跟普通的椅子面对面的、刚好四个人的桌位。水泽坐在普通的椅子上，吸吮着上面堆着奶油的褐色液体。

然后，现在有个难题。

就是我应该坐在哪里呢？

也不能犹豫太久，要是一直站在这里犹豫不决的话，水泽肯定会问我“怎么了吗”，这样之后绝对会被日南狠狠地训斥一顿的。

所以我没有停下脚步，思考的时限只有从眼睛看到桌子，再到坐下去为止的几秒钟，要靠自己的直觉，只能用瞬间的野性判断来选择座位。

我为了远离眼前的现充气场，所以选择坐到水泽斜对面的沙发座位上。对角线，我能选择的最长的距离。

“哎呀，好累啊。”

虽然我并没有多累，但还是试着这样说了。在我的印象中现充好像就是经常说这种话的，先做好表面功夫。

“哈哈哈。我们并没有走太久哦。”

“嗯，说的也是。”

他轻描淡写地对我吐槽了。原来光是一句“好累啊”，对我来说就已经难度很高了啊。我一边产生了这样的感慨，一边冷静地开始思考。

这样一来不就是那种情况吗？泉不是就有可能坐到我的旁边来吗？

虽然平时在学校里是隔壁桌，但是她坐到我旁边的沙发位的话，意义可就大不一样了。不光是距离感，而且泉今天的服装又非常时尚，让我无法直视她。

“你决定好要买什么了吗？礼物。”

“啊啊，嗯……算是吧。”

“嗬，这样啊？”

其实要买的东西我刚才已经决定好了。但是相比那个，我更在意接下来是谁先到这个桌位上来。我将视线投向收银台那边，然后看到有人走了过来。是日南，到这边来吧！对我来说，泉坐到旁边还太早了！

“你要买什么？”

“嗯，这个嘛……”

我刚准备回答，日南已经到了桌边，她毫不犹豫地在水泽的旁边坐了下来。嗯，我就猜到会是这样。是要给予我试炼的姿态呢，我的旁边就定下来是泉了。好紧张。

“啊！孝弘你的那个看起来好好喝！”

日南看着水泽喝的东西这么说道。

“嗯？我不会给你就是了。”

“我又没有让你给我喝一口！”

又是看起来感情很好的样子，好像还碰到了肩膀之类的地方。怎么说呢，感觉也可以看成因为跟水泽关系很要好，所以才坐在那边的。不，应该不是这样的吧。虽然对我来说是都没差别啦。

“话说，葵你点的又是什么？看起来超好喝的样子。”

水泽显得饶有兴趣。日南放在桌上的那个容器最上方有一层鲜奶油，上面还加了黑色粉末和看起来像巧克力酱的东西，容器里面则是装着混合了饼干之类的、意大利冰激凌形状的白色饮品。

日南露出得意洋洋的表情，将那杯东西拿到脸的高度。

“提拉米苏星冰乐！”

“提拉米苏？菜单上有这种东西吗？”

“哼哼哼。六月开始不是有限定的‘烤芝士蛋糕星冰乐’吗？点一份那个，再加上小杯的浓缩咖啡，还有巧克力酱，最后自己撒上可可粉就完成了！这就是隐秘餐点！”

“什么玩意儿……看起来好好喝……”

“对吧？”

“但是热量就……”

“在星巴克在意热量就输了！……又、又必须要跑步了。”

“哈哈哈！不过知道要跑步就很了不起了。”

我斜眼看着形象大变、让人不禁想问“你谁啊”的日南，差点就要笑出来了。因为日南点了烤芝士蛋糕星冰乐，这家伙又点了芝士类的……要是我流露出笑意的话，脚又会被她踢的，所以我就强忍住了。

“话说你又点芝士了耶！”

“烦死了，孝弘你少管闲事！”

“哎？”

我情不自禁地发出了声音。

“嗯？友崎你怎么了？”

“啊，不，没事……没什么。”

我随随便便地敷衍了水泽的问题，让自己的意识集中到焦糖玛奇朵的甜味上来，尝试恢复平静。焦糖玛奇朵真好喝啊。过度的甜味令舌头麻痹，喝着喝着就觉得刚刚好了。不对啦，嗯。呃。刚才的那段对话。

我有点吓了一跳。

我本以为只有我知道日南那过度的芝士爱，不过也对啦。

那不是什么需要对别人隐瞒的事情，既然如此，那么只要在一起吃过几次饭，会知道也是理所当然的吧，所以水泽也知道日南喜欢芝士。

倒不如说，她跟水泽那些人一起吃饭的次数，应该比和我一起吃饭的次数要多很多。这样一来，他们对日南的了解恐怕比我还多。而且还有他们两个在交往的传闻。看来我又对自己产生了奇怪的误会啊。

算了，也无所谓吧。虽然我不小心出声了，但也只是有点吓了一跳而已。嗯呢。

“啊，我要不要也点焦糖玛奇朵呢！”

泉一边这么说，一边毫不犹豫地坐到了我的旁边。我说，现充是不会在意位子的吗？还是说他们很擅长隐藏内心的想法？或者说是根本就没把我当回事？啊，就是这个了！

“最后你还是点了抹茶那个啊？”

“是啦！”

她不知为何微微一笑，用得意的表情看向我这边。这孩子为什么要做出像受到夸奖一样的反应啊？

“你决定好要买什么了吗？”

泉将容器放到桌上，然后没有用手，就这么弯下来一边吸着饮料，一边说道。我一边移开视线，一边回答道：

“姑且算是……决定好了。”

“真的吗？！是什么，是什么！”

“哦，对啊对啊，你决定要买什么了？”

“我好在意哦。”

三位现充一起发问的压力让我有些头晕目眩，但我还是努力让自己不要输给压力，说出了事先想好的内容。如果只是在现充们的面前将原本想好的事情说出来的话，我也是能做到的！怎么样，很厉害吧！哎？不厉害吗？

然后，等我说完了之后——

“这、这个……”水泽面露难色。

“该怎么说呢……”泉移开了视线。

“……真、真有友崎同学的风格呢！”最后是日南笑着将大家的意见委婉地总结出来了，真是强大的力量。谢谢你，避免了让我心灵受创的情况。

但是，要说我能送的东西，我也只能想出这个来了。而且日南也没有向我传达“那东西真的不行啦”的信号，所以我觉得这样就可以了。

这也算是我的公平竞争精神吧。

然后休息结束，我们前往电器店，买好了我选择的礼物。

我们四个人从电器店出来之后，由于泉和我都买好了礼物，所以这次的目的已经达成了。

说起来，我刚刚很自然地让“去电器店”这个提议通过了，所以课题指标还剩下一次。没有什么切身的感受。该说是意外地简单吗？只要维持这个状态就能完成指标吗？

好，既然如此，那么接下来就是要考虑怎么做，然后对大家说出想好的提议吧。

于是我转动脑筋开始思考……但是想不出什么好主意来。

对、对哦。刚才是因为有买礼物这个目的，所以才能够进行提议，一旦失去了目的，在这样的状态下想提议什么就很困难了。

比如说游戏中心之类的地方，虽然我是经常去的，但是会考虑适不适合带他们三个一起去。那么去吃饭吗？可是我们才刚刚去过星巴克，可能也有人还不饿，而且说起来那不是我该提议的事情吧。

别说让提议得以通过了，光是想提议的内容就已经非常困难了。

“接下来怎么办呢？你们饿了吗？”

是水泽问的。对哦。既然不知道大家饿不饿，那么直接问就好了呀，这实在是太理所当然了。

“唔，不怎么饿吧。”日南这么说道。

“我算是比较饿了。”泉也回答了。

“我也挺饿了。”

“这样啊。”水泽的视线稍微游移了一会儿，然后说道，“我知道一家芝士很好吃的比萨店，要去吗？”

“要去。”

刚才唯一一个说肚子不饿的日南却是最先回答的。

“泉跟友崎呢？”

“比萨很不错呢！”

“我也觉得可以。”

“那就这么决定了！”

我看着让他自己的提议接二连三地得以通过的水泽，我不禁思考起来：到底是哪里不一样呢？

* * *

比萨也吃完了，这下真的是无事可做了的我们也差不多该解散了。顺便一提，刚才吃比萨的时候，日南的表情并没有变成那种可爱到惊天动地的笑容，所以应该是没有特别满意吧。看来她并不是只要是芝士就都可以啊。不过吃起来感觉确实是挺普通的。

我们四个再次回到大宫站，通过了检票口。看来只有泉是搭高崎线，我、日南还有水泽则是搭埼京线。

“今天很开心呢！再见！”

泉跟我们三个人道别了，我们三个也都做出了回应。毕竟是泉，她的那句“很开心呢”应该也是有面向我的，我一边这样想象着，一边希望她没有在勉强自己，带着老妈子一样的心情强忍住了泪水。呜呜。

然后我们三个人朝埼京线走去，随便闲聊着，等待电车的到达。

对话的比例基本上就是水泽四句，日南四句，我一句，车站广播一句这样的情形，是不算太差的数值。

聊了一会儿之后，电车来了。

我们三个上了电车，几分钟之后，到达了离我家最近的车站北与野站。

“唔，那么再见了。”

“再见。”

“再见啦，友崎同学。”

在他俩的目送下，我下了电车。车门关上了。

我不经意地回过头，透过车窗可以看见一边跟水泽闲聊，一边开心地笑着的日南，那笑脸随着电车一点点地提升速度，然后逐渐远去了。

……不对，那又怎样啊！

不过嘛，如此这般，今天买东西的行程就这么结束了。

最终，我只让去电器店这一个提议通过了，并没有完成“让提议通过两次以上”的课题。

我觉得这是非常需要反省的事情，但是我还有其他稍微有那么一点点，真的只是稍微有那么一点点在意的事情。

我烦恼了很久，到底要怎么办，最后得出了“只是问一问而已，这很正常吧”这样的结论，于是采取了以前的我应该不会选择的行动。我打开了 LINE。

友崎文也：日南和水泽的传闻，你是从谁那里听来的?

柚子小姐：啊，你果然很在意??（笑）

经过了几个来回，得知她是从绀野绘里香集团的其中一人那里听来的，而且是真相不明。哦。算了，就这样吧。中村的生日是七月二十七日，星期三。不要从现在就开始紧张哦。

* * *

“你有自己思考过为什么会没有达成吗？”

买了要送给中村的礼物的两天后，星期一的早上，地点是第二服装室。

早上的会议从日南同学这句语气比平时要稍微可怕一点的提问开始。

“唔，怎么说呢？可能是因为去电器店的提议比想象中更加简单地通过了，所以大意了……”

我被询问了没能完成课题的理由。

“在那之前呢？”

“哎？”

“在去电器店之前。去电器店买东西已经是后半段的事情了吧。在我看来，你在那之前都没有表现出任何想进行提议的姿态哦？”

“那、那是因为……”我移开了视线，“水泽他快速地让自己的提议通过了……”

“你就没有预料到吗？”

“预料？”

“预料到水泽在场的话，就会变成那样。你连想都没想过吗？”

“呃，这个……”

虽然这确实不是什么无法预料的事情……但是第一次遇到的状况实在是太多了，我整个人都要被压得喘不过气来了啊！

“唉……算了，就这样吧。跟敌人战斗的时候，如果在后方待机不参加战斗的话，就无法获得宝贵的经验值，这种情形你应该是清楚的吧。”

“对、对不起。”

“……老实说，我有时候会以通过失败来学习为前提给你出课题，但是这次的课题，我本来觉得以你现在的能力和投入的态度，是有办法完成的……看来有必要重新评估一下了。”

失望时隐时现的话语刺痛了我的内心。

“好……我会努力改善的。”

实际上，我最近会比较积极主动地去积累经验值，也感觉到日南对我的这个行为有着不低的评价。明明是这样，我却背叛了她的期待。

我也很清楚自己这次确实没有积极地行动。

到底是为什么呢？造成那样的原因是什么呢？虽然被三个现充包围让我很紧张，不过说到买东西的时候一直在意的事情，啊啊，对哦，是泉提到的，日南和水泽的——

“日南，我说啊。”

“什么？应该不会是什么让我更加失望的事情吧？”

日南锐利的目光削弱了我的势头。

“……我还是不说了。”

嗯，那是很无聊的事情。嗯，不需要特地去问的，还是别说了。

“什么啊？”

“不，什么都没有……”

也不是什么重要的事情。

“……那就算了。接下来，要说一下你通过这次买东西感受到的事情、学习到的事情，还有产生了疑问的事情。这些才是最重要的哦？”

我重整旗鼓，回想着。首先浮现在脑海中的是看到那个镜子时的事情。

“印象最深的应该是实际感受到外表……多多少少有了改善吧。”

我用谦恭的语气说道。

“嗬。”日南温柔地笑了，“这是不错的倾向呢。”

“但是……可能只是我自己这么想而已哦？”

“那也很重要。因为眼睛能看见的变化会关系到动力，还有积极性之类的东西。对怪物造成的损伤从两位数变成三位数的时候，不是会非常兴奋吗？这种一目了然的转折点对于提起干劲是非常重要的。”

这家伙依旧是一聊到游戏的话题就神采奕奕啊！

“啊哈哈，原来如此。还有学到新技能的时候也是。”

“对啊！尤其是学会了全体魔法的时候！”

日南像小孩子一样情绪昂扬地说到这里，就咳了一声，清了清喉咙。

“不过，即使你没有动力，只要有我盯着，就不会让你偷懒的。”

开朗快活的氛围急转直下，她发出了魔鬼教练的宣言。

“我不会偷懒啦！我是有干劲的哦。”

“是吗？归根结底，当事人的干劲是最重要的，所以你有自然是最好了。要改变自己，相比实际去做什么事情，更重要的是对于自己身边发生的小事有怎样的想法——也就是说，最重要的是平时的思考方式哦。”

“哦。唔，是这样吗？”

“是的，特别是最开始的时候。你想啊，光是走路就能够获取经验值的装备，在游戏初期会发挥非常可怕的功效吧？你现在也是在初期。也就是说，平时获得的一点点经验值就会很有效果。”

“原、原来如此。”

又是很开心的表情，这家伙还真是喜欢游戏啊。

“然后呢，有没有什么跟课题有关的事情？比如说当时想到的事情之类的。”

“这个嘛……”我思考了一会儿之后才开口。

“因为基本上就没给出过像样的提议，所以我就试着思考了到底是哪里不一样。分析了水泽的提议之后，我觉得他的提议果然大多是有内涵的。”

“有内涵？”

“你想啊，比如说那个叫BEAMS的地方，去了之后确实是一家很时髦的店，而且也摆放着各种各样适合做礼物的东西吧。提议去比萨店的时候也是，那也是了解日南喜欢芝士才那么说的……”

我一边思考，一边说到这里，但是日南面无表情地看着我。

“我说，友崎同学，你的状态是不是很糟糕？”

“哎？”

“你说的话比平时要缺乏客观性。再好好思考一下吧。”

“是要思考什么……”

“倒不如说刚好相反哦。”

“相反？”

我没有理解日南所说的意思。日南用手指抵住嘴唇，皱起了眉头。

“还是说，突然就跳到买东西，把难度提得太高了吗？”

“到底是什么意思啊？”

“我举个例子好了，水泽最开始提议的BEAMS，那个地方实际上怎么样呢？”

“哎，我觉得是家不错的店啊……不过对我来说有点太高了，无论是门槛还是价格。哈哈哈。”

听到我这么说，日南突然捏住我的嘴唇让我强行闭嘴，制止了我的自虐笑声。

“嗯嗯？！”

不要这么满不在乎地触碰我的嘴唇啊。我可是第一次，麻烦你温柔一点。

“不是说这个。我是说作为给中村买礼物的店，你觉得怎么样呢？”

日南依旧是面无表情地说道。嘴唇得到了解放，上面还残留着奇妙的感觉。

“……哎，唔，这个嘛，在那边确实是没有买东西……不过那家店作为选择也不坏吧。”

听到我杂乱无章的回答，日南叹了一口气。

“你听好了哦？那家店里摆放的东西，尤其是适合当礼物的小物品，虽然都是好东西，但是从送礼物的角度来看，无论哪个都是不符合中村兴趣的东西。”

“是、是这样吗？”

以我的品位是没办法思考到这方面的。

“……不过，你不知道也是没办法的事情，毕竟是衣服也只能照着假人模特来买的状态呢，以后渐渐了解这方面的事情就可以了。但是，比萨店又如何呢？”

“如何是指……”

“那么，你是怎么想的？对于那家店。”那是仿佛在试探我一般的眼神，“吃了之后就没有什么想法吗？”

“啊。”这时我知道她想说的事情了，“我觉得……不好吃。”

日南终于露出了一点点笑容。

“对吧？你果然是懂的嘛。也就是说，水泽的提议并没有什么内涵。”

“可是……这又怎么了？难道是说其实不好的提议更容易通过吗？”

“很接近，但是有点不对。”

“很接近？”

日南点了点头，然后又开口说道：

“正确来说，是‘提议容不容易通过与那个提议实际上是否正确并无关系’。”

我稍微思考了一下，接受了她的说法。

“啊啊……原来如此。”

“你懂了吗？”

“重点在于让别人接受对吧。”

实际上，即使比萨不好吃，只要能够说服其他人，那么提议本身也能通过。

“没错。正确来说就是‘要让其他人能够接受’。就比萨来说，‘实际上好不好吃’与提议是否容易通过并无关系，重要的是‘要让对方觉得说不定会很好吃’。”

听起来很理所当然，不过说得真是够直白啊。

“唔，那么说得极端一点，即使一点都不正确，但只要听起来还不错，将大家都骗过去了的话，就能让提议通过了。”

“就是这样。实际上，水泽提议了不怎么好吃的比萨店，也提议了不符合中村兴趣的店，但是那两个提议都非常顺利地通过了吧？”

日南用着与带有讽刺意味的内容不相符的，像在解释理所当然的事情一样的语气说道。

“哈——这个世界真是可怕啊。”然后我注意到了根本性的事情，“……不对，这样说的话，那就是垃圾游戏吧！”

那种规则是什么鬼啊！如果是那种规则，那么人生不就是垃圾游戏吗！

“为什么这么说？”

“因为正确的事情无法通过，不是吗？那样太奇怪了，也不美丽，所以是垃圾游戏吧！”

日南叹了口气。

“你在说什么啊？并不是这样的哦。只是有着‘相比是否正确，要优先让大家都能接受提议’这个‘简单的规则’而已。你不懂吗？”

“不，那只是歪理……”

“那么，假设有一款目的是让他人都赞同自己的交涉游戏，你觉得如何呢？是垃圾游戏吗？为了说服对方，要采取更有效率的说话方式，调查登场人物的兴趣爱好，还要调节各方面的利害关系。如果有那么一款充满真实感的游戏，你觉得如何呢？”

我想象了一下。感觉这款游戏是分成了调查与交涉两个部分，而且每个部分都需要相应的技能吧。要锻炼用于交涉的能力，还有收集情报之类的。

嗯。

“……感觉是做得很精妙的游戏啊。”

“那么，现实也是很有趣的游戏哦。”

“嗯，嗯。”

我又被她说服了。

“虽然刚才说得那么简单，但是让所有人都接受并不是很单纯的事情，其中有各种各样的规则哦。比如说，要让大多数人与自己的‘利害关系’一致。另外，在一些场合中‘说服拥有强大发言力的人’也是很重要的。”

利害关系一致，还有让场内拥有强大发言力的人能够接受。

“……也就是说，先尽可能让所有人都得到好吃的，并且要说服处于头目地位的人，对吗？”

“是的。所谓的‘利害关系’有时候不是实际利益，而是责任的归属。而关于‘强大发言力的人’，有时候也不存在具备头目地位的人，不过归根结底，说服大多数人，让地位高的人接受，这样的流程是不会变的……对了，作为例子，你还记得水泽的提议吗？”

我回想起水泽的提议。让大多数人得到好处，而且拥有强大发言力的人会同意的提议，这也就是说……

“……啊啊！是比萨吗！”

“鬼正。”

“好，出现了。”

“当时是让肚子饿的大多数人通过‘用餐’得到好处，并且用‘好吃的芝士’这个词语让我这个拥有强大发言力的人接受了提议。”

说自己是拥有强大发……啊啊，算了，这是一如既往的事情了。“鬼正”也是司空见惯了。

“原来如此……所以那就是让提议得以通过的行为啊。”

“话虽如此，但是如果每次通过的提议最后都会招致批判的话，那么就会逐渐失去信用，所以也不是一股脑儿地只管通过就好了的。”

“那还真是不好搞啊。”

感觉实现平衡会很困难。

“不过嘛，这件事的核心啊，最重要的点并不在那里。”

“核心？”

不是说要让大家获得好处，并且说服强大的人吗？

“而是要明白：就算觉得‘明明自己说了正确的事情，提议却没有通过，这太奇怪了吧’并因此生气，也没有任何意义。

如果认为自己非常正确而不思进取，不去改变自己的做法，那么就只会一直停留在‘无法让提议通过’的状态，这是没有任何意义的。”

“呃？”

“如果一直那样下去，即使说的事情真的是正确的，也一辈子都无法让那个提议通过，什么都没能留下就走向了死亡。既然提议无法通过，那么就要让自己做出改变。”

日南用仿佛在冷漠地切开什么一般的严厉口吻这么说道。

我被她的震撼力所吞噬，差点就觉得她说得很有道理并接受了，但是转念一想又觉得……

可是这样的话——

“不对，那又如何啊？你的意思是说，如果提议无法通过，那么就不要说自己觉得正确的事情，而是优先让大家能够接受对吧？不觉得这样有些奇怪吗？”

这样一来，手段和目的就反过来了吧。如果放弃了说正确的事情，那就完蛋了。去做自己觉得正确的事情才更重要，“说服别人”应该不是目的才对啊。

闻言，日南摇了摇头，“我并没有表达这样的意思。”

“那是怎样啊？”

“如果确信自己的提议是正确的，然后同时也学到了存在着‘即使正确也无法通过提议’的‘错误规则’——”

“……同时也学到了的话？”

“那么为了通过那个‘正确的提议’，就必须去利用那个‘错误的规则’才行。”

“……啊啊。”

我领会到那番话的意义了。

“对于自己想出来的‘正确的提议’，只是在表面上将‘听起来的感觉’做些改变，仅仅是把外观包装成大家应该会接受的意见，而本质上还是自己想的那个正确意见，然后让提议得以通过。那不是非常健全的战斗方式吗？”

至今为止，那是我完全没有想过的战斗方式。

委屈自己，让自己被接受。

“你能接受了吗？”

“……算是吧。”

并不是主张自己的正确，在自己的规则中战斗。

而是踏上其他人搭建的，原本就存在着一套规则的擂台，并获取胜利。

那种看起来很别扭，却直率到可怕的话语，根据我的认知，我觉得体现了这家伙作为 NO NAME 面对“游戏”时的姿态。

那和我有一点不同。

“确实，在集体的战场上，那才是正攻法，感觉也只能那么做了。”

我在游戏中培养起来的战斗方式并不是那样的，我的做法是不是无法在现实中通用呢？所以我才会一直作为非现充毫无进步，而日南却已经攀登到了现充的顶端吗？我对于这方面产生了一点兴趣——同时也接受了她的说法。

“看来你是理解了呢。基于这一点，在说服别人的时候，想让自己的提议得以通过，必须要思考的并不是‘实际上是否正确’，而是‘利害关系的一致’和‘说服拥有强大发言力的人’。水泽就很擅长这么做。举个例子来说，他就是用了‘会被芝士吸引’这个规则来让我接受。只要能够理解这一点，你这次就算是及格了。你就回想起水泽的行动来给你自己当参考吧。”

“好的，我明白了……”

但是为什么呢，听到日南让我参考水泽的行动，就有点那个。就是这样，嗯。不对，我在说什么啊。从昨天开始就很奇怪哦。给我精神点啊。另外，会被芝士吸引对日南来说已经相当于一个规则了啊。

3章 要是开始钻研游戏里的小游戏，那就真的停不下来了

“……就是这样，正如之前通知的那样，学生会选举的参选申请是在今天统一开始哦，要申请的人记得提交。投票是……唔，这周的周五吧！申请表可以交给我或者放到教职员办公室前面的参选箱里面，还可以给各班的选举委员……差不多就是这样了。好了，那么大家起立。”

川村老师用一如既往的懒散语气向我们宣布事项。对哦，上周提到的学生会选举就是从今天开始啊。日南还去拿了参选申请表呢。

班会结束，跟第一节课之间有短暂的休息时间，日南拿着一张表单去找川村老师。嗯，是要参选吧。问题是谁会成为她的推荐人呢？毕竟那家伙完全没有提到过这方面的事情。我也有太多其他要思考的事情，所以没办法问她。怎么说呢，虽然觉得应该不会落到我的头上，但还是有不祥的预感啊。

确认日南提交了申请之后，班上的同学们都给予了温暖的声援。

“葵，就交给你了！”“我会给你投票的！”“让校规松一点啊！”“确定当选！”

校内第一的名人。恐怕其他班的人也隐约察觉到日南应该会参选的吧，这样一来基本上就不会有人想跟她对着干了，倒不如说大家都想交给日南去做吧。我预感在某种层面上那将是一场和平的选举。

我刚这么想，却出现了一件让我大吃一惊的事情。

"麻烦您了。"

仿佛在说并没有多重要的事情一般，那个轻快的声音是出自深实实。

虽然离得比较远，看不太清楚，不过她向班主任提交了跟日南相同尺寸的纸。

"哦，七海你也要参选啊。光我们班上就有两个人，有干劲真是不错呢。"

也就是说，深实实提交了学生会长的参选申请表。

以老师的发言为契机，大家的视线都聚集到了深实实的身上。

"哦！深实实也要参选啊！""我会支持你的！""我会给你投票的！""真有勇气啊！"

因为深实实也很受欢迎，所以反应当然是良好的。她身边汇聚了大家的温暖意见，不过，"真有勇气啊"这句话应该是含有"明明对手是那个日南"的意思吧。

在大家的视线都集中在深实实身上的情况下，我的视线则是反射性地看向了日南那边。日南的表情虽然没有剧烈的变化，但是我能看出她表现出了纯粹的惊讶。

"葵和深实实吗？""感觉有的一拼呢！""不知道哪边会当选呢？"

班上的同学们讨论得沸沸扬扬。"有的一拼""不知道哪边"，虽然不知道这些话是认真的，还是顾虑到了深实实的感受，但是坦白说，我无法想象日南输掉的样子。不过仔细想想，深实实确实拥有跟日南差不多的社交能力，而且成绩也相当不错，在社团中也非常活跃啊。如果在日南因其他事情分心的情况下，深实实能够把所有时间投入到选举当中的话，说不定是有机会的。

“哎！深实实也要参选啊，好讨厌啦！”

日南的这句“讨厌”虽然很随便，但也是最直率的感想，让班上的大家都轻轻地笑了出来。

“内部推荐分的争夺，我是不会输的哦！”

深实实的直白回应引发了班上的笑声，之后大家在开心的气氛中继续谈论选举的话题。

* * *

然后到了周一第四节课前的休息时间，我一如既往地去了图书室。

“你好。”

“你好。”

她的轻声问候仿佛笼罩世界的梦幻大树发出的沙沙声一般，我做出了回应之后，就开始了读书会。

我们就像上周一样挨着坐、看书，这时菊池同学突然跟我搭话了。

“好像还……挺辛苦的呢。”

“嗯？辛苦是指？”

“就是那个，学生会选举……”

菊池同学一边说，一边将视线移到我的脸上，黑暗的夜晚降临到了她眼中的森林里。这时怎么了呢？

“七海同学她不是参选了吗？我在想为什么……”

意外的话题。

“这个嘛，她本人开玩笑说是为了内部推荐分。”

“嗯。但是我觉得……并不是那样的。”

菊池同学缓缓地摇了摇头。垂下来的眼睛就像缺少了上部分的月牙一样，让人联想到了神秘的夜空。

“唔，也是啦。那会不会是想改变学校或者想改变自己之类的事情呢？”

“会是那样的吗？”

菊池同学用仿佛伸出来就会有小鸟飞过来停留在上面的白皙细长的手指轻柔地点在脸颊上，露出了正在思考的表情。她有时候会不说敬语，感觉就像敞开了心怀一般，让我觉得很舒服。

“不过，我也有想改变自己的心情……所以感觉能够理解。”

“哎，是这样吗？想改变是指什么呢？”

我没有多想，试着问了一下。

“……唔。是、是秘密！”

“哎？”

仔细一看，从她那垂下来的轻柔且神秘的美丽秀发的间隙，可以看到红彤彤的脸颊，美得让人不禁联想到亚当与夏娃吃下去的那个禁果。我不由得倒吸了一口气。

哎，呃，你是想改变什么呢，菊池同学？

“……你、你没事吧？”

“没、没事。什么事都……没有。”

伴随着一吸一吐的呼吸声，如同又薄又纤细的玻璃制品一般的单薄肩膀生动地上下起伏。过了一会儿，菊池同学抬起头来，湿润的眼瞳中洋溢着复杂的波澜，就像一年中只有一次机会闪耀出七色光芒的奇迹泉水一般。我觉得只要再靠近一点点的话，自己很容易就会跌落其中。

“呃，嗯。”

“……嗯。”

露出不可思议的表情注视着我的菊池同学和我之间，形成了只属于我们两个人的空间，不管怎么看都是非日常的。

时间缓缓地流动，仿佛能够鲜明地看到沙漏里的一颗颗沙子一般。

“那、那就先这样……”

像有人在背后扯线一般，菊池同学先从缠绕着此刻的时间之流中脱身了，她慌张地拿着书本，哒哒哒地一路小跑离开了。

“呼，呼。”

我被遗留在了恢复到日常的空间当中，总之先看一下这本书吧。嗯，我是这么想的。话说秘密是什么啊！想改变是指什么啊！到底是怎么回事啊，那孩子真是太魔性了！

*　*　*

当天的午休时间。

“我说，你来一下。”

“嗯……日南？”

“到这边来。”

日南没有对上我的视线，就快速地朝旧校舍那边走去。是第二服装室吗？除了上学前和放学后以外的时间，被没有处于装乖状态的日南搭话还真是很罕见啊。

我一边注意避人耳目，跟日南拉开距离，一边跟了上去，最后果然是到了第二服装室。

“怎么了啊？”

“有个稍微有点紧急的任务。”

“哎？”

“然后在说那个之前，有个日常通知——在学生会选举期间，这里的会议会有所减少哦。”

“嗯，也是啦，毕竟应该有很多事情要忙吧。”

不过，明明早就知道有选举活动，却用这么慌乱的方式来通知，一点都不像这家伙的风格啊，是因为深实实的参选在她的预料之外吗？

“所以，我要讲一下你的事情，你知道推荐人的吧？”

来、来了啊，这个话题。

“唔，算是知道一些吧，好像要负责演讲还是怎么样的。”

“是的，就是这种感觉。说白了就是负责各方面的支援。”

在这里抛出这个话题就代表……我回想起了那个不祥的预感。

“但是，推荐人已经写在申请表上交上去了吧？”

“是的。但是，更改推荐人的期限其实是到明天早上为止。”

“不、不是吧……所以果然是——”

要把那种重大责任交给我这个弱势角色，日南的“斯巴达”在这里发挥到了极致。

“听我说完，我本来是打算让你当我的推荐人……但是放弃了。”

“哎？放弃了？”

“我原本以为大概只有我会参选了，那样的话也没有什么压力，心想正好可以当作给你的特训。你想啊，你正在好好地进行语调的练习，而且本来就擅长‘将自己心里想的事情原原本本地说出来’吧？所以我觉得你能做到。”

“唔，这方面的话，我应该能做到最起码的事情……”

她之前也跟我说过，“将自己心里想的事情原原本本地说出来”是我的武器。语调的练习我也一直都在做，而且感觉是越来越熟练了。

“所以，我本来是打算擅自把你写成推荐人，用先斩后奏的形式来告诉你的……”

“你这是玩哪门子的整人游戏啊。”

居然有这么离奇的抖 S[①] 性格，这家伙好可怕啊。

“但是，既然深实实也参选了，那么情况就有变化了。”

“……哦哦，是这么一回事啊。”

因为想着参选人应该只有自己，实际上推荐人有没有都无所谓，所以她之前才擅自打算让我来当推荐人，好借此对我进行特训。但是，深实实参选了。

毕竟深实实算是比较难对付的强敌，让我来当推荐人的话，就不好办了。

“是的。相比当我的推荐人，当深实实的推荐人才是比较好的特训。”

“嗯……呃，啥？！”

预料之外的话语让我大声地回问了。

“吵死了。如果这就是你的练习成果，那么麻烦你控制一下。”

“不，不是啦……不是因为对手是深实实，所以彻底放弃了，而是让我去当深实实的推荐人？”

①指有较高程度的施虐倾向。

“是的。”

“不，你等等，什么叫‘是的’啊。那样反而更难搞吧。不知道深实实会不会答应，而且对手还是你，对吧？面对这样的强敌，搭档是我这种人的话，不会觉得心里很没谱吗？如果你的推荐人是我，我觉得这样的负担刚刚好，能够让两边打得很精彩啊。”

日南满不在乎地听着我的反驳。

“那么，我就换个说法吧？”

“哎？”

日南像在说重要的事情一般，缓缓地吐出了话语：

“如果由你来当我的推荐人，万一我真的输掉了，那么所有的责任都会落到你的头上。”

“——啊。”

对哦，确实是这样。日南输掉选举这种事情是所有人都不曾考虑过的。万一输了，那就是异常事态。大家会开始探究原因，最后大多数人都会得出“是那个莫名其妙的推荐人长得太恶心害的”这样的恶毒结论吧。即使是我，也能轻易想象那种结果。

到了那个时候，我就会在负面的意义上成为全校的名人。

“不过嘛，只要我没有故意放水，是根本不可能会发生输掉选举这种事的。更重要的是，相比跟着我，你跟着深实实的话可以有更多的机会和她说话，能够帮助你练习对话。在对话的方式上，最值得偷学的就是深实实了，所以那样做是最适合的。”

“……我能接受你的这个说法，但是因为我而导致深实实输掉的情况就没关系吗？”

闻言，日南愣愣地眨了好几下眼睛，然后她像回过神来了一样开口说道：

“我喜欢深实实，她也有很多让我尊敬的地方，是非常重要的存在。但是……”

“哦，哦。”

接着，日南的表情没有一丝一毫的变化，仿佛是理所当然一般——

“她是赢不了我的。”

那是不容分说的语气。我的背脊甚至感受到了寒气。

“这、这样啊。”

“所以不管她的推荐人是谁，都没有任何关系。”

因为我知道这家伙在背地里付出的努力，所以无法做出任何反驳。

“不过那种事情无所谓啦。因为可以进行对话的练习，所以你要跟着深实实，这才是最重要的事情。我之前没有料到深实实会参选，所以这次是非常好的机会。”

“啊，啊啊。也是，重点在那里对吧。”

确实，如果是这么一回事的话，那么说不定当上深实实的推荐人会比较好吧。

“叫你过来就是为了讲这件事情。变更推荐人的期限是到明天早上，所以你现在要去告诉深实实，说你想当她的推荐人，并且得到她的同意。”

“啊，所以才专门把我叫过来哦。”不过我还留有疑问，“要怎么说服她呢？”

“这种事情你就自己去想啊，只需要让她愿意找你而已吧。”

“哎，自己想，等一下，这也太强人所……”

日南抛下说着这些话的我，快步离开了第二服装室。“等、等一下啊。”我也急急忙忙地追了上去。啊啊，只能闭着眼睛上了吗？

然后——

在午休快要结束时的走廊上，我发现了和小玉一起从食堂走过来的深实实。

“深、深实实。”

“深实实”这个名字要是讲得结结巴巴的话，就会变成两个叠词，必须要注意一下才行。

“嗯，怎么了，友崎？”

深实实开朗地回应了我。

“呃，我有点话想跟你说……”

因为最近时不时会聊几句，所以没有那么紧张，但是即使如此，这件事对我来说还是负担太大了。

“哎?！什么?！难道是告白吗?！”

“不，不是啦！！”

深实实咯咯咯地开怀大笑。

——我在像这样被她耍得团团转的同时，也告诉了她我想当推荐人。

“嗯嗯。”

“……也就是说，我在那方面意外地不算太差……”

“原来如此！”深实实微微一笑，“你的心意我很高兴，但是……”

“但、但是……?”

深实实调皮地抛了个媚眼，然后这么说道：

“有点靠不住啊！”

我彻底地失败了。不，这是理所当然的吧！

然后到了放学后。

“喂，日南，那是怎么一回事啊！”

我按照她的吩咐去挑战，结果却是一败涂地。都怪这家伙怂恿我快去快去，所以我就想着既然她都说到这份儿上了，说不定有什么我不知道的胜算在里面吧，于是就试着将心念寄托在这样的希望上面，然而根本就不是那么一回事。

“好啦，会变成这样也在我的预料之中。”

“喂！”

这家伙到底想干什么啊！

“你冷静点。毕竟深实实应该已经提交了选好的推荐人，不行也很正常。在我忙于选举的期间，推荐人就是能够高效率地积累经验值的最佳方法了，只要当上推荐人就赚到了。如果当不上的话，就只能给你课题让你暂时自习啰。”

唔，也是啦，原来如此。

“……是这么一回事啊，这样的话我就能接受了……但是你就不能先说清楚吗？”

“我是因为在前阵子买东西的时候觉得你有偷懒的迹象，所以想着要是不像这样激励一下你的话，搞不好又会偷懒的哦？”

“唔……”

被她这么说了，那我就无言以对了。

“不过失败了啊，我想想……要说自习期间能够做的事情，就是让你积极地去跟身为攻略女主角的小风香说话，或者是跟优铃还有水泽聊天并偷学技巧，差不多就是这些吧。”

“是啊。”

“嗯。那么，虽然有点浪费，不过选举结束前就是你的自习时间哦。如果有什么事情就联系我。然后……星期四的放学后应该有时间开会的，下次开会就选那个时候吧。”

自习期间吗？不过说起来，最近即使没有教练，我也会自发地去做各种事情了，所以我觉得这段日子应该不会变成毫无意义的时间。

“我知道了。”

“在演变成什么麻烦事之前，要好好地向我报告。知道了吗？”

“都说我知道了。”

“……那就好。”日南好像不太开心的样子，“那么，今天就先这样了。”

“好的。”

就这样，我的自习时间开始了。

* * *

然后到了第二天早上。“选举活动”如火如荼地开始了。

“我推荐七海学姐当学生会长的理由是——首先，学姐作为田径社的前辈，总是能够让社团的气氛活跃起来，是出色的气氛营造者。呃，我觉得她同样能够让整所学校的气氛也活跃起来，所以我推荐学姐！还有，关于当选承诺……”

“请多关照哦！早上好！请大家多多关照！”

深实实和看起来应该是她学妹的女生一起站在校门口，朝着学生们喊话。学妹负责演讲，深实实则是跟学生们直接接触交流，场面显得十分热闹。

正在演讲的女生尽管是女孩子，却发出了很大的声音，整个人抬头挺胸，笔直地站立着，如同啦啦队一般的举止为校门口的气氛增添了活力。偶尔会讲错话，是因为紧张的关系吧。

不过，我觉得高中生能够做到那么大大方方的样子就已经足够了。一想到如果深实实答应让我当她的推荐人，那么站在那里的人就会换成我……让我忍不住浑身发抖了。

“哦——这不是友崎嘛，早安！”

“哦哦，早啊。”

深实实朝我用力地挥手，然后一边说着“这个适合我吗”，一边向我强调斜挂在身上的绶带。她依旧是这么活力充沛啊！

“啊，她是我的推荐人！是田径社的学妹！”

“我看了她刚才的表现，也觉得这是正确的选择……我是绝对办不到的。”

“声音很响亮吧！我在初中的时候就认识她了！”

“谢谢夸奖！！我叫山下由美子！！”

“啊哈哈……”

声音得到夸奖，深实实的学妹山下就用更响亮的声音做出了回应。不过确实啊，我觉得声音的大小和音质对演讲来说是很重要的。就算内容再出色，别人听不进去也就没有任何意义。在这点上，我认为山下同学真的是非常合适。

“不过也谢谢友崎你！很多人都嫌这种事情很麻烦，所以我也被拒绝了好几次……比如说中村他们。”

“你、你有去拜托中村啊？”

那家伙确实是会拒绝的样子……毕竟这明显就是非常麻烦的事情啊。

七海みなみ

“有什么事再跟你聊吧！”

“啊，嗯，如果我能胜任的话。”

我一边注意要摆出自然的笑容，一边这么说道。“如果我能胜任的话”这种句式很有现充的感觉吧？就说是不是吧！我想着这样的事情，向她道别，朝教学楼走去。深实实去拜托了中村，而我却是主动拜托深实实还被拒绝了，也就是说我完全输给了中村，不过这种事也是无可奈何的。嗯！

进入校门走了一会儿之后，便看到教学楼前方聚集了一群人。

在那里进行着声援日南竞选的演讲。

“也就是说，无论是谁都认可的，关友高中的超级第一女主角日南葵同学，她将要开始重新打造这所学校。现在聚集在这里的各位，还有刚刚扶起眼镜的你！还有那边！打哈欠的你也是！你们都会成为这伟大一步的历史证人！日南同学的智慧！人望！还有她的外表！哎呀，外表是不是没什么关系啊？”

那种过度夸张的老气演讲口吻里夹杂着一些无伤大雅的卖傻行为，把周围的人都逗笑了。

跟刚才那位山下学妹那种啦啦队一般的大嗓门不同，明明只是很普通地在讲话，但是显得格外响亮。不仅每个字都听得很清楚，而且还非常流畅，话语中也没有非常刻意的感觉。我知道这个声音。

是水泽。

“话虽如此，但我们当然不是在胡闹的。该开心的时候就要开心，该紧绷的时候就要紧绷，像这样张弛有度是非常重要的。哦哟，小早川老师！理科教室的椅子都摇摇晃晃了，却还是没有人来修好对吧？会从这种小小的不满开始，以具有现实性的企划能力，还有能够将之实现的行动力，在根本上将目标全部达成的人就是日南葵了！”

“哦哦，那真是不错啊！”

教理科的小早川老师开心地笑了出来。

水泽说话和出声的方式，还有语调都带着欢快的气息，简直就像在说单口相声一样，感觉不到死板的氛围，有着能够吸引人的某些要素。话说，日南是选了水泽当推荐人啊。算了，也没什么。毕竟从现在这个场面看来，感觉也没有人比他更能胜任了。

在水泽召集过来的人群旁边，日南在直接地获取自己的支持者。看起来缺乏魅力的一年级男学生正在跟日南握手。

“谢谢你的支持！”

“是，是，好的！！”

“你是网球社的人……对吧？”

“哎，啊，是，是的！为、为什么……？”

“我记得在田径社的练习途中好像看到过你截击的样子！果然没错啊！”

“啊……啊……”

“那就麻烦你多多支持了哦。”

然后日南放开了握住对方的手。男生用兴奋的目光注视着自己刚才被握过的手，然后点了点头，手紧紧地握成了拳。他的心完全被夺走了啊。也是，缺乏魅力的男生被日南那样对待了的话，那自然会是这种结果的。

话说回来，那家伙到底是怎么做到的啊？虽然我觉得她总不至于掌握了全校学生的社团活动情况，不过应该是在做类似的事情吧。仔细一看，已经好几个人在等着跟日南握手了。这是怎样啊，真的就成偶像了吗？

我斜眼看着这幅景象，从人群旁边走过，进入了教学楼，然后产生了一个想法。

——看这样子，确实是没有人能够赢过日南啊。

到达教室。我遵守着自习的课题，去找泉搭话。

“你看到教学楼前面的样子了吗？就是日南那个。”

泉活力十足地转过头来。

“看到了，看到了！很厉害呢，聚集了那么多人。”

“那也太强了吧。”

我将自己最直接的感想说了出来。

“嗯……”

她一边同意，一边露出了好像有所顾虑的表情。我在想是怎么回事，不过那恐怕是……她想到了在附近同样进行着选举活动的深实实吧。

坦白说，不管是谁来看，都会觉得深实实没有胜算。这并不是说深实实不行，而是日南太强了。虽然我跟深实实相处没有多久，不过如果这所学校没有日南的话，凭借深实实的交际能力、声望和人品，我觉得她是能够轻轻松松就当上学生会长的。但是，对手太难对付了。

“啊，先不说那件事了，这个！”

不知道是不是出于顾虑，泉转变了话题，同时将我之前给她的那个坏掉的秒表拿给我看。

“哦！这就代表！”

“小小的跳跃，我完全掌握了！”

泉一边笔挺地敬礼，一边说道。不知道她为什么稍微做出了不那么明显的鬼脸，是因为害羞吗？

这种状况应该说什么呢？我思考着要怎么做而回想起了水泽的对话。

“你的脸好怪。”

“过分！”

变成了好像关系很要好的对话！好厉害！水泽好厉害！

像这样一点点地尝试各种做法来自习的话，感觉自习期间也会很有意义呢。顺便一提，在之后的对话中泉说了“我会继续努力”的时候，我又学着水泽用“声音太吵了”这样的话来怼她，结果她说“啊，抱歉”，整个人消沉下去了。嗯，还需要继续修行啊！我才应该说抱歉呢。

如此这般，我一会儿空忙活，一会儿努力做出成果，就这么到了放学后。

今天没有会议，但是也没有什么机会进行对话或语调之类的练习，所以就想着直接回去，做点细微的表情练习好了。当我走出教学楼的时候，看到深实实站在那里，正在一个人进行着选举活动。为什么是一个人呢?

哎呀哎呀，有了新的自习课题呢，我一边用硬派的感觉这么想着，一边跟深实实搭话。

“你在做什么啊？”

“哦，是友崎啊！请多多关照！”

深实实向我递过来了一小张纸。

“……承诺。”

我收下之后，看到上面印了很多条承诺。大概是这种感觉——

1、实施打招呼运动，以成为让人觉得舒服的学校为目标。

2. 设置意见箱，征求学生们的意见，以此为基础打造出更好的学校。

3. 努力扩大小卖部的商品种类。

4.计划扩大运动会的规模。

“如何？！”

“就算你问我如何……”

坦白说，与其说是有让我在意的点，倒不如说，是到了怎么可能会不在意的程度。但是那并不是在正面的意义上，所以我有点犹豫，要不要说出来呢？

“友崎你觉得这些承诺怎么样？很有魅力吗？！”

我应该怎么做呢？

如果不说出来，恐怕我也想不出什么好借口来巧妙地应付过去吧，那样应该会变成很奇怪的感觉。但是，如果只是将现在的想法原原本本地说出来的话，那我是能做到的。我本来就擅长这么做，现在的我还能加上一些语调和表情了呢。

“唔——”虽然有些犹豫，但我还是决定说出来了，“先不说承诺……我更在意的是写法。”

“写法？”

深实实用完全摸不着头绪的表情看着我。果然是这样啊。

“你看……比方说这里。”

我冷静地指着“4”的地方。

“这个。”

深实实目不转睛地看着那里，然后又凑过来凝视着我的脸说：“哎？很正常呀。”喂，太近了啊，这个只有现充才会有的距离感。端正好看的脸就在我的眼前，一瞬间我整个人都冻结了。

“唔……你看，只有这个是半角……大小不一样吧。该说是宽度比较窄吗？”

“……啊！真的呢！友崎你好厉害！是侦探吗？！”

不不，我只是对电脑比较了解而已。

“还有……这里也是吧。”

我指着“1”后面的“、”。

“嗯嗯？”

“你看，其他的地方……应该是用了全角的句号吧？只有这里是顿号。我估计是打的时候不小心打错了……”

“真的啊！变成了日文的顿点！”

“像这样的地方，懂的人应该一看就能发现，会觉得不够用心，应该不会给人留下太好的印象。呃，也不好说吧，可能只有我是这么想的。”

毕竟我又不具备对这种事情指手画脚的知识，所以说得比较收敛。虽然还有其他让我在意的细节，不过那些就先不说了。

只见深实实露出闪闪发亮的表情，缓缓地开口了。

“……友崎，你其实意外地是很能干的人？”

“哎，唔嗯……”

与其这么说，倒不如说是因为我身为游戏宅会经常用到电脑，所以才会注意那些地方……

不过仔细想想，深实实给人一种靠着兴致在生活的感觉，当推荐人的那个女生也不像能注意到细节的样子，这么说来，我在这方面是能稍微帮上她一点忙的？想到这里，我灵机一动。

对日南的课题“让自己的提议通过两次”以及其实是最佳安排的“成为深实实的推荐人”计划，我打算自发性地进入加时赛。

“深实实。”

“嗯？”

我一瞬间犹豫了一下，然后开口了。

“我觉得这方面的事情，我可以作为智囊帮上你一些忙……”

我的话语让深实实一瞬间愣住了。然后——

“……智、智囊！”

她意外地绽放出了欢快的表情，看样子反应良好？

“深实实你不擅长考虑刚才那样的琐碎事情吧？我可以帮你做那些事情哦，特别是与电脑相关的事情之类的。”

我阐述了利害关系来说服她，深实实静静地点了点头。

“嗯，挺不坏呢。我确实不太擅长那些事情……而且……”

“而且？”

听到我的回问，深实实的眼睛闪闪发亮，用雀跃的声音这么说道：

“智囊这个词听起来很帅！”

我不禁回了一声：“哈啊？”

“很棒，非常棒！‘我有智囊呢’……好想这么说！太想说了！友崎你也应该很想说‘我是智囊呢’对吧？！很想说对吧？！”

台词里的部分模仿腔调表现得颇为喜感，这个样子让我觉得有点像日南。

话说，是优先考虑听起来的感觉吗？不过倒也不是不能理解啦。

“真、真的吗？”

“一半认真，一半顺势而为！”

这算什么啊。

“呃，那么刚才说的……”

“很可行！坦白说，如果你能帮我的话，其实真的很好呢，因为放学后小由美就不在了。”

“小由美？”

“啊，就是今天早上的女生！毕竟她是田径社的人，放学后还是要去参加社团活动的，所以我才跟她说放学后交给我一个人就行了！怎么说这也是我自己的事情嘛，所以也只能这样了！”

“啊啊，原来如此。”

她真是个好学姐啊。

“所以，友崎你放学后能来帮忙真的让我很感激，虽然我之前拒绝过你一次！哎嘿！”

深实实吐出舌头，清晰地发出了“哎嘿”的声音。

不过太好了，这样自习期间就更加有意义了，虽然我还是有点害怕就是了。

“OK。那么，我今天要做什么呢？”

“还真是干脆利落呢，友崎！不愧是工作能干的男人！”

深实实一边用比平时还要大一点的力气拍打我的肩膀，一边说道。

好痛。不过很好！虽然没能当上推荐人，但是成了“智囊”。

而且，尽管晚了很久，还是让提案通过了！这样就达成课题了，你没话可说了吧，日南！

“唔，友崎，但是我可以问一个问题吗？”

“怎么了？”

深实实注视着我，像在窥探我的眼睛一般，问道。

“你为什么那么想帮忙呢？”

这时我发觉了。对哦，这也难怪。

我提议想当她的推荐人，被拒绝了，然后这次是说想当她的智囊，她会奇怪“这个人怎么这么热心啊”也是理所当然的。糟糕，该怎么办呢？坦白回答的话，那就是“因为日南让我这么做”——不对，应该是“为了学习对话的技术”，但是不可能这样说啊……想到这里，我突然灵光一闪。

“我想把日南——”

“哎？”

那又是连我自己都吓一跳的，脱口而出的借口。

“——我想把日南给扳倒。”

说着说着，我发现自己在那句话里注入了“就算在人生里，也要作为 nanashi 来打倒 NO NAME”这样的含义。

“哎？”

深实实眨了眨她的那双大眼睛，然后目不转睛地盯着我的眼睛。我继续往下说。

“你想啊，那家伙基本上没有输过，是个过分强大的角色吧，所以让她输上一次也没什么吧……我喜欢玩游戏，对手越强，果然就越会让人热血沸腾呢。所以和那家伙战斗，并打倒她，应该会超级开心的吧。”

深实实露出认真的表情听我说完，然后——

“……友崎你啊。”

“嗯？”

她把手放到我的肩膀上，接着用怜悯的表情对我笑了。

“友崎你啊，完全不知道自己的实力如何吗？”

“要、要你管！”

从现状来看，确实是差距过大，根本无法一战。深实实张大嘴巴爽朗地笑了。

“不过我觉得很好！只跟你说哦，其实我也很不自量力的！”

“哎？深实实也是？”

“嗯，是！”然后，她微微一笑，“因为我也想赢过葵呢。”

难以判断是认真的，还是演出来的，她那注视着远方的目光让我有些困惑。

“这、这样啊。”

“不过太好了！其实啊，我本来是觉得只要非常努力的话就会有办法的，但是今天早上葵和孝弘的那个，你有看到吗？”

“哦哦，看到了。”

那个真的太厉害了。

“坦白说，看了那个……就让人觉得‘啊，这绝对是没可能赢了’。”

深实实有些不甘心地笑着说道。

“……是啊。”

那个确实是无论谁看了都会觉得赢不了的完美选举活动。

“我正好想着‘维持现在这样的做法是不行的！’——不做出什么改变的话，是赢不了的！所以刚刚好啊，来做出改变吧！我很期待你哦，友崎！”

然后，她再次用力地拍打了我的肩膀。

“好痛！唔呃，我会努力的……”

虽然总觉得被寄托了超出我的能力范围的期待。

“那么，我们就马上来开会吧！噢！”

“噢，噢！”

明明是我自己提议的事情，结果最后还是被她的气势牵着走了。

*　*　*

“像这样来切换全角和半角。”

“对哦！呃……”

“啊，我来帮你打吧？”

“嗯，交给你了……哎，友崎你的打字速度好快？！你果然很了解电脑之类的东西啊。”

在校内的电脑室，我向深实实展示了通过线上游戏的聊天锻炼出来的打字技巧。其实速度并没有特别快，我觉得反而应该算是比较慢的，不过在普通人眼中似乎是会吓人一跳的技能。顺便一提，“很了解电脑”的前面加上了“果然”这样的词语，我希望大家能够努力理解成是具有褒义的意思。

“差不多这样？”

我把完成后的画面给深实实看。

1. 实施打招呼运动，以成为很舒服的学校为目标。

2. 设置意见箱，征求学生们的意见，以此为基础
打造出更好的学校。

3. 努力扩大小卖部的商品种类。

4. 计划扩大运动会的规模。

“哎！怎么回事怎么回事！变得非常好读了呢！”

“对吧。”

嗯，果然一点小小的变化也能发挥不小的效果啊。

“哎，不仅仅是点跟数字，好像连摆放的感觉都变了吧？唔……”

深实实死死地盯着画面看。

“最明显的大概是这里。”我指着第二条承诺，“这个承诺是分成两行的吧？我让第二行的文字开头和第一行对齐了。”

毕竟原来的排版真的是有些乱糟糟的。

深实实从透明文件夹里拿出自己印好的纸张进行对比。

“真、真的呢！……啊，第一条也变了啊。”

“是的，没错。因为有几个字跑到下一行去了，我为了美观就调整文字，把第一条缩成了一行。”

之前第一条的第二行只有几个字打头，阅读起来实在是有些别扭。

我省略掉了“让人觉得很舒服的学校”这句话的“让人觉得”这几个字，使得整句话变成了一行。

“嗬——！友崎比我预想的还要能干，我现在很吃惊呢！”

“谢谢你坦率的意见。”

也是啦，对我的评价也就那么回事了……

“好啦，那么就打印出来啰。”

“啊，稍等一下。”

我有一些想法，所以制止了深实实。

“哎？”

我在脑海中思索着为了让选举获胜而要做的各种事情。

此时我的心境就像为游戏绞尽脑汁制定战略，思考要如何运用自己掌握的招数才能有效地打倒头目一样。

“那张纸基本上是要发给学生的吧？”

“嗯，是的。偶尔也会发给老师就是了。”

“那么，”我嘟囔着，“……不需要呢。”

“哎？”

深实实没能明白我说的意思，所以反问了一声。我坚定地看着深实实的眼睛，然后她的美貌又让我害羞地移开了视线。

“……这个最开始的承诺，‘实施打招呼运动，以成为很舒服的学校为目标’，怎么说呢，这个从学生的角度来看并不是什么重要的事情，我觉得效果不会很好的。”

“啊，说的也是！”

毕竟基本上没有哪个学生是希望大家都跟自己打招呼的吧。

“虽然老师也可能会看到，不过，这个主要是发给学生的嘛，要不就干脆不发给老师……然后只在上面列出会受到学生欢迎的承诺。”

要用魔法还是打击，要用火属性还是水属性——用更有效的技能应战是游戏的基础。

“哦哦！那样说不定比较好！”

深实实也表示同意并听取了我的意见。她又对我说了“你很能干嘛”这样的话。真开心，我有好好钻研游戏真是太好了。

就在这时，我回想起了和日南聊过的那件事。

“如果确信自己的提议是正确的，然后同时也学到了存在着‘即使正确也无法通过提议’的‘错误规则’——”

“那么为了通过那个‘正确的提议’，就必须去利用那个‘错误的规则’才行。”

我打算做的事情在某种意义上就是如此。“学生希望获得让校园生活更加方便的承诺”，这从某些角度来看很难说是正确的规则。

我的作战方案是利用那个规则来拟定承诺，并获取选票。这次的作战不是只对承诺表面进行伪装，而是要在根本上改变承诺本身。

也就是说，如果深实实有什么“想做的事情”，是基于她的“正确想法”而使她想成为学生会长的，那么她原先拟定的承诺说不定是与这件事的根源相关的。

正常来说，如果不是非常正经的人，一般不会主动想做学生会长的，而且明明那个日南都参选了，深实实却还是自发参选了，她会这么做应该是有什么理由吧。我需要确认一下接下来拟定的承诺会不会违背她的初衷。

“在那之前，我想先问一下。”

“嗯？什么什么？”

我又看了一眼深实实的脸。虽然美丽的容貌让我忍不住害羞了，但是移开视线问问题感觉也不太对，所以我努力让自己看着她的眼睛，开口说道：

“你为什么会参选学生会长呢？”

听到我直白的提问，深实实一瞬间愣住了。

“哎，现在问这个吗？！”然后她露出了又害羞又惊讶的表情。

“唔，你想啊，拟定的承诺如果跟深实实的目标有偏差，那就不好了。”

“啊，这样哦，确实呢。”

“话说，我本来就有点在意了。该怎么说呢，明明日南已经参选了啊。”

听到我这么说，深实实说着“果然会这么想呢……”并露出了苦笑。

那是带着一点寂寞的，很少在深实实脸上看到的表情。

“……怎么说？”

“唔，葵？”

深实实恢复了平时那种带着调皮的笑容。

“也就是说？”

“唔……啊！话说我参选的理由是一样的哦，一样的！和友崎是一样的！”

“一样是指……”这时我反应过来了，“啊。”

想扳倒日南。

——我刚才告诉深实实的，我想做“智囊”的理由。

“明白了吗？我也想和那个超强的葵战斗，并且战胜她！所以我才参选的。”

“也就是说，想改变学校之类的目标是……”

“没有那种东西的！”

然后深实实用力地朝我竖起了大拇指。

“……啊哈哈，这真是让我吓了一跳。”

我不由得有点高兴了，没想到我们的动机居然是一样的。

虽然我也想问“你为什么会想打倒她呢”，不过就像我有身为玩家的尊严一样，深实实应该也有自己的某种心思吧，所以就没问了。换个说法就是，我并不具备这么刨根问底的对话技术。

“我不是说过了吗？我也是很不自量力的！”

“那么，承诺和选举活动的做法之类的事情，都是很自由的对吧？”

“是的！友崎你从一开始就很有智囊的感觉呢，小女子深实实现在就想让你放手去做啊！”

这次深实实是两只手都朝我竖起了大拇指。

“这样啊……不过这样一来，”我在脑海里盘算了一下，“就好办了。”

“友崎……你好像露出了坏坏的表情哦？”

深实实露出了雀跃的笑容，说道。

坏坏的表情。不过这也难怪。这个时候，我已经清楚地察觉到了。

人生这款游戏中的最强玩家日南葵向我传授了关于人生的攻略法，我也开始玩“人生”了。然后，虽然我还没办法判断人生到底是不是神作，不过已经觉得它至少是一款佳作了。

大概正因为是这样，所以我才产生了一个欲望。

总有一天，我要在人生这款佳作游戏中，跟那个名为日南的超级大头目打打看——不，是想要战胜她。

但是，我仍旧是个弱势角色。连小小的对话都远远不是她的对手，让我在选举活动中进行能够打动人心的演讲那更是天方夜谭。深实实的推荐人山下学妹那样出色的气势，水泽那种压倒性的演讲技巧，还有深实实跟日南的交际能力和声望，无论哪一项，我都是望尘莫及的。归根结底，我的能力值还远远不够。可是——

如果是幕后工作的话，那会如何呢？

身为 AttaFami 最强玩家的我。

基于日南教给我的“人生的攻略法”。

如果可以“操控”名为深实实的“强大角色”，跟日南战斗的话。

那个时候我就不是弱势角色友崎，在人生这个游戏中也可以成为 nanashi 了，不是吗？

不就可以跟那个日南葵漂亮地打上一场——不，不对，说不定就能战胜她了，不是吗？

那种直觉令我无比兴奋。

“深实实。”

“嗯。”

我带着共享心情的想法，这么说道：

“既然要做，那就要全力争胜。”

深实实目瞪口呆地注视着不知为何突然狠下决心的我，过了一会儿后——

“……那当然了！”

她露出了平时的那种灿烂笑容，活力十足地使劲拍打我的肩膀。都说了很痛啊。

* * *

“拿来分发的承诺差不多就这样了，除此之外应该怎么做呢……”

“唔，光发这个是不行的吗？”

“我估计不行，虽然一般情况下这样应该就足够了，但是对手毕竟是日南啊。”

“啊，对哦。”

我们一边将打印好的纸裁切成适合分发的尺寸，一边琢磨着作战方案。

我把裁切好的纸拿在手里，露出苦笑。

1.计划增加小卖部和食堂的商品种类。

2.通过放宽发型、服装方面的校规，

来促进学生们的生活能力以及自主性

的提升。

3.以在午休期间能够开放天台为目标。

4.努力在文化节邀请艺人来做嘉宾，

让活动能够更加热闹、充满活力。

“话说，变成了在疯狂讨好的承诺呢。”

“真的呢！友崎你意外地很坏啊！”

深实实用张开的一只手遮住嘴巴，嘻嘻嘻地发出了调皮的笑声。

“不不不，这只是在堂堂正正地战斗而已哦。”

我是真心这么讲的。这就是nanashi玩游戏的风格，能用上的招数就要全部用上。

“是这样吗？”深实实傻眼的同时，也表现得很开心，“不过，这个确实很吸引人呢！”

“是啦，不过我觉得有些人会以为是半开玩笑的吧。”

“啊哈哈！那样也可以啦！”

“是啊。”

“还准备好了被老师看到时的借口，你真的很坏呢，你这个坏蛋地方官！”

“还、还好啦！”

深实实笑了出来。实际上，承诺也维持在被老师追究起来的时候，能够用“为了校内的活力”，还有“学生的便利性”这样的借口来敷衍过去的程度。

“唔，必须好好想想接下来还能做些什么了。”

“……是啊。”我说出了自己已经整理好了的想法，“从现在开始到正式演讲之前，必须保证在支持者的数量上不会被拉开差距才行。”

正式演讲，也就是在全校学生面前的演讲，是在这个周末举行的。

要是在那之前就被留下了和日南差距很大的印象，那么就算我们能在演讲上占优势，最后还是会因为那个差距而输掉的。

但是，如果只是采取普通的做法，在包括今天在内的四天选举活动期间，深实实恐怕很难聚集到比日南更多的支持者吧。拿山下学妹跟水泽相比，坦白说，他们在演讲技巧上的差距实在是太大了。日南也不是只有现在很努力，她更多地依靠原本的好印象以及那种会将学生信息都背下来的疯狂努力带来的成果，来帮助自己获取支持者。

也就是说，在目前这个阶段，我们之间队伍的构成、拥有的技能和能力值都有着显著的差距。

而且，要填补那个差距是非常困难的。毕竟技能是靠至今为止的努力、经验和才能等方面来决定的，就算现在去努力对抗，也只是杯水车薪。队伍的差距也是一样，如果找不到演讲能力超越水泽的人以及好感度超越日南的人，那就没办法填补差距。这也太严峻了，几乎可以说是不可能办到了。

与他人拉开这种压倒性的“日积月累的差距”，就是日南葵本人的实力。

遇到被卡住的地方，NO NAME 的游戏风格就是“通过压倒性的努力从正面突破”。

那么，nanashi 在这个时候应该思考的是——

以存在显著的战力差距为前提，抓住对方的弱点进行攻击。

我从人脉很广的深实实那里问出了各个社团的内部情报，制订了作战计划。

从电脑室出来之后，根据我的提议，我和深实实先前往排球社跟篮球社正在练习的体育馆。听我说完了接下来要做的事情，深实实说着“友崎你……果然很坏呢”，露出了恶作剧般的笑容。哎呀，这在某种意义上也是很出色的正攻法哦。

我们到达了体育馆。环视四周，发现小玉在排球社的球场拿着球走着。她明明个子那么小，却是排球社的人啊。虽然跟她搭个话也没什么，不过现在的目的并不是那个。总之就先交给深实实了。

深实实按照之前商量好的那样，去找男子篮球社里处于头目地位的人搭话了。那个人体格出众又是个帅哥，一看就知道是现充。我与他保持着不会让自己畏缩的距离。

“喂，佐佐木。”

“嗯？深实实啊，怎么了？”

名叫佐佐木的男生从球场那边朝深实实走过来。

“是选举活动哦！”

深实实用手叉着腰，挺起了胸。然而名叫佐佐木的男生根本就没有将视线投向那边的举动。这，这就是现充啊。

“啊，你参选了是吧？好认真啊！”

“还好啦，毕竟我只有认真这一个优点！”

“恶心！”

“恶心”在莫名其妙的时间点登场了，现充独特的对话让我有点想逃之夭夭。

“其实我是来进行交涉的哦。”

“交涉？”

“对！就是‘我要实行这样的政策，所以请投给我公正的一票！’这种感觉？”

“嗬。老实说，我是打算给葵投票啊。”

“我不想听！”

深实实用双手捂住耳朵。每个动作和说话方式都表现得很有喜感。

“那么，什么来着？政策吗？”

“YES！政策！”

“吵死了，吵死了。”

“好啦，你就听听看嘛！我直说了哦……我会朝着购买电动打气机的方向运作的，所以麻烦支持我吧，就是这么一回事哦。”

深实实露出坏坏的表情这么宣布。

“哎！真的吗！”

佐佐木显而易见地上钩了。

没错，电动打气机。我提议的作战就是这个。

向特定的社团提示带来巨大利益的承诺，以此来聚集坚定的支持者。

简而言之，就是借助“分赃”来进行“买票”。

“是真的哦，这是为了让社团活动更加活性化！啊，不过并不是只给篮球社哦？要跟排球社、足球社、手球社一起用哦！”

在此基础上，选择了可以让篮球社、排球社、足球社、手球社这四个社团同时获得巨大利益的“电动打气机”这个道具。它不仅是几万日元就能买到的、有现实可行性的道具，而且还是能够让人跳过打气这种琐碎杂事的优良物品。能够让麻烦的工作变得简单，对于社员们来说也是求之不得的吧。

“我同意了。”

“那么就有劳投下公正的一票！当然并不是只有你一个哦？”

“哈哈哈，OK。打气机，要保证哦？”

“靠谱！那么我也去跟其他人都讲一下。”

佐佐木一边用下巴示意了一下球场里面，一边说道。根据我的目测，篮球社有将近三十个人。

如果靠这招能让里面的八成人员给深实实投票，那么就能拿到二十张选票。

“拜托你了！”

就这样，深实实干脆利落地拉拢到了选票。虽然也有“用电动打气机来买票”这个作战的威力，不过更重要的还是深实实的交际能力吧。如果前去交涉的人是我，应该会因为“恶心、作呕、长相反胃”的非现充三原则而被驳回吧。即使没有被驳回，我这种软弱的性格最多也就是被利用，成为“呼之即来，挥之即去”的阴暗角色，也有可能让人觉得我是个狡猾的家伙。至少不会像现在这样作为“共犯”得到善意的接纳吧。参考来源是我之前习以为常的人生。

在我思考着那些事情的时候，深实实将视线投向了小玉那边，然后眼睛闪现出了光芒。

“玉！你今天也很小只呢！”

她就那样猛然冲了过去，像擒抱一样抱住了小玉。

“深深？！等一下，不能擅自进到球场里来，哇啊？！”

“打扰啰——！”

她一边这么说，一边稍稍掀起小玉身上穿着的运动服，然后把脸塞了进去。这人是在做什么啊？而且还就这么把头从领口伸出来。现在是从小玉的运动服里冒出两个脑袋的状态。这算什么玩意啊。

“深深，好挤！真的搞不懂你是什么意思！”

“二合一！”

“哈啊？！”

这时，看起来应该是排球社学姐的女生露出一副很受不了的表情，走过来敲了一下深实实的脑袋。

“你在做什么啊，七海。”

“我、我心爱的栞学姐！”

栞学姐登场后，深实实的眼睛就更加光芒四射了，并且还想往她那边走过去。不过因为塞在小玉的运动服里面，所以几乎没有前进，深实实念念有词地说着“真不愧是学姐……我中计了”之类的话。

栞学姐叹了一口气，并将视线对准了深实实。

“是你自己擅自钻进去的吧……”

“啊，说的也是！哎嘿！”

深实实又清晰地说出“哎嘿”，同时从小玉的运动服里将头缩回去，开始蠕动起来试图回到外面。

接着没过多久，深实实就伴随着“噗哈”这样的声音出来了。

“外面的空气真清新！”

深实实张开双手露出了笑容。

“你这人是白痴吗！”

栞学姐迅速地做出了反应，戳了一下深实实。

“我不是白痴啦，学姐！我今天是有好事情要找排球社！”

“哈，哈啊？”

然后深实实就趁着混乱的势头，强行将跟刚才一样的提议摆到了栞学姐面前。

“——如此这般，我是以让关友高中的社团活动更加活性化为目的哦。”

“嗯……我知道了。既然是这么一回事，那么我很愿意帮忙。毕竟也不能总让田径社活跃啊。”

“谢谢栞学姐！我喜欢你！”

于是提议就这么干净利落地通过了。嗯，有强大角色在的话，推进事情的顺畅程度果然就大不相同啊。

深实实果然很厉害。途中也有排球社的后辈聚过来跟她说“深实实学姐”“你参选了呢”“我会支持你的”之类的话，是有受到仰慕呢。明明社团和学年都不同，却能有这么深的关系，这到底是怎么一回事啊？

我一边想着这样的事情，一边忍耐着在场的篮球社、排球社社员们投来的“那家伙是谁啊？怎么一直待在体育馆里”这样的视线。毕竟这里弱势角色能做的事情只有这个了，所以这也是没办法的事情。

在体育馆办完该办的事情，准备离开的时候，深实实对小玉说了这样的话。

“啊，说起来，玉你摸摸看自己的后背吧？”

“后背是指……哎。”接着小玉狠狠地瞪向了深实实，“……深深？”

小玉露出带着怨念的眼神，涨红了脸，然后走到墙边，感觉她的后背好像有点静不下来。

“怎、怎么了？”

我小声地问了深实实之后，她就一边说“是指尖的魔法”，一边用食指、中指和大拇指打了个响指。栞好像察觉到了什么似的，嘟囔着“真是个灵巧的家伙”，那是混杂着佩服和傻眼的语气。什么什么，到底是怎么回事？

结果到最后都没有告诉我真相，之后我跟深实实绕到外面的操场上，跟足球社和手球社也谈妥了，成功地聚集了一百人以上的“坚定支持者”。

*　*　*

回家的路上，深实实开朗地跟走在她旁边的我说话。

“话说进行得真顺利呢。友崎你很行啊！”

“没、没有啦……如果没有深实实你去交涉的话，那是成不了的。”

两个人一起放学，而且连离家最近的车站也是相同的，会变成这样并肩而行也是理所当然的吧。

这是我第二次和深实实两人一起放学回家，不过我没有做好心理准备。

“这样能好好地打一场了吗？”

“唔，这个嘛。现在这样算是达到了最低标准，有了勉强一战之力……我是这么觉得的。”

我一边掩盖一起放学回家的紧张，一边说道。虽然我含糊其辞地表示了肯定，但是究竟如何呢？关友高中的学生总数近六百人。一百多人的支持者……坦白说还不足够。不，如果是普通选举的话，那应该相当有利了，但是对手可是那个日南啊。考虑到这一点，甚至会觉得我们还是处于不利地位。那么该怎么做呢……

两个人一起放学回家让我感到紧张，没办法好好集中思绪。

像这样走在她的身边，明明我在人生这款游戏里是压倒性地惨败，但是我的个子比较高，体格也不错，怎么说呢，让我有了“她果然是女孩子啊”这样理所当然的想法。

“怎么？一直盯着我看，果然是要告白？！”

“才、才不是啦！”

我慌张地对她吐槽。深实实活力十足地笑着摇晃书包，挂在书包上的挂件随着她的动作而晃动。

“那是什么？”

我注意到了那个挂件，那是某种条纹图样、配色奇怪的，像土偶一般的大型挂件。之前有挂这种东西吗？

“噢！你很有眼光嘛！这个是我前不久一见钟情买下来的！”

“嗬，嗬。”

是在设计上相当奇怪的挂件，我不知道该做出怎样的反应才好。

“怎样？！很可爱吧？！”

我吃惊地发出了“哎哎？！”的声音。这、这玩意儿很可爱？

然后这时我回想起了自己对泉用过的、偷学自水泽的损人方式。

“不，非常奇怪啊。”

“哎！不会啦，不会啦！明明超级可爱的！”

深实实笑了。哦哦，又变成了感觉很要好的样子。太厉害了啊，水泽。这个手法真的是很好用呢。

“因为这个……像土偶一样啊。”

“就是那样才可爱嘛！真是的，你什么都不懂呢……”

深实实嘟起嘴巴，用听起来挺欢快的声音说道。太厉害了，水泽对话方式。

可是啊，这东西绝对是不可爱的啦。

“回到选举的话题！明天要做什么才好呢！智囊友崎同学！”

深实实像之前一样摆出拿着麦克风的手势，伸到我的嘴边。

“唔嗯……这个嘛。在这种状况下应该做的事情……”

我思考着。

为了赢得这场选举，为了攻克完美玩家 NO NAME 的破绽。

这场战斗的关键在于——深实实和日南“对于这场胜负的认识有所不同”。

讲得直白一些就是日南她这次大意了。虽说是大意了，但是那并非“因为游刃有余，所以就放水了”这样草率的大意，而是“觉得我们这边不会对胜利执著到这种地步来战斗”这种意义上的、合情合理的大意。

从常识的角度来看选举，参选人的目标应该就是“要聚集到更多的支持者”，所以日南应该是认为深实实的行动方针就是基于“聚集更多的支持者”这种正当的目标。实际上，在我当上“智囊”之前的深实实就是那样做的。

以此为前提，如果日南想要取胜的话，对她来说胜率最高的战斗方式就是“和深实实一样，尽可能地聚集更多的支持者”。毕竟既然在原本的力量与至今为止积累的东西上都拥有无法被超越的差距，那么就和对手站到相同的擂台上，用同样的战术来进攻，只要这么做，就很难出现计划之外的败北。

然后现状就是，日南正在按照那个理论，基于“聚集更多的支持者”这样的方针进行战斗。

另外，那也跟NO NAME的“通过那压倒性的努力从正面突破”的风格一致。

也就是说，在那方面是赢不了的。那个擂台、那个战斗方式是日南的专利，所以只能舍弃掉了。

所以，我刚才在去体育馆拉拢投票之前，向深实实进行了这样的提议。

“以百分之五十五为目标吧。”

没错，从一开始就舍弃掉“聚集更多的支持者”这种方法，事先就抛弃掉百分百中的百分之四十五会投票给自己的可能性。取而代之的是，将能用的全部手段都投入到剩余的百分之五十五当中。在日南为了“聚集更多的支持者”而以百分百为对象展开活动的时候，我们这边只集中在百分之五十五上面，只去巩固那些人的支持。如果是用这种战斗方式的话，就算力量差距将近两倍，也还是能有的一拼。

这就诞生了使用“电动打气机”为特定范围带来巨大吸引力的宣传活动的想法。

我在那个时候也这样说明了。

“——因为单从胜败来说，‘得票率百分百’和‘得票率百分之五十一’价值都是相同的啊。”

选举是只要取得最高的得票率就能获胜。也就是说在输赢的层面上，拿下过半票数之后，对我来说就单纯是自我满足的世界罢了。

当然日南她不可能不明白这种事情。不过，那家伙是用正攻法的人，所以不会这么选择。如果她知道深实实会采用“打从一开始就以百分之五十五为目标的战斗方式”这种不择手段的战术，那么就另当别论了，但是她恐怕做梦都没想到这种情况吧。

所以这就是抓住她的破绽，攻击她的弱点，在某种层面上就是单纯的攻其不备。

我们只是基于日南的战斗方式制定了对策而已，并无法对抗除此以外的战斗方式。只要日南针对我的战术拟定更进一步的对策，那么我们就会像沙子上的城堡一样瞬间土崩瓦解。

不过这样就可以了。针对上个环境下的最强打法而制定的对策，就是现在这个环境下的最强打法，这种事情在输赢的世界是常有的事情。

“……喂，友崎？明天呢？”

“啊，啊啊。”

不行，不行，又不自觉地就潜入脑内世界了。

“还是很困难吗？”

“唔……我会想想的。”

实际上，虽然想了很多，但是能够在一天内聚集到像刚才那么多坚定支持者的方法，实在很难想出来啊。

“话说，友崎你为什么想赢葵到这种地步啊？”

深实实突然问道。

“为什么吗？”我有些困惑地说道，“……就是之前说过的那样呀。”

“因为喜欢游戏，所以对手越强，就越热血沸腾吗？”

“嗯，是啦，差不多就是这样。”

“仅此而已？”

深实实问得更加深入了。

唔，坦白说并不仅仅是那样啊。话说，如果是因为喜欢游戏这个理由而想赢过她的话，那么为什么就不能在平时的学习或运动上想办法一决胜负呢？这一条作为理由确是比较薄弱啊。

深实实虽然嘴角带着笑意，却是用有点怀疑的表情看着我，所以就老实说吧。

毕竟我现在等级还很低，我能做到的，也就只有将自己思考的事情给原原本本地说出来了。

“……我玩 AttaFami 是很强的。”

“哎，怎么突然说这个？”

“就是那个，其实日南也很强哦。”

“啊，原来如此！”深实实似乎明白了什么，“也就是说，你要向葵复仇吧！”

我困惑地歪了歪脑袋。

“复仇？”

“啊，不是吗？比如在很有自信的 AttaFami 上面输了之类的。”

“啊啊。”我露出了苦笑，“不是那样的，在AttaFami上面我是赢了的。”

“哎！是这样吗？！”

在某方面赢过日南就已经值得惊讶了，就是这种感觉的反应。

“嗯，是啦。不过日南大概是我到目前为止对战过的AttaFami玩家中最强的一个吧，也是第一个让我觉得说不定有一天会被她打败的对手哦。”

“哦，哦。”

深实实目瞪口呆地听着我说话。

“但是该怎么说呢，我啊，在人生上面对日南算是一败涂地的吧。不管做什么都赢不了，就连总有一天会赢的愿景都看不见啊。而我唯一认可的名为日南葵的AttaFami玩家，她的主战场就是‘人生’。”

“啊哈哈，你说得仿佛人生也是游戏一样呢。”

我就是在说那个真的是游戏啊。

“差不多啦。如果‘人生’是游戏的话，那么对于那样的日南葵，不光是在AttaFami上面，我也想在那家伙的主战场‘人生’里面跟她打上一场。我好歹也算是个玩家啊。不过，我知道光凭现在的自己是没办法赢她的……”

“啊……所以才……”

“嗯。我是想着跟深实实合作的话，说不定就有机会赢。”

“原来如此啊……嗯，这样我就理解了。”

我没有掺杂谎言就说清楚了动机。AttaFami 上我的排名是日本第一之类的事情因为觉得很难为情，就没有说出来。我在日南那边接受人生的课程指导这件事当然也没说。

深实实一边说着“嗯嗯，真是青春啊”之类的话，一边轻轻地频频点头。

话说，我还真容易被套出话来呢。这就是现充的对话技术吗？既然如此，那么我也来模仿看看吧。毕竟之前有让我去偷学深实实的对话技巧，而且我确实有点在意。

“……深实实你呢？”

“嗯？”

“深实实你又是为什么想赢日南到这种地步啊？”

我将深实实刚才问我的问题还给了她。水泽方式也是，果然对话是需要照抄的。

“嗯……”

深实实有些为难地笑了，她的视线在半空中徘徊。

啊，我有样学样，结果有点太深入了？

“啊，抱歉。”

“不，不是啦，没问题的！不过并不是什么大不了的理由哦？”

深实实挠了挠脸颊，视线依旧是在空中徘徊的状态，然后开始往下说了。

“那么，现在要问个问题！日本最高的山是哪一座呢？”

深实实不知为何突然活力十足地出起了题目，也恢复了平时的开朗样子。

“突然要答题？”我有些不知所措，但还是做出了回答，“是富士山吧。”

“回答正确！啪噗、啪噗！”

“哦，哦。”我不知道该怎么回应。

“那么下一题。”深实实咧嘴一笑，“日本第二高的山是哪一座呢？”

深实实伸过头来看着我的眼睛，那是仿佛在试探我一般的视线。

“哎，第二高？……是哪座来着呢？呃……”

“铛铛！时间到！答案是……北岳！”

深实实竖起了两根手指。

“是北岳吗？……我还真的不知道呢。”

“是吧！”深实实开朗地笑了，“好，那么下一题！美国的第一任总统是？”

这个我是知道的。

“乔治·华盛顿。”

“嗯，回答正确！那么……第二任总统呢？”

深实实又像在测试我一般，轻描淡写地将问题抛了过来。

“呃……是谁来着呢？”

“时间到，真遗憾！正确答案是约翰·亚当斯！友崎你不擅长世界史吗？”

“不、不清楚啊。”

我不太明白这些题目的意图，这时深实实的表情变得比刚才要稍微认真了一些。

“那么下一题！在五月的体测中，女生的综合排名第一是谁？”

然后，深实实露出了温和又意味深长的微笑。这是——

“是日南对吧。”

“嗯，回答正确。那么，”深实实温柔地歪了歪头，“你知道第二名是谁吗？”

然后她与我四目相对。

“……呃，我不知道。”

“对吧？总而言之就是这么一回事哦！第一名非常显眼，也会变得非常出名，但是变成第二名的瞬间！价值就会直线下降！”

——价值下降。

这个时候，我觉得我有点明白深实实想表达的意思了。

“那么……那个体测的第二名是？”

深实实有那么一瞬间显得很寂寞，像在憋住气一样僵住了表情，然后就恢复成平时的笑容了。

“没错！第二名就是本人七海深奈实。怎样！我其实很厉害的哦！你知道吗？”

“不，不知道。”

“对吧，不过就是这么一回事了。啊，顺便一提，我在学业上也是，到一年级最后的期末考试为止，一直都是第二名哦！虽然之前的期中和期末考试分别掉到了第三名跟第六名就是了……”

我吃了一惊。我们学校好歹也算是升学学校，那样子真的是很厉害了。

“哎，是那样吗？明明看起来不像啊。”

惊讶的我不由自主地就说出了坦率的感想。

“喂，你这样很没礼貌啊！”深实实咯咯咯地笑了，“不过呢……只是大家都不知道而已！其实我七海深奈实文武双全、端庄秀丽，是如同大和抚子一般的俊男美女……”

“不，你并不是俊男吧。”

“哦，不愧是友崎，很严谨呢！不过其他方面你是认同的吧……真温柔！”

“烦死了！”

我努力地吐槽，让自己能够跟上深实实的节奏。

“啊哈哈哈！”

深实实张大嘴巴笑了，然后恢复成严肃的表情。

“不过嘛，就是这么一回事。”

深实实低着头微微一笑，用力地踢了一下小石子。

“……这样啊。”

我都不知道。因为日南实在是太厉害了，导致深实实总是处于阴影之中。

我带着忍不住想移开视线的心情走在路上。这时深实实的脸上并不是平时的那种过度开朗的笑容，而是虚无缥缈得仿佛随时都会消失一般的笑容，并说出了这样的话。

“所以，我想赢过她啊。”

* * *

次日，星期三。深实实在和昨天一样的地方进行选举活动，山下学妹也比之前要熟练了一些。日南则是在两栋教学楼前面不同于昨天的那个入口处进行活动，看样子是为了追求效率，希望每栋教学楼的人都能听到自己的声音吧，不愧是日南。正常来说这是极具威胁性的行动，不过这反而证明了日南正朝着“聚集更多的支持者”这个方向战斗，所以我觉得很好。对策能奏效。

然后，第四节课前的课间休息。

我和平常一样前往图书室，和菊池同学一起看书……其实是一边装装样子，一边研究战术，就像跟菊池同学说上话之前一样。

不过那是在研究选举的战术，而不是 AttaFami 的。

——真是想赢下来啊。

至少在我看来，深实实想赢的心情是真真切切的。不想输，想获胜。

一直屈居第二,一直没能赢过日南。但是，这次真的想赢。

我不相信什么玩家的才能这种东西，如果硬要说有的话，我觉得那也只是“不服输的性格”而已。深实实跟我是一样的。

既然如此，那就放手一搏吧。

当然我也想在人生中赢过 NO NAME，虽然有些人可能会觉得这种想法很幼稚，但是这就是身为玩家的真情实感。

如此一来，要是不真正地竭尽全力的话，之后肯定会后悔的。

“……人生的规则，利害的一致，说服拥有强大发言力的人，也就是操控‘气氛’……”

我面对着安迪作品的文字，和在研究 AttaFami 的战术时一样闭上了眼睛，将日南教给我的规则中的每一个要素进行抽象分解，再具体地重新构成，想象带来的结果，审视要采取的手段。

“呃……你说了什么吗？”

“啊，没有，没、没说什么的。”

菊池同学向我这边投来了探查情况一般的视线。我在喃喃自语啊，要反省。

“是……这样吗？”

抱歉，菊池同学，但是我非赢不可啊。

我现在思考的是，深实实在全校集会时的演讲应该怎么办。

在我决定认真起来将AttaFami研究到极致的时候，我最先做的是模仿当时的AttaFami最强玩家Zero。就像那个时候一样，我现在打算模仿我所认为的人生最强玩家日南葵。

不过，日南应该也是一样的。虽然我不知道她是如何让人生登峰造极的，不过至少在AttaFami上面，她毫无疑问是先从模仿我的玩法开始的。

在此基础上，让每个动作都变得更加熟练，在我的战术的延长线上拟定相应的对策。她就是朝着那种方向，打算超越我的。先从模仿开始，再让自己变得熟练。在那之后也对战了好几次，所以我是知道的，那家伙在AttaFami里面的目标是非常单纯的。

努力钻研我的战术，将精准度练得比我更高，然后从正面击溃我。

也就是说，NO NAME的游戏风格是“通过压倒性的努力来正面突破”。

并不是主张自己正确，在自己的规则中战斗。

而是踏上其他人搭建的，原本就存在着一套规则的擂台，并获取胜利。

那家伙就是这样的。

但是啊，日南，我最开始确实也是从一个劲地模仿开始的，像那样努力提升精准度来获取胜利的做法，我也用过。

只不过，我并不仅仅是那样。

我在日南那里听到“在原有的规则中战斗”这种话的时候，有想过我自己的战斗方式是不是无法适用于人生，但是同时我心里也涌出了疑问。

所以，这次我想试试看。

NO NAME 开始玩 AttaFami 只有几个月，所以可能不知道吧。

在半年前发生的，关于 AttaFami 的价值观变化究竟是谁引起的。

——我想试试看 nanashi 的游戏风格是不是也能适用于人生。

“友崎同学？”

“……啊？！”

坠入思考底层的心思被照射进来的一缕光线给拉了回来。

菊池同学目不转睛地盯着我的脸。

“嗯？怎、怎么了？我的脸很奇怪吗？”

如果她表示肯定，那么我就回答说“本来就很奇怪，所以不用在意”——我是做好了这样的准备的。

“不是……你的表情该怎么说呢……”

表情？是怎样的呢，沉迷于思考而傻傻地张大了嘴巴吗？

“嗯，嗯。”

“比、比平时要……更加凛然，所以……我吓了一跳。”

“凛……？！”

预料之外的话语让我的脸不由自主地发烫了，菊池同学也不知为何一边用手指点着嘴唇，一边移开了视线。哦哟，好险好险，差点就坠入爱河了。

* * *

放学后，我前往食堂，和深实实坐在了窗边的座位上，一边吃冰激凌，一边开始会议。

“首先有件事想问一下。”

“嗯嗯。”

“后天全校集会时的演讲内容还没决定好吗？”

“嗯。我试着想了几版，但是都不怎么满意啊……”

深实实用调皮的语气说道。

不过对于她的那番话，我觉得这样就能做我想做的事情，而不合时宜地感到了安心。

“这样的话……”我将思考的事情说出了口，“稿子就交给我来负责，你觉得如、如何？”

“哎？”

深实实发出了怪异的声音，这也难怪。

我也明白自己说出了不得了的话。

“呃，该怎么说呢，你想啊，深实实你擅长跟别人说话，交涉之类的事情也很拿手……所以我觉得把时间花在那些台前的事情上比较好。”

“算擅长吗？不过，原来如此啊！”

对于我事先考虑好的基于利害关系的说服话语，深实实谦逊地接受了。

“然后，我擅长思考那些像作战方案一样的东西……所以这方面就交给我，深实实你把精力都集中在交涉上会比较好。我会在深实实你做其他事情的期间构思演讲稿，完成后再让你进行确认，最后用那个稿子来演讲，差不多就是这样。”

“原、原来如此。”深实实垂下眼睛思考着，“……你觉得能行吗？”

她是问我这样做有没有胜算吧。我从正面看着深实实的脸。

虽然有着不安、对自己缺乏自信，还有深实实会不会信任我等各方面的担忧，但是我也有一点点的信心。

“我有……一些想法。”

深实实望着我，看了一阵子，然后轻轻地点了点头。

“嗯！就是各司其职、互相扶持对吧！我不讨厌那样哦，智囊！”

她活力十足地说出这些话，又非常用力地拍打了我的肩膀。

“好痛！”

我轻轻地揉了揉被拍打的肩膀，然后说：“那么，我也想了希望深实实你今天去做的事。”然后跟深实实讨论起了作战方案。同意了内容的深实实一个人前往教学楼。这次让她去做的是——对低年级学生的拉拢。

至于我，则是将刚才在图书室构思的演讲稿内容精简得更加紧凑了一些，然后前往体育馆。我要确认一下自己想出来的某个作战方案有没有实现的可能性。

“打、打扰了……”

我用几乎没有人能听见的声音姑且打了声招呼，接着走了进去。

体育馆里面跟我之前和深实实来的时候一样，篮球社和排球社都在练习中。我从那些人当中找到小玉，沿着体育馆的边缘绕到了她的附近。

“小、小玉——”

我怯生生地喊了她一声。

“友崎？怎么了吗？”

“其实我有事找你帮忙……是关于深实实的选举。”

“嗯，需要我帮什么忙？”

与小个子的外表给人的感觉相反，这女生的说话方式还挺单刀直入的啊。她跟深实实关系很好，所以估计是知道我正在帮忙的。

“你能稍微出来一会儿吗？”

“……”小玉环视四周，“你等一下哦！”

然后，她快步朝着球场内的栞学姐跑过去，稍微讲了几句之后就又跑了回来。

“说是没关系，需要我帮什么忙？”

小玉昂起头，用笔直的视线注视着我。还是老样子，她的视线与其说是带有恶意或善意，倒不如说只是单纯给人以笔直凝视的印象。

“我希望你不要追问详情……”我拿出了智能手机，“我现在要去远处放音乐，想让你告诉我能不能听见。”

小玉看了看手机，然后又笔直地注视着我的眼睛。

“只要给你示意就可以了吗？”

“嗯，差不多就是这样。”

“我知道了！需要我待在哪里？”

还真是好说话啊，她就没有一丁点疑问吗？

“唔，在这里应该就可以了……”

那个别扭感让我不自觉地有些含糊其辞了。

“应该？”

“啊，不是啦，我在想你就丝毫不在意为什么要做这种事情吗？”

闻言，小玉“哎”的一声歪了歪脑袋。

“可是，你不是不希望我追问详情吗？”

她这么说道。真是好理性啊。

“呃，话是这么说没错啦。”

隐约的别扭感让我说的话都乱掉了。小玉的表情没有任何变化。

“而且，这是为了深深的选举吧？”

她别无他意地这么说。

“嗯，嗯！”

“那么我愿意帮忙！深深也说了可以的，对吧？”

“是、是啊，她说了的。”

“我知道了。那我就在这里听着。”

“啊，呃，谢谢！”

我们以这种感觉结束了对话。该怎么说呢，果然是给人非常直率印象的女孩子啊。日南好像也说过最近这样的人是很罕见的。

我急忙开始做想确认的事。

首先是到体育馆的最后面播放音乐。小玉用双手比划出了大大的圆圈。原来如此。

接下来，我到位于体育馆上方两侧的、像室内阳台一样的地方播放音乐。小玉比划出了圆圈。

我就像那样，分别到舞台内侧的帘幕里面、收纳椅子的大抽屉等地方，用手机播放音乐，来确认能不能让人听见。

我回到了小玉的附近。

“谢谢。”

“结束了吗？”

“嗯。啊，哪里听得最清楚？”

“唔——”小玉指了指两侧像阳台一样的地方，“那边。”

“OK……谢谢。”

好，这样就离作战的实现更进一步了。

我的目的已经达成，也没有什么特别要说的事情，就说了声“那先这样”，转身准备回食堂，继续打磨演讲稿，这时小玉突然开口了。

“友崎！”

“嗯？”

我转头看向小玉。

“选举啊。”

“嗯？”

小玉用像在担心什么似的的表情看着我。

“不要让她拼过头了哦。”

“哎？”

我一瞬间没能理解那句话的意图。

“因为深深她，”小玉一瞬间露出了显得很寂寞的表情，“很容易拼过头的。”

“嗯，嗯。”

我困惑地点了点头。

“虽然她应该不太会让别人看到这样的迹象。”

“……哦。”

那是发自内心的话语，我这才反应过来了。小玉真的是纯粹地担心着深实实，而那份担心的思绪也传达给了我。

没有什么意图，只是将原本的意思直接化作了语言。

“毕竟她总是嘴上说没在勉强，却还是会勉强自己的。”

“……也是啊。”

小玉阐述的深实实的形象，即使是与之相处不久的我，也能理解。

“所以，你要多注意一下哦。”

日南曾经说过，小玉是能将赤裸裸的内心想法原原本本地化作语言的女生。

我现在对此有了实际的强烈感受。

既然如此，她的这番话就不能当作耳边风了。

我敲了敲据我所知在这所高中里最不可靠的胸口，运用表情肌肉对着她笑了。

“就交给我吧！”

听到我这么说，小玉伸出手指，开心地指着我的脸。

“就交给你了！”

接着，小玉满意地转过身，准备回到球场中去。

这时我突然想起来了，说起来，深实实之前做的那个，我到头来还是没能问出来到底是什么。现在询问本人的话，说不定会告诉我吧，就试试看直接问好了。

“啊，话说，前阵子深实实说的那个‘指尖的魔法’，是对你做了什么啊？”

闻言，小玉转过头来，涨红了脸，然后用手指笔直地指着我，气势十足地吼道：

“不要问女孩子这种事情啦！！”

被训斥了。问女孩子什么啊？谜团越来越深了……

*　*　*

办完事后我回到食堂，继续打磨演讲稿。过了不久，深实实也回来了。

“哦，事情怎么样了？”

深实实比划出 OK 的手势，然后从圆圈的部分露出了一只眼睛。

“放一百个心吧！”

快要被她的气势给压倒的我用表情肌肉摆出笑容，并竖起大拇指，让自己跟上她的节奏。

“Nice！”

这让深实实“啊哈哈哈哈”地大声笑了出来。哦，成、成功了？我也变得能够顺应这种劲头了吗！

“糟糕！和平时的反差太大了……”

她一边这么说，一边哈哈哈地笑了。啊，是这么一回事吗？是因为平时很阴暗的家伙突然做了奇怪的事情，所以才笑得那么厉害吗？也是啦，可以理解。

“动作……动作太……”

深实实一边说，一边重现了刚才我那僵硬的动作。别这样，不要对我追击啊。不过我是做了那样的动作吗？那当然会笑啊。需要改善。

“别、别说这个了！”脸颊发烫的我说道，“……你去了几个班级？”

“唔。因为有两个班的班会还没开完，所以就去了另外两个班……噗呵呵。”

深实实仍旧回味着刚才的事，一边笑着一边做出了回答。放过我吧，放过我吧。

“这样啊……那感觉剩下的要明天再说了。”

“是啊，剩下的就看他们会信任我到什么程度了。”

我点了点头，表示确实如此。

“话说友崎你还真是有够坏呢，欺骗可爱的一年级学生真的好吗？你这家伙！”

“你在说什么啊，我并没有骗人哦。只要当选了，就真的会尽全力去做，所以没问题。”

“啊哈哈，也是啦！”

“而且也没有保证能不能实现。再说了，搞不好真的能实现呢。”

“也对！只要当选了，就会认真去争取的！安装空调！”

没错，我向深实实提议的就是“用争取空调来拉拢一年级学生”。

要做的事情十分单纯。闯进放学后刚开完班会的班级，或者是第一节课上课前还没开班会时几乎所有人都在的班级，进行“等到我当上了学生会长，会全力以赴争取让全部班级都装上空调”这样的演讲，差不多就是这样。这件事的重点在于只去一年级的班级。

那么为什么要选一年级呢？因为我们这些二年级的学生，还有那些更年长的三年级学生，都很清楚“空调不是那么容易就能装上的”。

所以如果对二、三年级的学生使用这个方法的话，不仅无法打动对方，甚至有可能因为“提出不现实的事情”而伤害信用，导致失去选票。

但是，一年级的学生才刚成为高中生，在七月这个入学后还不满三个月的时间段[①]，会觉得“说不定只要学生会长认真行动起来，装设空调就不会是白日做梦”那也是很正常的。而且要是听到了深实实热情洋溢的演讲，那他们就会更加确信。

有没有空调这件事情对于高中生来说，是至高无上的命题。明明现在给教室安装空调的学校是很多的，但是关友高中却至今没有装设。正因为如此，只要能给这件事带来希望，那么那些学生们就有可能成为“坚定的支持者”。

①日本高中多在每年 4 月开始新学年。

当然话语中是不能带有谎言的，所以一旦深实实当选了学生会长，就必须为了装设空调这件事而奋斗。不过在那之后经过一年，当一年级学生升上二年级的时候，如果装设空调这件事最终失败了，他们应该也只会觉得“也是啦，考虑到实际情况，确实是挺困难的”——我的这个作战计划就是基于这种相对乐观的预想而制订的。

“啊还有，关于演讲的稿子。”

“哦，重头戏来了啊！是怎样的感觉，是怎样的感觉？”

我一边摊开纸，一边开始向深实实说明。不过嘛，全部都是有样学样就是了——

首先，为了通过演讲来获得大家的支持，就必须“操控气氛”。

但是，操控全校集会时那种大规模群体的气氛并不是一件简单的事情。

在那种情况下，对于“操控气氛”最有效的武器大概就是……那个了。

我回想着到目前为止我觉得最厉害的“操控气氛”——也就是日南在家政教室帮助小玉时的事情。

“最开始，我希望你能逗笑大家。”

“嗯嗯……哎？！”深实实以类似先上钩再吐槽的方式表示了惊讶，“等一下，等一下！虽然你说得那么简单，但是逗笑可不是一件简单的事情啊！”

啊，果然是这样呢。我点了点头。如果深实实这个时候做出“交给我吧”这样的反应的话，那就是最轻松的，不过既然如此，就说说看我的方案吧。

“也是啦。如果是要求在无伤大雅的前提下，像搞笑艺人一样做出有趣的装傻，应该是非常难的……对吧？”

“那当然了吧！办不到办不到！”

“不过——”

“不过？”

我回想起日南当时的做法，还有深实实这几天的说话方式——巧妙地改变声音，用让人联想到日南的说话方式来损我。深实实就是有这么灵巧的一面。

“用圈内梗的话，就行得通。”

我是这么认为的。

“……圈内梗？”

深实实歪了歪脑袋。没错，确实，正统派的搞笑方式是很难做到的。

但是，如果只是在狭小范围内被熟知的梗，那应该是行得通的。

就像日南那个时候做的一样。

“具体来说，就是模仿川村老师。”

深实实一瞬间像在思考什么一样垂下了视线，然后笑了出来。

“啊哈哈，原来如此……嗯，我觉得能做到。那样应该能炒热场子！”

很好，也得到深实实的认可了。我姑且是安心了。

没错，我们的班主任川村老师，身为学年主任，经常在集会上发言，所以全校学生都知道她那极具特征的说话方式，就是要模仿那个。

“太好了，那么就把这个加在开场白的部分里。那么，接下来要说最重要的演讲内容了。”

“哦！等很久了！”

我一个个地回想起日南教我的“让自己的提议得以通过的方法”，然后把那些东西当成用来打倒日南的武器，开始了说明。

“主要是由对大家来说感觉不错的承诺构成。”

首先是“利害关系的一致”，要让尽可能多的学生觉得“自己获得了好处”。

“嗯，和关于承诺的传单是一样的呢！”

深实实说道。正是如此，不过，稍微有一点点不同。

还需要用上另一个法则——“说服拥有强大发言力的人”。

“不完全，有一点点必须要注意的事情。”

“必须要注意的……啊啊，对哦。”深实实看来也发现了，“是老师的看法吧。”

没错，这次跟只发给学生的传单不一样，演讲必须要让老师那种拥有强大校内决策权的人物也接受才行。如果被他们否决的话，那么拿到的选票也就会失去意义。我点了点头。

“必须要让老师觉得鬼正才行。”

“出现了，葵语！不过感觉用法有点点的不同！”

我刚摆出帅气的表情，就马上被吐槽了。

“是、是吗？……所以我就拟定了至少不会被老师给否决，同时又会让全体学生觉得‘自己获得了好处’的承诺。”

话是这么说，但也不是什么稀奇古怪的内容，还是在之前承诺的延长线上。

我让她看演讲稿的内容，并进行了说明。深实实非常认真地听着我说的话。

“嗯，原来如此呢。我觉得没有问题！”

看来是同意了。是的，到这里为止都算是十拿九稳的。

“说真的，如果能有足够的说服力将装设空调作为承诺讲出来的话，那就是最好的，但是很难办到啊，如此一来，我觉得这样应该是比较稳妥的。”

“是啊，那个实在是很难啦！”深实实笑着说道。

“那么，到最后，这里其实是最重要的地方——”

然后，我对最后要采用的小把戏进行了说明。

“——差不多就是以这样的感觉结束演讲。”

到这里，我的演讲稿就结束了。

她会有什么看法呢？我紧张地等待着反应。

只见深实实很兴奋似的咧开了嘴角，看着我。

“……友崎你啊，真的是欺诈师！”

她举起手臂，朝着我的肩膀用力挥下。又是这个啊，不过我好歹也中招了那么多次，所以先看穿了她的动作，在千钧一发之际避开了。咻。

“……咦咦？”

“哼，太天真了。”

我像小玉那样做出了笔直地指着对方脸的姿势，向她这么放话。

见状，深实实又说着“反、反差太……动作……”之类的话，噗呵呵呵地笑了。所以说你别这样了啊，我不会再做了……

不过，她已经同意了我的想法。明天再推敲一下详细内容，就只等正式上场了。

* * *

隔天早上，正式演讲的前一天。我比平时还要早就出门了。今天深实实应该是去还没开早上班会的一年级教室，执行利用空调的拉拢作战。我斜眼看到日南依旧是在教学楼的入口处对着许多人进行选举活动的宣传，这让我感到很安心。然后，我为了查看深实实的情况而朝着一年级教室的走廊走去。

经过了几个班级后，我听到从其中一个班级里传出了深实实的声音，她在进行“会为了得到空调而努力”这种内容的演讲。

“打招呼、运动之类的东西，已经不需要啦！我觉得，在提升学习效率的层面上，还有预防中暑的层面上，都是需要空调的！因为最重要的还是讨厌酷热啊！”

那番话让一年级的学生们微微地笑了出来，并且获得了支持。

果然不愧是她啊。换成我的话，就不会这么顺利了。如果是拟定同样的作战并且让我采取同样的行动，我这个弱势角色应该会带来不好的影响，导致处处碰壁吧。

不过真是太好了。

大脑里思考出来的作战以接近理想的形式，就这么在现实中实现了。

这个感觉就跟通过手柄让 Found 去实现脑海中描绘出来的动作一样。

如果正如日南所说，人生是一款游戏的话，那么我觉得这场战斗真的是很有趣的游戏。

然后正因为如此，我想认真地面对这场选举。

就算是为了将这场战斗的关键托付给了我这种人的深实实，也一定要赢。

我想这大概就是日南之前说过的责任吧。

“啊。”

午休的时候，我想起来了。

话说，之前有说过星期四的放学后要跟日南开会啊。

可是该怎么办呢？我今天想跟深实实讨论一下演讲的收尾。既然明天选举就结束了，我觉得会议改在明天的放学后也没关系吧。

于是，我急忙给日南发了 LINE。

“今天的会议还是别开了，改成明天可以吗？”

然后过了几十秒，日南发来了回复。

“可以是可以，但是为什么？”

我烦恼了一小会儿，决定还是老老实实地回答。

“我现在协助深实实的选举，还有最后的收尾工作要做，所以我想好好做。”

在“已读”的标识跳出来一阵子之后，她只回了个“了解”。还真是够冷淡的，不过没有装乖的那家伙就是这种感觉吧，也无所谓。

这样一来，我就能尽自己所能做到最后了。

“哇啊！明天就要正式上场了啊……”

放学后，我和深实实就像之前一样在食堂集合，讨论明天的事情，还有到目前为止所做的准备。我们又是坐在窗边的位置吃冰激凌。

“是呀。啊，对了，一年级的教室你全部去过了吗？”

“都去了哦！也深受大家好评呢！”

“哦哦……”

这是最好不过的消息了，反应很好这件事就是天大的喜报。

假设一年级里有八成的票会投过来，那大概是一百五十张票。用电动打气机收买的篮球社、排球社、手球社和足球社，假定也能拿到八成的票，总共就差不多是两百五十张票。关友高中的学生总数将近六百人，也就是说想拿到超过半数的选票，只要通过演讲内容在剩下的约三百五十人中拿到五十张左右的票就可以了。即使对手是日南，这也是相当有胜算的赌局吧。

如果从那两边拿到的都是五成的票的话，那就是一百五十多张票吧。这就需要在剩余的约四百五十人里面拿到约一百五十张票。考虑到对手是日南，那就不是我们能稳妥获得的数字了，不过即使是那样，我也觉得是足以为之一战的数字。

“接下来就只剩明天的演讲了呢……”

“是啊。”我重重地点了点头，“对了对了，演讲上，你有什么改善方案吗？”

“啊，我姑且是思考了一下的……”

细节部分的说法、看起来可以加入笑料的地方等，深实实将她思索出来的想法都告诉我。修正方案全部朝着让演讲更加欢快的方向完善，让我不禁感慨道“哦哦……真不愧是现充”。如此这般，在我们反复进行练习和修正的时候——

“咦？这不是友崎和深实实吗，你们在做什么啊？”

跟我们搭话的人是水泽。看过去，只见中村、竹井他们也一起朝我们这边走了过来。

中村那个事件之后，他对我的态度还是相当冲的，虽然没有了之前那种积极攻击我的感觉，不过他对我来说还是不擅长应付的对象。希望我每次跟泉说话时感受到的视线只是自己的错觉。

咦？话说，水泽今天没跟日南在一起吗？不，我没别的意思，只是指在选举活动的层面上。虽然有些疑问，但我还是坐着回答了水泽。

“啊啊，没什么，我是在给深实实的选举帮忙。”

闻言，中村做出了反应。

“哈？就凭你吗？”他先是看向我，接着将视线转到了深实实身上，“你为什么找友崎帮忙？”

“哎呀呀，中中，其实友崎是超厉害的智囊哦！”

“哈啊？！智囊？”

中村皱起眉头，表现出了严厉的态度。

深实实却丝毫不介意他的样子，开朗地继续说道：

“对对！比如说聚集支持者！还有演讲稿之类的！”

“嘀。真有阴暗角色的感觉。”

中村只用零点几秒就本能地回了那番话，感觉他的思考回路在源头上就充满了现充赢家的精神。

“……总而言之，要是不努力到这种程度的话，就没可能赢过葵啦！”

深实实一瞬间露出了迟疑的表情，然后像在打圆场似的这么说道。

“嗬。你说要赢啊。”

中村表现出了像听到了无聊玩笑一般的态度。

这让我觉得很恼火。

“那、那当然了，既然做了，就会想赢啊。”

我吞吞吐吐地对中村说道。我又搞砸了，理所当然地，中村的表情扭曲了。

“嗬？”他做出了嘲笑似的回应。

“怎、怎样啊？”

我心惊胆战地进行了反抗，而中村则对我和深实实这么说道：

“我觉得做了也是白费力气。”

“回旋镖。”

对于中村挑衅般的发言，水泽迅速地轻声做出了回应。

不过这是在说啥？回旋镖？

“哈啊？”

面对中村的追问，水泽面带和善的笑容，夹杂着肢体动作说了起来。

“咻咻咻啪咔——就像这样。意思是自己说的话最终会伤到自己哦，修二。”

“你在说什么啊？”

我在这个时候察觉了水泽想说的话。也就是说，水泽他对我们——

“哎呀哎呀，挺好的，不是吗？‘即使跟对手有着巨大悬殊，努力去弥补并不是毫无意义的行为’，我是这样认为的……我就这么说说啦。”

水泽笑眯眯地说道，那个笑容如同面具一般紧贴在他脸上。因为语气很明快，所以听起来不像在顶撞对方，不过这是……

中村一瞬间尴尬地移开了视线，然后开口说道：

“……这样哦。我是无所谓啦。”

说完就把嘴巴给闭上了。因为不管怎么想，水泽刚才想说的都是——

“修二你也为了赢过友崎而在练习AttaFami，那也是毫无意义的吗？”

他的话中带有这种意思的讽刺。

“话说，就算是这样，也不该找友崎吧，川崎之类的会更合适啊。”

不知道他有没有完全领会到那个意思，还是说仅仅是依稀觉得被戳到了痛处而已。总之，中村将话题转移到别的上面去了，然后开始用“模仿友崎的说话方式”这种随便到极点的方式来损我，中村、竹井还有水泽都闹得很欢。水泽，你也跟着一起搞啊？算了，也没差啦。

看着他们闹腾了一阵子，我和水泽对上了视线。只见水泽一瞬间观察了一下中村的样子，就快速地从对话中脱身，坐到了我旁边。

“明天，能看到有趣的东西吗？”

他一边坏笑着，一边说道。是在说学生会选举的事情吧。

“谁晓得呢……唔，还行吧。”

“哈哈哈，那我就期待一下了。”

“话说，你今天没跟日南一起搞选举活动吗？”

在我问出这句话的同时，胸口涌起了一种难受的感觉。不，这只是我的错觉吧。

“嗯，说是有事要做就把我给甩了，好像是要一个人思考演讲之类的事情。”

“甩、甩了……”

明明知道这是比喻的说法，我却还是做出了一些反应，我真是丢脸啊。

“总之就看明天了。”

水泽说完便打算起身，但是我说“等一下”，制止了他。

关于刚才跟中村之间的事情，我有话想对他说。

“嗯？”

“啊，呃，刚才让你帮我打圆场，抱歉……”

“啥？……啊啊，是说修二的事情？”

“对。”

听到我表示肯定之后，水泽露出认真的表情这么说道：

“听好啰？这种时候不是说抱歉，而是要说谢谢哦，文也。”

“哈、哈啊？”

水泽将那种好像在哪里听到过的、像名言一样的话语当成退场台词说出来，并站了起来。然后他看都不看我这边一眼，就去跟中村他们汇合，一起离开了食堂。刚才这算是什么啊？完全搞不懂他到底是认真的，还是在搞怪。话说，他叫我文也啊。

“他们几个还是这么有活力呢。”

能将刚才发生的一连串事情当成“很有活力”来处理，深实实果然是拥有非常厉害的现充思考方式啊。在我看来，那可是话语与话语的博弈啊。

那种话语的混战结束之后，我和深实实静下心来交换关于演讲的意见，进行练习，然后解散了。

今天深实实要等小玉一起回去，所以我是一个人回家。

然后在回家的路上，我发觉自己的心中存在着以前从未想过的感情。

咦？回家时独自一人总觉得有点寂寞啊？

4章

师父角色一旦变成了BOSS，就会强到让人无法通关

选举当天。

全校集会差不多是每月一次，而且基本上都是在周五的班会开始时间的五分钟后于体育馆里举行，今天则是要在那里举行学生会长的选举演讲。我以往都是到最后一刻才过去的，不过今天要做些准备，而且还有静不下心来之类的理由，所以就提早去体育馆了。

我一个人离开教室，前往体育馆，看到日南就在前方不远处走着，只看背影也能从拥有超凡魅力的走路方式知道是她。虽然到上周为止还是几乎每天都有聊天的，但是这几天就几乎没说上话了。

我走到她的旁边，跟她搭话了。

与跟其他人搭话的时候不同，我故意用了挑衅的语气。

“——哟。”

日南只是冷淡地将视线转向了我。

“哎呀，友崎同学，看起来很有精神嘛！”

依旧是带着讽刺味道的语气。

“托你的福。”

“那就好。虽然每天都能在班上看到——不过真是好久不见了呢。”

日南莞尔一笑。

“是啊……好久不见了呢，日南。”

我也不禁扬起了嘴角。

“依旧是让人看了不舒服的笑容哦？”

“是啊，多亏了你教我的训练。”

“我可不记得自己有教你那种东西哦？看好了，这是范例。”

日南向我展露了作为女生来说非常完美的笑容，完全无可挑剔，即使明知道是假的，也会让人情不自禁就心动了。

“你才是老样子吧。”

听到我这么说，日南得意地一笑。虽然这并不是完美的笑容，不过我觉得这个表情才更适合这家伙。

“你好像做了很多事情呢。”

“没办法，毕竟对手那么厉害。”

“嗬！那你岂不是很辛苦吗？”

“算是吧。不过，我唯独不想听你说这种话。”

“那真是多谢了。”

“彼此彼此。”

我们互相说着积累了好几天的恶言恶语。

“这几天挺无聊的呢，都没法跟 nanashi 对战。”

日南叹着气这么说道。AttaFami 的对决也停了好几天。

“嗬，是这样吗？不过，那还真是奇怪啊。”

“……有什么奇怪的？”

我斜眼盯着日南。

“因为 nanashi 在这几天里，可都是当作在跟 NO NAME 对战哦？”

“哦。”与之前平淡的语气相反，日南像很开心似的笑了，“——意思是我能期待一番了吗？”

“不清楚，天知道会怎样。”

“这算什么意思啊？”

体育馆越来越近。我加快脚步，走到了日南前面，然后进入了名为体育馆的、我们今天的对战舞台。我转头看向日南。

“不过，作为nanashi，我已经使出浑身解数了。”

我重新面向前方，朝着舞台边走去。

* * *

“以上就是日南葵粉丝俱乐部的注意事项——说错了，是推荐演讲啦。”

台上的男声从体育馆的扬声器传出来，会场被笑声笼罩了。

“……水泽孝弘同学，非常感谢你。”

没过一会儿，笑声就变成了掌声。那是水泽的助选演讲，内容兼具了流畅与幽默，就像在教学楼前面看到的演讲的加强版，果然是强敌啊。我作为深实实的帮手在舞台边待机，所以就在那里听了他的演讲。水泽朝着我这边走了过来。

深实实站在我的身边。她一边注视着演讲稿，一边时不时地舔舔嘴唇，碰碰鼻子，一副静不下心来的样子。日南则是在舞台的另一侧待机。

水泽可能是察觉了深实实的紧张吧，他并没有打算搭话的样子，就直接从她的旁边走了过去。

然后——

“那么接下来是会长候选人日南葵同学的演讲。请上台。”

这个时刻到来了。

日南从舞台另一侧的幕后潇洒地朝着舞台中心走去。她那美丽的轮廓，还有站在置于中央的讲台前露出的淡淡微笑，仅仅是这样就能将会场的注意力都吸引过去。

日南倏地将手臂举到脸的高度，并让手心朝向观众，然后手就那样直接移到了胸口处。我的视线不自觉地就跟着她的动作走了。

“大家早上好——我是日南葵。”

日南利用手的动作引起了观众的一部分注意力，让他们产生了一瞬间的沉默与思考，并马上用自己美丽又有张力的声音填补了这个空隙。

日南的演讲开始了。

“非常感谢今天给我这样的演讲机会。”

她用缓慢的动作微微地低头行礼。

相比用内容吸引观众，她更像在有节奏地调动观众的注意力，用话语和肢体动作交织出了自己的演讲。

“这次虽然是学生会长的选举……”

日南微微一笑，装出来的笑容真是可爱到不行。

“老实说，我觉得很多人可能都有这样的想法。”

日南摊开双手，继续往下说。

“无论是谁来当都不会有太大差别。”

仿佛外国喜剧的配音一般，带了点搞笑意味的声音讲出来的那番话，稍稍诱发了观众的笑意。

紧接着，日南又迅速地将表情切换成认真的样子，并且竖起了一根手指。

然后，她用甚至能够让人感受到严肃的、像是在指出错误一样的声音说了下去。

“不过，对于那些人，我只有一句话想说。”

日南稍微停顿了一会，将竖起来的手指伸向前方，指着观众，接着挑起单边的眉毛，有些滑稽地翘起嘴角，说道：

“——这么说确实没错。”

观众哄堂大笑。哦哦。她所做的并不是什么非常不得了的事情，那是很简洁的逗笑方式。然而，那个表情和让人一愣的演技，以及趁着空隙迅速切入的漂亮做法，十分精彩地掠取了笑声。就像被她的每句话和每个动作所支配一般，观众陷入了NO NAME的控制之中，就连我也不例外。

日南露出了害羞似的、比较放松的笑容，观众和我都被她的那个样子夺走了目光。

“这个就当是开玩笑……其实，我认为当上学生会长，在一年时间里来改变什么，这并不是一件轻而易举的事情。”

从这里开始，“气氛”已经彻底在日南的掌控之中了。

“但是即使如此，也要在力所能及的范围内让学校的生活变得更好。并不是追逐不切实际的理想，而是从更加现实的地方进行改变，我认为那就是我的职责……各位，你们对学校有什么不满的地方吗？”

场上一瞬间流淌着空白的时间。

“啊，顺便一提，我有很多。”

那是突然露出破绽、让人感受到直白情绪的语气。会场被笑声笼罩了。

“各位也不至于完全没有不满吧？比如说——”

就在这时，日南的嘴角微微上扬，流露出了一丝笑意，那是只有在舞台边的我才能勉强看到的笑，这让我莫名产生了一股不祥的预感。

然后从结论来说，那并不是我的错觉。日南开口了。

“小卖部的商品不够丰富、运动会的规模太小了之类的，还有操场太凹凸不平、想要电动打气机，以及希望食堂打饭可以加量，诸如此类。”

我的思考一瞬间停止了。

因为，日南列举的那些学生们应该会觉得不满的事项里，其中就有我们思考出来的承诺里的一部分，而且最重要的是她接下来的话。旁边的深实实也惊讶地抬起了头。

日南接着说道：

“我觉得要是能够依次解决掉那些不满就好了。”

这时我意识到了。

——被击溃了。

从正面将我们这边的策略，虽然不是全部，但是将我们用“电动打气机”收买的选票当中的一部分、用承诺获取的支持当中的一部分，只用一句话就击溃了。

依次消除掉各种不满，那种强力的话语让观众发出“哦哦”的声音，会场沸腾了。

“不过——”

而且看起来，并不仅仅是那样而已。

包括我在内的观众，都等待着日南接下来的话语。

“像这样许下好几个承诺，会显得有些杂乱，说不定也有人会怀疑究竟是不是真的能够实现。所以，我决定将最重要的承诺集中在一件事情上面。”

她将竖起来的几根手指一根接着一根地弯下来，最后只剩下右手的食指竖着。

然后日南说：“那个承诺是——”并且稍微停顿了一下。

这段空白的时间让我再次产生了不祥的预感——根据那家伙的推测能力、分析能力以及实现能力。

还有刚才列举的不满当中有着“电动打气机”一词的这个事实。

并且最重要的是，那家伙的游戏风格是“通过压倒性的努力从正面突破”。

并不是主张自己正确，在自己的规则中战斗。

而是踏上其他人搭建的，原本就存在着一套规则的擂台，并获取胜利。

将这些都综合起来思考，NO NAME 会推导出来的答案就只有一个，我只能这么想了。

日南缓缓地开口了。

“——那个承诺就是‘在所有的教室里都装设空调’。”

不祥的预感成真了。

“咻！”

观众群的某个地方响起了吹口哨的声音，我估计是现充群体里的一个地位很高的学生吧。

然后以此为契机，观众“唔哦哦哦哦哦哦哦哦哦”地陷入了狂热……虽然没有演变成这种戏剧性的发展，但是观众对于日南刚才的发言，开始跟周围的学生交流意见或者是闲聊，吵吵嚷嚷地激起了不小的涟漪。不管怎么说，都毫无疑问是相当热烈的气氛。

话虽如此，但是要在所有的教室里装设空调这种承诺实在是太缺乏说服力了。我也想采取类似的作战，不过最后判断不切实际反而会失去信任，所以宣传演讲的范围仅限定在一年级学生里面。虽然也跟深实实聊过，如果能在宣传演讲里面加进这个承诺就最好了，但是得出的结论依旧是该承诺缺乏说服力，所以不可能那么做。

然而，日南却当着全校师生的面，大大方方地将这个承诺当成“唯一的承诺”说出来了。

不管怎么想那都是一招臭棋……明明应该是一招臭棋才对。

可是，她也让我有了这样的想法。

如果是那家伙的话，说不定真的可以实现吧？

毕竟那个日南葵都这么说了。那个日南葵把它当成“唯一的承诺”说出来了啊。

这时我才意识到了，原来是这样啊。

正面突破。

来自至今为止积累的信赖、实绩。“如果是那个日南的话”，“说不定连装设空调都能实现”。用通过不断努力积蓄起来的信赖来强行辗轧困难，正面突破。

再加“唯一的承诺”这个说法带来的信赖加成。

对我和深实实来说，“空调”是不切实际的承诺，是无法熟练运用的武器。

但是日南很轻松地就将那东西化为己用，使其成为既现实又强力的承诺。

换句话说，这单纯就是积累上的差距。

“我想，大家都觉得去年的夏天很难熬吧，倒不如说，今年也已经觉得很难熬了吧？”

日南趁着势头发动猛攻。

“实际上，装设空调可能确实是很困难的事情，毕竟从关友高中成立到现在，一直都没有装设。不知道是不是被埼玉县讨厌了呢？”

又稍稍逗笑了观众。

“可以想到的理由有很多。比如在地理位置上，跟其他地区相比，夏天并没有那么热。比如我们学校虽然有着不错的升学实绩，但是社团活动却没有什么实绩。诸如此类。”

日南一边装出为难的语气，一边列举理由。

“但是各位，你们知道吗？其中一个理由在最近被消除掉了哦。”

然后日南咧嘴一笑。那是能让观众看清楚的、稍微有点夸张的笑容。

“最近的田径社——状态非常好。”

观众沉默了一瞬间，然后传来了大概是田径社社员发出来的“自卖自夸啊”“哟！全国知名”这样欢快的声音，以此为契机，观众也理解了其中的含义而喧嚷了起来！整个场子形成了热烈的气氛，将大家都卷入其中。

我也忍不住兴奋起来了。居然以自己一手打造的田径社实绩为武器，将观众都吸引过去。

“我认为，这个可以成为说服上面的理由。大家觉得如何呢？”

所有人都不约而同地鼓掌了。这家伙真是厉害啊。

这是何等的大胆无畏，却又非常合理。

这下子，几乎所有的观众都站到她那边去了。

但是不对，应该还不足够才是。

日南教我的，“操控气氛”的两个铁则。

也就是“利害的一致”和“说服拥有强大发言力的人”。

这个演讲已经让几乎所有学生都觉得“日南当选会对自己有好处”。利害的一致已经解决掉了。就算有人没有被说服，我们之前预计得到的一年级选票应该也基本上都被夺走了吧。

可是，她并没有达成“说服拥有强大发言力的人”——也就是说服老师们这件事。

如果刚才的“田径社实绩”作战能够说服老师的话，那倒是没有什么问题；但是如果没有办法说服，那么“装设空调”就算得到了学生们的大力支持，说不定还是会被认为“那种事情只是小孩子的玩笑”而遭到残酷拒绝。根据情况，说不定为了避免大家因为无法实现的承诺而投出自己的选票，老师会当场宣布“不好意思，空调是无法实现的哦”。

在那个瞬间，所有的作战计划都会泡汤。日南葵这个名字的信誉也会受到伤害。

那么，日南要怎么做？是有什么实现的把握吗？还是说——

没有等待我的预想推导出真相，日南的演讲就继续下去了。

“尽管如此，在现实的层面上，要给所有教室都装设空调——这是个很难实现的难题啊。”

美丽的声音和语调，用词诚恳礼貌，同时不会给人留下呆板的印象。

“事实上，现在坐在那边的——各位老师也是面露难色。”

日南用优雅手势指向了教师的位子，包括我在内的观众，都不由自主地被她引导了视线。

老师们苦笑着的尴尬表情映入了大家的眼中。那和日南充满自信的笑容相比，显得非常靠不住，让人相对地更加相信日南了。

“等到这场演讲结束，大家都散会回去了的时候，或许各位老师会互相聊着这样的话题——”

日南微微一笑。

“‘在所有教室里都装设空调，这想法也太扯了。’”

这样啊。我又察觉到了，她是先主动将对方可能会说的反驳给说出来。

通过这个做法来消除阻力，这是口才好的人经常使用的招数。

也就是说，将老师说出来的话所造成的伤害降低到最小。真不愧是日南——

就在我想着这种事情的时候。

“而且还是……”

日南的话语还在继续。

“在装了空调的、非常舒适的教师办公室里说的呢。”

在一瞬间的寂静之后，学生们哄堂大笑了。

我惊得目瞪口呆，然后也渐渐涌起了笑意。

这是什么啊。

观众沸腾的声音在我的耳朵里重重地轰响，让我切身体会到和日南之间的压倒性实力差距。

我在思考承诺的时候，还有思考空调作战计划的时候，一直是站在老师的角度，想着老师那边会怎么看，而从中取得平衡。那样做的结果就是，在承诺里总是保留着为了校内的活力或者学生的方便这一类的借口。演讲的内容也维持在折中的方案，是在配合拥有权力的人。不过，这并不是坏事。倒不如说，一般都应该这么做才对吧。

但是日南就不一样了。

日南葵将自己的战术贯彻到底。

就算面对的是老师这种有话语权的人，她也通过迄今为止积累起来的努力、信赖和实绩，从正面突破给大家看。

NO NAME 的游戏风格，“通过压倒性的努力来正面突破”。

就像她用演讲堂堂正正地将我策划的“谄媚的承诺”“电动打气机”“空调”等策略给击溃一样。

即使面对的是老师，她也是站到同一个擂台上，将对方从正面击溃。

无论对手是谁，她都不会改变最根本的战斗方式。这种彻底，到了令人恐惧的地步。

“差不多就是这样。我发誓会认真投入地去处理各种各样的事务！如果大家赞同我的话，请务必将公正的一票投给日南葵！那才是鬼正！”

日南最后这么说完，就潇洒地从台上走下来。她的背影沐浴在毫不吝惜的喝彩声当中。

不知道是不是为了表示敬意，我也情不自禁，鼓起了掌。

日南朝着我待机的这一侧走了过来。然后她看都不看我，简直就像是要无视我一样，直接从我身旁走过。

“即使这样，你还有办法赢吗？”

不过，那个应该只传到了我耳中的声音，就是那个得意洋洋又自信十足的熟悉声音。

* * *

“我说完了，感谢！”

从体育馆的扬声器里传出了气势十足的女孩子声音，会场被掌声所笼罩。

“山下由美子同学，非常感谢你。”

虽然能看得出很紧张，但是运动社团的说话方式和气势十足的内容相辅相成，是可以让观众了解到她人品很好的演讲。气氛比预想中的要好多了。在看了日南那样的表现就立刻上台，我觉得她已经相当努力了。推荐人没有选我真是太好了。

然后接下来是——

“接下来是会长候选人七海深奈实同学的演讲，请上台。”

听到那个广播后，我从舞台边的阶梯朝着位于体育馆上方两侧类似阳台的地方走去。虽然我也准备了遭到阻拦时的借口，不过我理所当然似的走过去之后并没有被说什么，所以就没用上借口，顺顺利利地到上面去了。

“啊哈哈哈哈！”

听到了观众的笑声，虽然我没有注意听深实实的演讲，不过应该是模仿老师的那段吧。并不是突然插进去，而是以“川村老师也是这么说的，所以我会加油”这样的形式融入演讲里面。顺便一提，那是深实实提出来的方案。我原本的方案是一上来就模仿，现在想想那应该是很糟糕的吧。

我拿出智能手机，将音量调到最大。确认好设定之后，就进行布置。接着将扬声器的部分朝向观众，布置成可以尽量让观众听到比较大的声音的样子。

好了。然后就是为了预防意外事态，在这里躲起来待机就行了。

我竖起耳朵倾听深实实的演讲。嗯，不坏。不对，我怎么能用这么高高在上的态度，应该说很好。观众也时不时会笑出来，也有在点头表示赞同的学生。但是无论如何都会被拿来跟日南刚才的演讲做比较，坦白说，确实是逊色了不少。当然，这是因为日南实在是太厉害了。

而且更进一步来说，演讲稿的构成也很像。这是我的责任。

唔，内容本身是完全不一样的，但是本质上都是依靠“利害关系的一致”和“说服拥有强大发言力的人”这两大杀手锏来“操控气氛”，在这种基础上，二者是相通的。因为我是基于日南教我的规则来搭建框架，所以这也是理所当然的事情。

所以从某种意义上说，我构思的演讲稿本质上就是日南的演讲稿的劣化版。

“……可恶。”

仿佛在AttaFami的对战中，连续技被出其不意地挣脱。一种类似的感情油然而生。

我下意识地咬紧嘴唇。

……我太傲慢了。

日南将人生的一部分规则教给了我。“演讲”是只要活用那些规则就有办法战斗的舞台，而且还是能够操控强大角色的绝佳环境。如此一来，我，nanashi，只要活用学到的“规则”和操控“强大角色”，不就能跟日南一决高下了吗？我的心里一直有着这样的想法。

“……嗯，我未免也太天真了。”

努力不同，积累不同，更进一步来说，觉悟也不同。

那家伙的演讲中充满了努力、积累，还有觉悟，想着要大获全胜，一票也不肯放过，就是要以最多得票来获取胜利。不管怎么看都是全力以赴的，并不是靠着“虽然是最近才学到的规则，不过我应该能够好好活用”这种速成的傲气就能面对的简单对手。搞错这种事情的自己真是太丢脸了。

“可是……”

不让她见识一下 nanashi 的骨气可不行啊。

就算是为了相信我的深实实，也不能在这里放弃。

我静静地等待着那个时机。

“当然，这一切都是为了让关友高中更加朝气蓬勃……”

深实实说完了所有的承诺，到了最后的收尾阶段。就在这时。

哔——！哔——！哔——！哔——！

场馆内响起了尖锐的闹铃声。深实实停下了演讲，环视四周。

观众也骚动起来了：有竖起耳朵寻找声音从哪里传出来的人，有拿出手机确认不是自己的闹铃响了的人，有没事找事跟旁边的人说“是你的手机吧”的人，也有说着“大家都安静下来”想让事态有所好转的人。不过在体育馆这么宽敞的空间里，想找到声音的来源并不是那么容易的事情。

各自的想法交织在一起，使得体育馆内形成混乱的场景。

“啊，你们都先安静下来啦！”

“是谁的啊，快点关掉啦。”

“是那样吧？因为怕被没收，所以就藏起来了？”

“声音是从哪里传出来的啊！”

“这不会是 iPhone 的警报吧？在地震之类的时候会发出的那种。”

“啊，就是那个！”

“用安卓的我没有嫌疑了。”

“吵死了。”

在这种情况下，深实实看准时机，露出凛然的表情环视观众。

然后，她咳嗽了一声。那个声音被话筒接收到，并通过扬声器扩散开来。观众的视线和注意力都集中到了深实实身上。然后——

“Hey，Siri！关掉闹铃！”

深实实的声音传到了舞台中央，观众都吃了一惊，并沉默了。

——嘭嘭！

“闹铃已经停止了。”

在体育馆上方的通道里，我的智能手机就放在我旁边。

Siri 的声音从朝向观众的扬声器里传出来，在体育馆中小小地回响。

咚!

观众都沸腾了，热烈程度可以说跟日南演讲的时候不相上下。很好!

尽管如此，深实实并没有停下来。

她又咳嗽了一声，让观众沉默下来。

“Hey，Siri！——会当上学生会长的人是谁呢？”

——嘭嘭!

“我是会给您提供帮助的虚拟助手Siri。”

“不对，不是让你自我介绍啦!”

咚！观众再次沸腾了。在大家的眼里，深实实的形象应该是这样的吧——“面对突然发生的闹铃意外，能够随机应变的学生会长候选人”。

没错，这就是我的做法。

面对日南，即使用“精心制作的作品”，也就是演讲稿来一决胜负也很难，基本是没可能赢的。

如此一来，该下功夫的就是战场之外——比如说展现出“面对突发情况时的应对能力”。

但是，既然是突发情况，那么当然得是意外发生的才能算。

那么就制造出来好了，制造出“人为的突发情况”。

这是跟那家伙不同的，nanashi风格的“制造另一个战场”的战斗方式。

深实实停顿了一会儿，然后开心地嫣然一笑。

她又咳嗽了一声。

“顺便一提，你会投票给我吗？”

嘭嘭！

“要显示‘顺便一提，你会赤脚登场吗’[1] 的网页搜索结果吗？”

“这算什么？！”

连续让会场不断沸腾。然后——

“看来Siri没有给我投票的打算，不过还是请大家将自己公正的一票投给我！”

最后用一句请求让会场再次沸腾，深实实一边挥手一边颇具喜感地走下了讲台。好，太好了，做到了。

我确认了深实实的身后是大家的喝彩和此起彼伏的笑声，便安下心来，从地板上拿起手机，回到了舞台边的幕后。

* * *

“太好啦——”

回到舞台边之后，东张西望像在寻找什么一样的深实实一看到我就马上跑了过来，一边活力十足地小声表明喜悦，一边扑进我的怀中。

①这两句话的日语发音相近。

“唔，唔哦？！”

深实实抱了过来。我尽可能小声地表达惊讶，同时说着“放、放开我……”

“哦哦，对友崎来说刺激太强了吗？”

深实实一边恶作剧似的说着，一边放开了手。该说是刺激太强了呢，还是刺激太柔软了呢？

“深实实你辛苦了，还有……友崎同学也是？”

这个银铃般悦耳的声音正是出自日南。小声也能发出这么优美的声音，这家伙在背地里到底做了怎样的努力……唔，录音机上面的那个数字就代表了一切吧。

深实实如向日葵一般开朗地笑了。

“谢谢你，葵！总之有很多隐情，这场演讲的细节你就不要问了！”

“隐情……？唔，那就当发生了很多事吧！”

日南很上道地做出了这样的回复，深实实也紧跟着回了句：“麻烦你啦！”

“总之，你只要记得也有友崎的功劳就好了！”

深实实说完，就搂住了我的胳膊。

“嗬，嗬？”

日南露出为难的表情，暧昧地笑着，做出了回应。这时水泽也走过来了。

“辛苦了，哦哦？”

看到深实实搂着我的胳膊，水泽吃了一惊。深实实露出了意味深长的笑容。

“孝弘……就是这么一回事哦。”

“不对，才不是这么一回事啦！”

我小声地对深实实那个会让人误会的发言全力吐槽。看到我的这个样子，日南和水泽看了看彼此，然后微笑着一起点了点头。

“那么，我们先走吧。”

以日南的这句话为契机，他们两个就一起离开了舞台边的幕后。啊啊，演讲结束后要回到各自班上的队列中吧。

“……我说，友崎。”

“嗯？”

深实实露出了黏人的灿烂笑容。

“那种氛围……那两个人感觉像在交往呢。”

“哎哎？！”

我忍不住发出了很大的声音，使得之前的笑声都失去了意义。

回到队列中后，川村老师讲了一下今后的学生生活和学生会选举的投票等事项。因为刚才深实实模仿过她的说话方式，所以或多或少会听到一些窃笑声，然后集会就结束了。投票似乎是以在纸上画圈的不记名形式进行。可以在散会的时候在准备好笔和桌子的地方当场勾选好并投到投票箱里，或者是放学之前交给班主任。推荐人和参选人好像没有投票权。原来如此，也就是说，我是有的。

集会刚结束，深实实和日南就立刻被周围的同学围了起来。也是啦，毕竟她们两个引起的反响都很热烈呢。我一边斜眼看着那幅情景，一边离开了体育馆。

然后，到了投票箱前面。我本来是打算在深实实的名字上画圈投出去的，但是我体内的玩家之心和公平公正的精神阻止了那个行为——所以我投了空白票。虽然这一票应该是改变不了任何情况的，不过这种时候我就是想认真地去做啊。

接着到了放学后。

今天要久违地跟日南开会了。关于这次选举的事情，应该会有各种各样的爆料跟反省吧，我抱着既忧郁又期待的复杂心情。

而且，接下来还有比那个更加重大的事情要发表。

走出教室之后，远处的人群映入了我的眼帘。

老师在放学后的班会上说过，速度快的话，选举结果在今天放学后就会出来。

我回头看了一下，深实实还在教室里面。我一边深呼吸让紧张的心情平静下来，一边朝着人群靠近。

在人群的前方是公告栏，上面是这么写的：

学生会长选举快报

日南葵：456 票【当选会长】

七海深奈实：131 票

我将憋着的气吐出去之后，觉得有比会议更重要的事情该去做，就转身回教室了。

*　　*　　*

我在距离教室门口很近的，同时也是在教室里跟班上的现充们谈笑的深实实看不到的地方等待着。

由已经知道结果的我去搭话总觉得有点那个，我是想着等深实实自己走出教室准备去看结果的时候，用偶然碰到的感觉搭话应该是最好的。准确来说，除了那个以外，我完全想不出比较好的搭话形式了。因为我是弱势角色，所以选项会自动缩减范围的。

手机振动了。看了一下，是日南发来的 LINE。是回复我刚才用 LINE 发过去的那条“会议会晚点到，也可能会缺席。详细情况之后会向你报告。抱歉”吧。

“了解，今天就中止吧。”

抱歉，日南……连续两次临时取消会议……

我刚打开聊天界面准备回复，又有新的信息发过来了。

“但是，要让事情有确实的进展。明白了吗？”

……啊哈哈。这就是所谓的洞察一切吧。真是敌不过日南同学啊。

“了解。”

日南的激励点燃了我的干劲——不过我现在能做的事情就是一直等下去。

“哟，友崎！”

深实实从教室里出来了，我一边掩饰住自己的紧张，一边装出轻快的语气来发声。

“哟。哎呀，今天辛苦你了啊。”

“谢谢！友崎你也辛苦了！”

深实实和平时一样活力十足地笑了。

好了，问题是接下来怎么说。我就按照事先构思的那样，切入了话题。

“啊，那边的公告栏上面，结果已经……”

“哎呀！真是可惜呢！”

深实实打断了我的话。哎。

她拍了一下额头，无奈地笑了，然而视线并没有看向我。

“你、你已经看过了……？”

“唔，不是啦！是朋友发 LINE 告诉我的，所以就知道了！”

“……这、这样啊？”

我找不到可以对她说的话。

“对对！碉堡了！不过因为是突然袭击，所以算是因祸得福，打击反而很小呢！”

“啊哈哈……这就是所谓的不幸中的大幸吗？”

我一边想着“碉堡了”是什么意思，一边觉得现在不是想这种事情的时候，所以就对她进行附和。

“就是那个，不幸中的大幸！没啥，只要今后有朝一日能赢她就行！”

“意思是失败乃成功之母吗？”

“对对对，就是那个，失败乃成功之母！友崎果然会说很不错的话呢！永远都要积极向上！顺风前行！跌倒了只要爬起来拼命追上去就可以了！就是这么一回事哦！”

深实实的活力是真实的呢，还是装出来的呢？非现充的我无法判断。

“……说、说得也是啦！毕竟你跟日南是同一个社团，而且之后也还有很多次考试吧！再说了……总之，还有各种各样的事情吧！下次靠那个来一决胜负就好了！”

听到我这么说，深实实就露齿一笑。

“当然了！”

她这么说道。

如果是平时的话，这个时候她都会用力拍打我的肩膀，但是这次没有拍打。这单纯是我预测失误，还是因为上次被我躲开了，或者说是有什么其他的理由吗？我果然判断不来啊。

*　*　*

“呼……回家吧。”

在那之后，深实实只留下“我还要去社团！必须将选举落下的份给补回来才行”这句话，就咻的一下往操场那边跑去，很快消失了。在十五分钟之前发给日南的“对不起。没有进展。对不起。”这个报告结果的“谢罪三明治”也还没有收到任何回复，所以现在无事可做。比起像这样在学校里傻傻地等待，我觉得还是赶紧回家用数码录音机来做附和的练习要更有价值。嗯，就这么做。

大家都去参加社团活动或者其他活动了，所以已经没有人在了吧，我这样想着往教室里面看过去。啊，有人在，小玉在那里。虽然是背影，但是很小只，所以一眼就认出来了。她站在教室的窗边眺望看操场。是在做什么呢？算了无所谓，我要上了，自主练习！

“你不去社团吗？”

我在不会吓到她的距离跟她搭话。换句话说，那就是我这种生活在阴影下的生物勉强可以靠近小动物系女生的最近距离。

“……友崎。”

转过头来的小玉不知道是不是背向夕阳的关系，表情显得有些无精打采。她栗色的柔顺头发透着光，闪闪发亮，轻轻摇曳。

小玉像要给我空出位子一样往旁边挪了一步，然后再次看向了窗外。

哦，哦，是让我到她的旁边去。原来如此，这孩子虽然身材娇小，但是挺有一手的嘛。

“你在看什么啊？”

我一边尽量让自己不要表现出战战兢兢地靠近的感觉，一边战战兢兢地走到她的身边，然后看向了外面——出现在眼前的是田径社的练习景象。对哦，在这里是能俯视操场的。

“只要看了就知道。”小玉很寂寞似的注视着操场，“葵和深深两个人的努力是远远超过其他人的。”

“嗬。”

我眺望了一会儿，让自己能够看清楚练习景象的每一个细节。

确实只有她们两个没有低下头喘口气或者是把手抵在膝盖上休息，一直在不停地进行着练习。跑步的速度也很快，间隔也很短。

“可是……深深平时并不是这样的，一般她都会维持自己的节奏。”

“这样啊。你平时都有在看吗？”

“没有，只是偶尔会看，比如有点想翘掉社团的时候。”然后她不知为何锐利地瞪了我一眼，“这和玉[1]是没有关系的哦？”

“我、我知道啦。”

小玉将视线移到外面。

“我觉得大概是在跟葵较劲吧，倒不如说，绝对是那样的！”

小玉有些生气地那么说。她是真的很喜欢深实实啊。

“哈哈哈……可能吧。”

“选举，真可惜啊。”

“啊，是啊！确实是。”

小玉噗的一声笑了。

“Siri 的那个，全部是事先设计好的吧？”

毕竟我有让小玉帮忙确认哪个位置能听得更清楚，所以她自然知道了。

“嗯，全部是自导自演。”

“犯规！”

小玉只有嘴型看起来显得有点开心，但还是用平时那种警告人的口吻严厉地说道。

“……可是，就算那么做了也没有赢啊。”

“也是啦……毕竟是葵嘛。”

小玉理所当然似的这么说。

“啊，果然小玉你也是这么想的？”

“嗯。”她很干脆地立即作答，“葵很厉害，所以赢不了啊。”

①日语里“偶尔”和玉的发音相同。

我叹了一口气。在小玉眼中也是这样啊。

“深深她啊。”

“嗯？”

“就算赢不了，也不会输。”她这么说着，寂寞地笑了，“所以……”

小玉微微地低下了头。

虽然我没能搞清楚那番话的真正含义，不过感觉多多少少能够理解。

“我唯独不希望她跟葵战斗。”

“……这样啊。”

“该说是有点可怕吗……”

“……嗯。”

小玉说出来的那几句赤裸裸的话语，虽然我有些听得懂，有些又听不懂，不过我觉得无论是刨根究底，还是装作感同身受，都不是真诚的行为，所以就只能一边静静地听着，一边静静地附和而已。我不清楚这样做是不是就可以了。

不过我知道了一件事，那就是深实实刚才那个活力十足的样子果然是——

“……啊，抱歉！就我一个人在单方面说话！”

“哎，不会啦，完全没问题的！”

倒不如说我背下来的库存里没有在这种氛围中可以用得上的话题，她这样反而帮了我很大的忙呢。另外，我也在反省。

“我差不多该去社团了！再见啦，友崎！”

“嗯，回见。”

小玉从书桌拿起书包，朝我轻轻挥手，离开了教室。

在那之后，我还是不自觉地从教室眺望着田径社的练习，看了一会儿。

在奔跑的日南，在奔跑的深实实。确认姿势，做热身，进行不同项目的个别练习。

有时候她们会谈笑，但是并没有很放松的感觉，而是无比认真的样子。

挥洒汗水、锻炼自我的那两个人的身影中，似乎有某种可以被称为青春的东西在闪耀着。

——不过这并不仅限于她们两个人。

在已经彻底炎热起来的季节中。

大家每天都会花好几个小时做这种事情啊，虽然这也是理所当然的吧。怎么说呢，感觉大家都在很努力地过着“人生”啊。

5章
不好培养的角色
会让人忍不住放弃培养

因为情绪莫名高昂，我在星期六跑到大宫买了之前水泽帮我做造型时用的发蜡。星期日则是久违地跟日南痛快地打AttaFami打了很久。然后到了星期一。

隔了整整一个礼拜的会议开始了。

“那么，首先是……辛苦你了。”

“哦……辛苦了。”

我和日南一起互相称赞对方的表现。不过嘛，我是惨败就对了。

“好了，在会议之前，我有件事想先确认一下。”

“哦。”

日南的表情在闪耀。这是那个啊，谈到游戏的话题时的表情。

“那个Siri，我可以认为全部是事先安排好的吧？”

明明很开心地让眼睛闪闪发亮，却没在说游戏的话题。不过，既然她是用这种表情在聊演讲的话题，那么果然是那样吧。

她是将那场演讲当成了游戏，并且乐在其中。

虽然我一开始也是类似的心境啦，不过出于要对深实实负起的责任，再加上失败带来的懊悔与愧疚，那种心境早就烟消云散了，只有复仇的火焰在燃烧。

“算是啦，从停止闹铃的地方开始，到对Siri提问为止，都是按照剧本来走的。”

“啊哈哈哈！”

日南罕见地大笑出声。

“我本来打算靠那招来扭转乾坤的……最终还是失败了啊。”

尽管使尽浑身解数，用了奇招，却还是输掉了。

结果就是看着对手展现每天的锻炼所积累下的成果和我们之间到底有多大差距，真的很不甘心。

“虽然从结果来看，是这样没错……”

日南朝着我这边探出身子，她那双大眼睛如同宝石一般闪耀。

“不过我吓了一跳，很开心啊。”

“哦，哦。”

她的那种不知道该怎么形容的，和平时不同，并不仅仅是外表美丽，而是真的很那个的模样，让我有些畏缩，于是做出了含糊的回应。

是让人联想到在游乐园的归途上开心地说着感想的女孩子吗？直白点说，就是可爱到了让人觉得快要输给她了的程度。

“有 种那才是 nanashi 的感觉呢。真不愧是将 AttaFami 从火力游戏变成了连续技游戏，让游戏价值观大大反转的传说级人物啊。”

总觉得日南的情绪异常高昂，用激情澎湃的语气对我赞不绝口，这让我非常不好意思。

还有，她知道我在 AttaFami 做过的事情啊。不过也不奇怪。

“还、还好啦？话说你也太猛了吧。”

“哎呀，你指什么啊？”

日南挑起眉毛，笑着明知故问。

“采用那种仿佛要将我们这边的作战计划全部击溃一般的方式。”

“呵呵。”她得意地笑了，“但是，那是你的低级失误吧？”

“哎？”

“星期四。”日南竖起了食指，“你暴露了在帮深实实的事吧？这让我有所警惕了。既然 nanashi 参与了，那么就要换个做法才行。”

“……啊啊。”

我理解了她话语中的意思。

“既然都到了要暂停会议的程度，我想你应该是会采取奇妙的战术的。毕竟对手可是那个 nanashi 哦？所以我才会将拉票很有效的承诺都尽数击溃。”

就像在炫耀宝物的小孩子一般，日南用天真无邪的表情这么说道。

仅仅是以那条 LINE 的信息为契机而对我的战术进行预测，就能制定那么彻底的对策吗？

“……我服气了。”

日南心中对 nanashi 的评价如此之高让我觉得很难为情，同时也坦率地承认了失败。

“总而言之！虽然我这次以压倒性的优势大获全胜，但是感

觉到了你的可能性，这让我很惊讶，我真的非常开心！所以你今后也要好好钻研人生并且更上一层楼哦。知道了吗？”

日南的情绪明显比平时要高涨了许多，靠近到极限的脸带来的压力和闪闪发亮得仿佛要将人给吸进去一般的眼睛，还有非比寻常的香气都让我心醉神迷，但还是回答了“就算你不说，我也打算那么做的”这样的真心话。

“回答得很好呢。”日南咳嗽了一声，“那么，关于接下来这一周要做的事情……”

就这样，平常锻炼的日子又回来了。过去的那几天让人感觉又怀念又辛苦，我不禁看向了远方。

首先，为了达成“和女孩子两个人一起出门”这个小目标，日南向我下达的指令是要在今天看完一本迈克尔·安迪的作品，然后约对方一起去看由安迪原作改编的电影。

日南说她在周末查了一下，发现涉谷有影院现在也在上映改编自安迪作品的老电影，所以正合适。啊啊，就是说前阵子跟日南一起看电影时学到的东西要活用起来了。合掌祈祷一下。

“然后，试着思考演讲之后有什么想法吗？既然最后是那样的演讲稿，就代表你知道逗人笑有多重要了吧？”

“……算是啦。”

归根结底，如果对方没有表现出想听你说话的态度，不管是怎样的提议都是无法通过的，这种事已经通过我之前的人生得到了证明。我认为能够扭转那种情形的东西就是“搞笑”了。

“要跟别人成为恋人，换句话说就是‘要彼此强烈地互相信任’。建立信赖关系的方式有很多种，不过为了踏出最初的一步，让对方放下戒备心，觉得听一听这个人说的话也没关系，最大的武器就是‘让对方笑出来’哦。”

我虽然理解了这番话的意思，不过一想到这代表她要赋予我怎样的课题，心情就变得沉重起来了。

“唔……我明白你想说的意思。”

“所以今天的课题是‘随便逗笑一个人’。”

“……唔呃。果然啊。”

虽然说起来很简单，但是日南啊，这个的难度其实相当高吧？

* * *

到了第四节课前的课间休息。我在图书室前面稍微停下脚步，紧张了起来。约她去看电影。虽然没让我今天就把日程给定下来，所以还没那么急，但是即使如此，我还是有点顾虑的。毕竟在我的人生中这可是第一次约女孩子一起出去呢，而且还要尽可能地将对方逗笑。

“友崎同学……？”

“哇哎？！”

如同潺潺泉水般美丽的声音从背后叫了我的名字，我回头看到那里站着为了知晓人间事物而隐藏起精灵耳朵潜入高中的精灵，不对，是菊池同学。

“呃，你不进去吗……？”

“不，不是的。我要进去，要进去的。”

被菊池同学的那双仿佛凑过去细看就会发现里面有回复魔法阵的眼睛注视着，我一边脸颊发烫，一边进入了图书室。我利用今天早上到现在为止的休息时间，将之前在看的那本书给看完了。因为确实挺有趣的，所以很顺畅地就看完了。

我一边将说着“嘿咻”并在拿书的菊池同学误认为天使，一边拿了跟之前不同的另一本安迪作品，然后将椅子挪到菊池同学的旁边，坐了下来，比上次又靠近了那么一点点。

图书室里开始流淌着像精灵、人类，还有动物们共存的魔法森林一般的，温暖且神秘的氛围。

虽然我也想就这么沉浸在这种氛围之中，但是课题必须要完成才行。

“……菊池同学。”

“有什么事吗？”

菊池同学将视线从书上移开，用如同与森林泉水中的鱼儿们嬉戏的少女一般的温柔眼神看着我。

“其、其实，有点事……”

看到我吞吞吐吐的样子，菊池同学愣愣地像小松鼠一样歪了歪脑袋，我不禁看得入神，话语就更是卡住了。

“……唔。”我回过神来，“有在上映安迪作品电影的电影院……”

“涉、涉谷！”

菊池同学对自己的声音之大吃了一惊，面红耳赤地用书本遮住了一半的脸。

“对、对不起。”

“不、不会。”

只从书后面露出眼睛的菊池同学不管怎么看都有点可爱过头了，而且仅仅从那么小的面积都能看出她是满脸通红了，这让我也不禁害羞起来了。

“……友崎同学，脸，很红呢。”

“不、不，菊池同学你才是！”

“……呵呵。”

菊池同学似乎十分开心，呼出了气，维持着用书遮住脸的样子，眼睛弯弯地看向我。太狡猾了，那个样子太狡猾了。

“唔……我已经看完了一本安迪作品，那个很有趣啊，所以还想再看看其他作品，然后——”

“是……是的！”

或许已经察觉到我要说什么的菊池同学紧张地做出了回复。完全被我的紧张给传染了啊。

“我、我们要不要一起……去看个电影？”

“……嗯。”

菊池同学用书把整个脸都遮挡起来了，不过她连拿着书的手都是通红的。该怎么说呢，我觉得这个样子很犯规。

* * *

放学后，向日南告知了跟菊池同学之间发生的事情之后，只得到了“就以这个状态继续进攻”这样的简单指示。而关于“随便逗笑一个人”这个课题，我告诉她姑且算是有让菊池同学稍微笑出来，她就回了我一句“好吧，算是勉强及格了”，然后我们就解散了。完全不顾我内心的动摇，真是够冷淡的。

话说，每次解散后我都是直接回家，而日南都是去参加社团活动，真是努力啊！

所以我想了很多——决定也努力一下。毕竟跟菊池同学说了要多看几本安迪作品再去看电影，所以今天也尽可能地多看一些吧。而且下次换教室上课是在后天，时间有限。

到达图书室，我窥探了一下里面，除了图书管理员之外没有人在，原来如此。虽然我有想过菊池同学可能会在，不过看来放学后是很平常地回家去了啊。

我拿起今天开始看的作品，让目光落到文字上，开始了阅读。

话说，这个人的书果然很有趣啊！如果没有认识菊池同学的话，这种兼具幻想和硬派气氛的奇幻小说我恐怕一辈子都不会主动拿起来看吧。虽然乍看之下门槛很高，但是看了之后就意外地会沉迷其中。

在精心构建的虚构世界中，描写了一些似乎也能与我们这边世界的常识相对应的、莫名有现实感的细节，让人时不时产生“这个世界会不会真的存在于某个地方”这样的心情。在感觉不到规律的不可思议语言或者世界的规则之中，发现了少许规则性的时候，世界就会增添色彩，让人感受到不一样的气息。

我觉得这本书非常棒。时间转瞬即逝，我不停地翻动着书页。

当我回过神来的时候，这本厚书我已经全部看完了，真的非常有趣。

我看了一下时钟。哦哦！过了三个小时左右，已经快七点了。

我在回去前不经意地靠近窗户，看了看操场——从这里也能俯视操场——然后我大吃一惊。

已经暗下来的操场上，傍晚前的热闹已经彻底消失，在大部分社团都应该结束了活动的那片土地上面，有两个人影在动着。

我仔细凝视，才发现那两个人影的真面目。

是日南和深实实。

日南毫不停歇地做着各种项目的练习，而深实实则是在做跳高的助跑和跳跃的练习，她也是毫不停歇地不停重复着。

只是稍微看了一下，就能看出那两个人的每个动作都充满了认真。

我的脑海中闪过了深实实那个虚无缥缈得仿佛随时都会消失一般的笑容。

“所以，我想赢过她啊。”

这样啊，说得也是啊。毕竟我是玩家，所以也能理解。因为我也很不服输，所以能理解。

一直输下去是很讨厌的，会很不甘心啊。

所以要拼上自己的志气，死死地咬住对手不放啊！

我只是远远地眺望着这幅景象。

她们两个有时候会合作进行同一个项目，有时候又分别做各自的练习。

过了一阵子，那两个不服输的人开始维护操场，看起来很要好的样子。我将那个景象看到最后，就悄悄地回家了。

*　*　*

“是的，深实实还是第一次练到那么晚。”

次日早上，我问了一下日南关于昨天练习的事，她就这么回答了我。

“是这样吗？我还以为她时不时会练到那么晚呢。”

“不是。只有我会留到最后一刻，这是一直以来的常态。”

“……哈哈。”

我苦笑了一声。她说得这么理所当然，所以才可怕啊。

“顺便一提，今天的晨练她来得比我还早呢。”

“哎？”真的假的，话说回来，“你每次都是晨练之后来这里的吗？”

“是这样，没错哦。”

真的假的啊？明明呼吸没有丝毫紊乱，也看不到任何疲态。

话说回来，这样的话就表示深实实以选举失败为契机，从昨天起真的开始全身心投入地努力了。也就是说，她不想输。

我一边思考，一边看着日南的脸，发现她露出了没有以往那么自信的沉思表情。

“我说……我想问你一件事情。”

那是对日南来说很罕见的，像在征求意见一般的语气。

“怎、怎么了？”

我一边觉得诧异，一边做出了回应。

“游戏，特别是关于AttaFami，我想你应该也是那样的……”

日南像在寻找合适的话语，断断续续地说着。

“你想啊，制定目标，分析现状，不断摸索来弥补自己的不足，像这样让自己进步的行为就是所谓的‘努力’吧？”

“嗯，是这样吧。”

虽然我并没有思考过这么具体的定义。

“将那种行为称为努力的时候，不断重复那个努力，一直不停地前进。”

日南死死地盯着我的眼睛深处。

“没有任何的妥协，向前，不断向前，这样的行为——”

不知道是不是我的错觉，日南的眼神比平时要暗淡了许多，而且好像在看着我无法想象的什么东西。

“你觉得那是不好的事情吗？”

我不太明白日南想表达的意思。准确来说，我知道字面上的意思，但是在“怎么会有人问这样的问题”这个层面上，我想不明白她为什么这么问。

因为那种行为怎么可能是不好的事情呢？

“顺便一提，我不觉得那是不好的事情。”

“喂。”答案不是都出来了吗？“我也不觉得啊，那怎么可能是不好的事情啊。”

“是啦，你说得没错。”

“你搞什么啊。”

那么意味深长地拿已经有答案的问题来问我，这家伙想干什么啊？

“可是，你想啊，会觉得那种行为不好的人总还是有的吧？说什么‘原原本本的自己才是最好的’，相比变化，将不做改变视为美德之类的。”

“为什么你总是要跟那么不得了的东西战斗啊？”

这家伙的目标到底是什么啊？

“算了，先不说那些，但是也有其他例子吧？你想啊，比如像绀野绘里香那样的，否定努力，认为努力很逊，而高高在上地用冰冷的视线伤害努力的人。”

“唔——”虽然我也知道是有那种人存在的，“要我说的话，那个时候的绀野嘲笑了在努力的中村，我觉得那种行为是不对的。”

“那中村是正确的吗？”

“嗯，算是吧。不过不让大家走这个行为就是中村有错了。”

日南一边苦笑，一边点头说：“那个确实啊。”

“就算那样，不努力的人嘲笑努力的人，单纯就是在嫉妒罢了。我支持努力的人……当然，如果把努力的要求强加给别人那就会有问题了。”

如果强行要求别人也努力的话，那么就很可能会变成将价值观强加到别人身上的情况了。

“哎呀，这是对我的批判？”

“喂喂，你不要搞错了。我自始至终都是出于自己的意志在遵循你的意见而已，并没有受到你的逼迫。一旦我觉得人生是垃圾游戏，我就会马上退出哦？”

我笑嘻嘻地说出了这番话。

“说得也是。”日南也笑了，“不过，在人生中不断积累努力的话，就会发生用那种单纯想法没法彻底解决的事情。根据我的经验是这样的。算了，也不要想得太深了，我基本上也同意你的想法。”

“……哦。”

根据日南的经验啊，应该是自己没有经历过就无法知道的事情吧。

“……无关的话题拖了不少时间呢，那么接下来公布今天的课题吧。今天的课题是延续昨天的‘随便逗笑一个人’，然后再新加一个‘问出深实实的LINE’哦。”

“哦，哦哦。”

“逗笑也要比上次更加有实质性，‘呵呵’这种是不作数的。”

“不是吧……”

“是的。不过这个可能有些难，所以没有达成也没关系，就作为要努力完成的课题吧，在几天内能做到就可以了。”

“原来如此。”

在几天内啊。

“至于深实实的LINE，说到底你在帮忙选举活动的时候没有去问出来就是个很大的反省点了，所以要马上去做。我做梦都没想到你居然一直没问。”

“对、对不起……”我真是太没出息了，完全没法反驳，

“顺便一提，问的方法是……？”

“哈啊？那种事情你自己去想啊。”

“哎哎？！日南同学，最近的课题是不是有点粗糙啊？逗笑也是，我完全搞不懂要怎么做！”

日南叹了一口气。

“我说啊，虽然我不是很想这么说，但是你早就已经跨过了那个阶段哦。”

“哎？”

“如果我现在给你‘用这个理由和这个说法去问出LINE’这样的课题，你会怎么想？有怎样的感觉？”

“……啊。”

这时我意识到了，这样啊，如果理由跟问法都能得到指点的话，那大概就不会觉得有多难了，只要稍作努力去实行就好了。但是，如果是刚认识这家伙的时候，就算加上这方面的指点，给我出了去问LINE的课题，我想我应该也会觉得无法办到。

“课题变难了，就代表你有所成长了。在这几个星期里，你已经能够做到‘付诸行动’了，所以，现在已经进入了培养你‘自发思考能力’的阶段。你不要老是想着得到速效性的指南好吗？”

虽然语气冷淡，但是确确实实地认同了我的成长，而且是以“课题的变化”这种形式来体现，让我觉得莫名的高兴。

“日、日南……”

看到我感动的样子，日南目光冰冷地说出“好恶心”。唔啊，星期二就这么开始了。

*　*　*

我从第一节课到午休为止，都在思考应该怎么去问深实实的 LINE，但是想不出好点子来。

于是我含垢忍辱地采取了这样的作战方式。

“……泉。”

“嗯？”

没错，不知道的话就去请教别人好了，而且还是请教现充。

“问别人 LINE 的时候，需要用什么理由啊？”

“啥？理由？”

泉像在说“搞不懂这是什么意思”一样，发出了声音。

“就、就是那个，对于经常聊天但是不知道 LINE 的人，要怎么问……”

说到这里，因为忍受不住泉那诧异的视线，我的声音就越来越小了。

不过泉对于我那个在她看来想必非常莫名其妙的问题，还是表现出了认真思考的样子。

然后回答说——

“并没有什么……特别的理由。”

这一刻，我的脑内仿佛蹿过了一道电流。

——并没有什么特别的理由啊！

那个逆转性的想法让我无比感动，振奋地说：“这、这样啊！谢谢你，泉！”向她表示了感谢，然后没有在意“哎”的一声表示困惑的她，用LINE向日南发了一连串主旨是“大发现”的内容，结果马上就收到了“这点小事就兴奋成这种样子，说明你是无可救药的非现充啊”这样的回复。看来我兴奋的点似乎跑偏了十万八千里……

不过不管怎样，知道没有理由也没关系就是很大的进步了。

我重整旗鼓，向正准备前往食堂的深实实搭话。

“深实实。”

“嗯？哦，友崎！”

深实实用开朗的笑容迎接我，我、我被别人主动接受了！

“呃，把你的LINE告诉我。”

“第一句就说这个？！”

深实实将她本来就很大的眼睛瞪得更大了。呃，说的也是啊，刚搭话就有这种要求果然很奇怪吧。

“啊，不是，虽然没有什么特别的理由……”

我出于平时的习惯，不自觉地就将心里想的事情原原本本地说出来了。

“哎呀，我也猜到是这样啦！友崎你明明很聪明，却有些天然呆呢。”

天然呆？！我还是第一次被别人这么说啊，我觉得应该没有这回事吧，而且也没多聪明。

“哎，是这样吗？我自己是完全没有……”

“我想也是！总觉得你是没法撒谎的呢。”

“啊……”毕竟说谎其实就是在对话的时候能够做到随机应变，那个我确实超级不擅长，“可能是这样吧。”

“对吧！你要小心坏女人哦？”她就这么将脸凑到我的耳边，“比如像我这样的……”

然后深实实对着我的耳朵呼地吹了一口气。

“唔哇？！”

“啊，我的 LINE 是这个哦！”

看着我的过度反应，深实实露出了仿佛是从心底感到开心的表情，同时将二维码拿给我看。这个人在演讲之后是不是对我有点过于凶恶了啊？

“呃——”

我跟日南还有泉都交换过 LINE，而且只是扫一下二维码而已，我虽然是非现充，但又不是白痴，所以是不会在这里马失前蹄的。真遗憾啊，并不会发生那种孤单的人常遭遇的状况！

“哦，有了有了！谢啦——！”

深实实是用“七海深奈实”的平假名注册的 LINE。这样看的话，深实实的感觉很强烈啊。

虽然我觉得就这么说声“再见啦”再直接离开也是没关系的，不过既然都聊上了，我想着再多说些话也能增加更多的经验值，所以就继续聊下去了。

“说起来，听说深实实你最近对社团活动很投入啊？”

“嗯？啊啊，对对！我非常努力哦！而——且——啊！学习上我也是很努力的！哎呀，我真是个努力家！……既然选举输掉了，那么就必须想办法赢回来才行啊！”

或许是因为教室里还有其他人在吧，深实实从“选举”开始，音量就稍微降低了一些。

“也对，我也会为你加油的。作为一名玩家。”

因为多多少少聊过这方面的事情，所以我才能说出这样的真心话。

“说得也是啊！谢谢你，玩家友崎！不过社团活动的事情，你是听谁说的呢？”

“唔，我是听日南说的。”

“……嗬，好意外！”

“意外？”

“嗯。葵她是怎么跟你说的呢？”

怎、怎么跟我说的？这个问题让我有些为难。因为要是说得太具体，那么就是“顺便一提，今天的晨练她来得比我还早呢”这种非常平淡的感觉，所以说不出口啊。唔，呃。

“怎么说的呢……算是挺普通的吧，唔，就跟平时差不多。”

含糊其辞。因为想不到合适的谎言，就做出了不清不楚的回答。而且从我的角度来看，确实是和平时差不多的。

“啊，真的吗？是哦，是这样啊。”

深实实不住地点头，我不太明白她的这个问题的具体含义。

“那我去食堂啰！啊，友崎你今天去食堂吃饭吗？”

“不，我今天吃面包。”

“这样啊，了解！再见！”说完，深实实就咻地朝食堂跑去。

咦？她刚才是约我一起去食堂吗？虽然我没反应过来，就直接说了原本打算做的事情，不过机会难得，为了经验值一起去食堂可能会更好吧。我这样想着而感到后悔。后来我去食堂看了一下情况，发现跟深实实同桌的人里面有中村，不禁让我觉得还好刚才拒绝掉了。

放学后，我向日南报告拿到了深实实的 LINE，还有暂未达成“逗人笑”这个课题。会议结束之后，我又前往图书室，开始看安迪的其他作品。

我发现每一部安迪作品中的世界虽然都像完全不同的世界，但是其实在每本书的某些地方都分布着共同的要素，越看就越会被这个人的作品给吸引了。就是那样吧。即使不考虑经验值之类的事情，我也想很平常地与菊池同学讨论这些作品啊。

我看完了一整本书，从位子上站起来，走到窗边，俯视操场。

果然啊，只有日南和深实实在练习。

真努力啊。

我一个人点了点头，朝教室走去。今天一开始就打算待得久一点，所以把书包留在书桌那里了。我在没其他人的教学楼里一步步地走着。

伴随着嘎啦嘎啦的声音，我拉开了教室的门，之后我看到小玉站在窗边。哦哦，这种情况是第二次了，总觉得这孩子在窗边的情形挺常见啊。小玉惊讶地转头看了过来。

“……友崎？”

“哦哦，抱歉。”

因为吓了她一跳，所以我不由自主地就道歉了。

“没事，你用不着道歉啦！”

那是和平时一样的，像在告诫别人一般的语气。

“好、好的。”

我不禁有些慌张了。

“今天是怎么了？”小玉一边这么说，一边又把身边的位子空出来。

“唔，我在图书室看书。”

我表现出好像习以为常的样子，很紧张地走到了小玉的身边。

“你喜欢看书啊？”

“唔——算是吧。该说是最近有机会看了……”

“哦？”

她看起来有点不得其解。毕竟我又没法说“是为了跟菊池同学去看电影才开始看的”，所以也没办法。

“小玉你呢？”我刚问出口，就察觉到了，“……你在看练习吗？”

“嗯。”

毕竟她说过偶尔会看的，而且并不是因为被叫作玉。

“……啊。”我惊讶地看了看时钟，“哎？看到这么晚吗？”

“不，不是的！怎么可能啊！我也是社团活动结束了，才到教室来稍微看了一会儿。”

“哦，是这么一回事啊。”

原来如此，她在排球社的活动结束后，就过来看深实实的练习了啊。

“就是这么回事。”

然后对话结束了。啊，怎么办，不知道该说什么才好——靠日南同学传授的背诵之力就不会变成这种情况了！虽然我之前并没有怎么背过适合小玉的话题，不过前阵子两个人聊的时候几乎都是小玉在说话，我对此进行了反省，所以就把可以拿来跟小玉聊天的话题也背下来了，请看好了！

“深实实她，很努力啊。”

“是啊。”

哦哟，对话停住了。必须发射新的弹炮才行。

“她今天的晨练好像来得比日南还早。”

“哎！这样啊……你是从谁那里听来的，葵吗？”

“嗯，是日南。”

“是选举之后开始的吧。果然啊。”

小玉面露难色。

“是啊！毕竟深实实当时是真的想赢下来。我觉得她应该是很不甘心的，我也很不甘心啊。”

“嗯……这样啊。”

哦哦，追加弹炮！

“前阵子深实实的‘指尖的魔法’是……”

“你好烦啊！要是这么在意的话，就去问本人啊！”

失误了！就不要再拿这个来问小玉了。唔——还有可以追加的！

“小玉，你跟深实实很要好呢。”

小玉“嗯”了一声，点了点头。

“是从什么时候开始变要好的呢？”

“唔嗯。”小玉稍微思考了一下，“差不多是一年级的……第二学期吧？”

“啊，第一学期的时候关系还没那么要好吗？”

“与其那么说……不如说因为我的朋友很少，所以第一学期的时候没怎么跟深深说过话。”

“哦哦……”

又是不知道该怎么应对的话题。唔，相关的话题！

“那么，现在为什么会这么要好呢？”

“这个嘛。”

小玉先将视线移到操场上，然后又移回到我身上，露出了恶作剧一般的微笑。

“或许是因为，深深是笨蛋吧？”

“……这是什么意思？”

听到我的回问，小玉就继续说下去了。

“明明第一学期都没怎么说过话，第二学期被她给找上了，突然有事没事就缠着我。”

“嗬，突然啊。”

小玉看向了远方。

“嗯……每天都捏我的脸颊。”

“总、总觉得能想象出来。”

我露出了苦笑。

“可是我不擅长应付那种事情，就表现得很不情愿。”

“啊哈哈。”那个也能想象出来。

“比如被捏了脸颊之后毫无反应，或者是狠狠地瞪她。虽然试了很多做法，但是她完全没有停下来——按照深深的说法是‘不情愿的样子反而更让人心痒痒了！’”

“哈哈哈！真像她会说的。”我情不自禁，大声笑了出来。

“虽然觉得她是个笨蛋！但是托她的福，我的朋友渐渐增加了，在教室里待着，感觉也更加自在了。”

“……嗬。”

感觉是个非常美好的故事啊。

“所以，我觉得擅长跟别人搞好关系的人很厉害啊，很自然地就把我也卷进去了，让我有点憧憬……不过葵那个时候啊——”

那家伙在这里要出来了吗？我问了“是日南吗”之后，小玉点了点头。

“她突然就跟我搭话了。因为之前不同班，所以那个时候是第一次说上话。很普通地聊了一会儿之后，她突然问我：‘被深深缠上的女生就是小花火你吗？’”

虽然我觉得日南不会用深深这个称呼，不过既然小玉不做区分，那也没办法啊。

“真是突然啊。”

“听葵说，深深来纠缠我之前啊，有去找她咨询呢。”

“咨询？”

“嗯。‘有个没有融入班级的女生，你觉得要怎么做才好呢？’之类的。”

“哦……”我吃了一惊。

“然后啊，葵的回答大概是‘可是，那说不定只是不想融入圈子里而已哦？’”

“嗯，说得也对啊。”

我觉得并不是无论如何都要融入圈子里才是正确的。

“可是深深她没有让步，说‘我觉得那个女生不是这样的’，还说‘我认为她是想融入进来的，但是因为很笨拙，所以才没能做到而已’。”

“是这样吗？”

实际情况究竟是怎样的呢？

“然后呢，我……确实是那样的。因为经常跟别人起冲突，所以我尽量不跟别人扯上关系……或者说是出于害怕而在主动回避。但是，我并不觉得自己不需要朋友，也有想过应该怎么做才好。所以，她说中了。”

“嗬……她是怎么看出来的呢？”

“到底是为什么呢？我也不知道。不过因为她那么说了，所以葵就表示：‘那么我觉得你可以每天都跟她说点话！’”

小玉像很受不了似的，又像很高兴似的这么说道。

“也就是说……”

“然后她就突然每天都来捏我的脸颊哦？！这做法也太奇怪了！”

小玉笔直地指着操场上的深实实这么说道。

“哈哈哈！真像深实实会做的事情啊。该说是顺势而为呢，还是做事太毛糙了呢？”

“就是说啊！很笨吧？！”小玉看起来很开心，“不过啊，葵跟我说‘绝对不要告诉深深你从我这里听说了这件事哦’。”

“哎，是这样吗？为什么啊？”

“说是深深会难为情，她跟我说要让深深耍下帅。”

“哦哦。该怎么说呢，还真有风度啊。”

我不禁有些感动了。明明是日南，却还挺有人情味啊。

“但是葵希望我能知道，深深她像那样每天都来缠着我，是为了我着想才那么做的。深深她真是个笨蛋啊。”

“原来……是这样啊。”

日南那家伙，这不是有挺好的优点嘛。

“然后啊，在那之后又过了一段时间，我试着问了一下深深——‘为什么那个时候一直缠着我呢？’”

“嗯。”

深实实她是怎么回答的呢？

“结果啊，她回答了‘因为我超喜欢可爱的东西啊’‘每天不摸一下那个柔软的脸颊，脱瘾症状就……’之类的话。明明是想着来帮我的。”

“……嗯。”

“因为有过这样的事情，所以我到现在也会被她逗，她还会说‘我非常满足’之类的话，而且笑得很开心。”

“……这样啊。”

我一边感受着涌上心头的东西，一边附和。

“就像这样，其实我全部知道了，她还是装作什么都没做的样子。总是表现出非常开朗的样子，总是能在我需要的时候来帮助我，所以，我就装作一无所知的样子给她看。”

我将话语留在心里，沉默了。这样啊，原来发生过那样的事情啊！

过了一会儿，小玉露出了与她那稚嫩的外貌有强烈反差的，能让人感受到母亲般柔和的微笑，说道：

“对吧？深深她是个笨蛋吧？”

*　*　*

“今天的玉比平时要咸！”

“不要擅自比较别人的味道！”

在那之后，等到日南和深实实做完练习，开始维护操场的时候，我和小玉过去跟她们会合，并且一起帮忙，然后就变成了四个人一起回家的情况了。

“啊……也就是说，平时的情况是，社团活动刚结束，所以汗流出来没多久，但是现在相比平时已经过了一段时间，导致盐味得到了凝聚……”

“好恶心！不要推理这种没必要的事情！”

两人就像平时一样打闹着。

日南没有去管眼前的两人，而是走到我的旁边和我搭话。

“友崎同学你怎么这么晚还没走？是加入了什么社团吗？”

日南这番话的意思是“如果状况有什么变化的话，就要向我报告”。

“因为有一些想看的书，所以就在图书室待了一会儿。看完之后回到教室发现小玉也在，就问了一些想问的事情，跟她聊了一会儿哦。”

我的回答是“关于菊池同学的课题是有在推进的。因为在教室里碰到了小玉，就拿背下来的话题进行了实践，也算是聊了不少”。

“这样啊！”

日南的意思是“辛苦你的报告了，你的脸今天也很恶心呢”。她没这么说。我为什么要擅自翻译成对自己很严厉的话啊。

“玉同学，我了解了。关于这点我道歉。那么，今天请一定要让我咬你一下！”

“你好烦啊！简直莫名其妙！”

听到那么意义不明的要求，日南用力地敲打了一下还在打闹的深实实的脑袋。

“好了，深实实，适可而止吧。”

“遵命，上校！”

深实实姿势标准地敬了个礼。

“真是的……深深到底什么时候才会静下来啊！”

“唔……”深实实露出了认真的表情，“大概是到上班的时候吧？”

“意外地踏实？！”

日南迅速地吐槽了。

……还真是合拍。不过，这也是当然的吧。

正如小玉说给我听的那样，这三个人之间有着非常强的牵绊啊。

我一边希望她们能够一直保持这个样子，还有“感情好的女孩子真是很美好啊”之类的事情，一边眺望着这样的景象。明明是一起回去，却完全是局外人的角度。我的这些地方是很不行的吧。

“那么这样如何呢！我先把腿窝给你……”

“没兴趣！”

不过，像这样被小玉严厉告诫的深实实，每次都是张大嘴巴哇哈哈哈地笑出来，看起来很幸福。在我的眼里，那是没有任何虚假的纯粹笑脸，为了守住能够这样开心欢笑的容身之处，深实实真的很努力啊。我擅自想象着这样的事情。

——但是隔天，深实实的情况稍微有了一点变化。

“啊，呃，抱歉！虽然没有睡着，但是意识飞走了！虽然没有睡觉！”

教室里传出了轻微的笑声。

“啊，知道了，知道了！那就换个人吧……”

“抱歉！”

现在是第三节课，被老师点名回答问题的深实实明显是坐着睡着了。虽然我跟她同班才三个月，但是从来没见过深实实上课睡觉的样子，而且刚才那个样子已经是今天第三次出现了。

虽然这也不是什么非常大不了的事情，不过怎么说呢，我是能想到一些原因啦。

“……呼。”

我将视线移了过去，看到深实实皱起眉头，像在让自己打起精神来一样呼出了一口气。

下课后，小玉过去跟深实实搭话。

“深深你没事吧？”

深实实笑着拍了拍胸口。

“哎呀！昨天看了《小鬼做事》[①]的DVD就停不下来了！几乎是通宵完就来上学了！老实说很困！非常困！七海，OUT！”

“我不是说这个，你没事吧？”

小玉用比平时更加严厉的，真的有点可爱的语调说道。

“并不是没事！希望能打我的屁股，把睡意赶跑！”

“深深？！”

小玉瞪着深实实。

“……不过除此之外，都没事的。”

“我知道了，没事对吧？”

①指日本著名的综艺节目《DOWNTOWN的“又不是小鬼做事”》（ダウンタウンのガキの使いやあらへんで），里面有个著名的不准笑系列，一旦笑了就会被说OUT并接受惩罚。

小玉说完，就离开了教室。深实实有些为难地笑了。

始终是表示“没事”啊。那么，就算我去问应该也没有用吧。

不过，小玉离开教室的时候我稍微瞄到了，那个看起来很不安的侧脸让人有点在意啊。

* * *

“究竟是怎么了呢……七海同学。”

第四节课之前的课间休息。今天是星期三，所以我就跟以往一样到图书室来了，菊池同学今天很稀奇地跟我积极搭话。她注意到了这方面的事情啊。

“是啊……样子有点奇怪呢。”

“真少见啊。”

虽然对于学生来说，上课坐着睡着并不是大不了的话题，但是即使如此，深实实的样子还是有点奇怪。

坦白说，我能想到一些线索。

“毕竟她最近社团活动都很努力啊。”

连续两天都留到最后，连续三天做不习惯的晨练。

“……原来是这样啊。”

菊池同学很担心似的垂下了目光。

“我觉得她是……疲劳过度了。”

根据我在今天早上的会议所听到的，今天的晨练深实实好像到得也比日南早。

说是从维护过的操场上面的练习痕迹来看，应该不至于到得非常非常早，大概比日南早到几十分钟的样子。

顺便一提，日南早上给我出的课题是要定下来跟菊池同学去看电影的日程，但是感觉现在的情况不太适合做这种事情。

“……是因为学生会选举吧？”

“嗯。”我烦恼着，“……应该是如此吧。”

菊池同学的视线在桌子上游走。

“日南同学她……”

“哎？”

从菊池同学的嘴里居然冒出了日南的名字，真是罕见啊，而且还是在这样的时间点。

是因为她和深实实是选举中的对手吗？

“日南同学她……是怎样的一个人呢？”

“呃，怎样的人是指？”

我不知道该怎么回答，就算提到了学生会选举的话题，但问她是怎样的人，又是什么意思呢？

“啊，对不起……我以前就觉得她很厉害，所以有些在意……因为你们之前一起来店里吃过饭，所以我在想你们是不是很要好。”

“啊啊。”对哦，确实有过这样的事情，“怎样的人吗？据我所知……”

我烦恼着该怎么总结概括自己知道的事情。

完美主义，是个玩家，不服输，嘴巴很毒，努力家，自信家……

这些里面能够拿出来讲的有——

“唔，她是完美主义者，也是个努力家，差不多就是这样吧。”

“这样啊……”菊池同学又烦恼起来了，“那么……”

“那么？”

菊池同学的视线笔直地对准了我。

“为什么她是个完美主义的努力家呢？”

我一时语塞。

“……哎，呃。”

我并没有可以回答这个问题的答案。

“啊，呃，对不起！这种事情……你应该不知道吧。”

“唔，嗯。”

菊池同学像要重新开启话题一般，吸了一口气。

“七海同学应该是在跟日南同学竞争……是这样子的吧？”

“唔，基本上是没错的，不过你为什么会知道？”

闻言，菊池同学将目光投向了桌上那本合起来的书，有些为难地回答：

“我并不是知道了什么……不过是试着去想象了一下。”

“想象？”

就像看小说时一样，去想象登场人物的心情吗？

“比如这个人为什么要做这样的事情之类的，我非常在意这些。”

“唔，类似行动的理由或者动机那些吗？”

“嗯。”菊池同学点了点头，“基本上我都是发散思维去想象的。当然，我估计搞错的情况应该是比较多的……算是妄想吧。”

菊池同学有所顾虑似的，一边笑，一边说着。

“是这样啊？”

“毕、毕竟……我有在写小说……”

菊池同学红着脸低下了头。

“啊，对、对哦！确、确实！那方面是很重要的吧！”

我拼命地打圆场。菊池同学端正了表情。

“但是，我想不明白日南同学的动机。”

“日南的……动机。”

菊池同学有些尴尬地垂下目光。

但是仔细一想，我也不明白。日南葵无时无刻不以第一名为目标。我一直觉得她就是那种人，潜意识里把这个当成了前提，但是那么做的理由——

“与不了解其动机的对手互相竞争，我觉得是一件非常痛苦的事情，因为看不到终点。”

“看不到终点……”

听到她这么说，我试着想象了一下。

看不到终点的竞争，那确实就像是在跟看不到体力有多少的怪物进行持久战一样啊。究竟要努力到什么地步才行呢？对手的极限到底在哪里呢？说起来，对手真的有极限吗？正是因为一切都不明了，所以才可怕。

“所以七海同学也……”

“很痛苦……是吗？”

菊池同学今天非常有人情味的话语让我又思考了很多事情。

* * *

“抱歉，我没能达成菊池同学的课题。”

当天放学后，日南皱起了眉头。

“……我不觉得我给你出的课题有那么难。”

日南露出明显很不高兴的表情说道。课题本身确实是只要有心去做就能完成的吧。不过我跟她解释了一下情况，因为对话变成了深实实的话题，所以在“气氛”上不太合适。当然，关于讨论日南的事情，我就模糊掉，隐瞒起来了。

“原来如此……确实变成不太好的情况了呢。”

“对吧。深实实有点太勉强自己了。”

我在那之后又想了很多，觉得她应该并不是只在社团活动上那么拼。

毕竟社团活动的时间拉长了，就会影响到学习，我估计她在学习方面也有勉强自己。

“嗯。可是……没啥，该怎么说呢，深实实如果一直像这样配合我的练习，那么说不定是会造成一些问题的。不过，只要她自己能适当地停下来，那么就能解决了……”

“嗯……说得也是啊。”

确实，从目前来说，情况还只是深实实有点勉强自己，罕见地在课堂上睡着了，把事态看得太严重也没有什么用。

“我也会委婉地跟她说一下……虽然我能做到的事情真的很有限。”

日南垂下了眼睛。

“是啊。”

“毕竟在某种意义上——我就是原因啊。”

“这种说法……”

日南果然也知道，知道深实实为什么会那么勉强自己。也是啦，那个日南怎么可能会不知道呢？

“……大家各有各的想法。如果是‘上课睡觉’这种程度的不良影响，那么先观察情况才是上策吧。”

“是啦，我也是……这么想的。”

“总之，就尽量去做自己能做到的事情，剩下的就交给当事人吧。”

“啊啊，你说得对。”

房间里流淌着有些沉重的气氛。

“不过——”

日南像要将那种气氛切开一般，发出了声音。

“如果是你所处的立场，说不定有办法让她找你倾诉吧。”

“哎？”

日南露出认真的表情盯着我。

“好好地思考那方面的事情，这也可以作为一个课题吧。”

会议结束之后，我在图书室看安迪的作品。不过没过多久就变成了装作在看的样子，脑子里思考着各种各样的事情。

关于深实实，关于小玉，关于日南对我说的事情。

我现在怀揣的不安非常模糊，不知道是关于什么的，也不知道该从哪里开始思考才好。毕竟目前的事态还很轻微，可能到了明天深实实就像什么事都没发生过一样，然后这一切就结束了。所以，我一边想着不要过于忧虑了，一边思索着日南说的“你所处的立场”。我觉得那番话无论是在解决这个问题的层面上，还是在获得经验值的层面上，都是能派上用场的。而且，她也说那个是课题了，所以我并不是要多管闲事，我有思考做那件事的理由。

时间流逝，差不多到了日南和深实实之外的社团人员活动结束的时间。我想着小玉应该已经过去了吧，于是就前往了教室。

“……友崎，你今天也来了啊？”

先到的小玉向打开了门的我搭话。

“哦哦。”

小玉将目光投向了窗外。

“深深有点在勉强自己。”

“果然是那样啊。”

“是不想输吗……葵在我们学校的田径社里，几乎所有的项目都拿了第一。”

“啊哈哈，这还真是……”

那家伙果然很可怕啊。

“这种时候应该怎么做才好呢？”

小玉露出真的很迷茫的神情，询问道。

“应该怎么做才好呢？”

我不知道答案，只能做出鹦鹉学舌一般的回应。

“是阻止她比较好呢，还是不要阻止她比较好呢？”

“啊啊……”

这样啊，这时我发觉了。

“是让她不要继续勉强比较好呢，还是让她努力到自己的极限比较好呢？”

“……哪个比较好呢？”那是作为人生新手的我不可能解答

出来的难题，“在课堂上睡着了，果然是因为练习太拼了吧。”

“嗯。绝对是那样的。现在也是勉强自己在练习，怎么看都是。”

“这样啊……”

我和小玉一边进行着这样的对话，一边眺望着外面。

就这样，深实实今天也陪着日南一直练习到了最后。

尽管体力在稳步下降，但还是继续配合着“努力之鬼”日南葵的步调。我觉得那是十分值得尊敬的行为，也是应该去尊重的行为。

但是，我有一种朦胧的担忧——即使现在还没问题，但是我总觉得有一天某个地方的齿轮就会突然失控。

然后我跟小玉前往操场，帮助她们一起做维护工作，再四个人一起离开学校。

那是一如既往的轻松气氛。

从离学校最近的车站开始，我们分成两拨，只有日南跟其他人是反方向。变成三个人之后，深实实也和平时一样在开朗地说话。然后因为我和深实实离家最近的车站都是北与野，到站后我们就一起下车了。

“哎呀！到了晚上还是很凉快的呢！”

明明这个季节的白天是更长的，但是现在完全是黑漆漆的夜晚了。就是因为你们两个人一直练习，到了那种时间啊。

“是啊。”

我心不在焉地回复。

“怎么了？是便秘吗？”

深实实的状态实在是太平常了，如果没有小玉和日南跟我说过的话，我应该不会觉得她是装出很有活力的样子吧。

不过，我决定现在就问问她。

“……嗯？”

深实实敏锐地感受到了我的紧张，表现出了有所戒备的样子。

“有一件事情啊。”

“什么？”

我快速地吸了一口气，狠下心来，将话语吐了出来。

“作为抱着想战胜日南的想法和你一起战斗过的伙伴，我有话想问你。”

这句话是参考了日南的话语，我在放学后花了好几个小时思考出来的“王牌”。

我觉得要是这招无法奏效的话，那么我就没法插手这个问题了。

“……什么？”

深实实用比平时认真许多的语气问道。

我努力直视她的脸，开口说道：

“你现在果然是……为了赢过日南而在勉强自己吗？”

深实实面露难色，然后有些不甘心地“哈啊”一声叹了口气。

“一起战斗过的伙伴这种说法有点太狡猾了啊……友崎！那样我不就不能撒谎了嘛。”

深实实有些悲伤地笑了。

“这么说，果然是这样吗？”

“唔……”深实实为难地笑着，然后犹豫了一会儿，“我并没有在勉强自己哦。不对，应该是变成了在勉强自己吧？但是即使如此，我也是好好考虑过才那么做的。”

“有好好考虑过？”

这到底是什么意思呢？

“唔。这个嘛，确实是挺痛苦的，身体状况和精神状态都是哦？但是该怎么说呢？……友崎你应该能够理解，所以我就跟你说吧。”

“嗯。”

听到那番话，我拼命地将“不不不，我这种人只不过是非现充而已哦”这种逃避责任的谦逊心情给压了下来，静静地点了点头。

“虽然痛苦到想马上停下来的程度，但是在这里停下来的话，恐怕会更加痛苦吧。”

我倒吸了一口气。

深实实用像做好了觉悟一般的强有力的视线看着我。

“这样啊。”

我没办法再多说任何话。

那是对小玉都有所隐瞒的真心话。

深实实现在已经到了想要停下来的程度，真的是非常非常痛苦。

但是相比之下——如果在这里停下来让自己输掉的话，那会更加痛苦的。

深实实她，就是这么说的。

“嗯……说得也是啊。”

既然如此，那么我已经没有任何能说的话了。

我也知道在中途停止努力让自己输掉的痛苦。

所以，我能做到的就只有保持沉默。

无论是我还是 nanashi，都不能去否定她的那个行为。

我听见了之前一直满足于第二名的深实实的真实想法。

我能够理解在中途放弃的痛苦，也看见了仿佛随时都会消失一般的笑容。

也知道了憧憬着特别的存在，为了让自己变得特别而想要努力的那种心情。

如此一来，对于那一切，我作为不服输的玩家，就只能去尊重了。

“那么……你加油吧。”

我可不会没眼力到去阻止不服输的人为了攀登高峰而孜孜不倦地刻苦努力。

是让她不要继续勉强比较好呢，还是让她努力到自己的极限比较好呢?

作为玩家，我只有一个答案要送给不服输的人。

比我更早一步地完成选举的复仇吧。

* * *

星期四，第二服装室。

“看起来比昨天……更加疲惫了。”

日南向我报告深实实晨练时的样子。

“这样啊……”

但是我知道了深实实的想法，现在转到了支持她的立场上。深实实是认真的，要她放弃反而会让她更加痛苦。既然如此，那么我希望她能够坚持到底。当然，我也不想她太过勉强自己……

“大概……几乎都没怎么睡。会不会回到家之后还做了什么自发性的练习呢？这样下去……我觉得很快就要到极限了。”

“嗯，说不定……是做到那种程度的。”

我点了点头。我隐隐约约也察觉到了。不光是社团活动，深实实在学习上也想赢过日南。社团活动的自发练习，还有为了打倒日南而进行的课业学习，她说不定两方面都在做。从她那个认真程度来看，恐怕是做到了那种程度的。

“可以的话，最好是能在她倒下去之前说服她，但是如果是我去说，也只会起反效果……”

“也是啦。”

被想战胜的对手劝说最好停下来休息一下，那也听不进去吧。日南按住了额头。

“你有没有自信能说服她停下来？”

日南盯着我的眼睛这么说道。意思是如果我能做到的话，那么她是希望我去做的吧？

我一瞬间迷惘了一下——到底该怎么做？不过最终还是老老实实地说出来了。

“我——想尊重深实实想努力下去的心情。”

日南瞪大眼睛，僵硬了几秒钟，然后简短地说着“……这样啊”，移开了视线。

作为玩家来说，这个决断是正确的，我有这样的自信。

但是我的内心也有一点不安。对于人生这款游戏来说，这样做究竟是否正确呢？

按照菊池同学的说法就是“动机”。如果没弄清楚那个的话，我觉得就无法推导出相应的答案。

“我说，日南。”

“……什么？”

日南有所警戒地回应了我。

“深实实她为什么那么执著于你呢？”

对于我的话语，日南思考似的一瞬间让视线在半空中游走，然后开口了。

“……初中的时候，在县大赛上面，是我让深实实输掉了。”

“哎？”

如果这是真的，那么我觉得关于缠绕在深实实身上的问题，这应该是一个关键点。

“不过这并不是应该由我来说的事情，所以，如果你很在意的话……就去问别人吧。”

日南只说了这么多，就中止了这个话题，嘴巴死死地闭了起来。

但是，盯着我的那双眼睛并没有要拒绝我的感觉，看起来反而是带着一些期待的，那么我觉得自己应该去做这件事。

* * *

教室里。这一天的我一直在为了自己给自己制定的课题而奋斗。

为什么深实实要执著于日南呢？为什么她要努力到那种地

步呢？我都想知道。

因为是关于深实实的事情，所以我就最先找到小玉进行询问，但是她说“初中的事情我不太清楚呢”。既然连小玉都不知道，那么应该可以认为深实实在高中才认识的朋友当中是没有人知道的吧。

于是我就直接问小玉“你认识跟深实实上同一所初中的人吗？可以的话，最好是同一个社团的”，然后她说着“虽然不知道是不是同一个社团，不过我记得跟她同一所初中的人有……”并举出了几个人的名字，男生和女生各数名。理所当然地，那里面没有我的朋友，因为我本就没有多少朋友啊。

而且我还在她这里得到了令人意外的信息。

“深深初中的时候好像是篮球社的。”

“哎，是这样啊。”

小玉轻描淡写地说出来的这个信息，嗯，虽然没有带来直接的进展，但也是个令人在意的信息，由此可知日南以前也是篮球社的吧。让人有点意外。

既然如此，为了问到深实实初中时代的社团情况，就必须了解有哪些人以前是女子篮球社的。

……这样一来，就只能直接去问了。

那么就去打探消息吧！虽然会紧张，但是跟至今为止接受过的斯巴达式待遇相比，根本不算什么！

午休。

我尽可能地让屁股使劲，挺起胸膛，走到一个女生旁边。

“那、那个——松下同学。”

“……呃，友……崎同学？”

这个一边思索我的名字，一边做出回应的同班女生是松下同学。她的发型是黑色的波波头，外表看起来很清纯。她正坐在椅子上整理笔记本和文具。听小玉说，她跟深实实是同一所初中的，印象中确实经常看到她跟深实实交谈。

“我有点事想问你……”

我尽可能让嘴角翘得自然一些，有意识地用干脆利落的口吻这么说道。

“嗯，什么事？”

不知道是不是我尽可能让自己的口吻不要显得很恶心而带来的成果，她意外平常地回复了我。只是得到很平常的回复就觉得非常开心，这种低下的自我评价也不是现在才开始的。

“唔。松下同学你跟深实实是同一所初中的吗？”

“嗯，是这样没错。”

“啊，那么，你知道谁跟深实实初中时是同一个篮球社的吗？”

我总算是没有结结巴巴的就说完了预先想出来的台词，然后等待着回答。

“唔……有这样的人吗？”

“啊，没有吗？”

这样的话，这个课题就会突然夭折了。

“啊，等一下！我记得……应该是有个学妹的！跟深实实很要好的……”

学妹？跟深实实很要好？我这时猛地想起来了。

“唔，莫非你说的是……山下同学？”

“啊，对，就是那个女生！山下同学！做了演讲的那个女生！她在初中的时候是深实实的小弟！”

“小弟……”

这个一点都不现代的词语让我感到有些惊讶，不过也觉得以深实实的个性应该是会说出“你从今天开始就是我的小弟了”这种话来胡闹，所以倒也能够接受这种说法。然后这时我回想起来了，深实实是有提过她跟山下同学从初中的时候起就认识了。

“这样啊，谢谢你！”

“啊，就这么点事吗？不客气。”

我一边照学了泉那种轻快的语气表达感谢，一边离开了教室。

“啊啊，前几天辛苦了！你是友崎学长吧！”

一年级的教室前面。山下学妹气势十足地回应了我的召唤，只打过一次招呼就牢牢地记住了我的名字，我觉得这体现出了她性格的直率。顺便一提，我在一年级教室所在的走廊上走来走去，在其中一间教室里发现了山下学妹的身影，但是到搭话为止却花了五分钟以上的时间，这件事情已经是我想要遗忘掉的了。我还用敬语问不认识的低年级学生：“那、那个，能请你帮我叫山下学妹出来一下吗？”

“啊，唔，选举的时候辛苦了。”

姑且就先从这种感觉的寒暄开始，现学现卖。

“学长你才是辛苦了！深实实学姐太厉害了啊！”

“啊，唔，是的呢！”

听起来，山下学妹刚才的说法应该是指深实实那个临场发挥很厉害吧。我一边含糊其辞，一边表示肯定。

“那么，今天有什么事吗！”

山下学妹露出了仿佛在说“如果我能帮上忙的话，那就尽管开口”的笑容。

我决定对这番话恭敬不如从命了。

“那个啊……我想知道初中时的深实实和日南是怎样的关系。”

山下学妹有些摸不着头脑地发出了“哈啊”的声音，然后问我：“呃，这是出于什么？”

啊，对哦，我忘记理由了。她是“为什么要问这种事情”的意思吧，也难怪她会觉得奇怪。我忘记准备好的理由了，但是我又没法快速地想出合适的理由来，所以——

“啊啊，没什么，并没有什么特别的理由……”

山下学妹愣愣地看着我，然后好像想明白了什么似的，嘻嘻嘻地笑了。

“啊啊……原来如此！是这么一回事哦！而且学长也帮忙了选举的事情嘛！这个问题就交给我吧，毕竟我最了解篮球社时代的学姐了！”

“哎？啊，是吗？嗯，那太好了。”

山下学妹一边不住地点头，一边喜笑颜开地看着我。虽然我不知道她的这个表情到底是什么意思，不过能够从自认“最了解深实实”的学妹那里打听到详情，那可是相当不赖的。

“深实实学姐和日南学姐啊……”

以这样的开场白讲出来的内容差不多是这个样子——

深实实在初中一年级的时候，就成为篮球社的正选球员，而且还是王牌，每年都带着社团打到县大赛。实际上，深实实在社团中可以说是一枝独秀，其他正选球员的努力程度和她相比，差距实在太明显，无论是谁都能一眼看出来。顺便一提，虽然山下学妹很崇拜深实实，但是由于对球技没有自信，所以是作为经理加入社团的。

“但是深实实学姐有点……该说是被孤立了吗？因为只有她一个人在拼命地练习……”

据说当时虽然并没有露骨的霸凌或者无视之类的行为，但是类似“那家伙怎么回事，也太不会察言观色了吧”“是故意挖苦我们吗”这种背地里的坏话则是层出不穷的。

“也有过觉得是不是这么努力的自己很奇怪，而悲伤地笑着的时期。”

据说在大赛中输掉之后，大家会说些“能打到县大赛已经很棒了”之类的话来称赞彼此的活跃，深实实虽然也会配合她们笑着，但是内心则是充满了不甘。

她的那份心情只对山下学妹表明过。

“目标的差异”——因为社团内人员在价值观上有巨大的差异，输掉比赛后，只有深实实感受到了落差。

我能够轻易想象出一边大笑着在表面上配合周围的人，一边在背后暗自努力的深实实的样子。

“不过深实实学姐好像是在三年级时的大赛看到了日南学姐后，才燃起了要更加努力的想法。”

日南在这里出现了。

虽然不知道为什么日南在一年级跟二年级的时候没有当上正选球员，不过在她们三年级的时候，日南作为队中的超级王牌非常活跃。似乎是让前一年还几乎默默无闻的学校一口气冲到了全国第二名的样子。会让我产生“啊，不是第一名吗”这样的想法就是那家伙的厉害之处了。

“而且，那个日南学姐的队伍也是……唔，也是属于一人球队。”

独自撑起球队的王牌——在这个层面上，日南跟深实实有着类似的境遇。

可是，两边是同一个县大赛的出场学校。就像日南所说的那样，深实实的运气太差了……

“深实实学姐的队伍在三年级的大赛上……输给了日南学姐的队伍，初中最后的大赛就那么结束了。本质上是王牌对决，最后的分差却是相当大的……那样子深实实学姐当然会非常不甘心啊，不过比起那个……”

输给日南的队伍时，是和前年一样“止于县大赛”就结束了的时候。

给人留下印象的是，除了深实实以外的队员又说着“今年也打到县大赛了，真是太好了”或者“已经竭尽全力了”之类的话。

而深实实她，唯独在那个时候没有配合其他人说的话。

“‘经过刚才的比赛，你们难道就不明白吗？刚才打败了我们的同龄女生，她究竟有多努力，你们难道看不出来吗……’当时的深实实学姐好像是这么想的。”

在那个时候，深实实似乎第一次向大家表明了自己的想法。她表示“一点都不好啊。只不过是县大赛而已，还远远不够”。不想输，这场比赛也是不想输掉的——就是这么真切的想法。

然而，其他球员对那样的真心话做出的回应却是“我知道深实实你很努力，但是能打到县大赛已经很厉害了哦”“这样的结果已经相当不错了。三年连续啊”之类的话语。

“……听了那些话，深实实学姐好像自暴自弃了，就说着‘嗯，说得也是。非常好了啊’这样的话，配合大家的论调。”

无论自己说什么，大家都不会理解的，所以就不再期待了。

据说深实实就是这么抱怨的。

“但是在那之后，她和那个日南学姐偶然进了同一所高中。我认为她是觉得只有日南学姐可以理解她的心情之类的，而且我也是这么想的！”

“这样啊……”我一边思考，一边重重地点头，“嗯，很有参考价值。谢谢你。”

我尽自己所能，看着山下学妹的眼睛这么说道。

初中时代孤独地战斗着，但是上了高中之后，有了可以互相理解价值观的对手，有了可以竞争的对手，所以不想输，是这个样子吗？虽然还很朦胧，但是我有这样的感觉。

所以究竟该如何思考这个问题呢？我觉得自己稍微有一点头绪了。

“我会害羞的，请不要一直看着我啦！深实实学姐的事情就麻烦你了哦！非常感谢你的聆听！”

“哎？哈哈……嗯，我才要谢谢你啊。”

听完她对我说的会害羞之类的谜之客套话，我向她道了个谢，就回教室去了。

放学后，我在图书室里思考着。虽然我还没有狂妄到觉得自己理解了深实实的所有想法，但是即使如此，我果然还是想给深实实加油助威。

接着到了太阳下山的时候，我从窗边往下看，和之前一样，又是只有那两个人练习到了很晚。

深实实就这么一直继续努力，配合着日南的步调。再加上在放假的周六进行自主练习，一个星期就这样过去了。

*　*　*

因为还牵挂着深实实的事情，总觉得没有那种气氛，所以一直没能决定好跟菊池同学去看电影的日程，星期一和星期三就再次这么过去，又到了星期四。

日南那边依旧给了我“随便逗笑一个人”这样的课题，从这一周里没有提出新的课题这一点来看，应该是深实实这个问题的发展营造出了“不做课题也没关系”的“气氛”吧。

然后，身为当事人的深实实则是变成了非常糟糕的状态。

走路时明显脚步不稳，讲话时也提不起劲，上课打盹那当然也是少不了的。

明明之前还能够一口咬定“没有问题”硬挺过去的，但是她最终还是逃不过小玉“我说，你坦白告诉我，是很累吧”这样的追问，吐露出了“嗯，可能是有点累了吧”这种泄气话。虽然有像平时一样做些蠢事，不过该怎么说呢，疲态是很明显的。

我尽管想着要为深实实加油助威，但果然还是有点担心起来了。这样的话，小玉的担心应该更加强烈吧。

然后在这一天的放学后，发生了意想不到的事件。

放学后和日南开的会议也是确定完今天深实实的状态等事情之后就结束了。就在我回到教室，思考着接下来该做些什么的时候——

“今年的梅雨真久呢……”

泉一边拿着书包，为社团活动做准备，一边很随意地跟我搭话。

“哎。”我向窗外看去，“……下、下雨了。”

“这样让人很乏力呢……发型会被淋坏的，雨要是在回家前能停就好了。啊，我先走了！”

泉开朗地向我挥手道别，然后前往体育馆。

——雨。

七月已经进入了下旬，但是梅雨季还是没有过去。虽然我觉得就连小玉都没法劝阻的话，那么就没有任何事物能够让深实实的练习停下来了，不过还有天气这个意外情况啊。

我靠近窗户，仔细看了一下，虽然还没到倾盆大雨的程度，不过也算相当大了，至少在我可见范围的操场里，都没有看到任何一个运动社团在练习。

我眺望窗外，看了一阵子之后环视教室——深实实不在这里。因为刚开完会，所以日南当然也不在。小玉是在的。她正在阳台那边确认天气。

“下雨了呢。”

听到我跟她搭话，小玉转过头来，露出复杂的表情。

“该说真是太好了吗？”

她似乎是因为不知道该如何安置自己的感情而迷惘了。

“不好说啊。不过，这种天气的话，日南也没法练习……也就是说，深实实就算休息，差距也不会被拉开。”

“啊，对哦。确实是这样呢！既然差距不会被拉开，深深能休息就是赚到了吧？”

“……是吧。”

实际上，我觉得这场雨的时间点非常好。深实实也差不多到了极限的感觉，现在这样就算没法练习，那也是无可奈何的事情，就在我这么想着的时候——

“你看……那个。”

小玉发出了焦急的声音。我看了过去，发现她正指着操场。

我将目光转到那个方向。

“……真的假的。”

在田径操场上，有一个套着雨衣、看起来像是女性的人影。

而且那个人开始做起了田径的练习。这就代表——

“那是……”

小玉的声音流露出了担心。

可是，看不见脸，不知道是哪一个。是深实实，还是日南？

是日南的可能性也非常大。看了那家伙如魔鬼般努力的样子，就会知道，即使是下雨天，她也很可能会说出“这种程度的雨只要穿上雨衣就够了吧”这样的话，甚至还会说“反而可以当作恶劣条件下的练习，所以是很宝贵的机会”之类的话。很可能会说。真的很可能会说。

可是，如果那个人是深实实的话。

如果是从昨天开始脚步不稳，到了今天已经是状态很糟糕的深实实的话。

如果是那样的深实实现在像这样在雨中练习的话。

那就真的很危险了吧。

不知道是不是直觉地理解了那件事，小玉说“我去看看”就急忙从阳台回到教室，准备往操场跑。

但是就在这个时候，我看见了。

“等、等一下！”

我叫住了她。

“……什么？！”

小玉语气有些粗暴地询问我叫住她的理由。

“——不是她。”

“哎？”

我涌起了既安心又有点不安的感情，对小玉说道：

“那个人是日南。”

小玉走回阳台，对着人影凝视了一会儿，然后——

“……真的啊。”

像是确认清楚了一般，小玉发出了声音。

那是仿佛安心又仿佛惊讶，或者是两者皆非的，有气无力的语气。

“嗯……是日南啊。”

我没法整理好自己的感情，它就这么无所适从地化作了话语。

“深深回家去了吗？”

“大概吧……”

在那之后，我和小玉一边断断续续地闲聊着，一边眺望着操场。深实实没有要来的迹象，但是日南她在不管怎么看条件都非常恶劣的积水操场上，继续练习了几十分钟。

“没有来呢。”

小玉用平静的语气说道。

“是啊，毕竟雨这么大。”

我明白那是说了跟没说一样的话语，但还是说了出来。

“太好了……是吧。”

该说小玉的这番话有点缺少了平时那种认真的感觉吗？听起来仿佛连她自己都没能理解她现在是怎样的感情。

“说得……也是啊。”

我也心不在焉地做出了回应，然后我们两个又都无话可说了。

在这场大雨当中，日南一个人像笨蛋一样练习了几十分钟。

我漫不经心地眺望着那个身影，开始一点一滴地整理起自己的感情。

我觉得处于那种状态的深实实在大雨中练习是很危险的，所以希望她能够停下来。

但是同时，作为一名玩家，作为跟她并肩作战过的伙伴，我更想为她加油助威。

所以我衷心地希望她有朝一日能够赢过日南，完成复仇。

然而，我在这里好巧不巧地看到了深实实某种“努力的极限”。

看到了深实实屈服于“下雨”这个“不去努力的理由”，这个无可辩解的事实。

总而言之——我现在，在内心的某处已经确信了。

无论深实实今后有多么努力，都绝对无法战胜名为日南葵的怪物。

在那之后没过多久就变成了倾盆大雨，这下连那个日南也不得不回去了。

将那幅情景看到最后的小玉去参加社团活动了，而我则是直接回家了。

6章 也有只靠低等级的角色无法解决的事件

隔天，星期五。

根据会议分享的信息，日南今天早上也是在同样的时间来到学校，打算在放学之前尽量维护好操场，所以将维护操场当作了自己的晨练，但是深实实并没有来。不过我估计那是因为深实实没有想到可以将维护操场当作晨练吧。

这一天的深实实虽然很有精神，但是缺乏活力。

上课时没有打盹，也没有脚步不稳的样子。或许是昨天放学后下的那场雨让她有机会休息了，所以多多少少恢复了一些体力吧。

但是，做蠢事的次数却减少了。

比如去骚扰小玉，或者是像选举刚结束那会儿一样有事没事就缠着我。

在疲惫的状态下她也勉强自己去做这些蠢事。明明体力应该是有恢复的，但是次数却比平时减少了。

不过，这可能只是因为我戴着有色眼镜看待她，所以才擅自得出了这样的结论。或许是深实实隐隐约约感觉到了我们这边的尴尬气氛，因而有所顾虑。

深实实的变化并不是决定性的，大概在旁人的眼中，她和平时是没有什么区别的，即使有变化，也非常微不足道。

小玉看起来也很迷惘。

放学后，差不多是傍晚六点过后。

“友崎……她今天有来做那个。”

我和之前一样在图书室打发时间，然后想着“小玉已经来了吧”，就回到了教室，不出所料，她果然在那里。小玉理所当然似的空出了旁边的位子。

“是在维护操场……吗？”

“好像是的。”

操场上是在辛勤劳动的日南和深实实的身影。

“明天就是周末了呀？明明就算放着不管也应该会干的。”

“周六是有自主练习的，上周深深好像也有去，大概是为了那个所以在维护吧。”

“哎，就为了那样吗？”

放上一个周末的话，操场到了周一就会干了，然而她们却这么晚了还在维护操场……

坦白说，这样的行动让人不禁想问：到底是靠着怎样的动力在做啊？

能看到的人影依旧只有两个。她们用海绵一样的东西吸取操场上的水，然后挤到水桶里，就这么一直重复非常枯燥的工作。

“哎，那其他的社员呢？”

“今天好像换了个地方练习。那个时候，葵和深深也在练习的，绕着体育馆的周围跑步。”

“哦哦，原来如此。”

小玉是排球社的人，所以看到了吧。

“我觉得应该是她们两个在练习结束后特地过来维护操场的。”

“这样啊。”

我和小玉就这么关注着她们俩的样子，看了一会儿。

这时，发生了异常情况。

“那个，深深……一直坐着。”

“……真的啊。”

只见日南拿着海绵和水桶，一个接一个地消灭掉分散的水洼，但是深实实现在却是坐在操场上，一动也不动了。虽然日南好像时不时会跟她说几句话，但是都聊不久。

过了一会儿，深实实站起来走到日南身边，跟她说了几句话，之后就向从教室这里看不到的教学楼走去。

小玉很担心地看着我的脸。

“出什么事了吗？”

“……不清楚。”

我们在那之后观察了几分钟操场上的情况，但是丝毫没有深实实要回来的迹象，我和小玉看了看彼此，决定去找日南。

“葵！”

一到操场，小玉就跟日南搭话了。

“花火和友崎同学？”

日南惊讶地抬起头看着我们。她的手和鞋子沾满了泥巴，连指甲缝里都有泥土。这样一看，能够让人鲜明地体会到她的努力啊。

“深深人呢？”

小玉像要掩饰自己的憔悴一般，问道。

“深实实……她刚才回去了。好像是说家里有事要做。”

日南似乎觉得很尴尬，语气有些阴沉。

“……她没事吧？”

小玉笔直地注视着日南，这么问道。

“我觉得……应该不是没事。但是，她大概不会跟别人说的。”

听完日南的这番话，小玉就绷紧了表情，往校门的方向跑去。

“等等！”

日南叫住了她。

“为什么？”

“深实实很强大，所以她是不会说的。她只会笑着说，‘我没事的啦！’然后又一个人独自承受。”

“可是……”

日南这时不知为何看向了我。

“友崎同学。”

“哎？”

我有些不知所措。

“你从深实实那里听说了不少我们不知道的事情吧？”

日南的意思是“虽然你没有在会议上向我报告，但是我知道你听说了连我和花火都不知道的深实实的真心话”。

“呃，唔，算是吧。”

我做出了意思是“对不起，被发现了吗？非常抱歉”这样的回答。

“我认为现在有只有友崎同学才能做到的事情。”

日南的这番话听起来像是在说“你一个人去将经验值……”这样的意思，但是又好像并不是那样的。

“因为我是无能为力的。”

如果说这句话的是平常的日南，我不知道这句话应该翻译成什么意思。

但是那个表情和说的内容是认真的。

而且我已经决定在判断出人生是不是神作之前，都要听她说的话。

“我知道了。”

我将视线移到小玉身上，确认了她对我点了点头之后，就跑了出去。

“根据深实实离开学校的时间，还有电车班次的时间，跑过去的话，深实实还在车站的！是二十七分发车的电车！”

“哦，哦！”

背对着日南那无比精准的建议，我离开了校门。

我一边对刚跑起来就没体力了的自己感到绝望，一边气喘吁吁地抵达了车站。我开始寻找深实实。现在是十五分。那么她应该还在车站里面的。

“……友崎？”

我转头看向传来声音的方向，发现从厕所里出来的深实实用很意外的神情看着这边。

“深……深，实实……！”

我喘着粗气，做出了回应。

深实实苦笑着，探过头来看我的脸。仔细一看，她平时束的马尾辫解开了，显得莫名的成熟。

“呃……该怎么说呢……”

“唔，你的汗也太多了！到底跑了多久啊？”

深实实露出了比平时要缺乏活力的困惑笑容说道。

“没有，并没有……跑多久……只是体力太差了……”

“你也太老实了！”她开朗地说道，“……你是来做什么的呢？”

深实实询问我跑过来的理由。这么说来，我是来做什么的呢？

我直截了当地说道：

“不知道。”

“哈啊？”

我自信满满地回答道：

“这个嘛，因为……深实实你回去了，所以我有事情想问你……”我调整着呼吸，“有想好好问你的事情……”

深实实将视线笔直地投向了我。

“你想问的事情是什么呢？”

“……并没有什么！”

深实实用力眨了眨眼睛，然后露出苦笑，打量着我。

“友崎你……果然是天然呆？”

“不，不是的……我觉得。”

“算了！总之先坐下吧！”

我和深实实并排坐在了月台的椅子上。

* * *

“汗终于干了呢！”

深实实笑着说道。虽然是一如既往的表情，但是她明明那么努力，却中途就回去了，做出那种行动之后应该不会展露出这种表情才对，所以这样反而显得很不自然。

为了寻找对话的突破口，我将视线投向深实实。解开头发的深实实显得异常成熟，挂在包上的奇怪挂件看起来和她格格不入。

啊，说起来，我有学到过，在找不到对话突破口的时候，只要选择“与对方有关”的话题就可以了，那么今天就用那个

方法并同样加上水泽的对话方式吧。

“你的挂件依旧是那么奇怪呢。”

深实实“喂”了一声并笑了出来。

“都——说——了！明明超可爱的啊？！”

深实实开心地对我吐槽了。

“是、是吗？”

“真是的。友崎你也变得很敢说了啊……”

不过她的声音听起来很高兴，看来没有造成反效果。太好了，水泽的方式真好用。不过那东西确实不可爱就是了。

接下来，又没有话题可说了。啊啊，真是的，只能单刀直入地说了吗？

总而言之，我决定先问自己最在意的事情。

“深实实你之所以会这么乱来，果然是因为对手是日南……没错吧。”

“……啊！”闻言，深实实好像想起了什么一样，“听说你在小由美那里打听了不少事情？！”

“啊，呃，唔，嗯。”

是她本人告诉深实实的吗？

“怎样怎样？你都问到了什么事情啊？这方面她就没有告诉我了……”

深实实一边说，一边用手肘用力地捅我的腰窝。别这样，别这样。

“好吧，那我就说了。”于是我就从头到尾地跟她说了打听到的事情。

我说完之后，深实实有点害羞地笑了。

“哎呀，很多事情都暴露了呢！”深实实大笑，“那我就没什么好隐瞒的了！唔，刚才是问我什么来着？我会这么乱来是因为对手是葵吗？”

我点了点头。

“唔，是怎样呢？我估计啊，就算对手不是葵，我也还是会想成为第一名的。不过嘛，倒也没想过要像葵那样不管什么都要到能杀进全国排名的程度。”

“就算对手不是日南也一样吗？”

那么又是为什么要对第一名执著到这种地步呢？

然后深实实不知为何，像是有点放弃什么似的笑了出来。

“该怎么说呢，我这个人到头来并没有闪闪发光啊。”

“闪闪发光？”

“嗯。我看到葵之后实际体会到了这一点，所以才想成为第一名啊。”

“……什么意思？”

“唔……你想啊，我在初中最后的大赛上不是输给葵了吗？”

“……是啊。”

“所以啊，我后来去看全国大赛了，一个人去的，想给那个时候对战过的那个女生加油助威！‘至少连着我的份夺个冠军回来’，我擅自将这样的思绪托付在了她身上……可是，就像刚才说的那样，结果是第二名。不过即使是那样，也已经是非常厉害的结果了。”

“也是啦。一人球队能拿到那样的结果已经是非同凡响了。”

“就是说啊！但是啊，在那个大赛的颁奖典礼上，宣布‘亚军是某某中学’的时候，除了葵以外的球员都像是觉得‘太好了，已经很棒了’一样笑了出来，表现出了很高兴的样子……唯独葵，她仿佛很不甘心似的咬紧嘴唇，恶狠狠地瞪着站在前面的主持人。”

“啊啊……”

那是——

“我是……自然而然地将自己的境遇跟她重叠在了一起吧。我也是独自一人努力过来的，但是周围的人在县大赛输了之后还说‘真是太好了’之类的话。一想到那个女生也是身处类似的环境，我就莫名地涌起了亲近感啊，虽然我在县大赛就输掉了。”

“不，说不定……确实是很像。”我点了点头。

“大家都互相勾肩搭背，对彼此说话，有些人还高兴得哭了出来，只有葵是一动也不动的。她一直咬着嘴唇，目不转睛地看着前方啊。”

“怎么说呢，她真厉害啊……”

我甚至感受到了令人胆寒的恐惧。只是一名初三学生，却有如此惊人的觉悟。

“不过啊，让我吓了一跳的是这之后的事情。”

“哎，这之后的事情？”

“紧接着是‘冠军是某某中学’的广播。”

深实实深深地吸了一口气。

“在说到冠军这个词的时候哦，之前一直看着前方，表情没有丝毫变化的葵却大颗大颗地掉下眼泪，哭了起来。”

“……哎。”

我一时语塞。

“明明在宣布亚军、提到自己学校的名字时完全没哭，却在宣布冠军、提到其他学校名字的那一刻，就哭出来了。我在想，那个女生到底对冠军有多执著啊。真的是太厉害了。”

“那是……”

真的是很厉害啊。我只能乖乖地点头而已。

“不过看到那幅情景——我觉得果然是这样啊，输掉的时候是可以不甘心的。太好了，我并没有错啊。”

“……嗯。”

“但是怎么说呢，与此同时，我也觉得没法像葵那样将信念贯彻到底的自己很丢脸……完全不肯妥协，坚定地贯彻自己的做法，像那样使劲地哭出来。总觉得啊，明明她也是痛失冠军，但是有着看起来就很特别的感觉呢。跟察言观色、配合周围的我有很大的不同啊。”

深实实又像放弃了什么似的笑了出来。

“所以说，我实际感受到了，自己果然不是特别的，只是一个普通人……吧。正因为如此，我……才想像葵一样变得特别。对我来说，葵是我最感谢、最憧憬的——因此我最不想输给那个人呢。”

我不知道自己现在是怎样的表情，就直接随声附和。

“……可是啊，”我再次聚精会神地看着深实实的眼睛，“不是第一名就不行吗？”

“哎？什么意思？”

“我在想啊，比如说打破了自己的纪录之类的，仅仅那样的话是无法让人满足的吗？”

我单刀直入地说出了自己的想法。深实实犹豫了一下，然后开口说道：

“可是，友崎你之前说过‘身为玩家，所以想赢’这样的话吧？”

啊啊，这样啊。不过，那是有点不一样的。

“该怎么说呢，因为我也很不服输，所以没有资格说别人，不过我并没有特别想当第一名哦。非要说的话，‘不想输给自己’的成分要更加强烈。”

“……自己？不是别人？”

深实实愣愣地看着我。

“不，也有不想输给别人的成分，但是归根结底，那也是在跟自己战斗吧。要是都以第一名为目标的话，那就没完没了了，所以并不是只把那个当作自己的目标。当然，比赛是想赢的，但是赢得比赛并不是最终的目的。啊，我是在说 AttaFami 的事情哦。”

深实实不得其解，听着我说话。

“也就是说，我表达的是，即使没法靠自己的努力成为第一也没关系，只要能够留下成果不就好了吗？只要自己能进步，那就不是白费力气吧。你想啊，如果第一名以外都没有意义的话，那么这世上的百分之九十九都将失去意义啊。所以我觉得，就算没有赢也没关系，只要能实际感受到自己做出了成果就行。”

我将自己的游戏论传达给深实实。

深实实她“唔——”地迷惘了一会儿之后，开口说道：

“怎么说呢。我啊——”

“嗯。”

深实实将目光从我身上移开，一边玩弄着奇怪的钥匙圈，一边说。

“我并没有像对于友崎你来说的 AttaFami 那样自己真的非常想做的事情……我会加入田径社，也只是因为葵加入了而已。”

“是这么回事啊。”

“在入学典礼上看到葵的时候，我大吃了一惊呢。内心觉得好厉害，那个女孩就在这里啊。但是，我只跟她打过一次比赛，而且对方还是打进全国第二的超厉害人物，所以在烦恼要不要跟她搭话。”

“啊啊……也是啦，是会这样吧。”

即使是深实实这种程度的现充，也会犹豫要不要跟别人搭话啊。

“可是啊，在入学典礼结束之后，她在走廊上主动跟我搭话了。”

深实实像是在将宝贵的相册翻开来一般，缓缓地吐露着话语。

“嗬。”

“而且啊，她问我：‘你是在县大赛第二轮和我比赛过的女生吧？！’”

“日南她记得你啊。”

深实实很开心地点了点头。

“然后她跟我说：‘比赛之后我就一直很在意了。’我笑着回了她‘真的吗？谢谢’之后，她就一脸认真地说：‘还有啊——’”

“还有？”

深实实又笑着点了点头。

“我还在想她会对我说什么的时候，她稍微压低了声音，对我说：‘通过比赛能够看出来，你是非常努力地在练习吧。’我大吃了一惊。然后，她沉吟了一下，一边笑一边说：‘我真想跟七海同学在同一队打比赛啊。’”

深实实的语气听起来仿佛蕴含了感谢。

“这样啊……日南这么说了。”

“那让我觉得自己得到了非常大的救赎，得到了她的理解。我对她只有感谢。”

“……说得也是啊。”

我稍微能够理解那样的心情。

一直觉得不被任何人认同也没关系的，只是为了自己而努力的价值观，被某个同样坚持努力的、自己打从心底尊敬的人予以肯定。

这样会让自己的内心得到多大的放松呢。

我也是知道这种事情的。

“后来我们就变得很要好，也一起加入了田径社。唔，我在田径上也算是挺努力的吧，可是，差不多是一年级第二学期的时候，葵明明是专攻短跑，却在我专门练习的跳高上也拿下了社内第一。”

“嗬，嗬。”

“虽然我多少是有一点心理准备的，但是即使如此，还是有点受打击啊。毕竟我本来就是那种运动能力比较出色的人，也比其他人付出了更多的努力，相比之下是这样的。我啊，很厉害对吧！……然而却被很干脆地超越了。”

我低下头说：“这样啊……”

“所以该说是重新实际体会到了吗？类似我果然没办法变得很特别这样的感觉。”

“特别……”

“明明要闪闪发光就只有让自己成为第一名……可是连那样都做不到了啊，我不禁这么想了呢！哎呀，说什么闪闪发光的，我是偶像吗！不过就是那种感觉啦！抱歉哦，我一直在讲沉闷的话题。”

深实实一边转变回平时的开朗语气，一边慌张地终止了话题。

“啊，不会。”

“总之就是那种感觉啦！但是啊，人果然还是有差别的啊！我单纯就不是那块料罢了！谢谢你，说出来之后就舒服多了！啊，电车。”

我“哎”了一声看过去，发现电车抵达了。深实实坐在椅子上，心不在焉地眺望着电车，没有要站起来的迹象。

我一边思索着至今为止学到的各种技巧、人的内心还有自己的经验，一边在口袋里握紧了拳头。

“但是啊……”

“嗯？”

深实实露出过于自然的笑容，凑过来看着我的脸。

听了刚才的那些话，我所能说的事情差不多就是这样了。

我鼓起勇气，对深实实说出了自己的真心话。

“但是……在我看来，深实实你也相当闪闪发光了啊。”

我尽可能让声音不要颤抖，用认真的语气说出了这番话。

听了之后，深实实惊讶地睁大了眼睛，接着——

“……啊哈哈。谢谢。”

她就那样寂寞地笑了。我看着她的那副表情，察觉到自己的话语并没有传达到她的内心深处。

我把这种话吐露出来也无法解决任何事情，那只是一个弱势角色的戏言——我实际感受到了自己的无力。

“不过啊，我已经看开了，所以你就别担心了！啊，抱歉，今天我还是一个人回去吧！”

“深……”

我还来不及叫住她，深实实就从椅子上站起来，搭上了电车。

在我追上去之前，车门就关闭了，深实实瘦小的背影逐渐离我远去。

* * *

隔了一个周末的，新一周的星期一早间会议。

“没有来呢……星期六的自主练习，还有今天的晨练。”

日南咬着嘴唇说道。

“这样啊……”

我抱头苦恼。

“是的。星期五的时候，深实实她怎么样？”

“唔，虽然是说了不少——”

我将和日南有关的部分尽可能地省略，简明扼要地进行了说明。

“这样啊……”日南悲伤地垂下了眼睛，“不过，你啊……”

我从日南的话语中多多少少感受到了责备的意味。

“呃，唔……”

内心非常过意不去的我完全无从辩解。

然而，日南说出来的话并不是在指责我的失败。

“说了自己根本不觉得的事情呢。”

“哎？”

我不由得困惑了。虽然我对深实实说了各种各样的话，但是我不认为其中掺杂了真心话之外的东西。

“因为你跟我一样才对吧，对于这方面的感觉，既然都将AttaFami玩到了那么顶尖的地步。”

日南有些不高兴似的，用仿佛真的在责备我一般的语气这么说道。

“一样……你在说什么啊？自己根本不觉得的事情到底是什么意思啊？”

日南一瞬间沉默了，然后开口了。

“你真的不明白吗？”

“是啊。”

听到我肯定的话，日南轻轻地咬住了嘴唇。

“因为nanashi根本不可能会有‘当不上第一名也没关系’这种想法的。”

日南用带着确信的表情吐出了那番话，我感到十分惊讶。

“……你这算什么意思啊？我是真的那么想的哦，AttaFami是与自己的战斗。”

“什么鬼……你说的是真的吗？”

“是啊。”

看到我点头之后，日南惊讶地微微张开了嘴巴。

“这样啊。”

她就这么轻轻地嘟囔了一声。

“到底怎么了啊，那是很重要的事情吗？”

“没事。相比之下，更重要的是深实实的事情。没有顺利处理好啊……”

日南将话题拉了回来，然后露出了悲伤的表情。但是刚才那到底是什么意思啊？虽然挺在意的，不过现在有比那个更重要的事情啊。

“是那样的……抱歉。”

“不会。我自己无能为力，只是把责任都推给了你而已。”

日南很不甘心地说道。

熟悉的空间里流淌着令人尴尬的沉默。

“啊啊，呃。啊啊对了，今天的课题是……”

我为了化解尴尬而堆叠着话语，然后——

“今天的课题是……”

日南又露出认真的表情说道。

“你现在要从你对我有所隐瞒的深实实的真心话中，思考出只有你能做到的事情。”

“……日南。”

果然都被看透了吗？

之后双方就维持着话很少的状态，开完了会议。

到了当天的午休时间，终于发生了决定性的事件。

“哎，为什么……？”

教室里，小玉对深实实的话感到惊讶。

“没啥，该怎么说呢，总之有很多理由啦！”

深实实在自己的座位附近，用嬉闹般的感觉回应了小玉。

她似乎彻底放开了一般，用开朗的感觉说话。

可是听到那两人对话内容的其他同学都沉默了。

我也是，深实实的话对我造成了很大的冲击。

毕竟，深实实刚刚说的事情是——

“深深，你真的要退社吗？”

说是已经向田径社递交了退社申请书。

深实实点了点头。

“嗯。我周末思考了一番，觉得果然这样做才是最好的……”

“可是……”

我虽然处于能够听见两人对话的位置，但是根本无法插话。

仔细一看，发现日南在朝她们两人走过去。

“那是真的吗？”

深实实确认是日南之后，露出了一丝丝悲伤的表情，接着又马上笑了。

“嗯，是真的哦！抱歉，葵！不过我也想了很多啊！体力到极限了！”

深实实做着过时的模仿[①]，开朗地说道。

“……我想继续跟深实实一起练田径。”

日南露出不甘心的表情说道。对于知道了深实实的真心话的我来说，这句话听起来非常的残酷。

“……抱歉哦，葵。”

“不会，不是那样的！这不是你需要道歉的事情！”

“啊哈哈。”

班上的学生们心神不宁地关注着这样的对话。

“　　友崎。”

我转头看过去，是泉在小声地跟我搭话。

“嗯？”

“我说，是不是不太妙啊？”

那是看起来很担心的表情。我坦诚地回答她：

“这个嘛……可能有点不太妙吧。”

①“体力到极限了”是日本相扑第58代横纲千代之富士贡在引退记者会上说的话。

“怎么了？是吵架了吗？”

“……不，并不是吵架……该怎么说呢？算是想法有分歧吗……”

“想法有分歧啊……没办法和好吗？”

“和好吗？”我陷入了迷惘，“可是啊……”

“可是？”

这时我发现了最大的问题点。

“两边都没有不对的地方啊。”

这一天的深实实无论在谁的眼里，都明显没有什么活力。虽然跟她搭话，她会很平常地做出应对，但是平时会做的那种蠢事，她一次都没有做过。

*　*　*

放学后，深实实没有换上练习用的衣服，而是直接在做回家的准备。她是真的要退社啊。

“玉——！抱歉，我今天先回去了！”

深实实活力十足地跟小玉搭话，她被四个现充朋友包围着，看起来他们接下来要一起回去。哇哦，真不愧是深实实。

“……呃。”

小玉露出了复杂的表情，然后心神不宁地想说些什么，却又说不出口，就这么微妙地沉默着。在小玉的面前，仿佛是要阻止她说些关于退出田径社的事情一般，现充们构筑起了一面高墙。

小玉虽然向前踏出了一步，但是没一会儿又退了回来。

"再见，玉！明天见！"

就在深实实转身打算离开的那一瞬间。

我脑中灵光一闪。

是日南出的课题——"思考只有你能够做到的事情。"

帮助深实实是非常重大的事情，我这种弱势角色是不可能做得到的。我的话语无法真正地传达给深实实，所以我擅自认为已经无计可施了。

但是，对啊。我还有这一招呢。

"在这几个星期里，你已经能够做到'付诸行动'了。"

毕竟只有这一点是得到了日南的权威认证的。

那么就来见识一下吧！我那只靠行动做事的解决之法！

"深、深实实！"

"哎？"

我靠近跟其他现充一起迈出脚步准备离开的深实实，用调整失败的音量跟她搭话。

现充们讶异的视线聚集到我的身上。好尴尬，待不下去了，但是我不管了。

我靠气势抑制住肚子快要痛起来的感觉，开口说道：

“要不要一起回去？”

所有人目瞪口呆。

我的话语让在场的所有现充都傻傻地张大了嘴巴。

“……哎？”

深实实也目瞪口呆了，另外四个现充目瞪口呆的程度大概是她的五倍左右。

过了一会儿，其中一人做出了“友崎你说什么啊！”这样的吐槽，让我成功变成了笑料。

这个情景并不是只有在深实实周围的四个现充看到了，众多留在教室里的学生也目击了。因为班会才刚结束，所以几乎所有人都在。

绀野绘里香用了能让我听到的音量说了声“恶心”。

来了啊，我稳如泰山的被嘲弄的地位。“最近好像做了很多事情的阴暗角色又在做什么恶心的事情了”，就是这样的气氛。我能够听见小声的坏话，但无法靠气势把它们彻底压下去，我的胃在隐隐作痛了。

我对这一切视而不见，再次吸了一口气。

“要不要一起回去呢？——还有小玉，我们三个人一起。”

听到我吐出了这句话，小玉惊讶地看向了这边，并且走了过来。

“我今天要翘掉社团。”

她用认真的表情说道。不愧是小玉，非常直接地就说出了

“翘掉”这个词。

这个奇妙的事态发展让教室里沉默了。深实实一时间惊讶到僵住了的地步，然后重新摆出笑脸，对周围的现充们这么说道：

“……抱歉，这里就给友崎的勇气一个面子，让我们三个人一起回去吧！”

多亏了深实实打圆场，让现场变得好像什么都没发生过一般，于是我们就三个人一起放学回家了。

日南不知道是在期待，还是在苦恼，她嘴巴紧闭，一直看着我们这边。我不知道日南的心里在想什么。不过，我已经推导出了力所能及的答案。

“思考只有你能够做到的事情。”这是那家伙今天早上给我出的课题。

仔细想了想之后觉得那个答案还是挺单纯的，基本上是到了“只有那一个”这种程度的、唯一的答案。

那就是“不顾休面地去依赖别人”。小玉，接下来就交给你了！

*　*　*

“那个时候小浜就……”

然后在放学回家的路上，深实实既像在避免冷场，又像为了和什么东西划清界限一般，一刻不停地讲着搞笑DVD或者最近的偶像这类无关紧要的话题。

那里没有能插进新话题的缝隙，深实实充分发挥了“开启新话题”的能力。这样的话，实在是难以切入进去啊。

“很劲爆吧？我忍不住就用手机把那个时候的脸给拍下来了……”

“深深，别聊这些，我有事情想问你。”

小玉杀进去了，真不愧是她。

“……什么事？”

深实实尴尬地笑了。

小玉像是在犹豫该从哪里开始说才好似的停顿了几秒，最后终于开口了。

“——你是讨厌葵了吗？”

“哎……”

深实实发出了困惑的声音，我则是连声音都发不出来。

那是超乎想象的发言。

简直就是杀红眼了啊。

“因为深深你退出了田径社。”

“不是……”深实实明显很为难地徘徊着视线，“怎、怎么可能有那种事情啊！”

“真的吗？”

“那当然了吧！因为葵真的是非常好的女孩子，而且还无所不能。”

深实实用来掩饰自己而贴在脸上的笑容在逐渐剥落。

“值得尊敬，值得依赖，也非常理解我。”

深实实的声音变得越来越小了。

“她闪闪发亮，也很特别……”

我只能默默地听着她的那些话。

深实实放慢了脚步，低下了头。

“……那你为什么要退出田径社呢？”

即使如此，小玉也没有停止追击。

“那是因为……我啊……”

“深深你？”

小玉温柔地做出附和。

于是，深实实咬牙切齿似的笑了。

“说到底，我是不是性格很差啊？”

“哎？”

小玉发出了困惑的声音。深实实渐渐情绪化起来了。

“该怎么说呢……正常来想的话，根本就不可能会讨厌葵的嘛。”

“……嗯。”

深实实悲伤地笑了。

“明明就不可能会讨厌她啊。”

我在深实实的眼睛深处看到了闪光的泪水，不由得倒抽了一口气。

小玉仿佛是要接受深实实的所有一切一般，听着她说话。

“嗯。”

“明明不可能会那样，我却……”

泪水渐渐地变得越来越大颗了。

“我真是太差劲了。”

“太差劲了是指什么？”

深实实停下了脚步，我和小玉也跟着她停了下来。

“因为啊，那样子是不对的嘛。上了同一所学校，明明葵没有做任何坏事，可是我无论怎样都赢不了葵，而觉得很不甘心。即使如此，也不应该有那种想法啊！那样不就跟大家一样了吗……”

深实实露出很不甘心的表情，擦拭着泪水。

“那种想法是指什么呢？”

“葵啊！……葵是非常好的女孩子，会为朋友着想，总是十分努力。但是她不会骄傲自满，一直都很照顾我，我的心情她也有好好地去全部理解，所以我最喜欢葵了。”

小玉目不转睛地注视着深实实。

“……明明应该最喜欢她才对的！”

深实实流下了大颗的泪珠。

“明明应该是这样的！但是在学习上输给她，社团活动里也输给她！结果不知不觉间，我就嫉妒起葵来了！总觉得好讨厌，有点碍事……会希望……她消失掉！我不禁有了那种……有了那种想法……”

深实实一边哭着吸鼻涕，一边坦白了自己内心的想法。

“……这样啊。”

“那样子简直就是最差劲了嘛……糟糕透顶了嘛。可是啊，在田径社里面的话，毕竟我是很不服输的，所以又会有那样的想法……我非常非常讨厌会有那种想法的自己……”

“……嗯。”

“放学后一起练习的时候也是。我忍不住会去想‘为什么这个人一直不停地在练习呢’之类的，‘如果为我着想的话，那么早点停下来不就好了’之类的。给我……给我察言观色啊！！我忍不住会有这类的想法！……所以我，已经不想再对葵产生那样的想法了……”

“原来是这样啊。”

“所以啊，我才要退社。”

“……嗯。”

不知道是不是因为将内心的想法都吐露出来了，深实实逐渐冷静下来了。

“……我啊，隐隐约约是明白的。葵要更加厉害，虽然我很不甘心……为什么葵会更加厉害呢……那是因为葵比我要更加努力，从一开始就一直是这样的。”

小玉牢牢地注视着深实实。

“该怎么说呢，如果是同等程度的努力，却没有带来相应的结果，或者说，如果是我更加努力之类的情况，所以才觉得嫉妒……那样子说不定会好一些……”

那番话让我产生了无可奈何的忧郁心情。

“结果——还是葵要更加努力啊。”

深实实自嘲地笑了。

“所以啊，就算想嫉妒她，我也连那个权力都没有吧……为什么她能那么努力呢？”

深实实的表情被大片的阴影所覆盖，就在这时——

“咿呀？！”

小玉用让人觉得真不愧是排球社社员的跳跃力跳了起来，用嘴唇咬住了深实实的耳朵。

哎，突然这是做什么？

“喂，玉……！你做什……啊！好痒……唔啊！”

“深深你啊……”

“哎？”

小玉用手臂搂住深实实的头，将其紧紧地抱在了怀中。

“深深你，无论如何都想成为第一名吗？”

“因、因为我……一无所有……”

“一无所有？”

“我不像葵那样闪闪发光，也没有像友崎那样拥有不输给任何人的特长，也不像小玉那样能够坚持自我……我如果不努力

的话，就是个空壳……”

小玉更用力地抱住了深实实。

“深深你啊……”

小玉用仿佛倾注了发自内心的感谢一般的声音，说道：

“深深你可是我的英雄哦？”

“……哎？”

深实实在小玉的胸前抬起头来。小玉放开了抱着深实实的手并向后退了一步，然后再次笔直地注视着深实实的眼睛。

“总是说着没事，总是在笑着，总是在勉强自己，总是在努力，但是不会将那些表现出来……总是帮助着我。我啊，虽然喜欢葵，也喜欢大家……但是我的英雄，就只有深深一个人哦？”

“可是……”

“如果即使是这样！你还是说自己想成为第一的话！”

小玉用力地指着深实实的脸，虽然语气就像平时一样，却是像在教授比任何事都重要的事情一般，拼命地训斥道：

“在我的心目中，深深是世界第一的笨蛋！你就用这个来忍忍吧！”

深实实眨了好几次睁大的眼睛。

过了一会儿，她凝视着小玉指着她的食指，然后——

“嘿。”

维持着泪眼汪汪的样子，朝手指咬了过去。

“咿呀？！”小玉用力地将手收了回来，“你、你做什么啊！”

深实实一边用纤细的手指擦拭泪水，一边恶作剧般地发出了嘻嘻嘻的笑声。

“哎，因为啊。”

“什、什么？”

小玉有所警戒地一边后退，一边说道。

深实实非常幸福似的嫣然一笑。

“笨蛋就是指这么个样子吧？”

“深深……”

“玉！”

深实实用仿佛要将全部体重都压上去一般的气势抱住了小玉的脖子。

“笨蛋！好重，快点放开我！”

“哎？你说谁是笨蛋？再多说一点！”

“烦死了！笨蛋！”

不管怎样，看来很多事情都得到了解决，真是太好了。感情要好的女孩子果然很美啊。

可是啊。

我当然是发觉了的。

虽然我做出了“交给小玉”这样的行动，但是那只是把事情推给了别人而已，我现在没有任何能够向日南报告的成果。

“友崎！走啰！”

“哦，哦。”

我跟一边转来转去、一边前进的两人汇合，然后思考着接下来应该如何是好。

这样下去的话，下次跟日南开会的时候，她就会说着“你这一次什么都没有做呢”这种令人不爽到极点的话来羞辱我。我的眼前能够浮现出那家伙一脸坏笑说着这种话的景象。

那种毫无内涵的危机感让我为了在此时此刻的对话中能有什么收获而拼命转动脑筋，在背下来的话题里寻找能同时用在这两人身上的内容。

然后我灵光一闪。

我想到了一个原本就打算要问深实实的，并且跟小玉也有关联的，非常适合这个场合的话题。

“我说啊，深实实。”

“嗯？怎么了，怎么了？”

深实实露出仿佛完全恢复了正常一般的表情转过头来。我开口了。

“——话说，那个‘指尖的魔法’到底是什么啊？”

听到我的提问，深实实一下子就笑喷了，小玉红着脸用力地指着我。

“我说过了吧？！不要问女孩子那种事情啊！”

这算什么！不是小玉你让我去问本人的吗！

“现在说那个吗?！友崎你果然有天然呆的地方啊！”

“不，我哪里有啊。”

“不过，Nice！”

深实实一边说，一边举起了手臂。啊，要来了，这下又要往肩膀打过来了。

我马上就察觉到了这点。

不过我——故意不做回避，让自己承受了下来。

“好痛！！”

那一下是至今为止力道最强的，当然也是超痛的。

“啊哈哈哈哈哈哈哈哈！”

啊，日南。我达成了“随便逗笑一个人”这个课题哦。虽然是偶然，但是我并不是什么都没做哦。

7章 有时候只有饰品是所有角色都能装备的

在那之后的发展，几乎可以说是非常理想的了。

首先，对于深实实造成了很大的骚动，却没过多久就想回归田径社的这个行为，虽然也有一些社员是持有批判性的观点的，不过她还是通过好好地低头认错让自己回到了田径社。毕竟大部分人都不知道具体原因，所以造成了一些混乱。但是在递交了退社申请书的隔天就重新入社，再加上她不仅有好好地道歉，而且还做了“我是刚加入社团的新社员七海！请大家多多关照”这样的自我介绍，结果让大家都觉得“真是笨蛋啊”而傻了眼，最后完全变成了欢迎的气氛，这件事好像也就变成了一个梗。真不愧是她。

然后最重要的是，深实实对日南的想法，也就是混杂了感谢与尊敬的嫉妒心或者是想赢之类的心情，也多亏了小玉对深实实倾诉的心意，而减轻了相当多的样子。相对地，我总觉得她对小玉的“骚扰”频率变成了之前的三倍左右，不过在某种的层面上，我觉得这反而可以当作一件好事列举出来吧。请再接再厉。

像那样发生了不少事情的星期一，还有情况得到解决的星期二都过去了，到了星期三。今天是升学高中所特有的，稍微晚了一些的结业典礼。也就是说，从明天开始就是期盼已久的暑假，不过——

在那之前，我被赋予了至今为止难度最高的课题。

“哦，哦，谢谢……”

“不，不会，没、没什么的。毕竟也受你关照了。”

“哦，哦。”

第一学期最后的班会之后。

就在刚才，泉下定决心似的说出了“我必须要去了”这种电视剧里会出现的台词，然后走到中村身边，说着“这个，这个”，将包装得很可爱的小袋子交给他。而现在，他们两个都红着脸不敢看彼此，互相说着纯真的话。你们两个到底是怎样啊，快点交往吧。

没错，今天是中村的生日。

但是很遗憾，两人独处的时间要结束了。因为，今天日南给我出的课题就是“把礼物交给中村，并且要说三分钟以上的话”。

就是这样，这算什么啊！那家伙出这个课题有一半是出于好玩的心态吧？！

可是，作为决定了要做就会做下去的男人nanashi，我也只能乖乖服从了。

“中、中村。”

我作为完全不被那二人世界所需要的碍事者，过去搭话了。

“哦哦，友崎。”

总觉得态度比平时要柔和不少。喂喂，等一下，是因为从泉那里收到了礼物的关系吗？

“呃，这个……生日礼物。”

“……哈啊？”

中村张大嘴巴，表明了他觉得真的很莫名其妙。

“唔，好啦，你别管了就收下吧！”

我这么说着，从纸袋里取出都没有包装过的那个东西，粗暴地递给了中村。中村很惊讶地看着那个东西。

“……手柄。”

我点了点头。在旧校长室玩AttaFami时用的游戏机，我估计那个应该是中村的个人物品，手柄的摇杆部分有点松松垮垮的了。

对于AttaFami来说，摇杆松掉可是非常重大的问题。与其说会变得不好操控，不如说最大的问题是会产生“明明是和刚才一样的操控方式，却变成了其他动作”这样的情况。那不仅仅会影响当下的比赛，而且还会阻碍实力的进步。

所以，如果打算勤加练习让自己变得更强，那么手柄就是非常重要的。毕竟在那些大型比赛中，每个人都会带自己的手柄去参加呢。

我一边忍受着中村的可怕视线，一边向他说明这些事情。相当于是，如果能讲原本就在想的事情和AttaFami的话题，那么就靠那些来争取时间。毕竟课题是要求三分钟啊。

“嗬……”中村感慨地点了点头。“不过你这算什么意思，是高手的怜悯吗？”

中村皱着眉头说道。咿，好可怕啊，好可怕啊。

不过，我就算是面对那样的他，也还是回以坦率的话语。

“不，不是那样的……”

“那是怎样？”

“该说是我并不讨厌因为不服输而努力的人的吗？那对我来说感觉不像外人……所以我是作为热爱 AttaFami 的玩家，基于公平竞争的精神……差不多就是这样。”

尽管中村的压迫感让我越说越小声了，但我还是全部说明完了。

“这样哦。”中村觉得很无趣似的，说道，“……那我收下了。”

“……哦。”

中村把那个放进了书包里面。

这时，我在视野的角落看到有什么东西在晃动着，于是就将视线移了过去。原来是泉在桌子下面悄悄地朝我挥手，我看向了她的脸之后，她就用“太好了呢”这样的感觉对我使了个眼色。

啊啊，说起来这是和好大作战呢。

那么，姑且算是作战成功！是这样子吗？

“啊。”

但是看了一下时钟，发现还没有到三分钟。糟糕，这该怎么办？日南现在也在附近，可能已经发觉还没有到三分钟吧。而且就算她没有发觉，毕竟都已经这么努力了，我自己也想毫无后顾之忧地顺利完成这个课题啊。

于是，我焦急地在大脑里寻找能够对中村用的话题，然后不由自主地就将最先找到的那个话题给说了出来。

“说、说起来，听说日南跟水泽在交往，这是真的吗？”

* * *

“啊哈哈哈哈哈哈哈哈哈！”

放学途中，在一间家庭餐厅里，深实实像这样放肆地大笑。我接受了深实实的邀请，跟日南、深实实还有小玉一起吃午餐。女生三人组是社团活动结束后过来的，而我则是在图书室看了安迪作品后再过来会合的，然后就成了现在的场景。这个现充过头的状况是怎么回事啊。

“哎呀，真是杰作呢，友崎！”

“啊，求你别说了！”

深实实全力嘲弄着我刚才对中村说漏嘴的事情。

“‘说、说起来，听说日南跟水泽在交往，这是真的吗？’”

“噗……深深，你学得太像了……”

“抱、抱歉哦，友崎同学……啊哈哈哈！”

“呜呜，怎、怎么都这样……”

深实实生动地模仿了我的口吻，另外两人听了之后就笑了。听到她们的笑声，我的内心很受伤。受不了啦，好想坐时光机回去改变过去啊。

看着我的反应，深实实开心地说道：

“哎呀，不过友崎啊，你问得很好哦！我觉得大家都很在意那件事啊！”

“好的，好的，是那样吗……”

“那么葵同学！实际情况究竟是怎样呢？！嗯？！”

深实实用她擅长的采访语气毫不客气地对日南进行追问。

日南将视线投向上方，像是在敷衍一般微微一笑。

“唔……”日南发出了绝妙的可爱声音，“你觉得是怎样呢？”

她的视线转向了我这边，那是不怀好意的、小恶魔一般的笑容。哎，这是怎么回事？在平时的日南脸上可看不到这样的表情啊，坦白说就是可爱得不得了。我忍不住移开了视线。

“哦哟！脸很红呢！果然友崎……对葵是很喜……”

“怎么可能会有那种事情啊！”

在她将不吉利的话语讲完之前，我就将平时通过练习附和跟语气锻炼出来的声音成果全部施展出来了。

“友崎你太吵了，这里是家庭餐厅！”

小玉毫不客气地训斥了我。

“抱、抱歉。”

我一下子就畏缩了。

“说——起——来——啊！我也很在意的啦？！到底是怎样啊，葵……嗯？”

深实实一边用脑袋在日南的胸口磨蹭，一边问道。

“唉……那我就坦白了。”

咕嘟。

我不由自主地咽下了口水。

“有在交往。”

“哎？！”

我又情不自禁，发出很大的声音。

而且是比在场的所有人都要快。

被我的声音吓了一跳，深实实跟小玉都错过了做出反应的时机，这时——

“……如果我这么说的话，你们会怎么做呢？”

“喂。”

日南轻笑着那么说，然后呼出了一口气，并且不知为何看着我的眼睛。

“根本就不可能在交往吧。”

她说出了这么一句话。

那句仿佛只对着我说出的话语，还有那个充满魅力的自信表情，将我的思考给夺走了。

“……刚才那是什么，葵你超级小恶魔的！”

“我也被害得在教室里丢脸了哦？这是回礼。”

“……哦，哦。”

日南优雅地捂着嘴巴，看着我这边开心地笑了。怎么回事啊，今天的日南同学好可爱，真让人不爽。

“那么，友崎选手！听了真相之后的感想是什么呢？”

“呃，唔……没有什么特别的。”

听到我这么说，日南不满地眯着眼睛看了过来。

“哎？专门问了之后却是这样？”

日南那像是在试探我一般的视线再次贯穿了我。她那充满魅力的美丽湿润眼睛，还有那个不知为何很吸引人的不满表情，让我心慌意乱。看到我的这个样子，日南仿佛开心到了极点一般，满意地笑了。在这种时候，“虐待狂”气质还是一如既往啊，这家伙。

“算了，也无所谓了。”然后日南的视线对准了我的脑袋，“啊，话说那个！”

“哎？”

“你买了发蜡吗？”

“啊，是啊。”

说起来，这是之前水泽帮我抹过，后来我一个人去买的同款发蜡。

跟深实实之间发生了不少事情的那段时间实在是提不起劲

来抹，不过最后总算是告一段落了，我就想起了这个东西，于是试着抹了一下——我其实每天都把发蜡带到学校来了，今天因为被出了“跟中村讲三分钟以上的话”那样的课题，所以该怎么说呢，也算是武装自己吧，就在午休时间抹上去了。

“我买了这个哦。”

我一边说，一边从书包里面拿出了发蜡。

“嗬！你早上没有抹吧？”

“是、是啦。”

日南笑眯眯地打量着我，然后用力地竖起了大拇指。

“挺不赖的！”

“哎，真的吗？”

我感到惊讶。是不是因为我有好好复习水泽说过的话，并且整理出了要点啊？

“嗯。我觉得挺好的。”

“我也觉得相当不错呢，友崎！今后每天都会那么做吗？……啊，明天开始就放暑假了呢！”

哎，什么什么，深实实和小玉也做了权威认证？

“不过……也可能只是新手运气好而已吧？”

“喂，既然做得不错，那么就不能只夸不损吗？”

我一边吐槽，一边把发蜡放回到书包里。这时，深实实突然笑喷了。

“啊哈哈哈哈！刚才那是怎样，感觉莫名地合拍哦？”

“哎？”

这么说来，装乖状态的日南好像第一次吐出了毒辣的话语。

“果然葵和友崎的感情很好呢！”

“是、是这样吗？”

深实实又说了曾经提过的事情。啊啊，不过刚才那样子可能看起来是挺要好的。是水泽经常会用的方法，虽然话语很毒辣，但是并不会给人讨厌的感觉。我擅自将这种说话方式称为水泽方式。确实很像呢。

这么说来，果然只要这样做了，在深实实她们的眼中就是感情很要好的样子啊。原来如此，原来如此。那么就继续积极地使用吧。

“既然真相已经大白，那么……我今天把大家叫过来是为了……”

深实实用异常严肃的语气开口说话，并打开了书包。

“嗯？怎么了，深深？”

小玉有所警戒地询问深实实。

“那个……该说是给大家添麻烦了的赔罪吗……非常抱歉！”

这么说着的深实实从书包里拿出了一个纸袋。

“这是什么？”日南问道。

“这个是我想作为赔罪送给大家的礼物，也可以说是友情的证明！”

深实实一边说，一边从纸袋里拿出手掌大小的小包，开始一个个地分发给大家……可是啊……

“我说，这个该不会是……”

我询问道。不，根本就没有什么好问的，这分明就是那个啊。

条纹图样，配色古怪，设计得像土俑一样，就是那个了。

就是深实实的书包上面挂着的，既不可爱又奇怪的钥匙圈挂件。

“你想啊，我给大家添了很多麻烦，也得到了很多帮助，虽然发生了不少事情，不过已经都恢复原样了！所以就把我最喜欢的这孩子的不同颜色的版本送给大家！”

深实实露出仿佛觉得对方真的会很高兴一般的表情，环视所有人，这么说道。

仔细一看，确实如她所说，每个挂件都是不同颜色的条纹图样，不过全部有着土俑一般的眼睛和嘴巴，简单来说就是全部都绝妙地不可爱。

“谢，谢谢……”

日南目不转睛地盯着挂件这么说道。当然是会盯着看的啊，突然拿到了这种设计的东西，那当然是会盯着看的啊。

“……谢谢。”

小玉也小声地表示了感谢。我也学着她传达了感谢之情。

我们每个人都注视着那个钥匙圈，造成了一段空白的时间。这算什么啊！

……唔，不过，是那样吗？

明明谁都没有错，却在很多地方有分歧，让没必要受伤的人也受到了伤害。像这样，最后决定要将自己最喜欢的东西送给大家做礼物，这个怎么说呢，只不过是在物品的挑选上面缺乏了品位而已，但还是最高级别的感谢和友情的证明吧。而且没想到居然也包括了我，这真的是让我吓了一跳。是不是代表我这个弱势角色也稍微派上了一点用场呢？如果是那样的话，那我真的是非常开心啊。

不管怎样，我觉得宝贵的关系能够一直维持下去是一件非常美好的事情。

“……”

话说，沉默的时间也太长了，差不多该由日南说出撕裂这片沉默的一句话了。比如说使用水泽方式，利用“毒辣的话语”来凸显彼此要好的关系，让这个空间染上明亮的色彩！我这样想着，迅速地移动了视线。这时——

哎？

日南不知为何用陶醉的眼神注视着那个钥匙圈。不对，更进一步来说，小玉也是用同样的表情在注视着那个东西。哎，这是怎么回事？过了一会儿，日南终于开口了。

“这个钥匙圈，自从我看到深实实你挂起来之后，就一直想说了……”

小玉也像表示同意一样点了点头。

"嗯……"

然后在下一个瞬间，两个人异口同声地说出了难以置信的话。

"……好可爱。"

"哈啊？！"

就这样，我在意想不到的地方品尝到了孤独。啊啊，我距离现充的感性还很遥远啊，我不禁有了这样的实际感受。

不对啊，这玩意儿可爱吗？

后 记

该说是好久不见了吗？我是屋久悠树。

《弱势角色友崎君》多亏了大家的支持，使得第二卷得以顺利发售。非常感谢大家。

这个系列让我好歹能够作为一名作家接到工作了，于是就知道了有很多人为了让我的作品能够以更好的样貌问世而行动着。既然如此，那么我就必须用某种形式予以回报才行，所以后记也要全身心地去投入。责编对我说了“我期待你能写出基于客观角度的后记”这样的话。我从中感受到了类似于忠告的东西。

考虑到以上种种，我认为这次我该在这里叙述的东西自然就只有那一个了。

那就是本作彩色跨页第二张插图，“深实实运动服上打的结”。

我看到那个结的时候，产生了深实实是实际存在于这个世界的感觉。或许那接近于错觉，但是也是确实存在的感觉。

那个若隐若现的身材，以及通过将衣服扎起来而突显的身体曲线——虽然这些都很有魅力，但是我觉得这里有更加重要的事情。

那就是“打了结”这个事实本身。

这代表在换上那身衣服后，深实实是以自己的意志给下摆打了结的，也就是说那有着“深实实明确的意志”。

现实中也有那种“给运动服打结的高中生”，那个结让我们产生了仿佛深实实就是那其中的一个这种感觉。关于这张插图，甚至可以说其实那个“结”就是“深实实”吧。

因为篇幅的关系，所以只能进行简短的说明，不过如果大家能够稍微领会到我想表达的意思，那就太好了。

接下来是致谢了。

绘制插画的 Fly 老师：您的插画非常可爱、非常美丽、非常出色，而且让人欲罢不能，对我来说是最棒的插画了，非常感谢您为这部作品增添光彩。我是您的粉丝。

责编岩浅先生：虽然对于在一些细节上有着莫名坚持的我，您在第一卷的时候就明说了“这人真麻烦啊”，不过感觉您好像有一点点习惯我的麻烦之处了。请保持这个状态，继续习惯下去吧。非常感谢。

然后是各位读者：非常感谢大家能够支持我这个不知打哪来的新人的第一部作品。如果下一卷还能继续陪伴我的话，那就感激不尽了。

屋久悠树

图书在版编目(CIP)数据

弱势角色友崎君. 第一卷 : 全两册 / (日) 屋久悠树著 ; (日) Fly绘 ; 方宁译. -- 武汉 : 华中科技大学出版社, 2022.1
ISBN 978-7-5680-7793-4

Ⅰ. ①弱… Ⅱ. ①屋… ②F… ③方… Ⅲ. ①长篇小说 - 日本 - 现代 Ⅳ. ①I313.45

中国版本图书馆CIP数据核字(2021)第267353号

弱势角色友崎君：第一卷（全两册） [日] 屋久悠树 著 [日] Fly 绘
Ruoshi Juese Youqi Jun:Di Yi Juan（Quan Liang Ce） 方宁 译

策划编辑：周永华 陈心玉
责任编辑：肖诗言
责任校对：刘 竣
责任监印：朱 玢
出版统筹：贾 骥 宋 凯 张泰亚 王瑞丰
装帧设计：张恺珈
次元书馆
出版发行：华中科技大学出版社（中国·武汉） 电话：(027)81321913
武汉市东湖新技术开发区华工科技园 邮编：430223
印 刷：北京美图印务有限公司
开 本：787mm x 1092mm 1/32
插 页：8
印 张：21
字 数：409千字
版 次：2022年1月第1版第1次印刷
定 价：89.00元（全两册）